中國新聞史研究輯刊

四 編

主編　方漢奇

副主編　王潤澤、程曼麗

第 4 冊

文革小報研究（上）

李紅祥 著

花木蘭文化事業有限公司

國家圖書館出版品預行編目資料

文革小報研究（上）／李紅祥 著 — 初版 — 新北市：花木蘭
文化事業有限公司，2019〔民 108〕
目 4+208 面；19×26 公分
（中國新聞史研究輯刊 四編；第 4 冊）
ISBN 978-986-485-813-2（精裝）
1. 中國報業史 2. 讀物研究
890.9208   108011510

ISBN-978-986-485-813-2

9 789864 858132

中國新聞史研究輯刊
四 編 第四冊   ISBN：978-986-485-813-2

文革小報研究（上）

作　　者　李紅祥
主　　編　方漢奇
副 主 編　王潤澤、程曼麗
總 編 輯　杜潔祥
副總編輯　楊嘉樂
編　　輯　許郁翎、王筑、張雅淋　美術編輯　陳逸婷
出　　版　花木蘭文化事業有限公司
發 行 人　高小娟
聯絡地址　235 新北市中和區中安街七二號十三樓
　　　　　電話：02-2923-1455／傳眞：02-2923-1452
網　　址　http://www.huamulan.tw 信箱 hml810518@gmail.com
印　　刷　普羅文化出版廣告事業
初　　版　2019 年 9 月
全書字數　344366 字
定　　價　四編 13 冊（精裝）新台幣 26,000 元

文革小報研究（上）

李紅祥　著

作者簡介

李紅祥，男，湖南衡山人，衡陽師範學院副教授。主要研究方向爲中國近現代新聞史，媒介融合。1999 年畢業於衡陽師範學院中文系；2007 年獲湖南師範大學傳播學專業碩士學位，師從肖燕雄教授；2018 年獲中國人民大學新聞學專業博士學位，師從中國新聞史學泰斗、中國人民大學榮譽一級教授方漢奇先生。曾在電視臺從事記者工作 4 年；參與國家社科基金課題 2 項，教育部課題 2 項，主持完成省部級課題 4 項；獲政府科研成果獎 2 項；發表學術論文近 40 篇。

提　要

　　文革小報是中國新聞事業史上一道奇異的文化景觀。它是中國文化大革命這一特定歷史階段的特殊產物，更是文革群眾運動這一特殊運動方式的一種「神聖」召喚。

　　觸摸文革小報，人們不禁要問：它是如何誕生的，又經歷了一種怎樣的生命歷程？作爲一種當時造反群眾組織創辦的「自媒體」，它又呈現出何種樣貌，對文化大革命、尤其是文革群眾運動又產生過何種影響？如果說媒介是一種社會文本，那麼它又映射了當時中國的何種社會現實？

　　本書試圖從媒介與社會互動的角度對文革小報進行一次全面、系統地審視。通過對文革小報的出場背景、演進歷史、形式樣貌和內容特徵的全方位考察，本書認爲文革群眾運動與文革小報之間存在一種塑造與被塑造的關係：

　　文革群眾運動出於輿論鬥爭的需要，促使了文革小報的出場；文革群眾運動不僅形塑了文革小報的發展歷程，而且形塑了文革小報的形式與內容特徵。

　　文革小報在一定程度上形塑了文革群眾運動的進程。它不僅推動文革群眾運動向前發展，一步步走向瘋狂，最終引起中央領導上層的警覺，並大力加以整頓，從而又在某種程度上間接加速了文革群眾運動的終結。

目

次

下　冊

第 6 章　塑造與被塑造：文革群眾運動與文革小報

最早的幾份文革小報之一

▶《新北大》，創刊於
1966 年 8 月 22 日。
毛澤東曾兩次爲其題
寫報名。前期出版單
位爲「北京大學文化
革命委員會籌備委員
會」。9 月 11 日，北
京大學文化革命委員
會正式成立後，出版
單位改爲「北京大學
文化革命委員會」。

▲《紅衛兵》，目前筆者能發現這份報紙
最早的期數是第三期，出版時間爲
1966 年 8 月 27 日，出版單位爲「哈
爾濱工業大學紅衛兵」。

▲《紅衛兵》，「首都大專院校紅衛兵司
令部」（簡稱「紅一司」）創辦，創刊
時間爲 1966 年 9 月 1 日。該報於 1967
年 2 月 22 日停刊。共出二十三期。

最早的幾份文革小報之二

▶《紅衛兵報》，「北京六中紅衛兵」創辦，創刊時間爲 1966 年 9 月 1 日。該報一共出到十四期。其中 9 月 4 日出版的第二期因與「首都紅衛兵糾察隊西城分隊」合辦，出版單位改爲「首都紅衛兵糾察隊西城分隊指揮部」。但從第三期開始，雙方發生分歧，沒再合辦，出版單位名稱由「北京六中紅衛兵」改爲「紅衛兵報編輯部」，此後出版單位一直沿用這個名稱。

▼《紅色造反者》，「哈爾濱軍事工程學院紅色造反團——毛澤東主義紅衛兵總部」創辦，創刊時間爲 1966 年 9 月 1 日。

文革初期北京五大造反派組織報紙

　　清華大學造反派學生領袖蒯大富領導的「井岡山兵團」主辦的《井岡山》、北京地質學院造反派學生領袖王大賓領導的「東方紅公社」主辦的《東方紅報》、北京航空學院造反派學生領袖韓愛晶領導的「紅旗戰鬥隊」主辦的《紅旗》、北京師範大學造反派學生領袖譚厚蘭領導的「井岡山公社」主辦的《井岡山》，和北京大學造反派領袖哲學系青年教師聶元梓領導的「文化革命委員會」主辦的《新北大》，統稱爲文革初期北京五大造反派組織報紙。

幾份具有特殊意義的文革小報之一

◄《中學文革報》於 1967 年 1 月 18 日由北京四中幾位高三學生打著「首都中學生革命造反司令部宣傳部」的旗號創辦，共出七期。它因刊登遇羅克的《出身論》而名聲大噪。它曾引起眾多紅衛兵小報大爭論，一定程度上反映了文革運動期間派性鬥爭的尖銳性。

▲《工人造反報》由上海工人造反派組織「上海工人革命造反司令部」於 1966 年 12 月 28 日創辦。1971 年 4 月 15 日終刊，標誌著曾經風行一時的文革小報開始徹底告別了文革政治運動的歷史舞臺。

▲《首都紅衛兵》由「首都大專院校紅衛兵革命造反總司令部政治部」（簡稱「紅三司」）於 1966 年 9 月 13 日創辦。它後改屬紅代會的機關報。它經歷曲折，版式複雜，從一個側面反映了文革前期群眾運動的複雜性。

幾份具有特殊意義的文革小報之二

▶《新南開》由「南開大學八・一八紅色造反團」於1967年3月5日創辦。其在1967年5月22日第十九期頭版除刊登一句口號和一則《啓事》外，整個版面開了一個巨大的「天窗」，以向對立組織南開大學「衛東隊」干擾、破壞、打壓《新南開》的行為表示抗議。

在文革群眾運動初期，文革小報開「天窗」的現象時有發生，如由「毛澤東思想紅衛兵首都兵團政治部宣傳部」主辦的《兵團戰報》、「四川師範學院紅色革命造反聯絡委員會」等群眾組織主辦的《九七戰報》、遼寧《火線戰報》編輯部主辦的《火線戰報》都曾開過「天窗」。文革小報的「天窗」現象一方面說明群眾組織在創辦小報過程中互相攻擊、打壓對立派性的報紙，另一方面也反映了文革群眾運動派性鬥爭的嚴酷性。

▶《驚雷》由在京日本紅衛兵聯合「北航紅旗戰鬥隊」、「中國人民大學三紅」、「外交學院革命造反兵團」、「北外紅旗大隊」於1967年8月3日創辦。該報是當時中國的紅衛兵運動席卷在華世界各國友人的一個見證，同時也說明中國的紅衛兵運動對世界各國產生深遠影響。除日本之外，還有英國、法國、荷蘭、比利時、加拿大、意大利、德國、葡萄牙等國人民群眾紛紛效法中國的紅衛兵，成立群眾組織，開展革命造反運動。

幾份具有特殊意義的文革小報之三

　　文革小報的創辦者既有出自黨、政部門的造反群眾，也有出自工、農、商、學、兵等各行各業的紅衛兵和造反群眾，甚至包括泥木工人等手工業者、殘疾人和監獄裏的囚犯。這幾份小報從另一個側面說明當時的文革群眾運動波及範圍之大、涉及人員之廣。

◀1967 年 2 月 10 日「華東區聾人文化革命委員會」創辦的《華東聾人戰報》

▶1967 年 7 月 27 日「《工聯》長沙泥木工人聯委會」創辦的《泥木工人》

▲1967 年 5 月 10 日「誓死捍衛毛澤東思想革命造反總部紅囚徒編輯部」創辦的《紅囚徒》

第 1 章　歷史的報刊與報刊的歷史

　　「一九六六年五月至一九七六年十月的文化大革命，使黨、國家和人民遭到了建國以來最嚴重的挫折和損失。這場文化大革命是毛澤東同志發動和領導的。」〔註1〕「文化大革命」既是中華民族的一場巨大悲劇，也是中華人民共和國歷史上的一場空前災難。作為「文化大革命」這一特定歷史階段產物的「文革」小報，它不僅是中國文化史上一道獨特的風景，也是中國新聞史上最不光彩的一頁。距「文革」小報眾聲喧嘩的年代已經過去五十年了，鏡古鑒今，研究「文革」小報，對於我們吸取歷史教訓、使那空前的浩劫永不再重演具有深遠的意義。（為了行文的方便，下文和本書正文中「文革」和「文化大革命」兩詞不再加引號）

1.1 歷史的報刊

　　中華人民共和國史可分為三個時期：1956 年至 1966 年這十年是全面開始社會主義建設的時期；1966 年至 1976 年這十年是進行文化大革命的時期；1976 年 11 月至今是社會主義建設的新時期。〔註2〕從本質上講，這三個時期都是中國共產黨圍繞「什麼是社會主義，怎樣建設社會主義」這一核心問題進行的，它們之間存在明顯的因果關係。在最初「十年的探索中，黨的指導思想有兩個發展趨向……十年『左』傾錯誤的積累和發展，到後來終於暫時壓倒

〔註1〕《關於建國以來黨的若干歷史問題的決議（1949～1981）》，第 32 頁。
〔註2〕也有一種觀點劃分為兩個時期，以十一屆三中全會為界，故有「前三十年」、「後三十年」之說。

了正確的趨向,導致『文化大革命』的發動」,「積累起來的這些正確東西,為後來糾正『文化大革命』的錯誤,實行指導思想上的撥亂反正,做了一定的準備。」〔註3〕

在全面建設社會主義的十年間,國際、國內發生了一系列事情:首先中共與蘇共之間出現了矛盾。在毛澤東看來,當時蘇共所採取的方針、政策已日益脫離了最初制定的共產主義路線。其次由於國內在經濟建設過程中採用的人民公社、大躍進導致了全國大饑荒。毛澤東與劉少奇、鄧小平等中央一線領導人雖然都希望發展經濟,但他們之間就如何發展經濟存在嚴重的分歧。這在毛澤東看來,劉鄧經濟路線也是對社會主義路線的偏離。再次赫魯曉夫對斯大林的批判讓毛澤東擔心自己死後是不是也會發生類似事情。最後毛澤東認為1949年以後他一手建立起來的國家機器已經日益成為壓迫人民的東西,他希望能把壓在人民頭上的舊的官僚機器打碎,重建國家機器。毛澤東希望借助一場前所未有的運動方式能解決上述問題。

1966年5月16日,在中國當代史上注定是一個讓人難以忘卻的日子。毛澤東經過長期的深思熟慮,特別是對1962年以來國內、國際形勢作出一系列嚴重錯誤判斷的基礎上,經過鼓勵、推動姚文元的《評新編歷史劇〈海瑞罷官〉》發表到對「三家村」進行批判一系列前期準備活動後,終於在這一天發動了一場史無前例的席卷全國的文化大革命運動。這一天,中共中央通過了由陳伯達起草並經毛澤東反覆修改定稿的《五・一六通知》,正式吹響了向無產階級文化大革命進軍的號角。

對於如何向「正睡在我們身邊的赫魯曉夫式的人物」進行進攻,《五・一六通知》並沒有作出明確規定。於是在8月8日,中共八屆十一中全會全體會議通過了一項「偉大歷史文件」──《中國共產黨中央委員會關於無產階級文化大革命的決定》(簡稱「十六條」)。《決定》提出要依靠革命群眾、採取「大鳴、大放、大字報、大辯論」形式,進行一場自下而上的群眾運動,重點在於「整黨內那些走資本主義道路的當權派」。一場在毛澤東心中醞釀已久的「觸及人們靈魂深處的大革命」終於全面發動起來了。

一切準備工作就緒後,毛澤東開始著手推進他曾批判舊的領導層沒有做到的事情:發動群眾,鼓動青年學生造反。經過毛澤東一系列行動的鼓

〔註3〕中共中央黨史研究室:《中國共產黨的七十年》,北京:中共黨史出版社,1991年,第418～419頁。

勵與支持後，紅衛兵於是橫空出世，最終在「八‧一八大會」後正式登上了歷史舞臺。

「凡是要推翻一個政權，總要先造成輿論，總要先做意識形態方面的工作。革命的階級是這樣，反革命的階級也是這樣。」這是毛澤東在 1962 年 9 月召開的八屆十中全會上關於如何加強意識形態工作的一段經典話語。毛澤東的這句話用在文化大革命運動初期紅衛兵、造反派組織身上再恰當不過。

在 1966 年夏秋至 1968 年秋這三年裏，中國新聞界出現了頗爲奇特的現象：中宣部作爲「閻王殿」被兩次接收、改組，兩任中宣部長被稱作「閻王爺」先後被更換和打倒；〔註4〕大批黨政領導被踢出黨委；絕大部分黨的媒體被封閉、奪權。據資料顯示，從 1965 年到 1967 年，全國出版的報紙種類從三百四十三種下降到四十三種，雜誌由七百九十種下降到二十七種。行業報紙、部門報紙全部銷聲匿跡，〔註5〕從而導致無報可讀的現象；大批新聞工作者，包括眾多知名記者、編輯受到批判、打倒，甚至被逼致死。〔註6〕

另外，當時的紅衛兵、造反派爲了響應毛澤東「要關心國家大事」的號召，進行了一場轟轟烈烈的群眾造反運動。紅衛兵、造反派爲了動員群眾、打倒運動對象、順利開展一系列的造反行動，必須充分佔領輿論陣地，充分製造和利用輿論工具。於是作爲紅衛兵、造反派組織進行「革命」鬥爭的銳利武器——文革小報，在紅衛兵、造反派手下應運而生，並迅速風行全國，喧鬧一時。

1.1.1 研究緣起

文化大革命是中國當代史上最爲特殊的一段歷史時期，也是中共黨史上最爲沉重的一頁。正因其「特殊」和「沉重」，由於眾所周知的原因，研究這

〔註4〕 1966 年 6 月，時任中宣部長陸定一被陶鑄取代，12 月份，陸定一被打倒；1967 年 1 月，時任中宣部長陶鑄接著被打倒。

〔註5〕 中國出版工作者協會：《中國出版年鑒‧1980》，上海：商務印書館，1980 年，第 619～620 頁。

〔註6〕 如曾任《人民日報》社長、總編輯的鄧拓；曾任《人民日報》社長、名記者的范長江；曾任《光明日報》總編的儲安平；建國後曾先後歷任上海《新聞日報》、《文匯報》社長、中國新聞社社長的金仲華；《大公報》的名記者劉克林、孟秋江等。

一段歷史的任務最為複雜和艱巨。西方國家，尤其是美國對中國這段歷史的研究比中國自身對該段歷史的研究更為先行，歷經五十年的發展，甚至已經形成一門成熟學科——文革學。〔註7〕正因如此，曾流行一種「文革發生在中國，文革研究在國外」的說法。

文革伊始，美國白宮、國務院、中情局等官方機構就開始大量收集中國有關文革的情報、尤其是群眾組織報刊。這批報刊後來被拍成縮微膠卷贈送給了美國「中國問題研究資料中心」公開影印出版。從 1975 年起，就出版了二十卷《紅衛兵資料》。隨後美國加州大學文革研究專家宋永毅等人對文革資料進一步進行收集與整理，先後影印出版了《新編紅衛兵資料》三輯，共一百一十二卷，裏面收集文革小報二千七百多種，同時他還於 2002 年在香港中文大學出版發行《中國文化大革命文庫光碟》，該資料庫成為世界上有關文革研究資料的第一個大型的網絡數據庫。

同時，美國的主要研究機構和思想智庫著手中國的文革研究，以圖對美國制定對華政策提供智力支持，如 1971 年美國蘭德公司就出版了由托馬斯·W·魯濱遜主編的《中國文化大革命》一書，書中收集了五位中國問題研究專家就文革產生背景、文革中的周恩來、文革中的外交政策以及文革中的中國農村進行了深入地分析。〔註8〕

美國學界從事文革研究的代表人物主要有麥克法誇爾、〔註9〕安炳炯、〔註10〕

〔註7〕 關於國外文革研究的史學史，王朝暉曾進行過系統的研究與探討，見王朝暉：《美國對中國「文化大革命」的研究（1966～1969）》，東北師範大學博士學位論文，2005 年。徐友漁：《西方學者對中國「文革」的研究》，《直面歷史——老三屆反思錄》，中國文聯出版社，2000 年，第 239～267 頁。〔日〕天兒慧：《日本學者對「中國文化大革命」研究述評》，韓鳳琴譯，《中共黨史研究》，1988 年，第 5 期，第 73～75 頁。李長山：《德國的中國文化大革命研究》，《國外理論動態》，2007 年，第 3 期，第 38～41 頁。

〔註8〕 Thomas·W·Robinson, *The Cultural Revolution in China*, Berkeley: University of Califomia Press, 1971.

〔註9〕 Roderick Macfarquhar, *The Origins of the Cultural Revolution*, New York: Published for the Royal institute of International Affairs, the East Asian Institute of Columbia University, and the Research Institute on Communist Affairs of Columbia University by Columbia University Press, 1974-1997, 3v. 該著作第一、二卷在中國大陸已經出版中譯簡體字本，河北人民出版社（1989 年）和求實出版社（1989、1990）分別出版，第三卷繁體中文版於 2012 年在香港由新世紀出版及傳媒有限公司出版。

〔註10〕 Byung-jioon Ahn, *Chinese Politics and the Cultural Revolution: Dynamics of Policy Processes*, Seattle: University of Washington Press, 1976.

洛厄爾・迪特默、〔註 11〕斯塔爾、〔註 12〕惠澤恩、〔註 13〕特雷蒂亞克〔註 14〕等，他們分別從政治、軍事、外交、經濟幾個層面對「文革」展開研究，其中尤以麥克法誇爾的《文化大革命的起源（三卷本）》在國際上享有盛名。

　　另中國的文革運動也引起日本學者的興趣，在 20 世紀 80 年代中期出版了一系列成果，代表人物有加加美光行、〔註 15〕安藤正太、太田勝洪、〔註 16〕天兒慧等，〔註 17〕更有甚者，竹內實跟蹤和關注了中國這場運動的全過程，歷時十年之久，寫出了一系列文章，在 2005 年出版了有關文革研究的論文集，該書已在中國翻譯出版。〔註 18〕

　　德國的尤根・道默斯、奧斯卡・威格爾、彼特・孔策、安得利亞・赫阿等都對中國的文化大革命進行了一系列的研究。〔註 19〕絕大多數德國學者一致認為，文化大革命是「眼睛開啟器」和「方向的指南針」，中國沒有文化大革命，就沒有後來的改革。〔註 20〕

〔註 11〕 Lowell Dittmoer, *Liu Shao-chi and the Chinese Cultural Revolution: the Politics of Mass Criticism.* Berkeley: University of California Press, 1974.

〔註 12〕 John BryanStarr, *Continuing the Revolution: the Political Thought of Mao,* Princeton, N.J.: Princeton University Press, 1979.

〔註 13〕 William・W・Whitson, *Military and Political Power in China in the 1970s,* New York: Praeger Publishers, 1972.

〔註 14〕 Daniel tretiak, *The Chinese Cultural Revolution and Foreign Policy,* Current Scene, Vol.VIII, No.7, April, 1970, pp.1-26.

〔註 15〕 加加美光行：《現代中國的挫折──文化大革命的考察》，亞洲經濟研究所，1985 年；《現代中國的行蹤──文化大革命的考察 II》，亞洲經濟研究所，1986 年；《走向反面的中國革命》，田燦書店，1986 年。參見天兒慧、韓鳳琴：《日本學者對中國「文化大革命」的研究述評》，《中共黨史研究》，1988 年，第 5 期，第 73 頁。

〔註 16〕 安藤正太、太田勝洪等：《文化大革命與現代中國》，岩波新書，1986 年。參見天兒慧、韓鳳琴：《日本學者對中國「文化大革命」的研究述評》，《中共黨史研究》，1988 年，第 5 期，第 73 頁。

〔註 17〕 天兒慧：《現代中國政治變動論述說》，亞洲政經學會，1984 年。參見天兒慧、韓鳳琴：《日本學者對中國「文化大革命」的研究述評》，《中共黨史研究》，1988 年，第 5 期，第 73 頁。

〔註 18〕 竹內實：《文化大革命觀察》，《竹內實文集》（第 6 卷），賀和風譯，北京：中國文聯出版公司，2005 年。

〔註 19〕 德國研究「文革」的主要學者及其代表作為尤根・道默斯的《文化革命和軍隊》、奧斯卡・威格爾的《無產階級文化大革命（1966～1976）》、彼特・孔策的《東方紅》、安得利亞・赫阿的《中國文化大革命》等。參見李長山：《德國的中國文化大革命研究》，《國外理論動態》，2007 年，第 3 期，第 38～41 頁。

〔註 20〕 李長山：《德國的中國文化大革命研究》，《國外理論動態》，2007 年，第 3 期，第 40 頁。

　　另法國漢學家潘鳴嘯歷經三十年，研究了中國文革時期「中國知青」的「上山下鄉」運動，分析了文革群眾運動的終結過程。〔註21〕

　　不過，「文革發生在中國，文革研究在國外」這一說法在上個世紀 90 年代中期就受到了挑戰。有研究者認爲，國內的文革史研究分爲三個時期。〔註22〕這三個時期是：一是在 1978 年末到 1985 年這一階段，因爲「眞理標準」的討論和十一屆三中全會的召開，尤其是 1981 年十一屆六中全會上《歷史決議》的通過以及 1983 年十二屆二中全會後開始全面整黨，文革研究開始艱難起步並得到初步發展。這一時期出版和發表了一系列黨和國家領導人以及「文革名人」的回憶錄、傳記等相關著作和文章，〔註23〕搜集和彙編了一些文革時期的文獻資料，〔註24〕以及出版了幾本研究文革的專著和文章；〔註25〕二

〔註21〕潘鳴嘯，法國漢學家，2004 年出版了法文版《失落的一代——中國的上山下鄉運動（1968～1980）》，該書於 2009 年在香港出版中文繁體版，2010 年在中國大陸出版了中文簡體版。潘鳴嘯：《失落的一代——中國的上山下鄉運動（1968～1980）》，北京：中國大百科全書出版社，2010 年。

〔註22〕陳建坡：《「文化大革命」史研究 30 年述評》〔D〕，中共中央黨校博士論文，2009。

〔註23〕回憶錄專著有，如粟裕：《激流歸大海：回憶朱德同志和陳毅同志》，上海：上海人民出版社，1979 年。劉愛琴：《女兒的懷念——回憶父親劉少奇》，石家莊：河北人民出版社，1980 年。董楚青：《憶我的爸爸董必武》，廣州：花城出版社，1982 年。聶榮臻：《聶榮臻回憶錄（上中下）》，北京：解放軍出版社，1984 年。仲侃：《康生評傳》，北京：紅旗出版社，1984 年。胡傳章、哈經雄：《董必武傳記》，長沙：湖南人民出版社等。回憶錄文章有聶榮臻：《所謂「二月逆流」》，《光明日報》，1984 年 12 月 1 日；陳再道：《武漢「七二〇」事件始末》，《中國老年》，1984 年，第 2 期等。

〔註24〕這個時期的文革資料彙編有，如中共中央黨校黨史研究室：《文革期間重要事件撥正：選自 1976 年 10 月至 1979 年 6 月的報刊》，内部資料，1979 年。中共北京市委黨史資料室：《康生言論選編（1～8）》，内部資料，1980 年。中共中央文獻研究室：《關於建國以來黨的若干歷史問題的決議（注釋本）》，北京：人民出版社，1983 年。中國人民解放軍政治學院訓練部：《中共黨史教學參考資料（「文化大革命」）時期》，内部資料，1983 年。中國人民解放軍政治學院訓練部：《齊齊哈爾市「文革」大事記 1966.5～1976.10》，内部資料，1985 年。中共浙江省委黨校史教研室：《「文化大革命」時期資料選輯》，内部資料，1985 年等。

〔註25〕研究文革的專著主要有，金春明、譚宗級等：《徹底否定「文化大革命」十講》，北京：解放軍出版社，1985 年。金春明：《「文化大革命」論析》，上海：上海人民出版社，1985 年等。文章有金春明：《上海「一月革命」的前前後後》，黨史通訊，1983 年，第 18 期。《「一月奪權」有關問題明辨》，《理論内參》，1985 年，第 3 期。王年一：《毛澤東同志發動「文化大革命」時對形勢的估計》，

是在 1986 年至 1989 年這一期間，文革研究出現了第一個高峰，研究深度和
廣度進一步提升。這一時期繼續收集和整理了一系列有關文化大革命的資
料，〔註 26〕出版了一系列人物傳記和回憶錄，〔註 27〕出版了幾部高質量的學
術專著和研究文章〔註 28〕；三是 1990 年至今，文革研究在「平靜」中持續發
展。這是因爲在 1985 年至 1988 年間，國家相關部門連續發布了一系列規範
文革出版物的通知和規定，使得文革研究在「平靜」中繼續向前發展，每個
文革發動的逢十週年前後，都有相關著作和文章面世。〔註 29〕

《黨史研究資料》，1982 年，第 4 期。《試論「文化大革命」的準備》，《黨史
通訊》，1983 年，第 18 期。《「文化大革命」第一階段述評》，《黨史研究資料》，
1984 年，第 10 期。《「文化大革命」發動癥結》，《黨史研究》，1985 年，第 1
期等。

〔註 26〕這一時期整理的主要文革研究資料有國防大學黨史黨建政工研究室：《「文化
大革命」研究資料（上、中、下）》，内部資料，1988 年。有國防大學黨史黨
建政工研究室：《中共黨史教學參考資料》，其中 25、26、27 共 3 冊主要收集
有關「文化大革命」的相關資料。周明主編：《歷史在這裡沉思：1966～1976
年紀實》，北京：華夏出版社，1986 年。余習廣主編：《位卑未敢忘憂國：「文
化大革命」上書集》，長沙：湖南人民出版社，1989 年。黃錚：《在歷史的檔
案裏「文革」十年風雲錄》，瀋陽：遼寧大學出版社，1988 年。子西等編：《非
正常死亡：十年浩劫中的受難者》，北京：北京師院出版社，1986 年等。

〔註 27〕人物傳記主要有懷恩：《周總理生平大事記》，成都：四川人民出版社，1986
年。方鉅成、姜桂儂：《周恩來傳略》，北京：人民出版社，1986 年。裴堅章：
《研究周恩來——外交思想與實踐》，北京：世界知識出版社，1989 年。鐵竹
偉：《陳毅元帥在「文化大革命」中》，北京：解放軍文藝出版社，1986 年。
王春才：《彭德懷在三線》，成都：四川省社會科學出版社，1988 年。林青山：
《康生外傳》，北京：中國青年出版社，1988 年等。回憶錄主要有鄭念：《上
海生死劫》，程乃珊、潘佐君譯，杭州：浙江文藝出版社，1988 年。陳再道：
《浩劫中的一幕：武漢七二〇事件親歷記》，北京：解放軍出版社，1989 年。

〔註 28〕這一時期主要研究文革的專著有高皋、嚴家其：《「文化大革命」十年史：1966
～1976》，天津：天津人民出版社，1986 年。王年一：《大動亂年代》，鄭州：
河南人民出版社，1988 年。柳隨年、吳群敢：《「文化大革命」時期的國民經
濟：1966～1976》，黑龍江：黑龍江人民出版社，1986 年等。主要文章有路寧：
《「文化大革命」時期群眾變態心理分析》，《社會爭鳴》，1989 年，第 2 期。
王年一：《對上海「一月革命」的幾點看法》，《黨史研究》，1987 年，第 2 期。
楊瑰珍：《試析毛澤東與劉少奇分歧的由來》，《毛澤東思想研究》，1989 年，
第 3 期等。

〔註 29〕這一時期涉及文革的資料收集主要有廣西文革大事年表編寫組：《廣西文革大
事年表》，南寧：廣西人民出版社，1990 年。蘇東海、方孔木：《中華人民共
和國風雲實錄》，石家莊：河北人民出版社，1994 年。徐曉：《民間書信：中
國民間思想實錄：1966～1977》，合肥：安徽文藝出版社，2000 年。李松晨等：

　　上述情況基本反映了國內外人文社會科學領域有關文革歷史研究的基本樣貌，即主要集中在政治學、歷史學、社會學、經濟學、心理學和教育學這幾個學科領域，唯獨缺失了新聞傳播學學科對它進行專門、系統的研究，更遑論對這一時期紅衛兵和造反派創辦的群眾報刊進行系統研究。

　　國外大多數學者只是在研究這段歷史時，把紅衛兵、造反派的群眾報刊作為一種重要的史料資源加以利用。如麥克法誇爾在撰寫《文化大革命起源》一書時，就大量使用了紅衛兵、造反派們主辦的報刊文章作為其分析問題的

《「文革」檔案（1966～1976）（上、下）》，北京：當代中國出版社，1999年。回憶錄和人物傳記主要有於光遠：《文革中的我》，上海：上海遠東出版社，1995年。耿飆：《耿飆回憶錄》，北京：解放軍出版社，1991年。黃克誠：《黃克誠自述》，北京：人民出版社，1994年。中共中央黨校：《「文化大革命」中的周恩來》，北京：中共中央黨校出版社，1991年。安建設：《周恩來最後的歲月（1966～1976）》，北京：中央文獻出版社，1995年。葉永烈：《文革名人風雲錄》，西寧：青海人民出版社，1995年。金石開：《歷史的代價：「文革」死亡檔案》，北京：中國大地出版社，1993年。高文謙：《晚年周恩來》，香港：明鏡出版社，2003年。劉武生：《歷史的眞知：「文革」前夜的毛澤東》，北京：新華出版社，2006年。黃崢：《劉少奇的最後的歲月（1966～1969）》，北京：中央文獻出版社，2002年。朱元石：《吳德口述：十年風雨紀事》，北京：當代中國出版社，2004年。劉冰：《風雨歲月：清華大學「文化大革命」憶實》，北京：清華大學出版社，1998年。蕭克等：《我親歷的政治運動》，北京：中央編譯出版社，1998年。沈如槐：《清華大學文革紀事——一個紅衛兵領袖的自述》，香港：時代藝術出版社，2004年。聶元梓：《聶元梓回憶錄》，香港：時代國際出版有限公司，2005年。徐友漁：《1966：我們那一代的回憶》，北京：中國文聯出版公司，1998年等。這一時期主要學術專著和文章有金春明：《「文化大革命」史稿》，成都：四川人民出版社，1995年。胡繩：《中國共產黨的七十年》，北京：中央黨史出版社，1991年。席宣、金春明：《「文化大革命」簡史》，北京：中共黨史出版社，1996年。張化、蘇採青：《回首「文革」：中國十年「文革」分析與反思》，北京：中共黨史出版社，2000年。周全華：《「文化大革命」中的「教育革命」》，廣州：廣東教育出版社，1999年。鄭謙：《被「教育」的革命：「文化大革命」中的「教育革命」》，北京：中國青年出版社，1999年。陳晉寬：《教育革命的歷史考察（1966～1976）》，福州：福建人民出版社，2001年。羅平漢：《牆上春秋：大字報的興衰》，福州：福建人民出版社，2001年等。文章主要有印紅標：《「全國第一張馬列主義大字報」出籠記》，《百年潮》，1999年，第7期。邱健立：《試述「文化大革命」中的大字報》〔D〕，河南大學碩士學位論文，2001年。鄭謙：《一個關於平等的虛幻深化——「文化大革命」中的招生改革》，《縱橫》，1999年，第6期。廣豔輝：《特殊年代的特殊產物——革命委員會》，《黨史縱橫》，2004年，第2期。金一虹：《「鐵姑娘」再思考——中國文化大革命期間的社會性別與勞動》，《社會學研究》，2006年，第1期等。

重要材料來源之一。

　　至於國內，金大陸、印紅標、陳東林、郭若平、賀吉元、古陽木、龔小京對文革小報的研究雖有所涉及，但也只是以公開的方式零星發表過幾篇有關紅衛兵報紙和造反群眾報刊爲主題的文章。〔註30〕而在新聞傳播學科內部，對於紅衛兵、造反派組織創辦的文革小報現象，多數學者只是在撰寫新聞通史專著或者教材時有所涉及，其中除方漢奇主編的《中國新聞事業通史》進行了較爲詳細的分析外，其他學者只是進行了簡單提及。〔註31〕而把文革小報作爲一個專題，進行系統地研究，則幾乎是一片空白。可見就國內外新聞傳播學學者而言，文革小報的研究尚未進入他們「法眼」。造成這一現象的原因，既有客觀現實原因，也有主觀因素。

　　文革小報作爲文革這一特殊歷史階段的特殊報刊，在中國新聞史上佔據中國報壇長達十年之久，具有特殊的歷史地位。它是研究和編寫中國新聞事業史不可缺失，也不可迴避的一部分。沒有歷史就沒有今天，沒有歷史也就沒有未來。一個學科如果不善於對自己所在學科的行爲主體及其社會實踐做出總結與反思，有關學者如果不刻意停下來返觀我們新聞傳播實踐界所走過的道路，那麼該學科的發展將是茫無頭緒的，也無從談起更好地指導新聞傳播實踐界的良性發展。

　　研究文革小報的發展歷史，是爲了更好地總結我們新聞界在過去實踐過程中的經驗教訓，爲未來中國新聞事業更好地發展。這是本研究的首要意義。其次，研究文革小報的歷史，也是爲了彌補上述當前新聞傳播學界對文革新聞史研究現狀的不足和缺憾，亦即加強新聞史對文革小報進行別開生面的專題性研究。再次，新聞史學研究是新聞學研究的基礎，也是先行。加強對文革新聞史、尤其是文革小報的研究，可以讓新聞傳播學作爲一門學科在自己發展的道路上更好地校正自己，提高自己，找到正確的前進道路，從而實現理論上的創新。最後，史學史證明，對歷史材料進行新的發現和挖掘是進行

〔註30〕這六人中，無一人來自新聞傳播學學界。且這六人中，只有前三位來自學界，搞史出身。金大陸供職於上海社會科學院歷史研究所研究院，印紅標供職於北京大學國際關係學院，郭若平供職於中共福建省委黨校。

〔註31〕方漢奇主編的《中國新聞事業通史》（第三卷）第二十三章「『文化大革命』時期的新聞事業」中第一節「發動『文化大革命』期間的新聞事業」中第四部分「『文化大革命』初期的文革小報」對其進行了專門介紹；另劉家林的《新中國新聞傳播60年長篇（1949～2009）、陳力丹、張建中的《新聞理論教程》都對「文革」小報有所提及。

史學研究的一項重要功能，通過對文革小報的研究，可以挖掘出大量的一手材料，從而爲其他學科以後進行文革史研究提供大量有價值的史料。

1.1.2 研究對象

正如前述，本人試圖對文化大革命這一特定歷史階段的紅衛兵、造反派創辦的文革小報這一特殊的媒介形式進行一次系統性的專門研究。那麼到底何爲文革小報？目前學界對於它並沒有一個明確的、完整的界定。在介紹文革小報時，一些著作和文章大多從某些方面的特點對其加以描述。其中，對文革小報的特點歸納得比較完整、全面的有方漢奇主編的《中國新聞事業通史》（以下簡稱「《通史》」）和印紅標發表的《「文革」中的群眾組織小報》一文。

關於文革小報誕生的背景，《通史》認爲，「『文革小報』是『文化大革命』特定歷史條件下的產物」，是「是隨著『文化大革命』初期『紅衛兵』運動的興起而出現的。」〔註32〕

關於文革小報創辦的目的，印紅標認爲文革小報出現是文革群眾運動自身發展的需要，它是「領導者發動、領導和推動群眾運動的一種方式。」〔註33〕

關於文革小報的性質，印紅標認爲，它是「由群眾組織創辦，而非官方創辦」、「具有非正式、非官方的色彩。」〔註34〕

關於文革小報的出版機構，《通史》和印紅標均認爲，文革小報沒有正式的出版機構，不需要向有關部門申請、登記和註冊。〔註35〕

關於文革小報的創辦者，《通史》認爲主要是「紅衛兵」組織和「造反」組織。〔註36〕另外印紅標還對創辦小報的群眾組織進行了細分，認爲主要分爲這四類：一是具有本單位臨時權力機構性質的文革委員會籌備委員會、文

〔註32〕 方漢奇：《中國新聞事業通史》（第 3 卷），北京：中國人民大學出版社，1999
年，第 340～341 頁。

〔註33〕 印紅標：《「文革」中的群眾組織小報》，《新聞與傳播研究》，1992 年，第 1
期，第 150 頁。

〔註34〕 印紅標：《「文革」中的群眾組織小報》，《新聞與傳播研究》，1992 年，第 1
期，第 146～147 頁。

〔註35〕 方漢奇：《中國新聞事業通史》（第 3 卷），北京：中國人民大學出版社，1999
年，第 337 頁。印紅標：《「文革」中的群眾組織小報》，《新聞與傳播研究》，
1992 年，第 1 期，第 146～147 頁。

〔註36〕 方漢奇：《中國新聞事業通史》（第 3 卷），北京：中國人民大學出版社，1999
年，第 337 頁。

革委員會和革命委員會；二是群眾組織或者群眾組織的聯合體；三是爲某一專題而組成的聯絡站；四是幾個志同道合者以某一空頭組織的名義辦報。〔註37〕

　　關於文革小報的刊期，《通史》和印紅標均認爲，文革小報的刊期具有很大的隨意性，不定期居多，隨出隨停。〔註38〕

　　關於文革小報的內容，《通史》認爲文革小報主要刊登文章「攻擊對立組織」、刊發對本派有利的「首長講話」以及「一些動態消息」。〔註39〕印紅標則認爲文革小報的內容主要包括刊登首長指示、群眾組織的文件、政治評論和時事新聞。〔註40〕

　　關於文革小報的印刷與發行，《通史》和印紅標均認爲，文革小報分爲油印和鉛印兩種，發行方式也分爲組織內部或者組織之間相互交流與面向社會大眾公開發行兩類。〔註41〕

　　關於文革小報的影響，《通史》認爲文革小報「在動員群眾投入『文化大革命』方面發揮了重要的輿論鼓動作用」，同時「又是群眾組織用以擴大自己社會政治影響力的重要工具」。〔註42〕印紅標認爲「文革」小報推動了「文化大革命」初期的「群眾政治運動」。〔註43〕

　　結合上述兩人對文革小報特徵的描述，本人嘗試對文革小報下一定義，以求拋磚引玉，請教方家。

　　文革小報是指文化大革命期間由群眾組織或群眾個人以某種群眾組織的名義，爲適應文革運動、尤其是文革初期群眾運動，通過油印或者鉛印方式，

〔註37〕印紅標：《「文革」中的群眾組織小報》，《新聞與傳播研究》，1992 年，第 1 期，第 155～156 頁。

〔註38〕方漢奇：《中國新聞事業通史》（第 3 卷），北京：中國人民大學出版社，1999 年，第 337～338 頁。印紅標：《「文革」中的群眾組織小報》，《新聞與傳播研究》，1992 年，第 1 期，第 147 頁。

〔註39〕方漢奇：《中國新聞事業通史》（第 3 卷），北京：中國人民大學出版社，1999 年，第 340 頁。

〔註40〕印紅標：《「文革」中的群眾組織小報》，《新聞與傳播研究》，1992 年，第 1 期，第 158～159 頁。

〔註41〕方漢奇：《中國新聞事業通史》（第 3 卷），北京：中國人民大學出版社，1999 年，第 337 頁。印紅標：《「文革」中的群眾組織小報》，《新聞與傳播研究》，1992 年，第 1 期，第 158～159 頁。

〔註42〕方漢奇：《中國新聞事業通史》（第 3 卷），北京：中國人民大學出版社，1999 年，第 343 頁。

〔註43〕印紅標：《「文革」中的群眾組織小報》，《新聞與傳播研究》，1992 年，第 1 期，第 159 頁。

大量刊登動員群眾、黨同伐異與歌功頌德的內容，供群眾組織內部或群眾組織之間進行交流或者面向社會公開發行的定期或不定期的非正式報紙。

前述《通史》和印紅標對文革小報的一般特徵已經闡述得非常詳細，在此不再重新一一列舉。需要注意的是，對「文革」小報的界定還有幾個方面的特徵需要加以明確：

（一）從時間上來看，只有在 1966 年 8 月通過的那份《決定》，號召「群眾自己解放自己」，特別是 1966 年「八‧一八」大會後，紅衛兵作為文革群眾組織開始正式登上歷史舞臺後，在整個文革期間，以群眾組織名義出版的報刊才能算是文革小報。其中以 1966 年年底到 1968 年年中，這一段時期創辦的文革小報最多。

而在文化大革命正式發動以前，甚至在「四清」運動期間，民間就已出現的一些類似傳單性質的、非正式刊物，不能算文革小報；當然在 1976 年 10 月中央正式宣佈文革結束後，一些刊登與文革內容有關的小報也不能算文革小報。如 1985 年文化部出版局就曾發布的一項文件稱，「有些地區的報刊，尤其是新創辦的一些小報，刊載了不少所謂揭露林彪、江青反革命集團的文學作品。」〔註44〕顯然，這份文件中所指的「小報」則不應在文革小報之列。

（二）從創辦者來看，文革小報的創辦者既可以是群眾組織，也可以是憑空捏造出以某一群眾組織的名義辦報的幾個志同道合的個人。如《中學文革報》創刊當時並沒有成立什麼紅衛兵組織，但其創辦者卻「拉出『首都中學革命造反司令部』唬人的大旗」。〔註45〕另《只把春來報》的主辦者也沒有真正的群眾組織，卻在報紙上印出「首都中學生革命造反統一戰線宣傳組」主辦。

（三）「紅衛兵」小報不能完全等同於文革小報。文革小報的創辦者包括各種群眾組織，它應該包括大、中、小學校的紅衛兵組織，各造反派組織以及文化革命委員會（籌委會）以及後來無產階級革命委員會。也就是說文革小報與紅衛兵小報之間的關係，是包含與被包含的關係。這也是目前有些文章一提到文化大革命時期的群眾報刊，就直接從創刊於 1966 年 9 月 1 日的《紅衛兵報》和《紅衛兵》提起，從而產生錯誤的原因。由北京大學文化大革命

〔註44〕《文化部出版局關於揭露林彪、江青反革命集團的文學讀物應切實注意社會效果的通知》，1985 年 1 月 31 日；〔85〕出版字第 56 號。
〔註45〕牟志京：《似水流年》，見北島、曹一凡、維一：《暴風雨的記憶：1965～1970 年的北京四中》，北京：生活‧讀書‧新知三聯書店，2012 年，第 17 頁。

委員會籌委會於 1966 年 8 月 22 日創刊的《新北大》，應屬於文革小報的範疇。《十六條》雖然明確指出「文化革命委員會」是在中國「共產黨的領導下」，但同樣在《十六條》中也明確指出這些組織的性質是「群眾組織」。同理，在文革群眾運動中、後期實行革命「三結合」的「革命委員會」也應具有群眾組織的性質，他們主辦的小報也應屬於文革小報。

（四）文革小報的來源有兩種。文革小報既有由紅衛兵、造反派群眾組織或者個人創辦，也有是通過「革命」奪權後，對省、地、市級的黨報進行封閉、停刊，然後經造反派重新啓封，把查封的黨報改造成自己的輿論工具。這類文革小報大多出現在 1967 年「一月風暴」之後的一段時期內。這些報紙隨著運動的變化，不斷被「軍宣組」、「工宣組」、「革命委員會」接管。在每一次變故中，報紙的名稱和主辦者雖然不時發生變化，但它們還是應該屬於文革小報。

（五）文革小報既有漢文版的，也有由其他文字編輯出版的。文革小報的主體，絕大多數是用漢文字的，但也有極少數用其他少數民族語言出版的小報。如 1967 年 1 月 11 日，一個名叫「紅色新聞造反團」的造反組織奪取了《西藏日報》的黨、政、財、文大權後，把奪取的藏文版《西藏日報》，改成藏文版的《紅色造反者》出版。此外，北京外國語學院、北京師範大學的造反派組織還創辦了中英、中俄文對照的《教育革命》報刊。

（六）文革小報既有中國群眾組織辦的，也有在華其他國籍的群眾或者群眾組織創辦的。如 1967 年初夏杉山市平、岡田春子、德田多津、八木信一、土肥民生等在北京發起成立造反組織「在京日本紅衛兵」。8 月 3 日「在京日本紅衛兵」和「北航紅旗戰鬥隊」、「中國人民大學三紅」、「外交學院革命造反兵團」以及「北京外國語學院紅旗大隊」等國內群眾造反組織為了「吹響中日兩國紅衛兵向日修宮本集團宣戰的進軍號」，共同創辦文革小報《驚雷》。〔註46〕

（七）文革小報的創辦者既來自各行各業，也包括各色人等。文革小報的創辦者既有出自黨、政部門的造反群眾，也有出自工、農、商、學、兵等各行各業的紅衛兵和造反群眾。既有泥木工人等手工業者創辦的小報，如「長

〔註46〕　《編者的話》，《驚雷》，在京日本紅衛兵、北航紅旗戰鬥隊、中國人民大學三紅、外交學院革命造反兵團、北京外國語學院紅旗大隊主辦，1967 年 8 月 3日，創刊號，第 4 版。

沙市泥木工人聯委會」於 1967 年 7 月 27 日創辦的《泥木工人》；也有殘疾人創辦的小報，如 1967 年 8 月 9 日，「成都聾人革命造反兵團」主辦的《聾人炮聲》；甚至還有從監獄「平反」出來的囚犯創辦的小報，如「誓死捍衛毛澤東思想革命造反總部」於 1967 年 5 月 10 日創辦的《紅囚徒》。

（八）文革小報的編輯人員大多是沒有接受過專門新聞工作訓練的業餘人員，但也有極少部分是經驗豐富的新聞工作人員。當時的文革小報的編輯人員主要由在校學生、機關、廠礦等企事業單位的職工以及社會上其他各種人員組成。毫無疑問，在創辦文革小報之前，他們中的大多數是沒接受過任何新聞教育的訓練，也沒有參加過任何新聞實踐的工作。但在紅衛兵組織創辦的小報編輯人員中，包括了當時一部分大學新聞院系的學生，他們在校接受了一定的新聞專業教育，並進行了一些新聞實踐工作。同時在社會機關、企事業單位的造反派組織創辦的文革小報編輯人員中，有一部分是以前在正式的新聞媒體或者行業單位創辦的媒體中從事過新聞實踐工作的。如「上海出版界革命造反司令部」主辦的《造反》第六十期曾刊登過一位同濟大學「『五七』公社」青年教師的發言。該教師在談及上海《工人造反報》當時編輯人員的構成情況時說，「據瞭解，《工人造反報》三十幾個編輯，其中二人來自《新民晚報》，三人來自解放軍，其餘全是產業工人，其中有的五八年還是文盲，但他們的報紙搞得多好。出版社的編輯隊伍也要走這一條路，要有一支革命化的聯繫群眾的編輯隊伍。」〔註 47〕此外，當時一些新聞單位造反派所辦的小報，如「首都批判資產階級反動學術權威聯絡委員會新聞分會」主辦的《新聞戰線》、「首都新聞批判聯絡站」主辦的《新聞戰報》、「新華公社為人民服務紅衛兵」主辦的《新華戰報》、「上海新聞界革委會」主辦的《新聞戰士》等這些造反小報的編輯人員，肯定是專業新聞界人士無疑。由此可見，當時的文革小報的編輯人員中，有專業的新聞從業人員參與其中。

（九）文革小報的新聞採集人員也有自己的記者證。現在不能確定是否當時每一份文革小報的新聞工作者是否有自己的記者證，但從相關證據可以確定當時有些文革小報的新聞編輯人員有自己所在報紙發給的記者證，只不過這些記者證並不一定經過了相關權威機構的認可。如「紅衛兵上海司令部」主辦的《紅衛戰報》第三十二期曾刊登的一份《本報啟事》稱，「自即日起，

〔註47〕《工農兵談出版革命》，《造反》，上海出版界革命造反司令部主辦，1968 年 9 月，第 60 期，第 1 版。

本報工作人員一律使用橫式白底紅字記者證，原豎式白底黑字或其他證件統統作廢。」〔註48〕再如「上海財貿系統革命造反委員會」主辦的《財貿戰報》第五十六期曾刊登了一則「本報編輯部」的《聲明》。《聲明》稱，「茲遺失本報記者證一張（白底藍花紋，編號104），特此聲明作廢。」〔註49〕

（十）當時中國到底有多少種文革小報，目前不得而知。當時到底有多少種文革小報，目前眾說紛紜，沒有確切的數據。有人認為在六千種上下，「據初步估計，在1966年夏季至1969年夏季，全國這類報紙大約有近五千種之多。」〔註50〕「全國各地紅衛兵群眾組織創辦的文化大革命小報（簡稱文革小報，也稱紅衛兵報），卻鋪天蓋地而生，大約有五六千種之多。」〔註51〕另有人認為達到了一萬種以上，「以『紅衛兵』、『東方紅』、『造反者』等命名的文革群眾組織自發創辦報刊，遍及全國，其總量至今無法準確統計，據我個人估算，大約在一萬種以上，又可謂『滿街紅綠走旌旗』。」〔註52〕因文革報刊都是群眾組織當時自主創辦，沒有官方的批准；並且因為年代特殊，創辦者辦報都比較隨意，隨辦隨停，無法統計；再加上年代久遠，小報散失嚴重。所以到底有多少種文革小報，估計永遠無法考證。

綜上所述，文革小報作為文化大革命的歷史產物，深刻反映了這一歷史時期、尤其是文革初期群眾運動的某些社會特徵。研究文革小報在這一時期的運作特徵以及它與社會的互動關係，無論對於新聞傳播學科內部，還是從其他學科對文革歷史的研究來說，都深具重要的學理和現實意義。

1.2 報刊的歷史

正因為文革小報是特定年代的產物，帶有鮮明的時代烙印，具有一定的

〔註48〕《本報啓事》，《紅衛戰報》，紅衛兵上海司令部主辦，1967年4月7日，第32期，第4版。

〔註49〕《聲明》，《財貿戰報》，上海財貿系統革命造反委員會主辦，1968年8月14日，第56期，第4版。

〔註50〕古陽木：《紅衛兵小報興亡錄——中國報刊史上的亂世奇觀》，《炎黃春秋》，1994年，第3期，第40~49頁。

〔註51〕馬振予：《非常年代的歷史見證》（代序），見杜永平、周連城：《文革小報目錄》，北京：中國報業協會集報分會（內部交流），2004年，第1頁。

〔註52〕陳東林：《「文革」群眾組織報刊研究》，華夏知青，查閱時間2018年3月12日。http://www.hxzq.net/aspshow/showarticle.asp?id=1416.

敏感性，再加上文革小報盛行的年代距今已久，大量文革小報已經封存、銷毀或者遺失，造成一手材料難以獲取，導致當前對文革小報的研究尙未進入國內學界，尤其是新聞傳播學界的「法眼」，更遑論有專門研究文革小報的專著出世。前面提到目前國內只有極少數學者公開發表過爲數極少的文章或者在其他專著或者教材中對文革小報有一定的涉及。當然，在民間出現一些文革小報的創辦者或者報紙收藏愛好者對文革小報進行了一定的研究，在網絡上發表有關文革小報的文章，這些研究對於當前和未來文革小報的研究，也深具借鑒和啓發意義。需要說明的是，出於研究的嚴謹性，本文對於文革小報研究的文獻梳理，只針對公開出版和發表的著作與文章。

1.2.1 文獻綜述

從目前公開出版的著作和發表文章來看，對文革小報的研究視角主要有以下幾類：

第一類從整體史的角度對文革小報進行研究。

最先關注文革小報的產生和發展歷史的是新聞史教學、研究工作者。如方漢奇主編的《中國新聞事業通史》第三卷中就專門對文革小報的誕生背景、印刷與發行、形式特徵、內容特色以及社會影響進行了較爲詳細的分析。該著在論述文革小報的整體特徵之外，還從區域史的角度對北京地區的文革小報進行了分析。該著認爲當時北京地區存在以下九種類型的文革小報：大專院校紅衛兵組織創辦的小報、跨院校的高校紅衛兵組織創辦的小報、中等學校紅衛兵組織創辦的小報、各級黨政機關群眾組織創辦的小報、廠礦企業群眾組織創辦的小報、文化藝術界群眾組織創辦的小報、駐北京的軍隊院校、機關群眾組織創辦的小報、其他各行各業群眾組織創辦的小報。〔註53〕

此外，劉家林的《新編新聞傳播 60 年長編 1949～2009（上）》、〔註54〕以及陳力丹、陳建中主編的《新聞理論教程》等教材，〔註55〕也對文革小報有一定的介紹。

在其他學科內，印紅標是目前在國內期刊上公開發表文章對文革小報進

〔註53〕方漢奇：《中國新聞事業通史》（第3卷），北京：中國人民大學出版社，1999年，第338頁。

〔註54〕劉家林：《新編新聞傳播60年長編1949～2009（上）》，廣州：暨南大學出版社，2010年。

〔註55〕陳力丹、陳建中：《新聞理論教程》，北京：中國人民大學出版社，2013年。

行論述的最早一位。印紅標在文中對文革小報特徵進行了詳細的分析，前文已經敘述，在此不再重述。除此之外，他還在文中提出，「小報（最早）出現的確切日期仍需要在廣泛收集資料的基礎上加以考證」。《新北大》是「第一份有社會影響和全國影響的文革小報」，首都大專院校紅衛兵司令部政治部主辦的《紅衛兵》和北京市六中紅衛兵主辦的《紅衛兵報》是「最早面向社會公開發行的紅衛兵組織的報刊。」〔註 56〕另外，他還在文中指出，文革運動中群眾報刊的發展，是「群眾運動發展的需要」，「而使這種需要成爲現實，關鍵在於以毛澤東爲首的中共中央的允許和提倡。」〔註 57〕

　　古陽木除從歷時性的角度對文革小報的興衰歷程進行梳理外，還指出文革小報的內容主要在包括「大批判」、刊登內部講話和文件、刊登「文攻武衛」的鬥爭消息以及學習毛主席著作體會四個方面。〔註 58〕

　　賀吉元對文革小報的發展歷程進行了簡要的描述，認爲其中最具影響力的文革小報是《首都紅衛兵》。另外，他在文中還簡要介紹了當時上海文革小報整肅的情況；並指出當時的辦報者爲了避免出現政治錯誤，辦報時「慎之又慎」；毛澤東非常關注「文革小報」。〔註 59〕

　　第二類從區域史的角度對「文革」小報進行研究。

　　郭若平主要從文革小報的史料價值角度入手，提出文革小報爲文革史的研究提供了一個「地方視角」。這既有利於文革史研究的中下層歷史敘事與上層歷史敘事進行有效的互動，也有利於探究文革地方史的分層結構，最終達到在「地方史的基礎上把握『文革史』的總體史樣態。」〔註 60〕

　　金大陸則主要針對文革期間上海地區的群眾報刊進行研究。他從報刊層級角度提出上海地區文革時期存在四種類型的報刊：一是《文匯報》、《解放日報》、《支部生活》公開發行的黨報，以及後來市革委會批准出版的《紅小

〔註 56〕印紅標：《「文革」中的群眾組織小報》，《新聞與傳播研究》，1992 年第 1 期，第 148～149 頁。

〔註 57〕印紅標：《「文革」中的群眾組織小報》，《新聞與傳播研究》，1992 年第 1 期，第 151 頁。

〔註 58〕古陽木：《紅衛兵小報興亡錄──中國報刊史上的亂世奇觀》，《炎黃春秋》，1994 年第 3 期，第 40～49 頁。

〔註 59〕賀吉元：《「文革」小報──運動初期的亂世奇觀》，《黨史博採》，2009 年第 4 期，第 49～52 頁。

〔註 60〕郭若平：《「文化大革命」期間的「小報文獻及其研究價值」》，《黨史研究與教學》，2007 年第 5 期，第 9～13 頁。

兵報》、《學習與批判》等；二是工總司、紅代會以及高校群眾組織創辦的報刊；三是各區、局以及基層單位群眾組織創辦的報刊；四是某些人群自發組織創辦的報刊。〔註61〕他認為「一月革命」以後，有關部門對第二、三、四類群眾報刊進行整頓時，根據不同類型的群眾報刊採取了不同的政策，從而導致了不同的結果。〔註62〕

龔小京對江西省的文革小報進行了介紹。他在文中提出江西省的文革小報目前有實物的共計三百二十七種，「估計總數不會少於六百種」；當時文革小報的創辦主要集中在南昌、九江、萍鄉和贛州四個市。另外，他還從印刷與發行、小報的內容以及社會影響諸角度詳細分析了江西文革小報。〔註63〕

第三類從個案史的角度對文革小報進行研究。

閻志峰專門就《中學文革報》進行研究。他在文中詳細介紹了《中學文革報》的辦報歷程，並就與該報有關的遇羅克以及《出身論》進行了介紹。他認為《中學文革報》是「1949年以來，中國大陸影響最大的民辦報紙。」〔註64〕

第四類是文革小報的創辦者的回憶性文章和著作。

《中學文革報》的創辦者之一牟志京曾撰文回憶該報的創辦經過，以及該報因《出身論》所引起的爭議與受到壓制的過程。〔註65〕

周孜仁在文化大革命期間曾是《8・15戰報》主編，他在其《紅衛兵小報主編自述》一書中，除了回顧當時重慶地區的文革群眾運動外，還敘述了重慶造反組織「八一五」派的機關報《8・15戰報》、「重慶革聯會」的機關報《山城戰報》、《橫眉》與《8・15戰報》成都版的創辦與興衰歷程。〔註66〕

上述有關文革小報的研究，給我們後繼者的研究提供了多樣化的視角和大量前期的基礎。第一類有關文革小報的整體史研究，尤其《中國新聞事業通史》和印紅標一文對文革小報的特徵分析，為我們瞭解文革小報的整體概

〔註61〕金大陸：《上海文革運動中的群眾報刊》，《史林》，2005年第3期，第102頁。

〔註62〕金大陸：《上海文革運動中的群眾報刊》，《史林》，2005年第3期，第103～112頁。

〔註63〕龔小京：《江西省「文化大革命」派報述略》，《新聞與傳播研究》，1992年第4期，第138～145頁。

〔註64〕閻志峰：《〈中學文革報〉名揚全國始末》，《黨史文苑》，2005年第15期，第43頁。

〔註65〕牟志京：《似水流年》，見北島、曹一凡、維一：《暴風雨的記憶：1965～1970年的北京四中》，北京：生活・讀書・新知三聯書店，2012年，第1～52頁。

〔註66〕周孜仁：《紅衛兵小報主編自述》，美國：溪流出版社，2006年。

貌與特徵，具有很高的參考借鑒意義。但美中不足是，這些著作和文章因篇幅所限，並不能面面俱到，很多有關文革小報的內容難以一一涉及。

在文革小報的地方史研究和個案史研究中，郭若平從史料價值的角度提出要重視文革小報的研究。但其從史學研究的角度提出，認爲加強文革小報的研究有利於地方文革史的研究。金大陸和龔小京有關上海、江西文革小報的研究以及閻志峰對《中學文革報》的研究爲我們認識這兩個地方的文革小報以及《中學文革報》創辦的情況很有幫助。但這些研究畢竟缺乏整體性和全面性的考察，對於我們認知全國文革小報的整體概況有限。

在文革小報創辦者的回憶錄中，牟志京和周孜仁披露了大量文革小報創辦者從事文革小報創辦活動的內幕，加深了我們對當時文革小報與文革群眾運動互動的認識。但和前面的地方史和個案史研究一樣，存在著對全國文革小報整體把握的欠缺。

另外，因眾所周知的原因，造成文革小報原始資料收集的困難，上述研究中有關文革小報一些結論性的東西，隨著史料的進一步挖掘，將會要進一步修正。如賀吉元認爲，北京六中的《紅衛兵報》是最早的文革小報之一。〔註67〕從目前挖掘的史料來看，北京六中的《紅衛兵報》應該算不上是最早的文革小報，也不能算是最早的紅衛兵報紙；同樣在他的研究中，他認爲「全國最早被奪權的是上海《文匯報》」，〔註68〕這一結論也值得商榷；還有他認爲，「到 1968 年下半年，全國大部分的『文革』小報終於畫上了句號。但也有極少數『文革』報刊延續到 1971 年才停辦。」〔註69〕最後停辦的文革小報是哪張報刊以及何時停辦，不得而知。但據目前筆者掌握的資料看，文革小報的終止決不是在 1971 年，估計要到文革結束。在此僅舉一例，絕無冒犯之意，只是爲了說明，文革小報的研究，將是一座富礦，未來隨著史料的不斷挖掘，將會不斷有新的發現，得出新的結論。正基於此，文革小報的研究將會是一個不斷持續深化的過程，希望未來有越來越多的研究者把目光投向這座富礦。

〔註67〕　賀吉元：《「文革」小報——運動初期的亂世奇觀》，《黨史博採》，2009 年第 4 期，第 49 頁。

〔註68〕　賀吉元：《「文革」小報——運動初期的亂世奇觀》，《黨史博採》，2009 年第 4 期，第 49 頁。

〔註69〕　賀吉元：《「文革」小報——運動初期的亂世奇觀》，《黨史博採》，2009 年第 4 期，第 50 頁。

1.2.2 研究設計

　　文革小報作爲當代中國特定歷史階段的一種特殊的輿論工具，在中國新聞史、乃至世界新聞史上都算是一道奇異的風景。人們不禁要問：它在當時是如何誕生的，經歷了何種生命歷程？作爲當時群眾組織創辦的「自媒體」，它又呈現出何種迥異於其他大眾傳播媒體的樣貌，對文化大革命、尤其是文革群眾運動產生了何種影響？如果說媒介是一種社會文本，那麼作爲文革群眾運動期間一種特定社會文本的文革小報，它又映射了當時中國的何種社會現實？帶著這些疑問，本研究試圖對「文革」小報作一全面、系統地考察。

　　研究目標　本研究試圖對我國文化大革命時期紅衛兵、造反派的群眾報紙的演進歷史作一次全面的考察，但又並非只局限於描述其發展歷程，而是要把其置於文化大革命、尤其是放在文化大革命初期的文革群眾運動這一社會場域中加以審視，考察文革小報與文革群眾運動之間的互動。本研究不僅考察文革群眾運動對文革小報的塑造，同時也考察文革小報對文革群眾運動的形塑。具體而言包括以下四個方面：

　　（1）不僅考察文革小報是如何誕生，同時還考察其在何種背景下誕生；

　　（2）不僅考察文革小報的演進歷史，同時還考察是何種社會現實導致其興衰沉浮；

　　（3）不僅考察文革小報在形式與內容上呈現出何種時代特徵，同時還考察當時的社會語境又是如何形塑了這些特徵；

　　（4）不僅考察文革小報映射了當時何種社會現實，同時還考察文革小報在某種程度上又是如何形塑了當時的社會現實。

　　研究思路　本研究將遵循兩條線索、兩種路徑展開研究。兩條線索是：文革小報的出場、演進、形式、內容，以及對文革群眾運動的影響爲本研究「明線」，這條「明線」構建了本研究的研究框架；而文化大革命運動、尤其是文革初期的群眾運動如何催生了文革小報的出場、促進了文革小報的興衰，以及形塑了文革小報的形式與內容特徵是爲本研究的「暗線」。在本研究中，「暗線」隱含於「明線」敘述的字裏行間。兩種研究路徑：在前述具體研究目標中，其中（1）、（2）採取歷時性的考察路徑，按照文革的發動與全面發動，文革群眾運動興起、發展與消亡的過程，以及文革小報的興起、發展、興盛與消亡的演進歷程加以展開；（3）、（4）則採用共時性的研究路徑，不管是群眾運動前期的紅衛兵報紙、還是群眾運動中後期造反派的報紙都放在一

起，對文革小報的形式與內容特徵加以考察，同時還考察文革小報與文革群眾運動之間如何互動。

研究方法 本研究的研究方法將以質化研究爲主，探討文革小報興衰的歷史軌跡，並由表及里，揭示文革小報與文化大革命，尤其是文革群眾運動之間的互動。

具體操作方法主要有：

（1）文獻分析法。文獻分析法將作爲本研究最基本的方法，一直貫穿研究過程的始終。一是查閱相關文革小報，國內外相關文革歷史研究與本研究分析過程中將使用的相關理論著作和論文；二是查閱文革時期的相關的內部彙編資料與相關指示、講話文件；三是查閱相關黨內文獻資料；四是查閱相關歷史當事人的回憶錄、人物傳記；四是參閱有關文革研究的專著、文章。五是查閱當時的黨報黨刊，尤其是「兩報一刊」。

（2）內容分析法。在本研究中，將以文革小報作爲研究對象，在研究文革小報的形式與內容特徵過程中，對文革小報的報頭、報眼、刊號、版式、語言、內容等相關符號和話語進行深入分析。

（3）文化歷史分析法。具體運用到本研究中，（1）用歷史演進的觀點來考察文革群眾運動的沉浮對文革小報興衰的影響；（2）在分析文革小報的特徵時，注重考查社會環境和時代主題對它的形塑；（3）在分析文革小報的社會效果時，注重考查文革小報對文革群眾運動的影響。

當然，上述方法在本研究中不是孤立的，而是交互進行的。有時一種方法的本身就包含了另一種方法；有時在分析具體問題時，幾種方法同時進行。

研究內容 本書主要研究文化大革命期間紅衛兵、造反派群眾報刊的興起、發展歷程、一般特徵及其社會影響。就具體研究而言，本研究共包括六章。各章主要研究內容和主要觀點如下：

第一章「歷史的報刊與報刊的歷史」，是爲本文的緒論部分。主要包括本研究的選題緣起、研究對象、文獻綜述以及研究設計。其中，研究設計包括研究目標、研究思路、研究方法、研究內容與研究創新。

第二章主要探討文革小報如何出場。本章包括三個部分，其中第一、二節分別介紹文革小報出場的歷史背景與直接背景，第三節介紹最早出現的幾份文革小報以及從文革小報的發刊詞看文革小報的立場和任務。本研究認爲文革小報是文化大革命運動的產物，是文革群眾運動的一種「神聖」召喚；

並且認為在整個文革運動期間，文革小報的立場和方針一以貫之，但其在各個時期的任務隨著文革群眾運動在不同時期發展方向的變化而變化。

第三章主要探討文革小報的興衰歷程。本章包括三個部分，分別從發展、繁榮、衰落三個階段介紹文革小報的演進歷程。本研究認為，文革小報的興衰是隨著文革群眾運動的沉浮而起伏，紅衛兵、造反派報紙的此起彼漲與文革群眾運動的沉浮起落息息相關。

第四章主要探討文革小報的形式特徵。本章包括四個部分，分別從刊、版、號，報名，版面編排以及語言文風四個方面分析文革小報在形式上的一般特徵。本研究認為，文革群眾運動的複雜性和多變性塑造了文革小報在刊、版、號方面的多樣性，文化大革命運動特有的社會語境形塑了文革小報的名稱、版面編排和語言文風；反之，文革小報在形式上的這些表徵，又在一定程度上映射了當時的時代特徵。

第五章主要探討文革小報的內容特色。本章分別從傳達運動精神與指示、進行「革命」的大批判和歌頌毛主席、造反運動以及其他同派群眾報刊三個方面分析文革小報的內容特徵。本研究認為，文化大革命運動、尤其是文革群眾運動特有的政治氣候與時代主題，決定了文革小報的內容；反之，文革小報上的內容，又進一步推動了文革群眾運動的發展。

第六章「塑造與被塑造：文革小報與文革群眾運動」，是為本研究的結論部分。本章分為兩個部分。第一部分主要探討文革群眾運動對文革小報的形塑。這一部分視為對本研究「暗線」的總結與提升。本研究認為文革群眾運動對文革小報的形塑主要體現在兩個方面：一方面文革群眾運動出於輿論鬥爭的需要，促使了文革小報的出場；另一方面文革群眾運動不僅形塑了文革小報的發展歷程，而且形塑了文革小報的形式與內容特徵。第二部分主要探討文革小報對文革群眾運動的影響。這一部分既是本研究「明線」的一個重要組成部分，同時也是對整個研究主題的進一步明確與深化。本研究認為文革小報對文革群眾運動的影響體現在兩個方面：一方面推動了文革群眾運動向前推進；另一方面又在某種程度上間接加速了文革群眾運動的終結（當然，它不是文革群眾運動的終結的唯一和關鍵因素），二者互為因果。

研究創新 歷史研究的突破主要取決於兩個方面，一是新對象和新資料的發現與挖掘；二是理論方法的革新。二者相互相成，不可偏廢。本研究的創新主要在於：

（1）研究選題的創新。目前學界、尤其是新聞傳播學界對於文革小報的研究，既因收集原始資料的困難，也因特殊的學術環境，還處在艱難的起始階段，更遑論專門的文革小報研究專著的面世。本研究對文革時期這一特殊的媒介形式，嘗試作一系統、專門的研究，以求在一定程度上填補學界在這一領域的研究空白。這對於促進新聞史學，乃至於新聞傳播學學科的發展深具學理意義；同時本研究通過對文革小報這一特殊歷史階段的特殊媒介形式的新聞實踐活動進行反思和總結，對於當下和未來中國新聞事業的健康發展也深具現實借鑒意義。

（2）研究視角的創新。本研究從媒介與社會互動的角度爲切入，對文革小報與文化大革命運動、尤其與文革群眾運動的互動進行分析，探尋文革小報的發展歷程、形式和內容特徵及其社會影響。這在一定程度上擺脫了以往對於文革小報單純從新聞業務的角度進行簡單描述性研究的窠臼，爲人們認知和理解文革小報這一特殊媒介形式提供了一個立體的視角，也爲人們認識和瞭解文化大革命運動、尤其是文革群眾運動這一特殊階段的歷史提供了一種全新的視角。

（3）一手材料的挖掘。本研究作爲一種新聞史學研究，將以文化大革命這一時期的文革小報爲研究對象。本研究將與政治史、中共黨史的研究往往注重挖掘官方的黨史資料和檔案材料不同，將從小報中挖掘大量的第一手材料。這將有利於與以往研究挖掘的材料交互印證，同時也可爲以後其他學科進行文革史研究提供大量一手材料。

第 2 章　文革小報的出場

　　文革小報是「文化大革命特定歷史條件下的產物」。〔註1〕爲文革小報的出場提供了現實土壤和政策空間的是標誌文革發動的兩個綱領性文件的正式出臺。《五・一六通知》號召人們「徹底揭露那批反黨反社會主義的所謂『學術權威』的資產階級反動立場，徹底批判學術界、教育界、新聞界、文藝界、出版界的資產階級反動思想，奪取在這些文化領域中的領導權。」〔註2〕《十六條》則指出各級黨委要「『敢』字當頭，放手發動群眾」，號召人們群眾要充分運用大字報、大辯論等形式，進行大鳴大放，去揭露一切牛鬼蛇神。〔註3〕同時，文革小報是「隨著『文化大革命』初期『紅衛兵』運動的興起而出現的」。〔註4〕「紅衛兵」一旦登上歷史舞臺，便積極踐行毛澤東的「凡是要推翻一個政權，總要先造成輿論，總要先做意識形態方面的工作」精神，〔註5〕紛紛創辦自己的輿論工具——文革小報。

〔註1〕　方漢奇：《中國新聞事業通史》（第3卷），北京：中國人民大學出版社，1999年，第341頁。

〔註2〕　《通知》，《人民日報》，1967年5月17日，第1版。

〔註3〕　《中國共產黨中央委員會關於無產階級文化大革命的決定》，《人民日報》，1966年8月9日，第1版。

〔註4〕　方漢奇：《中國新聞事業通史》（第3卷），北京：中國人民大學出版社，1999年，第340頁。

〔註5〕　毛澤東的這句話他於1962年9月在中共八屆十中全會首次提出的，在1966年8月8日通過的《十六條》中再次提到這句話。見《凡是要推翻一個政權，總要先做意識形態方面的工作》，《建國以來毛澤東文稿》（第10卷），北京：中央文獻出版社，1998年，第192頁。

2.1 文革小報出場的歷史背景

　　1965 年 11 月 10 日，毛澤東在不知會中央政治局的情況下，批准姚文元攻擊歷史學家吳晗的文章發表，並觀察全國各地報紙是否轉載。很快，對《海瑞罷官》的批判演變爲一場在文學藝術領域的大批判運動，從而揭開了文化大革命的序幕。隨後在 1996 年 5 月和 8 月先後召開了中央政治局擴大會議和八屆十一中全會，標誌著文化大革命全面發動起來。

2.1.1 文革序幕開啓

　　1965 年 2 月，江青的上海秘密之行點燃了文化大革命的火種。江青秘密來到上海是希望找到幫手暗中策劃對時任北京市副市長——一位資深明史專家吳晗發動攻擊。吳晗曾爲了響應毛澤東提出的希望找幾個歷史學家研究一下海瑞的號召寫了一系列有關海瑞的文章。

　　大躍進期間，毛澤東覺察出運動過程中廣泛存在假話、空話、大話的風氣。爲了改變這種風氣，他在中共八屆七中全會上大力提倡海瑞精神，要求大家像海大人那樣講真話。〔註6〕

　　會後，胡喬木找到吳晗，並把毛主席希望學海瑞的號召告訴吳晗，鼓勵他多寫點文章介紹海瑞其人其事。於是吳晗先後寫了《海瑞罵皇帝》、《論海瑞》發表在《人民日報》上。後來吳晗還應京劇表演藝術家馬連良之邀，七易其稿，於 1960 年 11 月完成《海瑞罷官》劇本。根據該劇本排演的京戲於 1961 年初在京正式公開演出。毛澤東看了公演後，接見了主演海瑞的馬連良，並邀其一起吃飯並稱讚：戲好，海瑞是好人。〔註7〕

　　1962 年 7 月，江青看了《海瑞罷官》以後，敏銳地嗅出其中所謂的「反毛」傾向，認爲該戲暗中支持在廬山會議上被打倒的彭德懷，應該立即停演。〔註8〕然後江青找到北京市委第一書記彭眞、中共中央宣傳部部長陸定一和副部長周揚，希望能夠組織寫作班子批判吳晗的《海瑞罷官》，但未得到他們的

〔註6〕 中共中央文獻研究室：《毛澤東年譜》（第 4 卷），北京：中央文獻出版社，2013 年，第 11～12 頁。《毛澤東思想萬歲》，內部資料，1967 年，376 頁。

〔註7〕 袁溥之：《憶吳晗同志二三事》，轉見蘇雙碧，王宏志：《吳晗傳》，上海：上海人民出版社，1998 年，第 325 頁。

〔註8〕 首都《史學革命》編輯部：《毛主席的革命路線勝利萬歲——黨內兩條路線鬥爭大事記（1921～1967）》，內部資料，1969 年，第 305 頁。

支持。〔註9〕

1964 年 9 月，毛澤東從北戴河回京後不久，便列出可供批判的三十九個文藝資料，其中包括吳晗的《海瑞罷官》，並批發至縣團級。但中宣部對毛澤東這個重要指示的執行並不是很積極。〔註10〕

江青後來找到《人民日報》文藝部的評論員李希凡，希望他能寫篇文章批判一下吳晗的《海瑞罷官》，但李希凡表示不能接受這個任務。〔註11〕

毛澤東後來在與斯諾的一次談話中談起這段往事時感到很憤然：「那個時候在北京組織不出文章，說吳晗是個歷史學家，碰不得！找了第一個人，不敢寫；找了第二個人，也不敢寫；又找了第三個人，也是不敢寫。」〔註12〕

在北京找不到幫手的情況下，1965 年 2 月 24 日，江青於是在毛澤東的默許下來到上海，找到了毛澤東長期的盟友——時任上海市委書記的柯慶施。〔註13〕柯慶施交代上海市委宣傳部部長張春橋幫助江青進行辦理。張春橋便把《解放日報》的姚文元推薦給了江青。江青見到姚文元後便向其下達了撰寫文章批判吳晗新編歷史劇《海瑞罷官》的任務，並一再強調要「保密」。〔註14〕

秘密炮製了八個多月，十易其稿，由毛澤東親自審定的攻擊吳晗的批判

〔註9〕 蘇雙碧，王宏志：《吳晗傳》，上海：上海人民出版社，1998 年，第 328 頁。

〔註10〕 首都《史學革命》編輯部：《毛主席的革命路線勝利萬歲——黨內兩條路線鬥爭大事記（1921～1967）》，1969 年，第 329 頁。

〔註11〕 陳丕顯：《陳丕顯回憶錄：在「一月風暴」的中心》，上海：上海人民出版社，2005 年，第 29 頁。

〔註12〕 埃德加・斯諾：《漫長的革命——紫禁城城上話中國》，胡為雄譯，烏魯木齊：新疆大學出版社，1994 年，第 263 頁。毛澤東與斯諾的這次談話發生在 1970 年的 12 月 18 日。

〔註13〕 關於江青去上海找寫手撰文攻擊吳晗，是背著毛澤東去的，還是毛澤東派去的，學界見仁見智，甚至語焉不詳，但有一點是肯定的：文章寫出前，毛澤東是知道，並且文章在發表前他審閱過。江青曾說，「因主席允許，我才敢去組織這篇文章。」《江青同志講話選編》，北京：人民出版社，1968 年，第 38～39 頁；毛澤東也曾說：「這攤子開始是江青他們搞的，當然事先也告訴過我。」毛澤東：《和卡博、巴盧庫同志講話（1967.2.3）》，載《毛澤東思想萬歲》（1962～1967），第 497 頁。毛澤東在另一個場合又說：「當時我建議江青同志組織一下文章批判《海瑞罷官》，但就在這個紅色城市無能為力，無奈只好去上海組織。最後文章寫好了，我看了三遍，認為基本可以，讓江青同志拿回去發表。」毛澤東：《接見阿爾巴尼亞軍事代表團時的講話（1967.5）》，載《毛澤東思想萬歲》（1962～1967），內部資料（出版單位和出版時間不詳），第 492～493 頁。

〔註14〕 徐景賢：《十年一夢——前上海市委書記徐景賢文革回憶錄》，香港：時代國際出版有限公司，2005 年，第 4～5 頁。

文章《評新編歷史劇〈海瑞罷官〉》於 11 月 10 日在上海《文匯報》終於發表，從此揭開了文化大革命的序幕。〔註15〕

姚文元的文章指責吳晗的《新編歷史劇〈海瑞罷官〉》是在影射現實中的「單幹風」和「翻案風」，是現實中「資產階級反對無產階級專政和社會主義革命鬥爭的焦點」。戲裏的「退田」就是現實中的「單幹」，是「要拆掉人民公社的臺，恢復地主富農的罪惡統治。」他認爲戲裏的「平冤獄」，就是現實中的「翻案」，海瑞爲民請命，就是在隱蔽地爲彭德懷「抱不平」，「使他們再上臺執政」。〔註16〕事實上，姚文元對吳晗的責難，存在許多牽強附會意味。〔註17〕

姚文元文章發表的次日，上海的《解放日報》進行了轉載。但北京方面對姚文元文章的發表不予理睬，北京的報紙都未對其進行轉載。當時「各報刊多次請示是否可以轉載，彭眞同志和中宣部都不讓轉載。彭眞同志還在許多場合，責備上海市委發表姚文元同志不打招呼，『黨性到哪裏去了』。」〔註18〕因爲根據之前的宣傳紀律，官方黨報未得到中央宣傳部的同意，不得隨意把目標指向個人，即使批判也要根據一定的批評標準。〔註19〕

江青把北京的情況告訴了毛澤東。毛澤東於是指示上海方面將姚文元文章印成單行本向全國發行。但「也受到抵制，沒有行得通。」北京新華書店奉命對上海新華書店的「徵購通知」不予答覆。〔註20〕

〔註15〕據江青 1967 年 4 月 12 日在軍委擴大會議上的講話中指出，在炮製《海瑞罷官》的整個過程中，「對外保密，保了七、八個月」。見《江青同志講話選編》，北京：人民出版社，1968 年，第 56 頁。

〔註16〕姚文元：《評新編歷史劇〈海瑞罷官〉》，《人民日報》，1965 年，11 月 10 日。

〔註17〕吳晗發表《海瑞罵皇帝》是在 1959 年 6 月 16 日，而彭德懷上書毛是在 7 月 14 日；吳晗創作《海瑞罷官》是在 1961 年之前，而「單幹風」、「翻案風」是在發生 1962 年。故有人認爲姚文元對《海瑞罷官》的責難，存在一個「顯而易見的漏洞」。王焰：《彭德懷傳》，北京：當代中國出版社，1993 年，第 2～6 頁。

〔註18〕《一九六五年九月到一九六六年五月文化戰線上兩條道路鬥爭大事記》，《五‧一六通知》附件，《「文化大革命」研究資料》（上），國防大學黨史黨建政工教研室編，內部資料，1988 年，第 5 頁。

〔註19〕羅德里克‧麥克法誇爾：《文化大革命的起源》（第 3 卷）《浩劫的來臨（1961～1966）》，王笑歌譯，香港：新世紀出版及傳媒有限公司，2012 年，第 426 頁。

〔註20〕《一九六五年九月到一九六六年五月文化戰線上兩條道路鬥爭大事記》，《五‧一六通知》附件，載《「文化大革命」研究資料》（上），國防大學黨史黨建政工教研室編，內部資料，1988 年，第 4 頁。毛澤東：《接見阿爾巴尼亞軍事代表團時的講話（1967.5）》，載《毛澤東思想萬歲》（1962～1967），內部資料，第 498 頁。

　　隨後，北京市委迫於毛澤東的壓力以及周恩來的斡旋，專門召開會議研究是否要轉載姚文元文章。最終，會議同意「首都各大報刊可以轉載，但各報只能相繼轉載，以免產生震盪。」〔註 21〕並規定，任何吳晗可能存在的問題均不屬於敵我矛盾的範疇，姚文元文章不正確的方面也應予以批評。〔註 22〕

　　11 月 21 日，《北京日報》對姚文元文章進行了轉載，並配發鄧拓寫的「編者按」。「編者按」呼籲對吳晗劇本的性質進行公開的學術辯論，允許發表不同意見。第二天，《人民日報》的《學術研究》欄目也轉載了姚文元文章，並加上了由周恩來和彭眞共同審定的「編者按」。「編者按」指出，「我們的方針是：既容許批評的自由，也容許反批評的自由；對於錯誤的意見，我們也採取說理的方法，實事求是，以理服人。」〔註 23〕這個方針，既沒明確表示反對什麼，也沒明確表示支持什麼，只是表明如有問題，可以儘管討論。12 月 2 日，《光明日報》也對姚文元的文章進行了轉載。〔註 24〕

　　除開對姚文元文章紛紛進行轉載外，隨後各大報刊、雜誌還刊載了大量文章對吳晗的《新編歷史劇〈海瑞罷官〉》進行了討論。12 月 8 日，戚本禹在《紅旗》雜誌發表《為革命而研究歷史》一文，批評翦伯贊和吳晗為代表的反動歷史觀，但沒點名。〔註 25〕《北京日報》、《前線》和《人民日報》也先後發表幾篇文章，旨在把對吳晗的《海瑞罷官》批評從政治鬥爭的批判拉回

〔註 21〕　《一九六五年九月到一九六六年五月文化戰線上兩條道路鬥爭大事記》，《五・一六通知》附件，《「文化大革命」研究資料》（上），國防大學黨史黨建政工教研室編，內部資料，1988 年，第 4 頁。高皋、嚴家其：《文化大革命十年史》，天津：天津人民出版社，1986 年，第 8～9 頁。

〔註 22〕　羅德里克・麥克法誇爾：《文化大革命的起源》（第 3 卷）《浩劫的來臨（1961～1966）》，王笑歌譯，香港：新世紀出版及傳媒有限公司，2012 年，第 427 頁。

〔註 23〕　叢進：《曲折發展的歲月》，北京：人民出版社，2009 年，第 618 頁。羅德里克・麥克法誇爾：《文化大革命的起源》（第 3 卷）《浩劫的來臨（1961～1966）》，王笑歌譯，香港：新世紀出版及傳媒有限公司，2012 年，第 427 頁。羅德里克・麥克法誇爾、沈邁克：《毛澤東最後的革命》，關心譯，臺北：左岸文化事業有限公司，2009 年，第 37 頁。《一九六五年九月到一九六六年五月文化戰線上兩條道路鬥爭大事記》，《五・一六通知》之附件，《「文化大革命」研究資料》（上），國防大學黨史黨建政工教研室編，內部資料，1988 年，第 5 頁。

〔註 24〕　《一九六五年九月到一九六六年五月文化戰線上兩條道路鬥爭大事記》，《五・一六通知》之附件，《「文化大革命」研究資料》（上），國防大學黨史黨建政工教研室編，內部資料，1988 年，第 5 頁。

〔註 25〕　《一九六五年九月到一九六六年五月文化戰線上兩條道路鬥爭大事記》，《五・一六通知》之附件，《「文化大革命」研究資料》（上），國防大學黨史黨建政工教研室編，內部資料，1988 年，第 5 頁。

到純粹的學術批判範圍內。〔註26〕

　　12 月 21 日，毛澤東在與陳伯達、艾思奇和關鋒等人的談話中，表揚了戚本禹和姚文元兩人的文章。同時也指出這兩篇文章的缺點是：一個「沒有點名」，一個「沒打中要害」。他說，「要害的問題是『罷官』。嘉靖皇帝罷了海瑞的官，一九五九年我們罷了彭德懷的官，彭德懷也是『海瑞』。」〔註27〕把批判吳晗與批判彭德懷聯繫起來，毛澤東的言下之意，對《海瑞罷官》的批判不是文藝問題，而是政治問題。

　　22 日，彭眞求見毛澤東，就吳晗是爲彭德懷翻案的說法進行申辯。他說，「根據調查，吳晗同彭德懷沒有關係，《海瑞罷官》與廬山會議沒有關係。」毛澤東聽後，不得不置一緩詞，說，「吳晗問題，兩個月後再做結論。」〔註28〕

　　27 日，吳晗在《北京日報》發表《關於〈海瑞罷官〉的自我批評》文章。吳晗在文中大量引用歷史資料批駁把他的歷史劇《海瑞罷官》和 60 年代初出現的「單幹風」和「翻案風」聯繫起來的做法。〔註29〕30 日，《人民日報》予以

〔註26〕 這些文章包括諸如 12 月 12 日北京市委書記兼副市長鄧拓用筆名向陽生發表在《北京日報》和《前線》雜誌的《從〈海瑞罷官〉談到「道德繼承論」》，12 月 29 日在《人民日報》發表了由中宣部副部長周揚主持寫作、署名力求的《〈海瑞罷官〉代表一種什麼社會思潮》，以及北京市委宣傳部部長李琪以李東石爲名發表的《評吳晗同志的歷史觀》等。見《一九六五年九月到一九六六年五月文化戰線上兩條道路鬥爭大事記》，《五・一六通知》之附件，《「文化大革命」研究資料》（上），國防大學黨史黨建政工教研室編，内部資料，1988 年，第 5～6 頁。蘇雙碧，王宏志：《吳晗傳》，上海：上海人民出版社，1998 年，第 321 頁。高皋、嚴家其：《文化大革命十年史》，天津：天津人民出版社，1986 年，第 9 頁。

〔註27〕 《一九六五年九月到一九六六年五月文化戰線上兩條道路鬥爭大事記》，《五・一六通知》之附件，《「文化大革命」研究資料》（上），國防大學黨史黨建政工教研室編，内部資料，1988 年，第 6 頁。

〔註28〕 薄一波：《若干重大決策與事件的回顧》（下），北京：中共黨史出版社，1993 年，第 1235 頁。《一九六五年九月到一九六六年五月文化戰線上兩條道路鬥爭大事記》，《五・一六通知》附件，載國防大學黨史黨建政工教研室：《「文化大革命」研究資料》（上），内部資料，1988 年，第 6 頁。

〔註29〕 戚本禹寫了《〈海瑞罵皇帝〉和〈海瑞罷官〉的反動實質》一文，關鋒和林傑寫了《〈海瑞罵皇帝〉和〈海瑞罷官〉是反黨反社會主義的兩株大毒草》一文，見《一九六五年九月到一九六六年五月文化戰線上兩條道路鬥爭大事記》，《五・一六通知》之附件，《「文化大革命」研究資料》（上），國防大學黨史黨建政工教研室編，内部資料，1988 年，第 6 頁。叢進：《曲折發展的歲月》，北京：人民出版社，2009 年，第 614 頁。羅德里克・麥克法誇爾：《文化大革命的起源》（第 3 卷）《浩劫的來臨（1961～1966）》，王笑歌譯，香港：新世紀出版及傳媒有限公司，2012 年，第 443 頁。

全文轉載。

1966 年 1 月中旬，戚本禹和關鋒、林傑分別炮製了兩篇文章，送審中宣部。這兩篇文章比以前姚文元那篇文章定調還要高，專攻吳晗要害問題。但中宣部以毛澤東曾說過的給吳晗做政治結論為時過早為由，予以扣壓，不予發表。〔註30〕

2 月 3 日，彭眞借中央向全國批轉了文化部黨委向中央提交的一個「當前文化工作中的若干問題」的《彙報提綱》的機會，召開一次擴大的五人小組會議，著手討論如何開展批判吳晗的問題。該會議旨在全國範圍內控制住批判《海瑞罷官》的火力，使批判限定在學術討論的範圍內。〔註31〕會上，彭眞告誡大家，此次運動要堅持「放」的方針，要讓大家說話；學術批判不能過頭，要愼重；左派也要整風，不要當學閥。〔註32〕

彭眞之所以在這次會議上提出堅持以「放」的方針作為對這次批判運動的原則，因為他是根據毛澤東在 1957 年春的一次講話作為其立論依據。在那次講話中，毛澤東提出對待文藝工作要「百花齊放、百家爭鳴」。按照毛澤東的說法，「放，就是放手讓大家講意見，使人們敢於批評，敢於爭論；不怕錯誤的議論，不怕有毒素的東西；發展各種意見之間的相互爭論和相互批評，既容許批評的自由，也容許批評批評者的自由；對於錯誤的意見，不要壓服，而是說服，以理服人。」〔註33〕

2 月 4 日，根據彭眞指示，列席會議的許立群和姚溱起草了《五人小組向中央的彙報提綱》，即《二月提綱》。提綱強調此次運動「要讓各種不同意見

〔註30〕　《一九六五年九月到一九六六年五月文化戰線上兩條道路鬥爭大事記》，《五‧一六通知》附件，載國防大學黨史黨建政工教研室：《「文化大革命」研究資料》（上），內部資料，1988 年，第 7 頁。

〔註31〕　文化革命五人小組，是當時意識形態領域的「中央一線」。它是根據毛澤東提議，於 1964 年 7 月成立。成員由時任中共中央政治局委員、中央書記處書記彭眞，中央政治局候補委員、中央書記處書記、中央宣傳部部長陸定一，中央政治局候補委員、中央書記處書記、中央宣傳部副部長周揚，中央政治局候補委員、中央書記處書記康生以及新華通訊社社長、人民日報總編輯吳冷西組成。

〔註32〕　薄一波：《若干重大決策與事件的回顧》（下），北京：中共黨史出版社，1993 年，第 1236 頁。《一九六五年九月到一九六六年五月文化戰線上兩條道路鬥爭大事記》，《五‧一六通知》附件，載國防大學黨史黨建政工教研室：《「文化大革命」研究資料》（上），內部資料，1988 年，第 6 頁。

〔註33〕　毛澤東：《在中國共產黨全國宣傳工作會議上的講話（1957.3.12）》，載中共中央文獻研究室：《毛澤東文集》（第 7 卷），北京：人民出版社，1999 年，第 267～283 頁。

都充分放出來」;「要堅持實事求是,遵守在眞理面前人人平等原則,要以理服人,不要像學閥一樣武斷和以勢壓人」,「報刊上公開點名作重點批判要愼重,有的人要經過有關領導機關批准」。〔註34〕該提綱於2月5日提交政治局常委會討論並得到批准。

2月8日,彭眞、陸定一、康生、吳冷西、胡繩和許立群等人前往武漢,請毛澤東批准提綱,擬發全黨。毛澤東在現場兩次詢問吳晗是不是反黨、反社會主義,同彭德懷有沒有關係。彭眞斷言沒有關係。隨後在談到左派也要整風時,毛澤東說:「這樣的問題,三年以後再說」。對於《二月提綱》是否下發,毛澤東沒有表明反對意見。但他不願在上面批字,要彭眞他們自己去寫。〔註35〕

12日,《二月提綱》批發至全黨。一時之間,全國報刊集中大量文章對《海瑞罷官》進行學術討論。

但是,《二月提綱》的提法與毛澤東發動「文化大革命」運動的意圖是背道而馳的,也與林彪、江青、康生、陳伯達等人利用「文化大革命」的目的相去甚遠。這勢必圍繞《二月提綱》展開一場複雜激烈的鬥爭。如上海市委宣傳部長楊永直就曾問北京方面,《二月提綱》中提到的「學閥」是否有所指?彭眞則要許立群回覆上海方面:「學閥沒有具體指什麼人,是阿Q,誰頭上有瘡疤就是誰。並要許立群責問上海方面:發姚文元文章爲什麼不跟中宣部打招呼,上海市委的黨性到哪裏去了!」〔註36〕

3月17日至20日,中央政治局常委擴大會議在上海召開。毛澤東在會上發言警告中宣部不要壓制青年革命知識分子;並批評《人民日報》是半馬克

〔註34〕《文化革命五人小組關於當前學術討論的彙報提綱(1966.2.7)》,《新聞戰線》,首都新聞批判聯絡站主編,1967年6月1日,第5期,第4版。另載國防大學黨史黨建政工教研室:《中共黨史教學參考資料》(第24冊),內部資料,1988年,第611~613頁。

〔註35〕薄一波:《若干重大決策與事件的回顧》(下),北京:中共黨史出版社,1993年,第1237頁。吳冷西:《憶毛主席》,北京:新華出版社,1995年,第150~151頁。林青山:《康生外傳》,北京:中國青年出版社,1988年,第258~259頁。《一九六五年九月到一九六六年五月文化戰線上兩條道路鬥爭大事記》,《五·一六通知》附件,載國防大學黨史黨建政工教研室:《「文化大革命」研究資料》(上),內部資料,1988年,第10頁。

〔註36〕《一九六五年九月到一九六六年五月文化戰線上兩條道路鬥爭大事記》,《五·一六通知》附件,載國防大學黨史黨建政工教研室:《「文化大革命」研究資料》(上),內部資料,1988年,第7頁。叢進:《曲折發展的歲月》,北京:人民出版社,2009年,第623~624頁。

思主義的；北京市委在搞「獨立王國」。他抱怨學術界、教育界是資產階級知識分子在把持著。他還點了受到北京市委庇護的「三家村」的名，並警告中宣部不要步原中央工作組因犯錯誤而被撤銷的後塵。會上毛澤東提出，「文史哲學法學和經濟學要在學術和政治上，開展文化大革命，要培養自己年輕的學術權威。不要怕青年人犯『王法』。」〔註37〕

會後，毛澤東私下召集張春橋、康生、江青等人進行多次談話。談話中對北京方面做出更為嚴厲的批評，「吳晗發表這麼多文章，從來不打招呼，從不要經過批准，姚文元的文章為什麼偏偏要打招呼？難道中央的決定不算數嗎？扣押左派的稿件，包庇右派的大學閥，中宣部是閻王殿，要打倒閻王殿，解放小鬼。我歷來主張，凡中央機關做壞事，就要號召地方造反，向中央進攻。地方要多出幾個孫悟空，大鬧天宮。」並警告說，「彭真、北京市委、中宣部要是再包庇壞人，中宣部要解散，北京市委要解散。五人小組要解散。」〔註38〕毛澤東的這幾次講話，意味著一場颶風暴雨式的政治鬥爭已經不可避免。大批判運動不再局限於對準吳晗，對準《海瑞罷官》，而是更大規模地對準《二月提綱》，對準中宣部和北京市委。

4月1日和5日，戚本禹和關鋒、林傑以前未通過中宣部審核的那兩篇文章，先後在《人民日報》、《光明日報》和《紅旗》雜誌發表。文章批評吳晗的《海瑞罵皇帝》「實際上是借著古人的軀殼，為一小撮被人民『罷了官』的右傾機會主義份子鳴冤叫屈。」〔註39〕文章指責吳晗寫海瑞是「以古諷今，積極向無產階級、向黨、向人民進行階級鬥爭」，「歌頌海瑞，實質上是歌頌

〔註37〕《毛澤東思想萬歲》（1961.1～1968.8），內部資料，第255～258頁。《一九六五年九月到一九六六年五月文化戰線上兩條道路鬥爭大事記》，《五‧一六通知》附件，載國防大學黨史黨建政工教研室：《「文化大革命」研究資料》（上），內部資料，1988年，第10頁。羅德里克‧麥克法誇爾、沈邁克：《毛澤東最後的革命》，關心譯，臺北：左岸文化事業有限公司，2009年，第50頁。高皋、嚴家其：《文化大革命十年史》，天津：天津人民出版社，1986年，第13頁。

〔註38〕《毛澤東思想萬歲》（1961.1～1968.8），內部資料，第258頁。李志綏：《毛澤東私人醫生回憶錄》，臺北：時報文化出版企業股份有限公司，2015年，第437頁。高皋、嚴家其：《文化大革命十年史》，天津：天津人民出版社，1986年，第14頁。羅德里克‧麥克法誇爾：《文化大革命的起源》（第3卷）《浩劫的來臨（1961～1966）》，王笑歌譯，香港：新世紀出版及傳媒有限公司，2012年，第438頁。

〔註39〕戚本禹：《〈海瑞罵皇帝〉和〈海瑞罷官〉的反動實質》，《人民日報》，《光明日報》，1966年4月2日。

右傾機會主義，是反黨、反社會主義。」〔註40〕

　　9 日至 12 日，中央書記處召開會議。會上，康生傳達了毛澤東的最新講話精神。周恩來、鄧小平在內的許多與會者依照毛澤東的講話精神批評了彭眞。會議作出了起草一個撤銷並批判《二月提綱》的通知決定，並決定成立一個文化革命文件起草小組，即後來的中央文化革命小組。

　　11 日，毛澤東三次審閱、修改的江青「文藝座談」《紀要》，經中央軍委報送中央批准後，轉發全黨。該紀要記錄的是江青於 2 月 2 日至 20 日在上海召開文藝座談會的講話內容。江青在座談會上說，「自建國以來，文藝界被一條與毛澤東思想相對立的反黨反社會主義的黑線專了我們的政。這條黑線就是資產階級的文藝思想，現代修正主義的文藝思想和所謂三十年文藝相結合。」〔註41〕江青的講話，全盤否定了建國以來黨領導的文藝工作所取得的巨大成就。

　　16 日至 24 日，中央政治局常委擴大會議在杭州召開。會上，毛澤東就中國到底會不會出修正主義當權派發表了看法。他說：「一是出，一是不出；一是早出，一是晚出。還是早出好，搞好了可能不出。」並強調吳晗問題之所以嚴重是因爲「朝裏有人」，中央有，地方也有，軍隊也有。〔註42〕會議通過了《中國共產黨中央委員會通知（草案）》。該《通知（草案）》由陳伯達起草、幾經毛澤東修改。

　　28 日，毛澤東在與陳伯達、康生的談話過程中又談到了彭眞問題。他說「北京是一根針也插不進去，一滴水也潑不進。彭眞要按他的世界觀改造黨，事物是向他的反面發展的，他自己爲自己垮臺準備了條件，對他的錯誤要徹底攻。階級敵人是不以人的意志爲轉移的。『西風吹渭水，落葉下長安』，飛塵不掃不少，階級敵人不打不倒。」〔註43〕從毛澤東的講話中可以看出，彭

〔註40〕關鋒、林傑：《〈海瑞罵皇帝〉和〈海瑞罷官〉是反黨反社會主義的兩株大毒草》，《紅旗》，1966年第 5 期，第 15～33 頁。
〔註41〕《林彪同志委託江青同志召開的部隊文藝工作座談會紀要》，《江青同志講話選編》，北京：人民出版社，1968 年，第 4～5 頁。中共中央文獻研究室：《對〈林彪同志委託江青同志召開的部隊文藝工作座談會紀要〉》，《建國以來毛澤東文稿》（第 12 卷），北京：中央文獻出版社，1998 年，第 23～30 頁。叢進：《曲折發展的歲月》，北京：人民出版社，2009 年，第 618～623 頁。
〔註42〕薄一波：《若干重大決策與事件的回顧》（下），北京：中共黨史出版社，1993年，第 1241～1242 頁。
〔註43〕中共中央文獻研究室：《毛澤東年譜》（第 5 卷），北京：中央文獻出版社，2013年，第 581 頁。《毛澤東思想萬歲》（1961.1～1968.8），內部資料，第 259 頁。

眞的倒臺乃至整個意識形態領域裏的中央一線的崩潰，已成定局之勢。〔註44〕

　　迫於毛澤東的高壓態勢，彭眞爲爭取主動，於 4 月 10 日至 15 日，連日召開會議研究如何對「三家村」問題進行批評與自我批評。會上他們要求所屬各級黨組織對吳晗、鄧拓、廖沫沙進行批判。〔註45〕

　　16 日，廖沫沙、鄧拓和吳晗的材料在《北京日報》刊出。同時還配發一個「編者按」語。「編者按」稱，「本刊、本報過去發表了這些文章又沒有及時地批判，這是錯誤的。其原因是我們沒有實行無產階級政治掛帥，頭腦中又有著資產階級、封建階級思想的影響，以致在這一場嚴重的鬥爭中喪失立場或者喪失警惕。」〔註46〕

　　18 日，《解放軍報》發表社論。社論稱，「建國後的十幾年來，文藝界存在著一條與毛澤東思想相對立的反黨反社會主義的黑線。」並號召人們「一定要根據黨中央和毛主席的指示，積極參加文化戰線上的社會主義大革命，徹底搞掉這條黑線。」社論還高歌「一個社會主義文化大革命的高潮已經出現，一個社會主義文化大革命的群眾運動正在興起。」〔註47〕

〔註44〕中央「一線二線」這一體制是毛澤東在 1958 年創立的。「一線」是指劉少奇、彭眞、鄧小平、周恩來等在中央一線工作的領導人，「二線」指退居幕後的毛澤東本人。1958 年 11 月 28 日至 12 月 10 日在武昌召開中共八屆六中全會上，毛澤東正式提出辭退國家主席，退居二線。大會決議同意毛澤東提出的關於他不做下屆國家主席的建議。對於當時爲什麼在中央搞「一線二線」，按照毛澤東自己的說法是「要想使國家安全，鑒於斯大林一死，馬林科夫擋不住，發生了問題，出了修正主義，就搞了個一線、二線」，想讓其他一些同志「在群眾中樹立威信，以便我見馬克思的時候，國家不那麼震動。」《在中央工作會議上的講話（1966.10.25）》，載國防大學黨史黨建政工教研室：《「文化大革命」研究資料》（上），內部資料，1988 年，第 150 頁。

〔註45〕三家村指鄧拓、吳晗、廖沫沙，因《三家村箚記》而得名。1961 年 9 月中共北京市委機關刊物《前線》雜誌開闢的一個專欄。鄧拓約歷史學家吳晗和北京市委統戰部部長廖沫沙輪流撰稿，合署筆名「吳南星」。欄目定爲《三家村箚記》，介紹古人讀書治學、做事做人、從政打仗等方面的歷史知識，針砭時弊。文章對當時一些「左」的錯誤和不良作風有所批評和諷刺，深受讀者歡迎。

〔註46〕《一九六五年九月到一九六六年五月文化戰線上兩條道路鬥爭大事記》，《五・一六通知》附件，載國防大學黨史黨建政工教研室：《「文化大革命」研究資料》（上），內部資料，1988 年，第 10 頁。王年一：《大動亂年代》，北京：人民出版社，2009 年，18 頁。

〔註47〕《高舉毛澤東思想偉大紅旗，積極參加社會主義文化大革命》，《解放軍報》，1966 年 4 月 18 日，第 1 版。

5月4日，《解放軍報》再次發表社論。社論指出，「當前文化戰線上開展的大論戰，絕不僅僅是幾篇文章、幾個劇本、幾部電影的問題，也不僅僅是什麼學術之爭，而是一場十分尖銳的階級鬥爭，是一場捍衛毛澤東思想的大是大非的階級鬥爭，是意識形態領域中無產階級和資產階級誰戰勝誰的激烈而又長期的鬥爭。」〔註48〕

5月，「高炬」在《解放軍報》、何明（即關鋒）在《光明日報》、林傑等同一天在《解放軍報》和《光明日報》、姚文元在上海的《解放日報》和《文匯報》、戚本禹在《紅旗》雜誌相繼發表文章攻擊「三家村」及相關報刊雜誌。

「高炬」在文章中稱，鄧拓一夥從一九六一年開始，「通過談歷史、傳知識、講故事、說笑話作爲幌子，借古諷今，指桑罵槐，含沙射影，旁敲側擊，對我們偉大的党進行了全面的惡毒的攻擊」，「極力煽動對社會主義制度的不滿情緒，宣揚腐朽沒落的封建道德和資產階級思想，是爲資本主義復辟鳴鑼開道。」〔註49〕

關鋒同高炬一樣，唱著同樣的調子。他在文中指責《前線》、《北京日報》對「三家村」和《燕山夜話》是「假批判、眞掩護，假鬥爭、眞包庇。」「鄧拓是反黨反社會主義的所謂『三家村』的一名村長，是他們一夥的一個頭頭。可是，編者按卻不提鄧拓反黨反社會主義的問題。」「這是對讀者的欺騙。」〔註50〕

林傑等撰文指責《燕山夜話》是「地地道道的反黨反社會主義的黑話」。〔註51〕

姚文元稱，「《燕山夜話》的作者是鄧拓，《三家村箚記》則是鄧拓、廖沫沙、吳晗合股開辦的一個黑店。」「《燕山夜話》和《三家村箚記》都是緊接著《海瑞罷官》開場的。它是『三家村』中經過精心策劃的，有目的、有計劃、有組織的一場反黨反社會主義的大進攻。」〔註52〕

〔註48〕《千萬不要忘記階級鬥爭》，《解放軍報》，1966年4月18日，第1版。
〔註49〕高炬：《向反黨反社會主義黑線開火》，《解放軍報》，1966年5月8日。
〔註50〕何明：《擦亮眼睛辨別眞假》，《光明日報》，1966年5月8日。
〔註51〕林傑等：《鄧拓的〈燕山夜話〉是反黨反社會主義的黑話》，《解放軍報》、《光明日報》，1966年5月8日。
〔註52〕姚文元：《評「三家村」——〈燕山夜話〉〈三家村箚記〉的反動本質》，《解放日報》、《文匯報》，1966年5月10日。

　　戚本禹指責《前線》、《北京日報》和《北京晚報》是「小罵大幫忙」,「假揭露、真支持,假批判、真包庇,假鬥爭、真保護」。它們「本身就是鄧拓、吳晗、廖沫沙等人瘋狂向黨向社會主義瘋狂進攻的工具,而不是不自覺地被人『利用』的問題。」〔註53〕

　　這一系列文章,一方面對 4 月 16 日《北京日報》對「三家村」的批判進行批判;另一方面集中火力對鄧拓、吳晗和廖沫沙的「三家村」進行批判。它們以至高無上的口吻,宣判了《三家村劄記》和《燕山夜話》以及以前刊登過「三家村」文章的報紙和雜誌的死刑。自此,文革序幕被揭開。

2.1.2 文革全面發動

　　對《海瑞罷官》和「三家村」等思想文化領域的批判只能說是毛澤東為文化大革命的發動撕開的一個口子,而全面奪取政治領域的領導權才是文化大革命真正的開始。

　　1966 年 5 月 4 日至 26 日,中央政治局擴大會議召開。會議由劉少奇主持。這次會議雖然名曰擴大會議,但各中央局、各省市自治區的負責人都沒有通知參加,反而文化大革命文件小組成員通知參加。所以這個會議最終只有約八十人與會。〔註54〕會議召開時,毛澤東仍留在南方,主要事項由在北京參加會議的康生向毛澤東請示彙報。

　　會議的議程主要有:揭發、批判彭、羅、陸、楊的「反黨錯誤」,停止和撤銷其一切相關職務,從而一舉奪下中共北京市委、中央軍委總參謀部、中共中央宣傳部和中共中央辦公廳的大權;〔註55〕通過了《中央關於撤消〈文化革命五人小組關於當前學術討論的彙報提綱〉通知》,簡稱《五・一六通

〔註53〕戚本禹:《論〈前線〉〈北京日報〉的資產階級立場》,《紅旗》,1966 年第 7 期,第 24～31 頁。

〔註54〕中共中央黨校黨史教研室資料組:《中國共產黨歷次重要會議集》(下),上海:上海人民出版社,1983 年,第 209 頁。關於參會人數,「有時不止 76 人,最多時達 80 人。」轉見王年一:《大動亂年代》,北京:人民出版社,2009 年,18 頁。

〔註55〕關於對彭真、羅瑞卿、陸定一、楊尚昆的批判和撤職,可參見以下幾個文件:《中央批轉中央工作小組關於羅瑞卿同志錯誤問題的報告》(1966 年 5 月 16 日),林彪《在中央政治局擴大會議上的講話》(1966 年 5 月 18 日),《中共中央政治局擴大會議決定》(1966 年 5 月 23 日),《關於陸定一同志和楊尚昆同志錯誤問題的說明》(1966 年 5 月 24 日)等。轉見載國防大學黨史黨建政工教研室:《「文化大革命」研究資料》(上),內部資料,1988 年,第 13～25 頁。

知》。〔註56〕

《通知》的內容主要有三：宣告《二月提綱》的根本錯誤；撤銷文化革命五人小組，重設中央文化革命小組；〔註57〕向全黨、全國發出文化大革命的號召。

從《通知》可以看出，發動文化大革命的主要目的是要解決中共高層內部的領導權問題。具體來說分兩步走：一是奪權，奪取文化領域的領導權。「高舉無產階級文化革命的大旗，徹底揭露那批反黨反社會主義的所謂『學術權威』的資產階級反動立場，徹底批判學術界、教育界、新聞界、文藝界、出版界的資產階級反動思想，奪取在這些文化領域中的領導權。」二是清洗，清洗那些混進黨、政、軍的資產階級代表人物，這點尤為重要。《通知》說，「混進黨裏、政府裏、軍隊裏和各種文化界的資產階級代表人物，是一批反革命的修正主義分子，一旦時機成熟，他們就會要奪取政權，由無產階級專政變為資產階級專政。這些人物，有些已被我們識破了，有些則還沒有被識破，有些曾在受到我們重用，被培養為我們的接班人，例如赫魯曉夫那樣的人物，他們現正睡在我們身旁，各級黨委必須充分注意這一點。」〔註58〕

《五‧一六通知》的通過，標誌著一份指導在全國範圍內進行文化大革命的綱領性文件正式出臺，從而吹響了無產階級文化大革命進軍的號角。

在中央擴大會議通過的《通知》，經過黨內途徑在小範圍內傳播開後，潘多拉魔盒一下子就被打開了。最先衝出這個潘多拉魔盒大門的是北京大學哲學系的以聶元梓為首的一群青年教師。〔註59〕

〔註56〕 這個通知於 1967 年 5 月 17 日在《人民日報》上首次公開發表。題目改為《中國共產黨中央委員會通知》。

〔註57〕 5 月 28 日，中共中央正式發出關於中央文化革命小組名單的通知，組長陳伯達，顧問康生，副組長江青、王任重、劉志堅、張春橋，組員謝鏜忠、尹達、王力、關鋒、戚本禹、穆欣、姚文元。這次把中央文革小組的地位提高到隸屬於政治局常委之下。見中共中央文獻研究室：《毛澤東年譜》（第 5 卷），北京：中央文獻出版社，2013 年，第 588 頁。

〔註58〕 國防大學黨史黨建政工教研室：《「文化大革命」研究資料》（上），內部資料，1988 年，第 1～4 頁。

〔註59〕 這些青年教師大多數在 1964 年 7 月開始的北大社教運動中，響應中宣部副部長張磐石帶隊的社教工作組的號召，積極批判校黨委。後來工作組的結論因北京市委彭真的插手干預被推翻。1965 年 6 月在北京國際飯店召開北大黨員幹部會議，對北大社教運動進行總結，對追隨原工作組的社教積極分子進行了批評，結果導致學校教職員工之間出現了嚴重分裂。「擁護陸平的和反對陸

5 月 19 日晚，北京大學校黨委在黨委內部會議上傳達了《五·一六通知》文件。作爲校黨委委員、哲學系黨委書記聶元梓從黨委內部會議上比一般普通教師先行獲知了文件內容。〔註 60〕其時，聶元梓在北京大學難以繼續呆下去，即將告別她當時在北京大學的職位，將被派往北京一個偏遠的郊區懷柔農村搞社教運動。〔註 61〕當在會上聽到彭眞即將倒臺的消息後，聶元梓馬上找到哲學系原先追隨社教工作隊，後期又在國際飯店會議中被批判以及觀點相同的幾位老師相聚討論時勢。她們認爲是向校黨委和原北京市委討回公道的時候了。她們在討論中開始是準備以報告的形式寫信給毛主席和劉主席，後來決定寫大字報，認爲「大字報不僅能讓校內群眾知道，也準能反映到上級領導那裡去，這可能比給黨中央毛主席劉主席寫信還管用。」〔註 62〕

5 月 25 日，聶元梓等人在北京大學大飯廳東山牆上貼出了一張直指北京大學黨委和北京市委的大字報。〔註 63〕在大字報中，她們指責宋碩、陸平、彭佩雲在文化大革命中，以「加強領導、堅守崗位」爲名義，「壓制群眾革命，不准群眾革命，反對群眾革命」，致使北大「按兵不動，冷冷清清，死氣沉沉」。並號召人們「團結起來，高舉毛澤東思想的偉大旗幟，團結在黨中央毛主席的周圍，打破修正主義的種種控制和一切陰謀詭計，堅決、徹底、乾淨、全部地消滅一切牛鬼蛇神、一切赫魯曉夫式的反革命的修正主義分子，把社會主義革命進行到底。」〔註 64〕

平的分成兩派，對立很嚴重，誰也不服誰。」而聶元梓，一個多次向駐北大社教工作組反映校長陸平與校黨委情況、後來在北京國際飯店會議中受到嚴屬批判的社教運動積極分子，自此與北京大學黨委書記兼校長陸平之間產生了難以彌合的矛盾。見聶元梓：《聶元梓回憶錄》，香港：時代國際出版有限公司，2005 年，第 79～90 頁。

〔註 60〕 聶元梓：《聶元梓回憶錄》，香港：時代國際出版有限公司，2005 年，第 112 ～113 頁。

〔註 61〕 聶元梓：《聶元梓回憶錄》，香港：時代國際出版有限公司，2005 年，第 72 頁。

〔註 62〕 聶元梓：《聶元梓回憶錄》，香港：時代國際出版有限公司，2005 年，第 116 頁。

〔註 63〕 「聶元梓等人」爲：聶元梓、宋一秀、夏劍豸、楊克明、趙正義、高雲鵬、李醒塵。見聶元梓：《聶元梓回憶錄》，香港：時代國際出版有限公司，2005 年，第 121 頁。大字報題爲：《宋碩、陸平、彭佩雲在文化大革命中究竟幹了些什麼》。因爲當時宋碩任北京市委大學部副部長，陸平任北京大學校長兼黨委書記，彭佩雲任北京市委大學部幹部兼北京大學黨委副書記。聶元梓：《聶元梓回憶錄》，香港：時代國際出版有限公司，2005 年，第 119 頁。

〔註 64〕 聶元梓：《聶元梓回憶錄》，香港：時代國際出版有限公司，2005 年，第 119 ～121 頁。

　　聶元梓等人利用大字報造黨委的反，正如她們當初預料的一樣，一石激起千層浪，不僅在人們的心中引起強烈的震撼，而且在北大師生內也引起了激烈爭辯。在這個大字報貼出的數小時內，「如果沒有數以千計的，也有數以百計的革命大字報把憤怒的炮火射向了陸平、彭佩雲黑幫。」〔註65〕「短短數小時內，全校自發地貼出了一千五百餘張大字報，其中絕大多數對聶元梓等人的這張大字報加以駁斥和揭露。」〔註66〕

　　聶元梓大字報貼出的當晚，新任北京市委第一書記李雪峰趕到北京大學召開校黨團員大會，強調「鬥爭要有組織紀律，不要弄得亂七八糟」，「大、小字報內外要分開，國內外黨內外要分開。」當晚將近十二點周恩來派國務院外事辦副主任張彥到北大，強調張貼大字報要嚴格遵守「內外有別」的原則。〔註67〕

　　而康生則通過他那正在北京大學蹲點的老婆曹軼歐搞到了這張大字報的底稿，然後把它發表在由中央文革小組創辦沒幾天，專供毛澤東和政治局常委們瞭解文革動態的刊物《情況簡報》第十三期上，相當於把這份大字報直接轉給了正在杭州考察的毛澤東。〔註68〕

　　6月1日，毛澤東見到刊登在《情況簡報》上的聶元梓大字報，立即批示：「此文可以由新華社全文廣播，在全國報刊發表，十分必要。北京大學這個反動堡壘，從此可以開始打破。」〔註69〕當天，新華社和中央人民廣播電臺全文播發了這張大字報。

　　第二天，《人民日報》全文刊載了聶元梓大字報，並發表評論員文章。文章稱，凡是反對毛主席的人，「不論他們打著什麼旗號，不管他們有多高的職位，多老的資格」，都要「把他們打倒，把他們的黑幫、黑組織、黑紀律徹底

〔註65〕北京大學文化革命委員會宣傳組：《北京大學無產階級文化大革命運動簡介》（第2、3部分），內部資料，1966年，第2頁。

〔註66〕林浩基：《北大第一張大字報是怎樣出籠的》，載周明編：《歷史在這裡沉思》（第2冊），北京：華夏出版社，1986年，第32頁。

〔註67〕王年一：《大動亂年代》，北京：人民出版社，2009年，第24頁。

〔註68〕羅德里克・麥克法誇爾、沈邁克：《毛澤東最後的革命》，關心譯，臺北：左岸文化事業有限公司，2009年，第74～96頁；閻長貴：《點燃『文化大革命』的三把火》，見閻長貴、王廣宇：《問史求信集》，北京：紅旗出版社，2009年，第31頁。

〔註69〕中共中央文獻研究室：《毛澤東年譜》（第5卷），北京：中央文獻出版社，2013年，第589頁。中共中央文獻研究室：《建國以來毛澤東文稿》（第12卷），北京：中央文獻出版社，1998年，第62頁。

摧毀。」〔註70〕評論員文章隱晦地把群眾運動這把大火引向中央高層。同時，《人民日報》刊登了題爲《觸及人們靈魂的大革命》的社論。社論號召人們要「永遠高舉毛澤東思想的偉大紅旗，橫掃一切牛鬼蛇神，把無產階級文化大革命進行到底。」〔註71〕

聶元梓大字報一經新華社、中央人民廣播電臺和人民日報刊播，北京大學頓時成爲全國文化大革命的中心。全國各地報刊連連登載社會各界人士支持聶元梓大字報的文章。「北京『炸』了，全國『炸』了，群眾運動如火如荼，六月風暴席卷全國。」〔註72〕揪鬥校領導，衝垮校黨委，一發不可收拾。

6月3日，爲了控制各學校出現的混亂局面，劉少奇主持中央政治局常委擴大會議。與會者大多數同意派出工作組。「哪裏出事，哪裏派人去。而且派工作組要快，要像派消防隊一樣快。」〔註73〕

會議提出派工作組是基於以下現實和經驗：一是許多大中學校黨委已經處於癱瘓狀態，情況混亂。「沒工作組不行，原學校不起作用了」；二是有先例可援。毛澤東已批准以陳伯達爲首的工作組進駐人民日報社；〔註74〕三是派工作組是以往中共指導運動的傳統工作方式，比如在尚未結束的「四清」運動中就已派出數以萬計的工作隊。〔註75〕

爲了有領導、有限制、有秩序地開展運動，會議還批准了李雪峰提出的關於運動開展的「八條規定」，後又稱「中央八條」。〔註76〕

〔註70〕《歡呼北大的一張大字報》，《人民日報》，1966年6月2日，第1版。
〔註71〕《觸及人們靈魂的大革命》，《人民日報》，1966年6月2日，第1版。
〔註72〕首都紅代會部分大中學校毛澤東思想學習班：《天翻地覆慨而慷——無產階級文化大革命大事記（1962.9～1967.10）》，內部資料，1967年，第26頁。
〔註73〕高皋、嚴家其：《文化大革命十年史》，天津：天津人民出版社，1986年，第24頁。
〔註74〕決定在文化大革命中派工作組，始於1966年5月29日召開的中共中央政治局常委擴大會。會上經劉少奇、周恩來、鄧小平等有關領導研究，決定陳伯達率臨時工作組去人民日報社，張承先率工作組進駐北京。30日，劉、周、鄧向毛澤東彙報這一決定，毛澤東批示：同意這樣做。31日，陳伯達率工作組進駐人民日報社，6月1日，張承先率工作組進駐北京大學。
〔註75〕江沛：《紅衛兵狂飆》，鄭州：河南人民出版社，1994年，第16頁。
〔註76〕「八條規定」爲：大字報要貼在校內；開會不要妨礙工作、教學；遊行不要上街；內外區別對待，不准外國人參觀，外國留學生不參加運動；不准到被揪鬥的人家裏鬧；注意保密；不准打人、誣衊人；積極領導、堅守崗位。中共中央文獻研究室：《毛澤東年譜》（第5卷），北京：中央文獻出版社，2013年，第590頁。中共中央文獻研究室：《劉少奇年譜》（下），1996年，第641頁。黃崢：《劉少奇的最後歲月》，北京：中央文獻出版社，1996年，第640頁。

　　同時，會議決定對北京市委和北京大學黨委進行改組：派華北局第一書記李雪峰塡補 5 月份在中央政治局擴大會議上彭眞被撤銷的北京市委第一書記的職務空缺；撤銷陸平和彭佩雲的北京大學黨委書記和副書記職務。該校黨委改組期間，由從河北省委書記處書記崗位上派來張承先代行北大黨委書記職權。〔註77〕

　　從北大派駐工作組開始到 6 月底，工作組紛紛進駐北京市內各大教育機構。其中派往高校的工作組成員由中央國務院各部委的幹部組成，派往中學的則來自團中央。〔註 78〕另外其他一些奪權鬥爭比較激烈的單位也派駐了工作組，6 月 13 日陶鑄派張平化帶領工作組接管了中央宣傳部，張際春帶領工作組到中國科學院哲學社會科學部。全國各省、市黨委自 6 月 3 日得到北京的命令後，不久也由各中央局和省市委紛紛派出了工作組。〔註79〕

　　12 日，在杭州召開中央政治局常委擴大會議期間，當有人彙報當前工作組的派駐情況時，毛澤東說，「派工作組太快了並不好，沒有準備。不如讓它亂一下，混戰一場，情況清楚了再派。」〔註80〕

　　18 日，一場學生以各種粗暴、侮辱的方式批鬥老師的暴力事件在北京大學發生。北大工作組發現後及時予以制止。工作組採取了一系列處理措施，並規定：「依靠革命的左派，組織起來，維護無產階級革命的秩序，鬥爭人要經過工作組的批准。」

　　事後，北大工作組把這一事件定性爲「有組織、有計劃的反革命陰謀活

〔註77〕 中共中央文獻研究室：《毛澤東年譜》（第 5 卷），北京：中央文獻出版社，2013 年，第 590 頁。

〔註78〕 6 月 3 日，張承先帶領工作組進駐北京大學；6 月 4 日，沈蘭村帶領工作組進駐北京政法學院；6 月 6 日，孫友余率工作組進駐北京師範大學；6 月 8 日，趙如璋率工作組進駐北京航空學院，劉晉率工作組進駐清華附中；6 月 9 日，葉林率工作組進駐清華大學；6 月 15 日，鄒家尤率工作組進駐北京地質學院，另工交各部門抽調大批幹部組成工作組進駐北京 15 所工交高等院校。1500 多名團幹部組成工作組進駐各中等學校。江沛：《紅衛兵狂飆》，鄭州：河南人民出版社，1994 年，第 16～17 頁。

〔註79〕 上海對 29 所大學和 11 所半工半讀大學派出工作組，對中學派出 160 多個工作組，極少數未派工作組的學校，派出了聯絡員；25 日，天津市開始向各學校派駐工作組，7 月初，河南向全身各高校派出工作組等；當時除極少數外，全國絕大多數城市都向各地大中學校派駐了工作組。江沛：《紅衛兵狂飆》，鄭州：河南人民出版社，1994 年，第 17 頁。

〔註80〕 中共中央文獻研究室：《毛澤東年譜》（第 5 卷），北京：中央文獻出版社，2013 年，第 593 頁。

動」，並把它寫在《北京大學文化革命簡報（第九號）》上，呈報中央。

20 日，劉少奇把這份《簡報》批轉全國，指出北大工作組處理亂鬥現象的辦法是「正確的，及時的。」並要求全國各單位「如果發生這種現象，都可參照北大的辦法辦理」。〔註81〕

7 月 18 日，毛澤東從武漢一回到北京就馬上聽取陳伯達、康生的彙報，並看了他們帶來的北大、清華、北師大、中國人民大學有關文革材料。在彙報現場，毛澤東當場就表示對前一段時間文革運動的情況「非常不滿。」〔註82〕

第二天，應毛澤東要求，政治局常委擴大會議召開。毛澤東沒有參加。這個會議唯一的議題就是研究如何解決文革運動中前一階段出現的問題。會上，陳伯達提出撤銷工作組，劉少奇等人反對。會後，請示毛澤東，毛澤東決定撤銷工作組。〔註83〕

23 日，毛澤東召集中央負責人談話，警告「凡是鎮壓學生運動的人，都沒有好下場！」「回到北京後，感到很難過，冷冷清清，有的學校大門都關起來了。甚至有些學校鎮壓學生運動。誰去鎮壓學生運動？只有北洋軍閥。共產黨怕學生運動是反馬克思主義。」「借『內外有別』是怕革命。大字報貼出去又蓋起來，這樣的情況不容許，這是方向性的錯誤，趕快扭轉，把一切框框打得稀巴爛！」〔註84〕

24 日，毛澤東在一次會議上再次提出撤銷工作組，「開兩個會，講了一些文化大革命的工作，主要講工作組要撤，要改變派工作組的政策。前幾天講

〔註81〕 中共中央文獻研究室：《劉少奇年譜》（下），1996 年，第 642 頁。黃崢：《劉少奇的最後歲月》，北京：中央文獻出版社，1996 年，第 67 頁。王年一：《大動亂年代》，北京：人民出版社，2009 年，第 31 頁。羅德里克‧麥克法誇爾、沈邁克：《毛澤東最後的革命》，關心譯，臺北：左岸文化事業有限公司，2009，年，第 91 頁。北大工作組《簡報》原文和劉少奇的批示可見國防大學黨史黨建政工教研室：《「文化大革命」研究資料》（上），內部資料，1988 年，第 49 ～50 頁。

〔註82〕 中共中央文獻研究室：《毛澤東年譜》（第 5 卷），北京：中央文獻出版社，2013 年，第 600 頁。穆欣：《關於工作組存廢問題》，見張化、蘇採青：《回首文革》（下），北京：中共黨史出版社，2003 年，第 634 頁。

〔註83〕 中共中央文獻研究室：《毛澤東年譜》（第 5 卷），北京：中央文獻出版社，2013 年，第 600 頁。

〔註84〕 《毛澤東思想萬歲》（1961.1～1968.8），內部資料（出版單位和時間不詳），第 265 頁。《毛澤東思想萬歲》中指出這次毛澤東的講話日期為 21 日，對照《毛澤東年譜》，這次講話日期為 23 日。見中共中央文獻研究室：《毛澤東年譜》（第 5 卷），北京：中央文獻出版社，2013 年，第 601 頁。

工作組不行，前市委爛了，中宣部爛了，文化部爛了，高教部也爛了，《人民日報》也不好，「六・一」公佈大字報就考慮到非如此不可。文化革命就得靠他們去做，不靠他們靠誰？你去，不瞭解情況，兩個月也不瞭解，半年也不瞭解，一年也不行。」「工作組一個多月，起阻礙革命的作用，實際上是幫了反革命。」〔註85〕「現在不只是一個北大的問題，而是一個全國的問題。如果照原來那樣搞下去，是搞不出名堂來的。」〔註86〕

第二天，毛澤東在另一個會議上第三次提出銷工作組。他在講話中提出，要由學校革命師生及中間狀態的一些人組成學校文化革命小組替代工作組來領導文化大革命。因為「學校的事只有他們懂得，工作組不懂。有些工作組搞了些亂事。學校文化大革命無非是鬥和改，工作組起了阻礙運動的作用。」「學校的事，『廟小神靈大，池淺王八多』，所以要依靠學校內部的力量，工作組是不行的。我也不行，你也不行，省委也不行。要鬥要改都得依靠本校、本單位，不能依靠工作組。」〔註87〕

26 日，中央政治局擴大會議決定撤銷工作組。27 日，由中央文革小組起草撤銷工作組的決定，毛澤東親自進行了修改。28 日，以中共北京市委的名義發出《關於撤銷各大專學校工作組的決定》（適用於中等學校）。《決定》稱，在工作組撤銷後，大專學校的文化大革命由全校師生員工自己選舉，成立各級文化革命的群眾組織，負責領導。〔註88〕

29 日，中共北京市委在人民大會堂召開全市大專院校和中等學校師生文化革命積極分子大會，李雪峰宣佈撤銷工作組。劉少奇等人在會上承讓「老革命遇到了新問題」，自己跟不上革命的形勢了。會議錄音隨後分發各省市播放，各地陸續撤銷了工作組。〔註89〕

〔註85〕《毛澤東思想萬歲》（1961.1～1968.8），內部資料，第 262 頁。《毛澤東思想萬歲》中日期為 21 日，對照《毛澤東年譜》應為 23 日。見中共中央文獻研究室：《毛澤東年譜》（第 5 卷），北京：中央文獻出版社，2013 年，第 601 頁。

〔註86〕王年一：《大動亂年代》，北京：人民出版社，2009 年，第 36 頁。

〔註87〕《毛澤東思想萬歲》（1961.1～1968.8），內部資料，第 263 頁。《毛澤東思想萬歲》中日期 21 日，對照《毛澤東年譜》應為 23 日。中共中央文獻研究室：《毛澤東年譜》（第 5 卷），北京：中央文獻出版社，2013 年，第 602 頁。

〔註88〕中共中央文獻研究室：《毛澤東年譜》（第 5 卷），北京：中央文獻出版社，2013 年，第 603 頁。穆欣：《關於工作組存廢問題》，見張化、蘇採青：《回首文革》（下），北京：中共黨史出版社，2003 年，第 644 頁。

〔註89〕中共中央文獻研究室：《毛澤東年譜》（第 5 卷），北京：中央文獻出版社，2013 年，第 603 頁。穆欣：《關於工作組存廢問題》，見張化、蘇採青：《回首文革》

　　8 月 1 日開始，與上屆全會相隔四年之久的八屆十一中全會在毛澤東的主持下召開。〔註90〕因這次大會的召開是毛澤東 7 月 24 日在一次黨內成員參加的會議上突然提出的，所以這次大會開得很匆忙。劉少奇在大會上所作的報告，在開會時都還沒寫好，文化大革命的決定也還沒準備好。〔註91〕中央委員會、候補委員只有一百四十一人到會，另有關負責人和首都高校師生代表（包括聶元梓）四十七人列席會議。

　　按照毛澤東一貫的說法，八屆十一中全會可謂是「有破有立」。破，是在這次大會上，中央一線工作備受責難並致使中央一二線制度被取消；立，是在這次大會上通過了一個決定，為發動文化大革命進行黨內動員。

　　3 日，毛澤東在會上分別對陳伯達和劉瀾濤在講話過程中進行插話，對文化革命運動中前段時間派工作組的做法進行了嚴厲的批評。他說，「很多工作組，百分之九十以上的完全是錯誤的，不到百分之十的是好的。以後必須取消，這一點必須肯定。工作組一不能鬥，二不能批，三不能改，起了一個鎮壓運動的壞作用。」他在會上還提出要「成立革命的師生員工文化革命代表會、文化革命委員會、文化革命小組，讓他們自己去搞。」〔註92〕

　　4 日下午，因對前兩天大會上中央委員們在撤銷工作組問題上所表現出的冷漠態度十分不滿，毛澤東臨時召開政治局常委擴大會議。會上，毛澤東對派工作組的中央一線進行了嚴厲指責，暗指他們是「牛鬼蛇神」。他說：「在前清時代，以後是北洋軍閥，後來是國民黨，都是鎮壓學生運動的。現在到共產黨也鎮壓學生運動」，「說得輕一些，是方向性的問題，實際上是路線問題，是路線錯誤，違反馬克思主義的」，「所謂走群眾路線，所謂相信群眾，

　　　　（下），北京：中共黨史出版社，2003 年，第 644 頁。
〔註90〕中共八屆十中全會於 1962 年 9 月 24 日至 27 日召開。而 1956 年 9 月召開的中共八大通過的《中國共產黨章程》規定：「黨的中央委員會全體會議由中央政治局召開，每年至少兩次。」這次大會本來預計只開五天，但因毛澤東對大會上中央委員們在關於撤銷工作組問題上的態度表現非常不滿，要求大家繼續分組討論，故會議最後比預計時間多開了一個星期，直至 8 月 12 日結束。
〔註91〕廖蓋隆：《新中國編年史：1949～1989》，北京：人民出版社，1989 年，第 276 頁。王年一：《大動亂年代》，北京：人民出版社，2009 年，第 38 頁。羅德里克‧麥克法誇爾、沈邁克：中共中央文獻研究室：《毛澤東最後的革命》，關心譯，臺北：左岸文化事業有限公司，2009 年，第 103 頁。
〔註92〕中共中央文獻研究室：《毛澤東年譜》（第 5 卷），北京：中央文獻出版社，2013 年，第 604～605 頁。

所謂馬列主義等等，都是假的。已經是多年如此，凡是碰上這類事情，就爆發出來。」「規定班與班、系與系、校與校之間一概不准往來，這是鎮壓，是恐怖，這個恐怖來自中央。」〔註93〕毛澤東的這番話，意味著他將對中央一線的領導同志動手。

　　5日，在一張兩個月前的舊《北京日報》上，毛澤東激情澎拜地寫下《炮打司令部——我的一張大字報》。在大字報中，毛澤東高度讚揚了聶元梓大字報和《人民日報》的評論員文章，要求大家重讀一遍這張大字報和這個評論。〔註94〕在大字報中，他再次嚴厲批評中央一線，「在五十多天裏，從中央到地方的某些領導同志，卻反其道而行之，站在反動的資產階級立場上，實行資產階級專政，將無產階級轟轟烈烈的文化大革命運動打下去，顛倒是非，混淆黑白，圍剿革命派，壓制不同意見，實行白色恐怖，自以為得意，長資產階級的威風，滅無產階級的志氣，又何其毒也！聯繫到一九六二年的右傾和一九六四年形『左』而實右的錯誤傾向，豈不是可以發人深醒的嗎？」〔註95〕

　　6日，毛澤東在《人民日報》的一篇評論員文章旁加批註，「危害革命的錯誤領導，不應當無條件接受，而應當堅決抵制，在這次文化大革命中廣大革命師生及革命幹部對於錯誤的領導，廣泛地進行過抵制。」〔註96〕同日，他還指責劉少奇於6月20日批發的《北京大學文化革命簡報》（第九號）是錯誤的，下令撤銷這個文件。〔註97〕因為該文件贊同北京大學工作組對六‧一八事件的處理。

　　毛澤東的這一系列行為，表明他不僅反對派工作組的行為，而且還將以此為藉口準備對中央一線採取行動。一週後的閉幕會議重新改選了中央政治

〔註93〕中共中央文獻研究室：《毛澤東年譜》（第5卷），北京：中央文獻出版社，2013年，第606頁。《在中央常委擴大會議上的插話》，載《毛澤東思想萬歲》（1961.1～1968.8），內部資料，出版單位和日期不詳，第266～267頁。王年一：《大動亂年代》，北京：人民出版社，2009年，52～53頁。

〔註94〕6月2日，《北京日報》上刊登了聶元梓大字報和轉載了《人民日報》同日發表的評論員文章《歡呼北大的一張大字報》。

〔註95〕中共中央文獻研究室：《毛澤東年譜》（第5卷），北京：中央文獻出版社，2013年，第607頁。

〔註96〕中共中央文獻研究室：《毛澤東年譜》（第5卷），北京：中央文獻出版社，2013年，第608頁。

〔註97〕中共中央文獻研究室：《毛澤東年譜》（第5卷），北京：中央文獻出版社，2013年，第608頁。

局常務委員會，中央政治局常委由原來的七人擴大爲十一人，而且他們的排序也發生了變化。〔註 98〕全會還改組了中央書記處，撤銷彭眞、羅瑞卿、陸定一的書記以及楊尚昆的候補書記職務，批准陶鑄和葉劍英分別擔任書記處常務書記和書記，補選謝富治和劉寧一爲書記。

8 日上午，全體會議通過了《中國共產黨中央委員會關於無產階級文化大革命的決定》（簡稱《十六條》）。《決定》對文革運動的性質、任務、力量、方式和權力機構進行了一系列規定：它「是一場觸及人們靈魂的大革命，是我國社會主義革命發展的一個更深入、更廣闊的階段」，主要任務是「整黨內那些走資本主義道路的當權派」，主要依靠「廣大的工農兵、革命知識分子和革命的幹部」，「要充分運用大字報、大辯論這種形式，大鳴大放」，「文化革命小組，文化革命委員會和文化革命代表大會」是「無產階級文化大革命的權力機構」。〔註 99〕

就在《決定》通過的當晚，林彪召集中央文革小組成員開會說，「這次文化大革命的最高司令是我們毛主席。你們這些同志這幾個月起了作用，今後還希望起更大的作用。要弄得翻天覆地，**轟轟**烈烈，大風大浪，大攪大鬧，要鬧得資產階級睡不著覺，無產階級也睡不著覺。」〔註 100〕

經過這次大會，毛澤東廢黜了劉少奇的接班人地位，一大批中央一線領導幹部被打倒，自己從此正式從中央「二線」重返「一線」，走向前臺，運籌帷幄，指揮文化大革命運動。〔註 101〕兩個月後的一次會議上，毛澤東也坦承，

〔註 98〕 中央政治局常委會原爲七人，按順序排列爲：毛澤東、劉少奇、周恩來、朱德、陳雲、林彪、鄧小平。這次增加爲 11 人，按順序排列爲：毛澤東、林彪、周恩來、陶鑄、陳伯達、鄧小平、康生、劉少奇、朱德、李富春、陳雲。

〔註 99〕 《中國共產黨中央委員會關於無產階級文化大革命的決定》，林蘊輝、劉勇、史伯年：《人民共和國春秋實錄》，北京：中國人民大學出版社，1992 年，第 693～698 頁。原文載《人民日報》，1966 年 8 月 9 日，第 1 版。

〔註 100〕 中共中央文獻研究室：《毛澤東年譜》（第 5 卷），北京：中央文獻出版社，2013 年，第 611 頁。

〔註 101〕 毛澤東廢黜劉少奇的接班人地位可以從兩個事件可以看出：一是毛澤東於 8 月 5 日在康生負責起草的全會公報上刪去「全會熱烈擁護劉少奇同志代表我國發表的聲明」，這個聲明指的是劉少奇在 7 月 22 日發表關於援越抗美的聲明。中共中央文獻研究室：《建國以來毛澤東文稿》（第 12 冊），北京：中央文獻出版社，1998 年，第 94～97 頁。中共中央文獻研究室：《毛澤東年譜》（第 5 卷），北京：中央文獻出版社，2013 年，第 608 頁。二是在全會閉幕會議上，選舉了十一名中央政治局常委，劉少奇原來在常委中排第二的位置被林彪取代，一下子跌落到第八位。中共中央文獻研究室：《毛澤東年譜》（第

「十一中全會以前，我處在第二線，不主持日常工作，現在，這個一線、二線的制度已經改變了。」〔註102〕通過這次會議，最初只有十幾名成員、專爲政治局常委會起草文件的中央文革小組取代了中央書記處，逐漸擴展爲一個擁有數百乃至數千工作人員的官僚機構，成爲文化大革命運動的突擊隊。

通過5月的中央政治局擴大會議和8月的八屆十一中全會，文化大革命的一切準備工作已經就緒。毛澤東於是開始著手推進他曾在以往多次運動中批判舊的官僚體制沒有做到的事情：發動群眾，鼓動青年學生造反。

2.2 文革小報出場的直接背景

文革小報是隨著文化大革命初期的紅衛兵運動的興起而出現的。〔註103〕文革的發動和實施一個重要的保證就是依靠「踢開黨委鬧革命」的群眾運動的全盤實施和投入。1967年2月3日，毛澤東在人民大會堂同阿爾巴尼亞勞動黨領導人談話時回憶說：「過去五年來，我們只抓了一些個別的問題，個別的人物，搞了一些在文化界的鬥爭，在農村的鬥爭，在工廠的鬥爭，就是社會主義教育運動。這些都不能解決問題，沒有找出一種形式，一種方式，公開地、全面地、由下而上地來揭發我們的黑暗面。」「解決這樣的問題，只有發動群眾才有辦法。沒有群眾我們毫無辦法。」〔註104〕正是爲了實現其「天下大亂，達到天下大治」的目的，〔註105〕毛澤東在文化大革命運動一開始，就特別注重發動群眾，尤其是青年學生。

2.2.1 「革命闖將」橫空出世

早在八屆十一中全會召開前的幾個月，毛澤東就已經著手動員青年學生開始鬧革命了。1966年5月，「三家村」批判運動如火如荼進行，從批「三家

5卷），北京：中央文獻出版社，2013年，第611頁。
〔註102〕毛澤東：《在中央工作會議上的講話（1966.10.25）》，載國防大學黨史黨建政工教研室：《「文化大革命」研究資料》（上），內部資料，1988年，第150頁。
〔註103〕方漢奇：《中國新聞事業通史》（第3卷），北京：中國人民大學出版社，1999年，第341頁。
〔註104〕中共中央文獻研究室：《毛澤東年譜》（第6卷），北京：中央文獻出版社，2013年，第45～46頁。
〔註105〕中共中央文獻研究室：《毛澤東年譜（1949～1976）》（第5卷），北京：中央文獻出版社，2013年，第597～598頁。

村」到把矛頭轉向揪出其背後的後臺北京市委。北京各大、中學校裏，大字報鋪天蓋地，人心浮動。各校黨委和領導幹部根據上級的指示和精神，要求學生按照學校領導的安排，有領導、有秩序進行批判。部分師生認爲學校黨委是壓制他們的革命熱情，是不「突出政治」；而學校領導則認爲學生的批判行爲是錯誤的。

5 月 7 日，毛澤東在給林彪的信中提到，「學制要縮短，教育要革命，資產階級知識分子統治我們學校的現象，再也不能繼續下去了。」〔註 106〕整個 5 月間，清華大學附中的師生展開一場了教育革命與階級鬥爭的論爭，而且愈演愈烈，最終導致校方與學生的矛盾不斷激化。〔註 107〕

29 日，清華大學附中幾位學生在晚自習後來到圓明園遺址，大家聚在一起討論爲了防止校方打壓，決定要團結起來。〔註 108〕其中一位同學提出今後全校所有觀點相同的人再寫大字報、小字報時最好用同一個簽名，讓學校不知道他們到底有多少人。討論過程中大家一致認爲，前一段時間張承志和周嚮明同學寫的一個批判「三家村」的貼在教室牆壁上的小字報後署名爲「紅衛兵」的這個名字很好。它寓意指毛主席、黨中央的紅色衛兵、紅色政權的堅強衛士、紅色江山的光榮衛兵。他們於是最終決定用「紅衛兵」這個名字。〔註 109〕從此揭開了紅衛兵運動的序幕！

6 月 2 日晚，清華附中剛剛成立起來的紅衛兵組織因受北京大學聶元梓大字報鼓舞，在校園裏貼出一張大字報，聲稱「誓死跟著黨中央，誓死跟著毛主席，誓死保衛無產階級專政」，落款署名爲「紅衛兵」。〔註 110〕該大字報一經貼出，由於以一個類似組織的「紅衛兵」名字在當時的大字報落款中很少出現，立即引起了很多圍觀者的好奇。許多人在「紅衛兵」三個字的後面紛

〔註 106〕中共中央文獻研究室：《毛澤東年譜》（第 5 卷），北京：中央文獻出版社，2013 年，第 584～585 頁。

〔註 107〕于輝：《紅衛兵秘錄》，北京：團結出版社，1993 年，第 6～8 頁。卜偉華：《紅衛兵運動的興起》，載郭德宏、王海光、韓鋼：《中華人民共和國專題史稿：十年風雨（1966～1976）》，成都：四川人民出版社，2004 年，第 59～61 頁。

〔註 108〕當時參與聚會的幾名中學生：卜大華、袁曉鷹、王銘、駱小海、曠濤生、陶正、張曉賓、張承志等八人。於輝：《紅衛兵秘錄》，北京：團結出版社，1993 年，第 8 頁。江沛：《紅衛兵狂飆》，鄭州：河南人民出版社，1994 年，第 9 頁。

〔註 109〕于輝：《紅衛兵秘錄》，北京：團結出版社，1993 年，第 8～9 頁。

〔註 110〕卜偉華：《紅衛兵運動的興起》，載郭德宏、王海光、韓鋼：《中華人民共和國專題史稿：十年風雨（1966～1976）》，成都：四川人民出版社，2004 年，第 62～63 頁。

紛簽下了自己的名字，以示支持。不到一個上午，便有一百多人簽名。隨後，北京各大中學校的學生也跑到清華附中，以示聲援。〔註111〕

在短短幾天內，北京幾所大學的附屬中學和北京二十五中紛紛仿傚清華附中相繼成立了「紅衛兵」、「紅旗」等秘密學生組織，這是最早一批的紅衛兵組織。〔註112〕

2.2.2 紅衛兵開始登上歷史舞臺

從 6 月 5 日開始，北京新市委向北京地區各大、中學和部分其他單位派駐了工作組以領導各學校的群眾運動。但工作組人員是臨時從各單位抽調而來，倉促上陣，他們既不熟悉學校和知識分子，也對文革運動的認識不是很清楚。甚至一些工作組進駐各大中院校後，還按照以前每次運動的邏輯，認為反對工作組，就是反對黨、反對黨中央。於是一些工作組在工作的過程中採取了極其簡單、粗暴的做法。〔註113〕

學校師生對於如何對待工作組的問題分為兩派。一部分師生認為工作組的「維穩」做法是保護「黑幫」，壓制革命群眾，限制運動的深入發展。這部分人人數雖少，但認為自己是按照毛澤東思想行事，是響應黨中央號召而造反的，不斷與工作組產生衝突；另外大部分師生則把擁護工作組與擁護黨聯繫在一起，對反工作組的人進行激烈反擊。雙方矛盾越來越尖銳，一些學校發生了少數派趕走工作組的現象。

6 月 2 日至 3 日，上海交大、同濟、復旦、科大等高校發生了所謂「圍攻少數派」的事件。同時其他各地高校也發生了部分師生抵制工作組的事件，比如北京郵電學院的「六‧四事件」、西安交大的「六‧六事件」、北京大學的「關門事件」、清華大學的「六‧七事件」、南京大學的「六‧一二事

〔註111〕江沛：《紅衛兵狂飆》，鄭州：河南人民出版社，1994 年，第 11 頁。

〔註112〕當時主要有北京地質學院附中、北京石油學院附中、北京大學附中、北京礦業學院附中和北京二十五中成立了紅衛兵組織。見江沛：《紅衛兵狂飆》，鄭州：河南人民出版社，1994 年，第 11 頁。卜偉華：《紅衛兵運動的興起》，載郭德宏、王海光、韓鋼：《中華人民共和國專題史稿：十年風雨（1966～1976）》，成都：四川人民出版社，2004 年，第 64 頁。

〔註113〕王年一：《大動亂年代》，北京：人民出版社，2009 年，第 28～33 頁。高皋、嚴家其：《文化大革命十年史》，天津：天津人民出版社，1986 年，第 25～27 頁。羅德里克‧麥克法誇爾、沈邁克：《毛澤東最後的革命》，關心譯，臺北：左岸文化事業有限公司，2009，年，第 88～89 頁。

件」。〔註 114〕

10 日，中央政治局常委擴大會議在杭州召開。毛澤東就如何進行文革運動發表了自己的看法，「要放手，不怕亂，放手發動群眾，要大搞，這樣把一切牛鬼蛇神揭露出來。不一定要派工作組，右派搗亂也不可怕。」〔註 115〕

16 日，《人民日報》對南京大學師生揪鬥校黨委書記匡亞明事件進行了報導，併發社論對造反學生進行聲援。社論稱，「必須放手發動群眾。對群眾運動採取什麼態度，是支持還是反對，這是區別革命和反革命的一個極為重要的標誌。我們應當滿腔熱情地、全心全意地支持革命的群眾運動，積極地投身到這個運動中去，正確地指導這個運動。」〔註 116〕

18 日，《人民日報》刊發了中共中央、國務院於 6 月 13 日頒佈的關於「停課鬧革命」的通知。通知稱，「決定一九六六年高等學校招收新生的工作推遲半年進行」，便於「高等學校和高中有足夠的時間徹底搞好文化革命」。〔註 117〕

20 日，《人民日報》發表社論大肆鼓吹，「要放手發動群眾，採取大鳴大放大字報大辯論的方法，讓群眾把意見充分的講出來，把那些反黨反社會主義反毛澤東思想的資產階級代表人物統統揭露出來，把一切牛鬼蛇神統統揭露出來，把資產階級堡壘一個個地砸得粉碎。」〔註 118〕

同一天，北京鐵道學院、北京輕工業學院、北京地質學院、北京師範大學和北師大一附中發生了趕走工作組的事件，指責工作組壓制群眾運動，要求奪取無產階級文化大革命的領導權。〔註 119〕「六・二〇風暴」一下子席卷北京市各大中學校。第二天，清華大學就發生向工作組奪權事件，工程化學

〔註 114〕 卜偉華：《紅衛兵運動的興起》，載郭德宏、王海光、韓鋼：《中華人民共和國專題史稿：十年風雨（1966～1976）》，成都：四川人民出版社，2004 年，第66 頁。王年一：《大動亂年代》，北京：人民出版社，2009 年，29～32 頁。

〔註 115〕 中共中央文獻研究室：《毛澤東年譜》（第 5 卷），北京：中央文獻出版社，2013年，第 593 頁。

〔註 116〕 《南京大學革命師生揪出反黨反社會主義的反革命分子匡亞明》，《人民日報》，1966 年 6 月 16 日，第 1 版。《放手發動群眾徹底打倒反革命黑幫》，《人民日報》，1966 年 6 月 16 日，第 1 版。

〔註 117〕 《中共中央、國務院決定改革高等學校招生考試辦法，並決定在 1966 年高等學校招生工作推遲半年進行的通知》，《人民日報》，1966 年 6 月 18 日，第 1 版。

〔註 118〕 《革命的大字報是暴露一切牛鬼蛇神的照妖鏡》，《人民日報》，1966 年 6 月20 日，第 1 版。

〔註 119〕 當時主要有北京師範大學、北京地質學院、北京輕工業學院、鐵道學院和北師大一附中發生趕走工作組的事件。

系的蒯大富給一張大字報批語,「革命的首要問題是奪權鬥爭,從前權在校黨委手裏,我們和他們鬥,把它奪過來了。現在,權在工作組手中,那我們每個革命左派就應該考慮,這個權是否代表我們,代表我們則擁護,不代表我們,則再奪權。」〔註120〕整個6月底至7月初,各大中院校的紅衛兵組織與工作組形成拉鋸狀態,使本已混亂的局面呈現更加錯綜複雜之勢。

23日,清華附中紅衛兵以戲謔與惡作劇的心理貼出「造反有理」系列大字報中的「一論」。「革命就是造反,毛澤東思想的靈魂就是造反。」「敢想、敢說、敢做、敢闖、敢革命,一句話,敢造反,這是無產階級革命家最基本最可貴的品質,是無產階級黨性的基本原則!不造反就是百分之一百的修正主義。」要「掄大棒,顯神通,施法力,把舊世界打個天翻地覆,打個人仰馬翻,打個落花流水,打得亂亂的,越亂越好!」〔註121〕這張大字報的「造反」思想,是對毛澤東曾在1939年的一次講話中提出的「造反有理」思想的進一步闡釋和發揮。〔註122〕

7月1日,《紅旗》雜誌發表社論,傳達了毛澤東的指示:「在無產階級文化大革命中,必須組織、發展無產階級左派隊伍,並且依靠他們發動群眾,團結群眾,教育群眾」。「領導與群眾相結合是黨的領導方法的一個根本原則。在無產階級文化大革命中,也必須堅持這個原則。」〔註123〕

4日,清華附中紅衛兵又拋出「造反有理」系列大字報中的「二論」。該大字報一開頭就拋出了毛澤東於1939年為斯大林祝壽的講話稿中的一句,「馬克思主義的道理千條萬緒,歸根結底,就是一句話:造反有理。」〔註124〕

〔註120〕 王年一:《大動亂年代》,北京:人民出版社,2009年,第31~32頁。穆欣:《關於工作組存廢問題》,見張化、蘇採青:《回首文革》(下),北京:中共黨史出版社,2003年,第632~633頁。

〔註121〕 清華大學附屬中學紅衛兵:《無產階級的革命造反精神萬歲》,載《紅旗》,1966年第11期,第27頁。另載《人民日報》,1966年8月24日,第2版。國防大學黨史黨建政工教研室:《「文化大革命」研究資料》(上),內部資料,1988年,第63頁。

〔註122〕 「馬克思主義的道理千條萬緒,歸根結底,就是一句話:造反有理。」這句話最早出自毛澤東的《在延安各界慶祝斯大林六十壽辰大會上的講話》(1939.12.21)這篇文章。中共中央文獻研究室:《毛澤東年譜(1893~1949)》(中),北京:中央文獻出版社,2013年,第169頁。

〔註123〕 《信任群眾,依靠群眾》,《紅旗》,1966年,第9期,第28頁。

〔註124〕 清華大學附屬中學紅衛兵:《再論無產階級的革命造反精神萬歲》,載《紅旗》,1966年第11期,第28頁。另載《人民日報》,1966年8月24日,第2版。國防大學黨史黨建政工教研室:《「文化大革命」研究資料》(上),內部資料,

　　18 日，毛澤東從南方回到北京。他當天聽取了中央文革小組關於工作組的情況彙報以及看了北大、北師大、清華、人大四所高校的反工作組材料。毛澤東對工作組壓制紅衛兵群眾運動的情況非常不滿。他說，「誰才鎮壓學生運動？只有北洋軍閥！」〔註 125〕然後在接下來幾天的講話中，毛澤東三次表示要撤下工作組。

　　25 日和 26 日連續兩個晚上，中央文革小組在北京大學主持全校萬人辯論大會，辯論工作組執行的是什麼路線，要不要撤離的問題。北大學生和北大附中的紅旗戰鬥小組負責人彭小蒙分別在會上控訴了工作組的「罪行」。康生在會上講話，說「毛主席一個工作組也沒派」。江青盛讚北大附中的紅衛兵是「早晨八九點鐘的太陽」。〔註 126〕

　　27 日，清華附中紅衛兵再次拋出「造反有理」系列大字報的第三篇。大字報聲稱，「今天的無產階級文化大革命就是一場革命的造反；我們過去造反，現在造反，將來還要造反！只要階級和階級鬥爭存在，只要有矛盾存在就要造反，一百年需要，一千年需要，一萬年一億年還需要！讓革命的大風暴來得更猛烈些吧！」〔註 127〕

　　28 日，北京市海定區召開批判工作組大會。江青、陳伯達和康生參會。彭小蒙作了控訴工作組的發言，清華附中紅衛兵宣讀了「造反有理」系列大字報的一論與二論，並當場交給江青，請她呈送給毛主席。同時附信，一定請毛主席覆信。〔註 128〕

　　29 日，北京市委召開全市大中學校文化革命積極分子大會。會議宣佈撤

　　　　　　1988 年，第 64 頁。

〔註 125〕中共中央文獻研究室：《毛澤東年譜》（第 5 卷），北京：中央文獻出版社，2013
　　　　　年，第 600 頁。穆欣：《關於工作組存廢問題》，見張化、蘇採青：《回首文革》
　　　　　（下），北京：中共黨史出版社，2003 年，第 634 頁。

〔註 126〕卜偉華：《紅衛兵運動的興起》，載郭德宏、王海光、韓鋼：《中華人民共和國
　　　　　專題史稿：十年風雨（1966～1976）》，成都：四川人民出版社，2004 年，第
　　　　　68 頁。轟元梓：《轟元梓回憶錄》，香港：時代國際出版有限公司，2005 年，
　　　　　第 148 頁。

〔註 127〕清華大學附屬中學紅衛兵：《三論無產階級的革命造反精神萬歲》，載《紅旗》，
　　　　　1966 年第 11 期，第 29 頁。另載《人民日報》，1966 年 8 月 24 日，第 2 版。
　　　　　國防大學黨史黨建政工教研室：《「文化大革命」研究資料》（上），內部資料，
　　　　　1988 年，第 65 頁。

〔註 128〕卜偉華：《紅衛兵運動的興起》，載郭德宏、王海光、韓鋼：《中華人民共和國
　　　　　專題史稿：十年風雨（1966～1976）》，成都：四川人民出版社，2004 年，第
　　　　　68～69 頁。

銷工作組。毛澤東在整個會議進行過程中始終沒有公開露面，只是隱身坐在幕後。但當最後一個發言人話音剛落，毛澤東突然從幕後閃身踱到臺前，向革命小將頻頻揮手致意。毛澤東的這一行為，表明了他對前段時間學生反工作組的支持。全場的革命群眾受到了極大的鼓舞。

當晚，北京石油學院附中等八所學校的紅衛兵湧向團中央機關進行造反。一些反學校黨委、反工作組最堅決者如清華大學的蒯大富、北師大的譚厚蘭、北大附中的彭小蒙等則在造反運動中成為了「英雄」。

8月1日，毛澤東應清華附中紅衛兵的要求，給他們回了一封熱情洋溢的信。信中接連三次對文革小將們的造反行為表示「熱烈支持」：一是對清華附中紅衛兵們的「造反有理」大字報表示熱烈支持；二是對北大附中紅旗戰鬥小組的彭小蒙於7月25日在北京大學師生員工大會上的講話表示熱烈支持。三是對全國像清華附中紅衛兵一樣的革命小將們的造反行為表示熱烈支持。〔註129〕該信件在當天召開的八屆十一中全會上作為大會文件下發。

3日，毛澤東在大會上插其他委員的講話時提出，「要撤銷工作組，成立革命師生員工的文化革命代表委員會、文化革命委員會、文化革命小組。讓他們自己去搞。」〔註130〕

4日，政治局常委擴大會議召開。毛澤東在會上對中央鎮壓學生運動的行為表示不滿，「中央下令停課半年，專搞文化大革命，人家起來了，又要鎮壓。不是沒有人提過不同意見，就是聽不進去，聽另一種意見卻津津有味。」〔註131〕

經過毛澤東一系列行為的支持，曾經一度受挫的紅衛兵組織和各種文化大革命群眾組織不但在中學得到了發展，而且也如雨後春筍般在全國各大高校和機關紛紛成立起來。如北京建工學院造反派成立「八一戰鬥團」，多數派成立「革命團」；哈爾濱軍事工程學院造反派成立「紅色造反團」，保守派成立「八八紅旗戰鬥團」；北京地質學院造反派成立「東方紅戰鬥隊」，後改為

〔註129〕毛澤東：《給清華大學附屬中學紅衛兵的信》，1966年8月1日。中共中央文獻研究室：《建國以來毛澤東文稿》（第12冊），北京：中央文獻出版社，1998年，第87～88頁。中共中央文獻研究室：《毛澤東年譜（1949～1976）》（第5卷），北京：中央文獻出版社，2013年，第603～604頁。

〔註130〕中共中央文獻研究室：《毛澤東年譜》（第5卷），北京：中央文獻出版社，2013年，第606頁。

〔註131〕中共中央文獻研究室：《毛澤東年譜》（第5卷），北京：中央文獻出版社，2013年，第606頁。

「東方紅公社」，多數派則成立了「鬥、批、改兵團」等。

　　10 日晚，毛澤東在中南海西門外接見前來慶賀《十六條》通過的革命群眾。見面會上，他意味深長地向全國七億人民發出了向文革進軍的號令：「你們要關心國家大事，要把無產階級文化大革命進行到底！」〔註 132〕

　　18 日，來自全國各地的革命群眾和師生齊聚天安門廣場。毛澤東登上天安門城樓親自接見。那天他意味深長地穿戴著帶有帽徽、領章的草綠色軍裝從天安門城樓上走下來，穿過金水橋，走進人群當中，向紅衛兵揮手致意。當北師大女附中紅衛兵宋彬彬把紅衛兵的袖章戴到毛澤東的左臂上，得知她的名字意思是「文質彬彬，溫文爾雅」的意思時，毛澤東對她說，「要武嘛。」〔註 133〕他同時對其他紅衛兵代表表示，「我堅決支持你們！」「我們不行了，只有我們這些娃娃行，小將行。」〔註 134〕他還對跟隨在對身旁的林彪說：「這個運動規模很大，確實把群眾發動起來了，對全國人民的思想革命化有很大的意義。」〔註 135〕

　　毛澤東在「八・一八」大會上以集體公開檢閱的方式以及在檢閱過程中的一系列行為，表明對史無前例的紅衛兵組織的支持。從此，紅衛兵組織正式登上了文化大革命的歷史舞臺。

2.3 文革小報的出場

　　運動一開始，毛澤東就賦予紅衛兵等群眾組織最大限度的自由。《十六條》明確指出，「一大批本來不出名的革命青少年成了勇敢的闖將。他們有魄力、有智慧。他們用大字報、大辯論的形式，大鳴大放，大揭露，大批判，堅決地向那些公開的、隱蔽的資產階級代表人物舉行了進攻。在這樣大的革命運動中，他們難免有這樣那樣的缺點，但是，他們的革命大方向始終是正

〔註 132〕中共中央文獻研究室：《毛澤東年譜》（第 5 卷），北京：中央文獻出版社，2013 年，第 611 頁。

〔註 133〕宋彬彬：《我給毛主席戴上了紅袖章》，《人民日報》，1966 年 8 月 22 日，第 2 版。

〔註 134〕清華附中紅衛兵：《毛主席接見了我們「紅衛兵」》，《人民日報》，1966 年 8 月 22 日，第 1 版。

〔註 135〕中共中央文獻研究室：《毛澤東年譜（1949～1976）》（第 5 卷），北京：中央文獻出版社，2013 年，第 613～614 頁。卜偉華：《紅衛兵運動的興起》，載郭德宏、王海光、韓鋼：《中華人民共和國專題史稿：十年風雨（1966～1976）》，成都：四川人民出版社，2004 年，第 70～71 頁。

確的。」〔註136〕

8月23日，《人民日報》發表的社論稱，「廣大革命學生起來鬧革命，反對走資本主義道路的老爺們，是件大好事。他們貼大字報，是好事，大鳴、大放、大辯論，是好事。他們有上街遊行示威的權利，有集會、結社、言論、出版的權利。」〔註137〕

當時幾乎所有群眾團體、組織都可以按自己的意願創辦、編輯、發行自己的報紙。自從8月18日紅衛兵開始登上天安門，第一次正式出現在《人民日報》上後，就如同一場狂飆，席卷全國。在隨後的「破四舊」和「大串連」運動中，紅衛兵的傳單、通令像雪片般撒向街頭。隨著運動的深入開展、活動範圍的進一步擴大，紅衛兵、造反派們迫切需要能夠代表自己心聲的更強有力的輿論宣傳工具。於是，文革小報應運而生。

2.3.1 最早的幾份文革小報

文革小報最早出現的確切日期，還有待在廣泛收集資料和新材料的挖掘基礎上加以考證。從目前掌握的資料看，談到文革小報的興起，必須從北京大學的《新北大》說起。它不僅是最早的文革小報，而且引領了當時整個時代風尚，開啓了中國新聞史上一段奇特的歷史。

1966年，北京大學原校刊《北京大學》在文革一開始後就已經停刊。在《新北大》創刊以前，北京大學原校刊《北京大學》在1966年8月15日開始復刊，刊名改爲《北大新校刊（試刊）》，臨時試刊了兩期。8月17日毛澤東應聶元梓準備出新校刊爲其題寫新刊名的請求，爲北京大學新校刊題寫刊名「新北大」，以表示對出現「馬列主義的第一張大字報」的北京大學造反派的極大支持。〔註138〕22日，北京大學校刊改爲由毛澤東題寫的新校刊名《新北大》開始創刊。

《新北大》報創刊號爲對開兩版。整個頭版採用套紅印刷、通版編排、由報頭、報眼和一篇《發刊詞》三部分組成。報頭在報紙的左上角以橫排形式排列，紅燦燦的毛澤東題寫的「新北大」三個大字幾乎佔據了整個版面上

〔註136〕《中國共產黨中央委員會關於無產階級文化大革命的決定》，《人民日報》，1966年8月9日，第1版。
〔註137〕《工農兵要堅決支持革命學生》，《人民日報》，1966年8月23日，第1版。
〔註138〕中共中央文獻研究室：《毛澤東年譜（1949～1976）》（第5卷），北京：中央文獻出版社，2013年，第613～頁。

半部分的三分之二。「新北大」三個大字下面是「毛主席題字」幾個小黑色字；再下面一行是「創刊號」三字，1966 年 8 月 22 日（星期一），共二版；報眼位置是 8 月 18 日身著人民解放軍軍裝的毛主席站在天安門城樓，左臂上戴著北京師範大學女附中紅衛兵宋彬彬送的那幅紅衛兵袖章，手握軍帽，面向行進中的紅衛兵，高舉右臂、揮手向前，檢閱紅衛兵的大幅照片。照片幾乎佔了整個版面右半部分的三分之二。照片下面是用紅色字體加框印刷的當時最為流行的革命口號「毛主席萬歲！人民萬歲！無產階級文化大革命萬歲！戰無不勝的毛澤東思想萬歲！」；報頭下方、毛主席照片的左下方就是一篇《發刊詞》。

《新北大》創刊號的第二版上方以通欄形式刊登了「偉大的領袖，偉大的統帥，偉大的舵手毛主席萬歲」大字標題。〔註 139〕通欄標題下面主要是幾篇有關北大革命師生 8 月 18 日在天安門城樓受到毛主席接見的報導以及對毛主席為北大新校刊名題字而歡呼的詩歌。這些都是署名文章。並配發了北大革命師生在天安門參加大會的兩幅新聞圖片。另外刊登了一份於 7 月 28 日成立的「北京大學文化革命委員會籌備委員會公告」。

目前發現比較早的另外一張文革小報是由「哈爾濱工業大學紅衛兵」編輯的《紅衛兵》。據查證本報共存世十九期。目前筆者能發現這份報紙最早的期數是第三期，出版時間為 1966 年 8 月 27 日。該報左上角橫向排列套紅報頭「紅衛兵」。「紅衛兵」三個字，並非當時流行的仿毛體，而是用簡化漢字

〔註 139〕據江青的秘書閻長貴考證，「四個偉大」的提出是陳伯達、林彪和康生幾個人集體智慧的結晶。陳伯達在毛澤東第一次在天安門接見紅衛兵時在大會上致開幕詞說的第一句話就是：「我們偉大的領袖、偉大的導師、偉大的舵手毛主席今天在這裡同大家見面。」接著，林彪在講話中說，「這次無產階級文化大革命，最高司令是我們毛主席。毛主席是統帥。我們在偉大的統帥指揮之下」。19 日，《人民日報》在第一版以《毛主席同百萬群眾共慶文化大革命》為題報導這次毛主席接見紅衛兵大會時，首次把「偉大的領袖，偉大的統帥，偉大的舵手」並列在一起。8 月 20 日，《人民日報》發表《毛主席和群眾在一起》社論，社論稱「一九六六年八月十八日，我們偉大的導師，偉大的領袖，偉大的統帥，偉大的舵手毛主席，穿著人民解放軍軍裝，同他親密的戰友林彪同志，以及其他同志，在天安門上檢閱了無產階級文化大革命的百萬大軍。」至此，「四個偉大」才第一次出現。8 月 22 日，《人民日報》把「偉大的導師，偉大的領袖，偉大的統帥，偉大的舵手毛主席萬歲」作為口號刊登在報眼位置。於是，「四個偉大」就這樣傳開了。見閻長貴、王廣宇：《「四個偉大」誰提出來的？》，《問史求信集》，北京：紅旗出版社，2009 年，第 51～54 頁。

進行書寫。報頭下面用黑體字寫有第幾期、出版日期、星期幾以及「哈爾濱工業大學紅衛兵編輯」、「黑龍江日報社哈爾濱晚報社印刷工人排印」的字樣。報眼位置刊登毛主席語錄：「中國的反動分子，靠我們組織起人民去把他打倒。凡是反動的東西，你不打，它就不倒。這也和掃地一樣，掃帚不到，灰塵照例跑不掉。」頭版採用通欄大字標題：向黨內走資本主義道路的當權派猛烈開火！頭版頭條位置全文刊登「省委機關革命職工炮打司令部進軍大會，給毛主席的致敬電」電文。另還刊登了以「捨得一身剮，敢把皇帝拉下馬」為標題的綜合報導，報道了黑龍江省委機關革命職工炮打司令部進軍大會的新聞以及時任中共黑龍江省委任第一書記兼省軍區第一政委潘復生同志在大會上的講話。

另外能看到的比較早的文革小報還有《紅衛兵報》、《紅衛兵》和《紅色造反者》這三種。它們都創刊於 1966 年 9 月 1 日。

《紅衛兵報》由「北京六中紅衛兵」創辦。該報報頭沒有像大多數文革小報的創刊號一樣採用套紅印刷，而是採用黑體印刷。第一版左上角報頭是四個仿毛體大字——紅衛兵報，以橫排形式排列。右邊並列的報眼位置也不像其他報刊一樣刊登「毛主席語錄」或者「紅衛兵誓詞」，而是寫著：創刊號、出版日期和出版單位。頭版頭條位置以「學習毛主席語錄」作為標題，下面以加邊框的形式刊登了毛澤東《在延安各界慶祝斯大林六十壽辰大會上的講話》的那句有關「造反有理」的著名論斷。下方則刊登了一篇《發刊詞》文章。

該報一共出到十四期。其中 9 月 4 日出版的第二期，因「首都紅衛兵糾察隊西城分隊」提出要與「北京六中紅衛兵」合作辦報，出版單位遂改由「首都紅衛兵糾察隊西城分隊指揮部」主辦。但後來雙方發生分歧，從第三期開始，出版單位又改回，刊印報頭時將出版單位名稱由「北京六中紅衛兵」改為「紅衛兵報編輯部」，此後出版單位一直使用這一名稱。

《紅衛兵》由 8 月 27 日成立的「首都大專院校紅衛兵司令部」（簡稱紅一司）創辦。該報自 1966 年 9 月 1 日創刊到 1967 年 2 月 22 日停刊。共出版二十三期。

該報的創刊號是四開四版，套紅印刷，編排嚴謹，圖文並茂。該報第一版上方左邊位置是報頭，橫排排列的「紅衛兵」三個大字用仿毛體。「紅衛兵」下面最左邊是「創刊號」三字，用紅色字體表示。其他的依次是出版單位名

稱、出版日期、星期幾和共幾個版面，均用黑色字體。報頭右邊並列的部分
是報眼，寫有紅衛兵的莊嚴「誓言」。第一版通版只刊登一幅毛主席於 1966
年 8 月 18 日站在天安門城樓檢閱紅衛兵的照片。照片中毛主席身穿人民解放
軍的草綠色軍裝，左手握著軍帽，左臂上戴著紅衛兵袖章。他高舉右臂，正
面向天安門城樓下行進中的紅衛兵揮手致意。照片左側是毛主席向紅衛兵們
發出的號召：「你們要關心國家大事，要把文化大革命進行到底。」這句話與
毛主席照片同高，用紅色字體，並帶紅框加以強調。照片下方是用紅色字體
印刷的照片題名：最高統帥毛主席檢閱紅衛兵。標題下面是一句紅衛兵向毛
主席表忠心的誓詞：「毛主席啊，您是我們的最高司令，我們是您忠誠的小兵，
跟著您，刀山火海也敢闖；跟著您，披荊斬棘鬧革命。徹底打垮舊世界，奔
向共產主義的錦繡前程！」

　　《紅色造反者》由「哈爾濱軍事工程學院紅色造反團—毛澤東主義紅衛
兵總部」創辦。該報創刊號採用套紅印刷，四開四版。該創刊號頭版以通版
的形式編排。報紙左上角報頭「紅色造反者」五個大字用紅色字體以行書方
式書寫。報眼位置以加邊框的形式刊登了毛澤東《在延安各界慶祝斯大林六
十壽辰大會上的講話》的有關「造反有理」的著名論斷，並配有小小的圓形
相框的毛主席頭像。頭版頭條位置以通欄形式刊登「毛主席訓詞摘錄」，摘錄
左下方是《熱烈慶祝院慶十三週年》的新聞，右上方刊登一份該報創刊的《發
刊詞》，右下方是一封《給革命左派的一封公開信》。

　　關於哪一份小報是中國最早出現的文革小報，目前主要有兩種觀點。一
說是北京大學於 1966 年 8 月 22 日創刊的《新北大》；一說是由「北京六中紅
衛兵」創辦《紅衛兵報》和「首都大專院校紅衛兵司令部」創辦的《紅衛兵》。
兩種基於各自劃分標準不同，眾說紛紜，莫衷一是。

　　有人說，前期的《新北大》是北京大學的官方刊物，處在學校黨委的控
制之下，所以最初的《新北大》算不上真正的文革小報。筆者並不贊同這一
觀點。《新北大》前幾期，在報頭位置雖然一直都沒出現辦報單位，只是在「北
京大學文化革命委員會」成立後，報紙下面才出現「北京大學文化革命委員
會《新北大》編輯部編」字樣。有人據此認為這時的《新北大》還是處在北
京大學黨委的宣傳部門的掌控之下，是為學校的官方宣傳刊物。《十六條》明
確指出，「文化革命小組、文化革命委員會、文化革命代表大會是群眾在共產
黨領導下自己教育自己的最好的新組織形式。它是我們黨同群眾密切聯繫的

最好的橋樑。它是無產階級文化大革命的權力機構。」〔註140〕從這個規定看，文革委員會包括文革委員會籌備委員會應該是一種群眾組織。即使在文革群眾運動後期，為了加強對文革群眾運動的領導，在文革委員會提出並加以實施革命「三結合」政策，由革命幹部、解放軍代表、群眾組織代表所組成的一個革命的、有代表性的、有無產階級權威的臨時性權力機構，也並不意味著文革委員會是一個黨委機構。它只是意味著其時領導文革群眾運動的主導權力發生了權力序列的變化，群眾組織從群眾運動前期的主導位置逐漸退到邊緣位置。另據聶元梓回憶，「北京大學文化革命委員會」雖然是9月11日在才正式成立，由聶元梓擔任校文革主任，領導全校的文化大革命。〔註141〕而在7月28日，北京大學就已經成立了「文化革命委員會籌備委員會」，聶元梓任籌備委員會的主任，白晨曦、聶孟明任副主任。〔註142〕另外，《新北大》在其創刊號《發刊詞》中明確指出，「在革命運動中誕生的《新北大》是它（指原北京大學校刊《北京大學》，作者注）鮮明的對立物，是它的批判者。《新北大》是革命群眾宣傳和貫徹毛澤東思想，勝利開展無產階級文化大革命的戰鬥武器。」〔註143〕可見，這時的《新北大》已經是在「文化革命委員會籌備委員會」領導之下運行的一份群眾性報刊，而不是北京大學黨委主辦的機關刊物。

說「北京六中紅衛兵」創辦的《紅衛兵報》和「首都大專院校紅衛兵司令部」創辦的《紅衛兵》，是中國最早的文革小報，筆者也不贊同。〔註144〕「哈爾濱軍事工程學院紅色造反團—毛澤東主義紅衛兵總部」創辦的《紅色造反者》也於同日創刊。而且從目前掌握的情況看，在北京六中的《紅衛兵報》、「紅一司」的《紅衛兵》以及哈爾濱軍事工程學院的《紅色造反者》創刊的至少前五天，「哈爾濱工業大學紅衛兵」編輯的《紅衛兵》就已經面世。就目前筆者看到的「哈爾濱工業大學紅衛兵」編輯的《紅衛兵》第三期的出

〔註140〕《中國共產黨中央委員會關於無產階級文化大革命的決定》，《人民日報》，1966年8月9日，第1版。

〔註141〕聶元梓：《聶元梓回憶錄》，香港：時代國際出版有限公司，2005年，第159頁。

〔註142〕《北京大學文化革命委員會籌備委員會公告》，《新北大》，北京大學文化大革命委員會籌委會主辦，1966年8月22日，創刊號，第2版。

〔註143〕《發刊詞》，《新北大》，北京大學文化大革命委員會籌委會主辦，1966年8月22日，創刊號，第1版。

〔註144〕古陽木：《紅衛兵小報興亡錄》，《武漢文史資料》，2011年第9期，第4頁。

版日期是 1966 年 8 月 27 日，第六期的出版日期是 8 月 31 日，《紅衛兵》報五天共出版四期報紙，出版週期接近於日報。照此推算，這份報紙的創刊日期應該在 8 月 25 日。

　　所以，8 月 22 日北京大學創刊那份《新北大》應該說是中國最早出現的由文革委員會籌備委員會創辦的小報，而 8 月 25 日創刊的那份由「哈爾濱工業大學紅衛兵」編輯的《紅衛兵》是中國最早的紅衛兵小報。兩者都是屬於群眾組織創辦的刊物。綜上所述，照目前挖掘的史料來看，《新北大》應該說是中國第一份正式的、鉛印的文革小報。

2.3.2 從發刊詞看小報立場與任務

　　文革小報的誕生是文化大革命這一特定歷史階段的產物。它是隨著各種紅衛兵和造反組織的興起而興起的。文化大革命一開始就「採用所謂大民主的方式，自下而上地發動群眾造反，踢開黨委鬧革命」，搞垮了各級黨政組織。革命委員會（或籌委會）、紅衛兵以及各種群眾組織被賦予了極大的權力。於是在本校、本單位造反，繼而走向社會造反，於是產生了擴大宣傳、出版報刊的要求。」〔註 145〕《新北大》的《發刊詞》第一句話就開宗明義，「《新北大》在無產階級文化大革命的暴風雨中誕生了！這是偉大的戰無不勝的毛澤東思想在北大的一個新勝利，是我校無產階級文化大革命的一個新勝利！」〔註 146〕同樣，首都大專院校紅衛兵司令部的《紅衛兵》在其《發刊詞》宣告：「《紅衛兵》在無產階級文化大革命的暴風雨中誕生了！這是我們紅衛兵的一件大喜事！」「《紅衛兵》的誕生是無產階級文化大革命的需要，是紅衛兵組織發展到今天的必然產物。」〔註 147〕

　　文革小報的誕生是文化大革命運動發展到一定階段的產物。反之，各群眾組織創辦文革小報也是為了迎合文化大革命運動的需要，把它作為進行輿論鬥爭的宣傳工具，向一切它認為需要被打倒的對象進行開火的有力武器。

　　就在《新北大》創刊的第三天，《人民日報》在頭版頭條轉發新華社消息，

〔註 145〕方漢奇：《中國新聞事業通史》（第 3 卷），北京：中國人民大學出版社，1999年，第 341 頁。

〔註 146〕《發刊詞》，《新北大》，北京大學文化大革命委員會籌委會主辦，1966 年 8月 22 日，創刊號，第 1 版。

〔註 147〕《發刊詞》，《紅衛兵》，首都大專院校紅衛兵司令部政治部主辦，1966 年 9月 1 日，創刊號，第 2 版。

對毛澤東爲北京大學校刊改名題字的消息進行了報導。新聞主標題爲《毛主席爲新北大校刊題字》，肩題爲「破舊立新的動員令　滅資興無的號召書」並刊登了毛澤東的手寫體「新北大」三個字。〔註148〕

　　同時《人民日報》還在消息下面配發社論文章《歡呼〈新北大〉在鬥爭中誕生》。社論稱，「毛主席的題字，是對北京大學革命師生的無限關懷和巨大鼓舞，也是對全國無產階級文化革命的億萬大軍的無限關懷和巨大鼓舞。」「毛主席說：『一個新的社會制度的誕生，總是要伴隨一場大喊大叫的，這就是宣傳新制度的優越性，批判舊制度的落後性。』」「爲破舊立新而大喊大叫，這是剛剛創刊的《新北大》的戰鬥任務，也是一切無產階級革命報刊的戰鬥任務。」「我們革命報刊，一定要熱烈地擁護毛主席，熱情地支持左派，狠狠地打擊右派和一切牛鬼蛇神，永遠保持鮮紅的旗幟，宣傳和動員廣大群眾把無產階級文化大革命進行到底，把社會主義革命進行到底。」〔註149〕從這個社論可以看出，《人民日報》爲《新北大》的定位就是要擁護毛主席，支持左派，打擊右派和一切牛鬼蛇神，爲破舊立新大喊大叫。

　　一份報紙的發刊詞，就是一份報紙主辦者的「內心自白」。從文革小報的發刊詞我們可以看出文革小報的創辦者給他們自己報刊的定位如何，採取何種立場、方針辦報以及規定何種任務。下面我們以《新北大》和《紅衛兵》的《發刊詞》來看一下文革小報的辦報立場、方針和任務。

　　辦報立場：《新北大》在其《發刊詞》中稱，「一定要高舉毛澤東思想偉大紅旗，把無產階級文化大革命進行到底，把《新北大》辦成宣傳和捍衛毛澤東思想的革命刊物。」「辦成宣傳、捍衛毛澤東思想的紅色陣地，辦成宣傳、貫徹黨的方針政策的紅色陣地，辦成興無滅資的紅色陣地。」〔註150〕《紅衛兵》在其《發刊詞》指出：「《紅衛兵》是首都大專院校紅衛兵司令部政治部主辦的刊物，是黨的最忠實的宣傳工具。」〔註151〕從這兩份文革小報的《發刊詞》可以看出，文革小包的立場就是要以服務於文化大革命的需要爲依歸。換句話說，文革小報究其實質，是群眾組織領導響應毛澤東號召領導、推動

〔註148〕《毛主席爲新北大校刊題字》，《人民日報》，1966 年 8 月 24 日，第 1 版。

〔註149〕《歡呼〈新北大〉在鬥爭中誕生》，《人民日報》1966 年 8 月 24 日，第 1 版。

〔註150〕《發刊詞》，《新北大》，北京大學文化大革命委員會籌委會主辦，1966 年 8 月 22 日，創刊號，第 1 版。

〔註151〕《發刊詞》，《紅衛兵》，首都大專院校紅衛兵司令部政治部主辦，1966 年 9 月 1 日，創刊號，第 2 版。

文化大革命的工具。

　　辦報方針：文革小報的立場一旦確定，其實就已經規定了文革小報的辦報方針。文革小報的辦報方針是以毛澤東思想爲辦報指南。正如《新北大》指出其辦報方針，「偉大的戰無不勝的毛澤東思想是我們辦報的最高指示，是《新北大》的一切工作指南。」〔註152〕《紅衛兵》指出辦報方針是「堅決貫徹和執行最高指示，以戰無不勝的毛澤東主義爲指南。」〔註153〕

　　報紙任務：小報創辦者希望以小報作爲輿論鬥爭的工具，把無產階級文化大革命進行到底。《新北大》提出「凡是符合毛澤東思想的，我們堅決支持，熱情歌頌，大力宣傳；凡是不符合毛澤東思想的，我們堅決反對，徹底批判，英勇鬥爭。」「堅決貫徹執行「十六條」決定和十一中全會公報的精神，在偉大的無產階級文化大革命的洪流中，發揮它應有的戰鬥作用。」〔註154〕《紅衛兵》對其任務更爲明確具體，「發揚革命的造反精神，向一切牛鬼蛇神猛烈開火，向一切舊思想、舊文化、舊風俗、舊習慣猛烈開火，徹底批判舊世界，滅資興無，破舊立新。」〔註155〕

　　上述只是探討了文革群眾運動初期最初幾份文革小報一般的立場、方針和任務。但隨著文革運動的發展，文化大革命運動的大方向發生了變化，紅衛兵、造反組織的運動方向也隨之發生改變。雖然自始至終，文革小報的立場和方針沒什麼變化，但其所規定的辦報任務卻因運動方向和主題的變化而發生變化。

　　另外在運動的不同階段，新創辦的紅衛兵、造反派報紙也會因情境的變化，提出不同的辦報任務。如1967年1月1日「上海工人革命造反總司令部」創辦的《工人造反報》，其《創刊詞》明確提出，「我們《工人造反報》的任務是：認眞學習、忠實執行、熱情宣傳，勇敢捍衛毛澤東思想；在毛澤東思想的指引下，徹底粉碎華東局和上海市委的資產階級反動路線，揪出隱藏在華東局和上海市委內部的反修正主義分子，從根本上摧毀資本主義復辟的社

〔註152〕《發刊詞》，《新北大》，北京大學文化大革命委員會籌委會主辦，1966年8月22日，創刊號，第1版。

〔註153〕《發刊詞》，《紅衛兵》，首都大專院校紅衛兵司令部政治部，1966年9月1日，創刊號，第2版。

〔註154〕《發刊詞》，《新北大》，北京大學文化大革命委員會籌委會主辦，1966年8月22日，創刊號，第1版。

〔註155〕《發刊詞》，《紅衛兵》，首都大專院校紅衛兵司令部政治部主辦，1966年9月1日，創刊號，第2版。

會基礎。」〔註156〕到了 1967 年下半年，文革運動的方向又發生了轉變，所以這時創辦的文革小報提出的辦報任務又不一樣。如「《前進報》無產階級革命造反總部」主辦的《鬥私批修》報在其創刊號中稱，「《鬥私批修》的戰鬥任務是，以『鬥私、批修』爲綱，促進革命的大聯合和革命的三結合，促進革命的大批判和報社的鬥、批、改。」〔註157〕

　　無論文革小報的任務如何因毛澤東對文化大革命戰略的部署如何調整，文革運動的方向如何發生變化，各小報的表述如何不一樣，但總體來說，文革小報的立場和方針一直沒變。文革小報的辦報立場就是：誓死捍衛毛主席和毛澤東思想，誓死捍衛以毛主席爲代表的無產階級革命路線、黨中央，誓死捍衛無產階級專政。其辦報方針就是以毛澤東思想、毛澤東的指示、以毛澤東規定的《十六條》爲辦報指南。

〔註156〕《創刊詞》，《工人造反報》，上海工人報革命造反總司令部主辦，1967 年 1月 1 日，創刊號，第 2 版。
〔註157〕《當鬥私的闖將，做批修的先鋒──代發刊詞》，《鬥私批修》，《前進報》無產階級革命造反總部主辦，1967 年 11 月 18 日，第 1 期，第 2 版。

第 3 章　文革小報的興衰

　　文革小報是隨著紅衛兵運動的興起而興起的，它也將伴隨著紅衛兵運動
的潮起潮落，而不斷發展和繁榮，最終走向終結。

3.1 文革小報的發展

　　「八・一八」大會既是全面開展文化大革命的總動員，也是紅衛兵開展
群眾運動的新的里程碑。會後，紅衛兵響應毛澤東的號召，在 1966 年 8 月末
至年底這一期間，他們在毛澤東和中央文革的支持下開展了破四舊、大串連、
打擊教育系統的舊體系和尊師重教的舊傳統與衝擊領導機關和領導幹部的一
系列革命造反行動。在 8 月至 12 月這一期間，又可分為前後兩個時期，前期
（8 月至 10 月）是為紅衛兵保守派所主導的時期；後期（10 月至 12 月）為
紅衛兵造反派開始崛起、保守派逐漸走向衰落的時期。作為各派開展文化大
革命進行鬥爭的輿論工具，前期保守派的紅衛兵報紙得到了迅猛發展，達到
其最巔峰的狀態；而在後期，隨著紅衛兵造反派的崛起，造反派報紙則開始
紛紛粉墨登場。

3.1.1 保守派報紙迅猛發展

　　1966 年 6 月 9 日，《人民日報》刊登一篇關於國際問題的評論，公開引用
了毛澤東於 1939 年《在延安各界慶祝斯大林六十壽辰大會上的講話》中講的
那段「造反有理」的語錄。〔註 1〕毛澤東的這段經典話語除 1949 年斯大林七

〔註 1〕　《美帝在亞洲革命浪潮面前發抖　漢弗萊哀歎美國一再受挫但叫嚷要加強反
　　　　　革陣線》，《人民日報》，1966 年 6 月 9 日，第 6 版。

十壽辰時《人民日報》公開提過外，在一個相當長的時期內，媒體再也沒有公開提及過，甚至連編寫《毛主席選集》、《毛主席著作選讀》也沒有收集這篇有關「造反有理」論斷的經典文獻。〔註2〕二十多年後，《人民日報》再度重提毛澤東的這段話，很快就被清華附中的紅衛兵用到他們大字報裏，不斷加以闡釋和發揮，而且還深得毛澤東的讚賞。「革命小將」們的系列文章，被中共中央最重要的理論刊物《紅旗》雜誌和中共中央的機關報《人民日報》全文轉載。此後，「造反有理」這段經典語錄便在群眾中傳誦開來，並不斷加以使用。

最早將毛澤東的「造反有理」理論付諸於實踐的是北大附中的「紅旗戰鬥小組」和清華附中的紅衛兵組織，他們在運動中公開提出「造反有理」口號。這類組織的紅衛兵大多為高幹子弟，他們當時造反的主要對象是校黨委和工作組，並不是毛澤東所主張的造「黨內走資本主義道路的當權派」的反。後來，隨著運動的進一步開展、群眾鬥爭的深入，當這些高幹子弟們那些正身處權力高位的父母，作為官僚體制的一分子，首當其中受到衝擊和批判時，他們馬上變成了保護爹媽的「保皇派」。他們是文革群眾運動初期的保守派，而不是真正意義上的造反派。

保守派紅衛兵的狂飆主要體現在「八‧一八」大會後的革命大串連。大串連作為在全國點燃文化大革命之火而採取的一種特殊措施，是「偉大的無產階級革命家毛主席支持和倡導的。」〔註3〕

6月10日，毛澤東在杭州主持召開中央常委擴大會議。會上，他說：「全國各地學生要去北京，應該贊成，應該免費，到北京大鬧一場才高興啊！」〔註4〕他是希望借助青年學生的大串連行為，以「天下大亂，達到天下大治」的目的。〔註5〕

於是，「八‧一八」大會上，毛澤東親自在天安門城樓接見來自全國各地的紅衛兵，並且以他特有的方式，既表示了對紅衛兵這種新事物的肯定，也

〔註2〕《毛主席在十年前所作的慶祝斯大林六十壽辰的論文和演說》，《人民日報》，1949年12月20日，第1版。

〔註3〕《人民日報》、《紅旗》雜誌：《把無產階級文化大革命進行到底》，《人民日報》，1967年1月1日，第1版。

〔註4〕周良宵、顧菊英：《十年文革大事記》，香港：新大陸出版公司，2008年，第70頁。

〔註5〕《毛澤東給江青的信》，林蘊輝、劉勇、史伯年：《人民共和國春秋實錄》，北京：中國人民大學出版社，1992年，第692頁。

表示了對此前紅衛兵自發的串連行爲表示極力支持。

串連的產生最初還只是一種自發的行爲。聶元梓等七人造黨委的反的大字報經中央人民廣播電臺播放後,「不僅是本市的各高校,北京工廠的群眾,甚至一些外地的高校學生和工廠的工人,也趕到北大來看大字報,學習北大開展運動的經驗。」〔註6〕這是文化大革命運動中進行串連的肇始。

隨後,在各高校學生反對工作組的過程中,發生了很多衝突事件,如華東師大的「六‧三」事件、西安交大的「六‧六」事件、清華大學的「六‧七」事件等。在這些事件中受到學校黨委和工作組打壓的造反者普遍不服,於是他們紛紛來到北京,來到「中央文革接待站」,特別是到北京大學來瞭解革命動態。「據估計,從 1966 年 7 月 29 日至 8 月 12 日,就有三千六百多個單位的七十一萬人次去北京大學。」〔註7〕

8 月 16 日,陳伯達在外地來京學生群眾大會上講話,向革命群眾發出了大串連的動員令。他說:「你們這次到北京來,到無產階級革命的首都來,到無產階級文化大革命的策源地來,經過很多辛苦,不怕大風大雨,你們的行動很對!!!」〔註8〕

29 日,《人民日報》發表社論。社論稱:「無產階級文化大革命,成爲廣大群眾的革命運動。這是文化革命開始取得勝利的重大新標誌。紅衛兵充當了文化革命這個群眾運動衝鋒陷陣的急先鋒。我們向英雄的紅衛兵歡呼,向我們的紅衛兵致敬!」「紅衛兵的行動,眞是好得很!」〔註9〕這篇社論給如火如荼的紅衛兵運動起到了推波助瀾、火上加油的作用。

31 日,毛澤東第二次來到了天安門城樓,接見來自全國各地的紅衛兵師生。會上,毛澤東進行講話,肯定了紅衛兵的大串連行動。會上,林彪和周恩來也進行了講話。兩人的講話稿,事前都得到毛澤東審閱。林彪在講話中熱烈讚揚各地紅衛兵「敢想、敢說、敢幹、敢闖」,「幹了大量的好事。」〔註10〕

〔註6〕 聶元梓:《聶元梓回憶錄》,香港:時代國際出版有限公司,2005 年,第 132 頁。

〔註7〕 燕帆:《大串連——一場史無前例的政治旅遊》,北京:警官教育出版社,1993 年,第 10 頁。

〔註8〕 陳伯達:《在大風大浪裏成長——八月十六日在外地來京學生群眾會上的講話》,《紅旗》,1996 年第 11 期,第 17 頁。

〔註9〕 《向我們的紅衛兵致敬》,《人民日報》,1966 年 8 月 29 日,第 1 版。

〔註10〕 《在接見外地來京師生大會上林彪同志的講話》,《人民日報》,1996 年 9 月 1 日,第 2 版。

周恩來在講話中代表中央對串連活動提出要求，說「現在全國各地的同學到北京來交流經驗，北京同學也到各地去進行革命串連，我們認為，這是一種很好的事情，我們支持你們，中央決定，全國各地大學生的全部和中學生的一部分代表，分期分批到北京來。」〔註11〕

9月5日，中央下發了一個有關串連活動的《通知》。《通知》稱從9月5日起，將分期、分批組織各省、市、自治區各學校的革命師生「來北京參觀、學習，互相支持，交流革命經驗」。〔註12〕並規定來京參觀的革命學生乘坐火車一律免費，國家財政補助生活費和其他交通費用。

《通知》發出後，各地的紅衛兵和其他人員在優厚的條件下，懷著各式各樣的動機與心願，在全國範圍內開始了一場轟轟烈烈、史無前例的政治旅遊運動。紅衛兵的革命串連運動也由前期的自發串連階段走向了正式的、有組織的串連階段，從而掀起紅衛兵運動的新高潮。

紅衛兵串連行動主要有兩種形式：一是北京之外的全國各地紅衛兵和革命群眾紛紛湧入北京接受毛主席的檢閱。毛澤東一共先後八次接見了來自北京和全國各地的一千三百萬紅衛兵和革命群眾。〔註13〕它們分別是：1966年8月18日，接見人數一百萬；1966年8月31日，接見人數五十萬；1966年9月15日，接見人數一百萬；1966年10月1日，接見人數超一百五十萬；：1966年10月18日，接見人數一百五十萬；1966年11月3日，接見人數兩百多萬；1966年11月10至11日，接見人數兩百多萬；1966年11月25至26日，接見人數二百五十萬。〔註14〕

9月15日，《人民日報》第一版以通欄大標題形式刊登一篇新華社的稿子，報導了全國各地紅衛兵到文化大革命的發源地——北京來進行革命串連的情景。

報導稱，「首都的各個院校和天安門廣場、勞動人民文化宮、工人體育場、

〔註11〕《在接見外地來京師生大會上周恩來同志的講話》，《人民日報》，1996 年 9 月 1 日，第 2 版。

〔註12〕《關於組織外地高等學校革命學生、中等學校革命學生代表和革命教職工代表來北京參觀文化大革命運動的通知》，林蘊輝、劉勇、史伯年：《人民共和國春秋實錄》，北京：中國人民大學出版社，1992 年，第 720～721 頁。

〔註13〕《毛主席先後檢閱一千一百萬文化革命大軍》，《人民日報》，1966 年 11 月 27 日，第 1 版。

〔註14〕《文化大革命中毛澤東八次接見紅衛兵統計表》，林蘊輝、劉勇、史伯年：《人民共和國春秋實錄》，北京：中國人民大學出版社，1992 年，第 714 頁。

火車站等地，現在都成了各地革命師生同北京革命群眾進行革命大串連的地方。北京大學、清華大學和中國人民大學等學校的校園裏，到處洋溢著澎湃的革命熱情和革命師生大團結的氣氛。到處可以看到外地革命師生和首都革命師生一起學習毛主席著作，一起開鬥爭會、批判會、辯論會，一起圍在大字報前邊看邊議論，一起高唱革命歌曲的動人場面。」〔註15〕

　　二是北京的紅衛兵，在中央文革背後的促動下，也一批批的殺出北京城，開始「北上、南下、西進、東征」，到全國各地四處煽風點火，鼓勵、甚至直接或者參與當地紅衛兵組織的「批判資產階級知識分子」、「批判資產階級反動學術權威」、「砸四舊」和「橫掃一切牛鬼蛇神」等造反活動。

　　在這一時期，一大批保守派紅衛兵組織如雨後春筍在全國各地開始冒出來。隨之誕生了一批文革小報。雖然這一時期，造反派組織也開始誕生，但造反派群眾組織勢力還沒有發展強大。這一時期的文化大革命運動還是以保守派為主導，造反派處於邊緣地位。所以這一時期紅衛兵小報具有三個方面的特點：

　　一是這一階段文革小報的創刊數量還不是很多，而且主要集中在北京地區，外地其他省份的還較少。如在北京地區有「北京礦業學院首都紅衛兵指揮部」的《紅衛兵戰報》（9.5）、中國人民大學的《人民大學・新校刊》（試刊，9.5）「中國人民大學赤衛隊工人大隊」的《無產者》（9.16）、「北京航空學院紅旗戰鬥團宣傳組」的《紅旗》、中國人民大學「八・一八毛澤東思想紅衛兵總部」的《紅衛兵報》（9.8）、「首都紅旗聯合總部」的《紅旗戰報》（9.10）、「首都紅衛兵糾察隊東城分隊」的《紅衛兵戰報》（9.10）、「中共中央黨校紅旗戰鬥隊」的《紅旗戰報》（9.17）。在這一期間，地方創刊的小報則相對比較少，如內蒙古師範學院的《險峰戰報》（9.19）、「河北紡織工學院八・一八紅衛兵總部」的《八一八紅衛兵》（9.18）、陝西的「西安地區大專院校統一指揮部」的《新師大》（9.19）。

　　二是紅衛兵保守派創辦的小報為主，造反派的報紙受到壓制，出現的還比較少。如當時帶有造反傾向的「紅衛兵上海市大專院校革命委員會」、「紅衛兵上海司令部」合辦的《紅衛戰報》第十期刊文稱：「早在紅衛兵上海市大專院校革命委員籌備期間，即十月二日，我們就向上海市委提出創辦自己的

報刊的要求，可是，市委拒不同意，直到十月十二日召開成立大會的當晚，市委紅衛兵聯絡站的負責人還說：『你們用報紙報導，我們不能同意。』經過我們的反覆斗爭之後，十七日才出版了《紅衛戰報》，而上海市紅衛兵總部和上海市大專院校總部早在九月份就獲得上海市委同意，創辦了《紅衛兵》報。老實說，我們與這兩個紅衛兵總部存在著兩條路線的分歧。上海市委如此不同待遇，難道不值得深思嗎？」〔註16〕

　　不僅上海出現如此情況，當時全國其他地方都大抵如此。如重慶市當時的保守派組織「重慶市毛澤東主義紅衛兵總部」創辦的《紅衛兵報》得到當局或明或暗的支持。但與此同時具有造反傾向的「重慶紅衛兵革命造反司令部」創辦的《山城紅衛兵》的情況則截然相反。該報曾在其第五期刊登文章稱：

　　　　爲什麼「山城紅衛兵」報不夠供應？爲什麼張貼在街上的「山城紅衛兵」報有的被人撕去？爲什麼郊區更不易發現「山城紅衛兵」報？爲什麼我們的戰士也有很多沒有與「山城紅衛兵」報見面？爲什麼許多群眾得不到「山城紅衛兵」報？爲什麼？爲什麼？難道我們故意不讓「山城紅衛兵」報與讀者見面嗎？不是！不是！！不是！！！

　　　　記得九、十月份造謠傳單滿天飛，有的印刷廠可以停下主席語錄不印，抽出最好的機器來印造謠傳單呢？是誰有那麼大的權力呢？造謠果眞「有理」？！

　　　　讀者們並不知道第一期「山城紅衛兵」是在威逼圍剿下搞出來的，雖然字跡相拙，但卻包含著「八‧一五」派革命到底的英雄氣概，造反到底的決心！

　　　　讀者們並不知道，第一期《山城紅衛兵》報是在簡陋的重大印刷廠，由同學自己印的。

　　　　讀者們並不知道，我們在印刷七廠印報每次去取報時，廠方就要我們給錢，給支票！而我們一次只能印兩萬份。

　　　　但是，毛澤東思想紅衛兵的「紅衛兵報」卻是出得那麼輕鬆，那麼暢快，爲了大量印發，23日出版的，27日還在印，沒有什麼阻

力！而我們要增加數量，廠方卻要市委開口。難道我們沒有與市委交涉過嗎？不是！而為什麼我們多次要增加數量他們一直不予理睬？！

　　　　誰在扼殺《山城紅衛兵》？！〔註17〕

由此可見，文革群眾運動之初，當時紅衛兵小報雖然具有一轟而起的特點，但保守派報紙和造反派報紙的發展是不平衡的。當時出現的造反派報紙主要有「首都大專院校紅衛兵革命造反總司令部」（簡稱「紅三司」）的《首都紅衛兵》（9.13）〔註18〕、「天津大專院校紅衛兵革命造反總部」的《天津紅衛兵》（9.25）、山東的「肥城第二中學無產階級革命造反司令部」的《漫捲》（9.18）、安徽的「八二革命造反兵團合肥師範學校縱隊」的《八三一戰報》（9.5）、河南鄭州大學革命造反派的《革命造反報》（9.5）等。

　　三是這一時期的小報主要誕生在在大專、中學等學校，其他機構紅衛兵組織創辦的小報還比較少。

　　這一時期的文革小報呈現出上述特點主要有以下幾方面的原因：

　　一北京是文化大革命的發源地，紅衛兵運動也是從北京開始的，而北京之外的其他城市開展的紅衛兵運動則相對滯後。

　　二紅衛兵組織最初誕生於北京市的一些中學，然後才擴展到大學和中等學校以及小學。所以在紅衛兵運動的前期，紅衛兵組織主要發生在學校。所以這一時期的文革小報主要誕生在在大專、中學等學校，其他機構紅衛兵組織創辦的小報還比較少。

　　三早期紅衛兵運動的主力，是那些幹部子弟以及出身比較好的紅五類組成的保守派。只有到了後期，紅衛兵組織內部的一少部分人分裂出去，成立了自己的造反組織。但在前一個時期，由於受到工作組和各單位黨組織的壓

〔註17〕《誰在扼殺〈山城紅衛兵〉報》，《山城紅衛兵》，1966 年 12 月 6 日，第 5 期，第 1 版。

〔註18〕「首都大專院校紅衛兵革命造反總司令部」（即第三司令部，簡稱「三司」），成立於 1966 年 9 月 6 日。它是由北京地質學院、清華大學、北京郵電學院、北京外國語學院等 16 個院校的少數派組織成立的北京市第三個全市性的紅衛兵組織，與 8 月 27 日成立的「首都大專院校紅衛兵司令部」（即第一司令部，簡稱「一司」）以及 9 月 5 日成立的「首都大專院校紅衛兵總部」（即第二司令部，簡稱「二司」）相對而言的。一司、二司是由一些高等院校中的多數派組成的，他們的基本態度是保老幹部。而作為一司、二司的對立面，三司是由高等院校中的少數派組成的，他們的基本態度是造各級黨委機關和領導幹部的反。

制，相對於保守派組織來說，造反派一直處於弱勢。只是到了 1966 年 10 月後，隨著毛澤東和中央文革對被上級黨委和工作組打壓的造反群眾進行平反，革命造反組織才開始大量出現。所以只有到那時，革命造反派報紙才開始大量誕生。

3.1.2 造反派報紙開始崛起

紅衛兵保守派一直公開鼓吹的「造反有理」、「革命無罪」的理論後來被那些在以往歷次政治運動受到打擊與壓制的幹部子女們加以闡釋和利用。他們一度成為文革運動中的造反派。

文革運動中真正的造反正式開始於 1966 年 8 月。8 月 4 日晚，周恩來受毛澤東的指派到清華大學宣佈為蒯大富平反，並親自推薦蒯大富擔任清華大學造反組織司令為標誌。北京和外省大城市的造反組織也和保守派組織一樣，在 8 月份就已經開始出現。如哈爾濱軍事工程學院的「毛澤東主義紅衛兵」（8.18）、北京航空學院的「紅旗戰鬥隊」（8.20）、「鄭州大學文化革命聯絡委員會」（8.21）、浙江美術學院的「紅旗戰鬥隊」（8.23）、重慶大學的「八一五戰鬥團」（8.26）、雲南大學「反修戰鬥隊」（8.30）等。而中小城市的造反組織大多成立於 11 月至 12 月。這些造反組織在誕生一開始就把革命的矛頭對準校黨委和上級黨委派來的工作組。在造反運動初期，這些造反派組織受到上級黨委和工作組的壓制，如桂林的「八七」事件、西安的「八一六」事件、哈爾濱的「八一七」事件、長沙的「八一九」事件、上海的「八二五」事件、合肥的「八二七」事件、重慶的「八二八」事件、成都的「八三一」事件等。這一期間，造反派組織的數量相對於保守派組織來說還不是很多。

1966 年 10 月，當毛澤東意識到早期紅衛兵運動中保守派的那種專把鬥爭矛頭對準「資產階級知識分子」和「地、富、反、壞、右」分子及其子女的各種「造反」行動與他預期設定的鬥爭大方向不一致時，他便把支持和發動的群眾從最初的上層紅色子弟身上轉移到那些以前受到打壓的幹部子弟身上。為了進一步把更多造反群眾動員起來，毛澤東自 10 月開始便先後開展了對前段時間被黨委和工作組打成的「反革命」群眾進行平反，以及開展對「資產階級反動路線」的批判等一系列行動。

10 月 1 日，毛澤東接見了到北京進行串連的革命師生，這是他在天安門廣場對來自全國各地的造反群眾的第四次接見。林彪在接見會上講話說：「在

無產階級文化大革命中，以毛主席爲代表的無產階級革命路線，同資產階級反對革命路線的鬥爭，還在繼續。」〔註19〕

4日，《紅旗》發表社論稱，要「徹底反對資產階級反動路線」，並把對劉、鄧的鬥爭提高到了路線鬥爭的高度。〔註20〕

5日，中央批轉了一個《緊急指示》。該《緊急指示》由中央軍委、總政治部制定，並經毛澤東和林彪批准。《緊急指示》提出「要注意保護少數，凡運動初期被院校黨委和工作組打成反革命、反黨分子、右派分子和假左派、眞右派等的同志，應宣佈一律無效，予以平反，當眾恢復名譽。」〔註21〕

9日至28日，毛澤東主持中央工作會議，號召批判「資產階級反動路線」。會上，陳伯達指出，「提出錯誤路線的代表人，他們卻是反對讓群眾自己教育自己、自己解放自己」，「兩條路線的鬥爭還在繼續，而且會經過多次反覆。」他在講話中還把上層紅色子弟推行的「血統論」列爲「資產階級反動路線」的表現形式之一予以否定，其意在支持少數派即造反派。〔註22〕

11月16日，中央發出了一個旨在爲造反群眾進行鬆綁的銷毀檔案材料的《補充規定》，「對於文化革命中各學校、各單位編寫的整群眾的檔案材料，都應該宣佈無效，全部清出，一律當眾焚毀」、「不許隱瞞，不許轉移，不許複製，不許私自處理。」〔註23〕

對「資產階級反動路線」的徹底批判和對被打成「反革命」群眾的大規模平反等一系列行動，不僅直接導致了各級黨政機關的癱瘓，而且還把一直擔心會遭遇第二次「反右派」運動顧慮的造反群眾眞正動員起來了。「這是大塊人心的事，許多人眞正認爲，是毛主席爲首的無產階級司令部解放了自己。正是在這種意義上，人們感到站在群眾一邊的黨，而不是壓制群眾的黨，才

〔註19〕《在中華人民共和國成立十七週年慶祝大會上林彪同志的講話》，《人民日報》，1966年10月2日，第2版。
〔註20〕《在毛澤東思想的大路上前進》，《紅旗》，1966年第13期，第4～6頁。
〔註21〕《關於軍隊院校無產階級文化大革命的緊急指示》，見中國人民解放軍國防大學黨史黨建政工研究室：《文化大革命研究資料》（上），內部資料，1988年，第132頁。
〔註22〕周良宵、顧菊英：《十年文革前期（65.11～69.4繫年錄）》（光盤），香港：香港新大陸出版有限公司，2014年，第490～492頁。
〔註23〕《中共中央關於處理無產階級文化大革命中檔案材料問題的補充規定》，見《無產階級文化大革命中的兩條路線》，中國人民解放軍國防大學黨史黨建政工研究室：《文化大革命研究資料》（上），內部資料，1988年，第162頁。

是真正的共產黨。」〔註24〕

10 月中央工作會議後至年底這一期間，紅衛兵造反派在全國各地紛紛興起，並很快成為文化大革命中群眾運動的主力。他們紛紛成立造反組織，將鬥爭矛頭指向先前迫害自己的當權派和紅衛兵保守派。隨著造反派的崛起，他們紛紛創辦小報作為進行革命造反的輿論工具。當時「首都三司」創辦的《首都紅衛兵》刊發一篇編輯部文章為出現的造反派報紙進行搖旗吶喊。「無數的紅衛兵報，在毛澤東思想的燦爛光輝照耀下，在偉大的無產階級革命風暴中誕生了！」「革命的紅衛兵，奮發圖強，自力更生，辦起革命的紅衛兵報！讓我們的報紙，在無產文化大革命中，充分發揮它的宣傳作用，充分發揮他的戰鬥作用！」「革命的紅衛兵報好得很！革命的紅衛兵報萬歲！」〔註25〕

當時在全國產生過重大影響的造反組織報紙大都誕生於這一時期。如北京地區五大造反組織創辦的小報中，除北京大學的《新北大》外，清華大學的《井岡山》、北京師範大學的《井岡山》、北京地質學院的《東方紅報》、北京航空學院的《紅旗》都創辦於這一時期。

這一時期雖然也有一些保守派報紙在誕生，但由於毛澤東與中央文革的打壓，保守派組織開始逐漸衰落。所以在這一時期，先前快速發展的保守派報紙相對於造反派報紙來說，它們已經處於一種弱勢的地位。總體來說，這一時期誕生的造反派小報有以下幾個方面的特點：

一是這一時期造反派小報不僅在北京地區大量出現，其他省份出現的小報也大量增多。如「首都東風戰鬥兵團」的《東風戰報》（10.30）、「首都保衛毛主席紅旗戰鬥團」的《紅旗報》（11.11）、「上海市文藝界無產階級革命造反總部」的《激揚報》（12.20）、「紅衛兵石家莊革命造反司令部」的《紅衛兵報》（10.18）、「張家口革命造反司令部」的《紅衛兵報》（12.4）、「山東省紅衛兵造反聯絡總站」的《革命造反報》、「常州市革命造反總司令部」的《主力軍造反報》（12.31）、「毛思想紅衛兵鎮江司令部」的《革命造反報》（12.17）、「浙江省『炮打司令部』聯絡站」的《紅色造反報》（12.12）、「商丘紅衛兵革命造反司令部」的《紅色造反報》（11.25）、「開封824紅衛兵革命造反總部」的《造反有理報》（11.7）、「河南省紅衛兵革命造反司令部」的《河南紅衛兵》（10.28）、

〔註24〕徐友漁：《驀然回首》，鄭州：河南人民出版社，1999 年，第 90 頁。

〔註25〕《歡呼革命的紅衛兵報》，首都大專院校紅衛兵革命造反總司令部宣傳部：《首都紅衛兵》，第 12 號，1966 年 11 月 20 日，第 1 版。

「長沙市高等院校紅衛兵司令部駐衡陽造反軍」的《紅衛兵》（12.19）、「西安地區工礦企業無產階級文化革命聯合會」的《無產者》（12.27）、「蘭州紅色革命戰鬥總部」的《紅色戰報》（12.20）、「毛思想甘肅聯合戰鬥總部」的《繼湘江評論》（11.18）、「紅衛兵成都部隊四川大學東方紅『8.26』戰鬥團」的《衝鋒號》（10.21）、「重慶市大中學校毛思想紅衛兵總部」的《紅衛兵報》（10.18）。

　　二是這一時期的小報不僅誕生在在大專、中學等學校，而且出現了大量紅衛兵聯合機構創辦的小報。如「北京外國語學院紅旗戰鬥隊」的《紅衛報》、「中央戲劇學院毛主義戰鬥隊」的《戰報》（12.23）；「重慶大學紅衛兵八‧一五戰鬥團」的《8.15 戰報》（12.9）、「吉林大學紅旗野戰軍」的《紅野戰報》（12.5）、「黑龍江工學院衛東大軍」的《衛東戰報》（11.3）、「南京大學造反隊」的《農奴戰》（10.25）、「西北工大毛主義紅衛兵總部」的《紅衛兵》（10.1）、「哈軍工紅色造反團北航紅旗駐廣州聯絡站」的《紅色造反者》（12.26）、「武漢機械學院毛思想紅衛兵紅工兵紅教總部」的《紅色造反報》（12.28）、「重慶建工學院紅衛兵」的《八‧一八戰報》（12.26）、「瀋陽農學院毛思想紅衛兵革命造反兵團」的《炮聲隆》（12.30）、「四川大學東方紅 826 戰鬥團」的《縛蒼龍》（12.4）；「首都大專院校紅衛兵革命造反聯絡站」的《東方紅》（12.26）、「長春市大專院校革命師生員工聯合會」的《文革簡報》（12.6）、「呼市大中院校紅衛兵革命造反司令部」的《革命造反報》（11.14）、「全國赴常州革命造反者聯絡總部」的《紅色造反報》（12.18）、「杭州市大中專院校紅衛兵革命造反總部」的《紅衛兵報》（11.1）、「景德鎮市黨政直屬機關革命造反司令部」的《毛思想紅衛兵》（12.5）。

　　三是開始大量出現廠礦企業的工人紅衛兵造反組織創辦的小報。如「上海工人革命造反司令部」的《工人造反報》（12.28）、「上海工人革命造反司令部水產聯合兵團」的《水產造反報》（12.26）、「山東工人革命造反聯合部」的《工人戰報》（12.17）、「蕪湖工人『十月革命』戰鬥隊總部」的《十月革命戰報》（12.26）、「鄭州鐵路紅衛兵革命造反總部」的《紅衛兵》（12.30）、「河南二七公社省供銷社工讀造反總司令部」的《紅衛戰報》（11.12）等。

　　這一時期造反派小報呈現出與前期保守派小報如此不同的特點主要有以下幾方面的原因：

　　一這一時期造反派組織的主力成員大多不像前一階段保守派的組織成員大多來自中央和地方的各級「八旗子弟」一樣，他們大多來自非「紅五類」

分子的平民子弟。具有這種身份的人，不僅在北京和外省各大城市有，而且中小城市和各行各業的都有。造反運動的興起在 8 月份最早開始於北京，外省大城市的造反則主要在 8 至 10 月，而中小城市則主要出現在 11 至 12 月。這是這一時期造反派小報不僅在北京地區大量出現，在其他省份也大量出現的重要原因。

二造反派的造反行動也像第一階段的保守派紅衛兵運動一樣，最初是從學校開始的，這是這一時期的造反派小報與前期的保守派小報一樣大量在學校出現的原因。另外，造反派組織與保守派紅衛兵組織不一樣，它在運動一開始就並不像保守派組織一樣追求組織成員的「根正苗紅」，〔註26〕它吸納了社會各個階層的成員，甚至包括部分在運動的過程中被逐漸邊緣化的保守派成員。他們基於各行業或者地區的造反鬥爭需要紛紛建立了自己的聯盟或者統一的造反組織，如山東省的「紅衛兵山東指揮部」、「山東省紅衛兵革命造反聯絡站」，山西省的「山西省革命造反指揮部」，貴州省的「貴州無產階級革命造反指揮部」、「貴州省大專院校革命造反聯絡站」，河北石家莊市的「紅衛兵石家莊革命造反司令部」、「石家莊革命造反聯合總指揮部」，天津的「天津大專院校紅衛兵革命造反總部」，河南的「河南紅衛兵造反司令部」，上海的「上海工人革命造反總司令部」等。這也是為什麼在這一時期出現了大量的紅衛兵聯合機構創辦的小報的原因。

三到了 10 月，廠礦企業中一直處於權力、政治與職業圈層之外的邊緣弱勢群體，包括大部分工人，以「批判資產階級反動路線」為契機，紛紛起來造廠礦裏當權派的反，並成立了大批工人群眾的革命造反組織，如「上海工人革命造反總司令部」，即上海工總司，它既是全國第一個工人造反派組織，在全國所有造反派組織中也是規模最大、影響最大、持續時間最長的造反組織。11 月 16 日根據周恩來的提議，冶金、水電、鐵道、化工和機械五

〔註26〕這一點可以從 1967 年元旦，北京老紅衛兵以「中共中央、中共北京市委革幹子弟、國務院、人大常委會革幹子弟、中國人民解放軍帥、將、校革幹子弟、中共中央軍委、國防部革幹子弟，十六省市委部分革幹子弟聯合行動委員會」的名義發表的通告可以看出，保守派紅衛兵一以貫之的追求組織成員的「根正苗紅」特色。通告將他們的組織路線規定為：〔1〕第一階段由中國共中央、國務院、解放軍、省市委幹部子弟組成；〔2〕第二階段由基層組織（地委專署與公社）幹部子弟組成；〔3〕第三階段吸收全國工農兵和出身家庭政治表現比較好的。其血統之純正、等級之森嚴可見一斑。見徐友漁：《形形色色的造反》，香港：中文大學出版社，1999 年，第 192 頁。

部以及北京、上海、天津、瀋陽等七大城市及各大區的負責人召開工業交通座談會，討論公交企業的「文化大革命」問題。會議通過了《工業交通企業進行文化大革命的若干規定》，要求在黨委領導下進行革命，堅持業餘鬧革命，不得跨地區進行串連。〔註 27〕但林彪否定《若干規定》，決定由中央文革起草「抓革命、促生產」和號召「在農村開展文革運動」的兩個文件草案，並先後下發。〔註 28〕此後，在工廠和農村建立群眾造反組織開始合法化，從而直接造成了一大批工人造反組織的興起，工人造反小報的大量出現。文化大革命的熊熊烈火全面擴展到工農生產領域，為以後的全國大奪權、大動亂埋下了一顆種子。

1966 年 10 月對「資產階級反動路線」的批判，開始將鬥爭的矛頭轉向對「走資本主義道路的當權派」的徹底批判。從此，黨委領導運動的傳統方式被徹底「踢開」，取而代之的是通過電臺、報刊等傳播媒介、中央文件、「中央首長接見」以及中央文革小組控制的群眾組織來領導運動。〔註 29〕對前段時間被黨委和工作組打成的「反革命」群眾進行平反，擴大了參加運動的群眾基礎，為 1967 年造反派的全面大奪權提供了現實土壤與人員基礎。

3.2 文革小報的鼎盛

1967 年是文革小報蓬勃發展的一年，也是造反派報紙獨領風騷的一年。1967 年元旦社論，吹響了中華大地全面奪權的號角；上海《解放日報》和《文匯報》的奪權，開啓了全國大奪權的新階段。當時大量黨媒被封閉、停刊，甚至被改造成造反派組織進行輿論鬥爭的工具；大奪權帶來了大分裂，各造反組織因奪權而走向分崩離析，從而為更多造反派報紙的誕生提供了現實土壤和基礎；而軍隊對地方文革運動的介入以及軍隊內部文革運動的開展也催生了大量的文革小報。這一時期，與造反派報紙繁榮的景象相對照的是，隨著保守派組織的被碾壓而逐漸退出歷史舞臺，保守派報紙已如明日黃花。

〔註 27〕 《工業交通企業進行文化大革命的若干規定》，張晉藩、海威、初尊賢：《中華人民共和國國史大辭典》，黑龍江人民出版社，1992 年，第 600 頁。

〔註 28〕 指《關於抓革命、促生產的 10 條規定（草案）》和《關於農村無產階級文化大革命的指示（草案）》。

〔註 29〕 卜偉華：《批判「資產階級反動路線」》，載郭德宏、王海光、韓鋼：《中華人民共和國專題史稿：十年風雨（1966～1976）》，成都：四川人民出版社，2004 年，第 117 頁。

3.2.1 大量黨報黨刊被奪權

1967 年元旦，《人民日報》和《紅旗》發表社論稱，「一九六七年，將是全國全面展開階級鬥爭的一年。一九六七年，將是無產階級聯合其他革命群眾，向黨內一小撮走資本主義道路的當權派和社會上的牛鬼蛇神，展開總攻擊的一年。一九六七年，將是更加深入地批判資產階級反動路線，清除它的影響的一年。」〔註30〕

該社論透露了兩個信息：一是社論中雖沒明確寫明「奪權」二字，但指出 1967 年為總攻年，要從所謂「走資派」的手中進行全面奪權，相當於向全國人民發出了大奪權的號召書；二是從這一階段開始的「鬧革命」所要依靠的主力將從前期的學生紅衛兵身上轉移到無產階級。這裡的「無產階級」即指各地的工人群眾。

1 月 3 和 11 日，中共中央先後下發了兩個《通知》。《通知》規定：「省市報刊可以停刊鬧革命」、「《人民日報》、《解放軍報》、《光明日報》在各地的航空版不停止代印。」〔註31〕「各地廣播電臺一律停止、編輯和播送本地節目，只能轉播中央廣播電臺的節目。」〔註32〕這兩個《通知》的下發為造反派組織奪取黨的新聞出版事業領導權提供了政策依據。

4 日，時任中央政治局常委、中央書記處常務書記、中央宣傳部部長陶鑄作為「中國最大的保皇派」、「劉鄧反動路線的執行人、總代理」被打倒。22日，《人民日報》刊登北京和上海地區二十四個革命造反組織於 1 月 19 日聯名發出的《緊急呼籲書》，要求「全國各地出版系統革命工人、革命知識分子、革命幹部聯合起來，立即奪取出版毛主席著作的大權！奪取每一個出版陣地！」。〔註33〕《人民日報》《緊急呼籲書》的刊登，向全國人民吹響了奪取黨媒領導權的號角。

最早踐行《人民日報》社論奪權精神的是從上海——遠離文化大革命運

〔註30〕《人民日報》、《紅旗》雜誌社：《把無產階級文化大革命進行到死》，《人民日報》，1967 年 1 月 1 日，第 1 版；《紅旗》，1967 年第 1 期，第 4～10 頁。

〔註31〕《關於報紙問題的通知》，張晉藩、海威、初尊賢：《中華人民共和國國史大辭典》，黑龍江人民出版社，1992 年，第 605 頁。

〔註32〕《關於廣播電臺問題的通知》，張晉藩、海威、初尊賢：《中華人民共和國國史大辭典》，黑龍江人民出版社，1992 年，第 608 頁。

〔註33〕《革命造反派聯合起來，奪取出版大權 擔負起傳播毛澤東思想的偉大政治任務》，《人民日報》，1967 年 1 月 22 日，第 3 版。

動政治漩渦中心北京——這座南方城市開始的。毛澤東之所以選擇上海作為全面奪權的突破口，不僅僅因為上海曾是文革發動的大本營，更為重要的是他從「安亭事件」中看出，上海已經形成一支實力強大、足以左右政局的工人造反派隊伍。〔註34〕這一點正與他這在一時期的戰略布局——依靠無產階級鬧革命的想法不謀而合。

1966 年 10 月 14 日，上海《文匯報》的七名工人在中央下發《緊急指示》，要求大家「踢開黨委鬧革命」後，組成了一個群眾造反組織，聲稱不受黨委領導。〔註35〕

11 月 7 日，《解放日報》和《文匯報》的兩名記者聯名貼出大字報，指責中共上海市委貫徹執行「資產階級反動路線」，《解放日報》是「反革命的報紙」。

20 日，《解放日報》社「革命造反聯合司令部」成立，並發表造反宣言。29 日晚，「上海大專院校紅衛兵革命造反委員會」的造反分子衝到《解放日報》社，強行要求將刊有誣衊《解放日報》和中共上海市委文章的《紅衛戰報》第九期（11 月 17 日由上海大中學校紅衛兵造反組織創刊），夾在《解放日報》內送給訂戶。但其無理要求遭到拒絕。隨後便發生了震動全國的「《解放日報》事件」。

12 月 2 日，《解放日報》、《文匯報》的造反派組織聯合上海其他造反組織召開「向解放日報、文匯報貫徹市委資反路線猛烈開火誓師大會」，對報社和上海市委的領導開展批鬥。一時「革命無罪」、「造反有理」的口號，響徹整個上海新聞界。

21 日，《文匯報》、《解放日報》、《支部生活》、新華社上海分社以及復旦大學新聞系的造反組織聯合組成「上海新聞界革命造反委員會」。

26 日晚，江青在接見「全國紅色造反者總團」部分代表時進行公開講話，

〔註34〕安亭事件：1966 年 11 月 9 日，王洪文等組織成立「上海工人革命造反司令部」（工總司）。10 日，王洪文率領 2000 多名工人上京請願，被上海鐵路局滯留在安亭火車站。王洪文率領工人臥軌，導致鐵路線中斷 30 多小時。後中央文革派張春橋回上海處理這一事件，張春橋擅自宣佈承認「工總司」為「革命組織」，「安亭事件」是一次「革命行動」。張春橋的處理意見後獲得毛澤東的認可。這一事件標誌著文革期間工人造反組織的崛起，從此在一個時期內，工人造反派組織開始充當文革群眾運動的主力。

〔註35〕這個造反組織成立時取名為「星星之火戰鬥隊」，後隨著運動的發展，隊伍進一步壯大，遂取名為「星火燎原革命造反司令部」。

支持和號召工人們起來造反。〔註36〕

1967 年 1 月 3 日，就在中共中央下發《關於報紙問題的通知》的當天，「星火燎原革命造反總部」奪取了《文匯報》領導權。

4 日，《文匯報》在頭版位置重刊了毛澤東的一篇文章，〔註37〕同時還刊登了一封《告讀者書》，宣告即日起「星火燎原革命造反總部」接管《文匯報》。

5 日，「上海工人革命造反總司令部」等十一個造反組織在《文匯報》刊登《告上海全市人民書》。另《解放日報》的「革命造反聯合司令部」的造反派在上海與外地駐滬造反組織的支持下，奪取《解放日報》的領導權。

6 日，「革命造反聯合司令部」發表《告讀者書》，宣告正式接管《解放日報》。

8 日，毛澤東召集陳伯達、康生、江青、王力、關鋒、戚本禹等開會。毛澤東在會上說：

> 由左派奪權，這個方向是好的。文匯報四日造反，解放日報五日也造了反。兩張報紙奪權，這是全國性的問題，我們要支持他們造反。這是一個階級推翻另一個階級，這是一場大革命。這兩張報紙出來，一定影響華東，影響全國。上海革命力量起來，全國就有希望。〔註38〕

這次會議還決定對中央各部進行改組，把中宣部改成宣傳組，由王力任組長。毛澤東對《文匯報》和《解放日報》奪權事件的評價隨後成為造反派組織在全國進行全面奪權的政治依據。

9 日，《人民日報》全文轉載了《文匯報》上的《告上海全市人民書》，並配發「編者按」。「編者按」稱造反派組織對《解放日報》和《文匯報》的奪

〔註36〕《江青、陳伯達、康生等接見『全國紅色造反者總團』部分代表時的講話》，中國人民解放軍國防大學黨史黨建政工研究室：《文化大革命研究資料》（上），內部資料，1988 年，第 191～193 頁。

〔註37〕毛澤東 1957 年在《人民日報》先後發表兩篇社論文章，指責《文匯報》「在一個時期內利用『百家爭鳴』這個口號和共產黨的整風運動，發表了大量表現資產階級觀點而不準備批判的文章和帶煽動性的報導」，並指出《文匯報》中存在一個「民盟右派系統」。《文匯報在一個時期內的資產階級方向》，《人民日報》，1957 年 6 月 14 日，第 1 版；《文匯報的資產階級方向應該批判》，《人民日報》，1957 年 7 月 1 日，第 1 版。

〔註38〕中共中央文獻研究室：《毛澤東年譜》（第 6 卷），北京：中央文獻出版社，2013 年，第 30 頁。

權成功，「是無產階級革命路線反對資產階級反動路線的勝利產物」、它「必將對於整個華東、對於全國各省市的無產階級文化大革命運動的發展，起著巨大的推動作用。」〔註39〕

12日，《人民日報》頭版頭條套紅刊載了發往上海的《賀電》。《賀電》表示支持上海造反派組織的「一系列革命行動」，稱讚其「完全正確」，號召全國「學習上海市革命造反派的經驗，一致行動起來。」〔註40〕

其實，對黨的媒體進行奪權最早可以追溯到1965年。那年的5月31日，陳伯達在毛澤東的批准下，率領工作組奪了《人民日報》的領導權。

文化大革命期間，造反派組織對黨的媒體進行奪權，在上海《文匯報》和《解放日報》被奪權之前，其他各地就已經發生。〔註41〕

在湖南，造反派組織「湖南井岡山紅衛兵革命造反總司令部」於1966年11月13日封閉了《湖南日報》、《長沙日報》。

在湖北，「毛澤東思想紅衛兵武漢地區革命造反司令部」等造反組織於11月16日奪取了《湖北日報》，北京南下的造反派組織和武漢地區的造反派於12月18日強行佔據漢口紅旗大樓，封閉了《武漢晚報》。

在廣州，12月13日，「武漢大專院校毛澤東思想紅衛兵駐《紅衛報》南下革命造反團」聯合其他二十四個廣東和外地的群眾造反組織，封閉了《紅衛報》（1966年9月1日由《羊城晚報》改名而來），致使其停刊。

在雲南，《雲南日報》的「毛澤東思想《全無敵》」等三個戰鬥團體以及「昆明地區革命造反派聯合指揮部」於12月15日奪取了《雲南日報》，並於19日把《雲南日報》改為《新聞電訊》進行出版。

在四川，12月27日，「成都工人革命造反團」聯合「井岡山野戰軍川大縱隊」等二十一個群眾組織成立的「聯合戰鬥團」對《四川日報》實行封閉。31日，《四川日報》復刊改出《紅色電訊》，規定只發新華社的電訊稿和轉載「兩報一刊」的社論文章。

〔註39〕《抓革命，促生產徹底粉碎資產階級反動路線的新反撲——告上海全市人民書》的《編者按》，《人民日報》，1967年1月9日，第1版。

〔註40〕中共中央、國務院、中央軍委、中央文革小組：《給上海市各革命造反團體的賀電》，《人民日報》，1967年1月12日，第1版。

〔註41〕目前一種主流的觀點認為，上海是「一月風暴」的策源地，自上海「一月奪權」後，此後全國奪權鬥爭才全面展開。其實不然，在上海奪權之前，很多省份的造反派組織就已經開始奪權。

在陝西，《陝西日報》於 1967 年 1 月 1 日被西安地區的造反派封閉、停刊。

在浙江，「浙江省革命造反聯合總指揮部」聯合本省及外省市駐杭聯絡站的二十二個造反組織於 12 月 30 日查封了《浙江日報》，奪了編委會的權，由「省聯總」主編改出《新華電訊》。

在青海，1 月 4 日，青海省造反派組織「青海紅衛兵總部」從掌握在造反派組織「八·一八紅衛兵司令部」手裏奪取《青海日報》，改爲無地方稿的《新聞電訊》出版。

12 日，「八·一八紅衛戰鬥隊」、「《青海日報》社革命職工造反司令部」等組織，在「首都三司」和「北航紅旗赴西寧支隊」的支持下，又從「八一八紅衛兵總部」手中「正式接管」了《青海日報》。

15 日，「《青海日報》社革命職工造反司令部」發表《告讀者書》，並將《新聞電訊》改爲《特刊》出版，稱奪權後的報紙爲「新生的《青海日報》」。

在陝西，1 月 5 日，西安地區造反派組織奪取了陝西省和西安市的人民廣播電臺以及西安電視臺。

2 月 21 日，造反派組織把 1 月 1 日奪權封閉的《陝西日報》改爲《新聞電訊》出版。

在天津，1 月 7 日，《天津日報》社的革命造反派奪取了《天津日報》的領導權。隨後，天津人民廣播電臺、天津電視臺相繼被造反派奪權。

在廣西，1 月 7 日，《廣西日報》社的造反派組織「硬骨頭」等十九個戰鬥組以及「廣西革命造反指揮部」等組織奪取了《廣西日報》領導權，即日起改《廣西日報》爲《每日電訊》進行出版。

15 日，以「廣西工人革命造反總部」爲首的二十五個造反組織聯合組成造反組織「廣西革命造反大軍」，重新奪取《廣西日報》領導權，改爲《新聞報導》出版。

在江蘇，1 月 9 日，江蘇最大的造反派組織「江蘇省紅色造反總司令部」相繼奪取了《新華日報》、江蘇省人民廣播電臺、南京市人民廣播電臺的領導權。

在浙江，1 月 10 日，浙江「省聯總」等組織正式宣佈奪取《浙江日報》社的領導權，形式上恢復《浙江日報》。與此同時，《杭州日報》社的造反派在「省聯總」等組織支持下，接管了《杭州日報》社。

在西藏，1 月 11 日，《西藏日報》社的造反派組織「紅色新聞造反團」宣佈奪取該報社的領導權。造反派在奪取藏文版《西藏日報》後，改出藏文版的《紅色造反者》出版。隨後，新華社西藏分社、廣播電臺也相繼被奪權。

在內蒙古，1 月 11 日，《內蒙古日報》社的造反派組織「東方紅戰鬥隊」奪取該報社的領導權，停止了《內蒙古日報》，代之以《東方紅電訊》出版。

在新疆，1 月 12 日，《新疆日報》社造反派宣佈奪了《新疆日報》社的領導權，改出「造」字號的《新疆日報》。

在北京，1 月 12 日和 14 日，北京廣播學院的造反派組織「北京公社」聯合北京人民廣播電臺的造反派兩度奪取了北京人民廣播電臺的領導權。

13 日，《解放軍報》的造反派組織「革命造反突擊隊」聯合「革命到底造反縱隊」和「金猴戰鬥隊」貼出大字報開始對《解放軍報》進行奪權，最後《解放軍報》領導層和編輯人員大換血。

18 日，《北京日報》的「星火燎原」等造反組織在北京師範學院的造反組織「井岡山公社」的支持下成立了革命造反奪權委員會，並一舉奪取了報社的領導權。

19 日，北京航空學院造反派組織「紅旗戰鬥隊」駐《北京日報》社聯絡站為首的「首都革命造反派創立新北京日報聯合委員會」對《北京日報》進行再次奪權。3 月 12 日，《北京日報》實行軍事管制。

19 日，北京地質學院的「東方紅戰鬥隊」、北京航空學院的「紅旗戰鬥隊」對《人民日報》進行奪權，奪權活動雖被中央制止，但最後中央文革小組批准成立「首都革命造反派駐人民日報監督小組」監督《人民日報》的工作。

在寧夏，1 月 13 日，《寧夏日報》的「銀川地區革命造反聯合司令部」奪取了《寧夏日報》的領導權。

在江西，1 月 13 日，《江西日報》社的造反派組織宣佈接管《江西日報》。14 日，省直機關的造反派奪取了省人民廣播電臺的領導權。

在海南，1 月 14 日，「紅衛兵全國大中院校造反司令部駐海口聯絡站」聯合《海南日報》內的 7 個造反組織對《海南日報》進行奪權。被奪權後的《海南日報》即日由報社內部的造反派組織改為《新華電訊》出版。

15 日，恢復原名出版，但仍由造反派組織所掌握。

12 月 1 日，又更名為《新華電訊》。

在廣東，1 月 21 日晚，「廣東省革命造反聯合委員會」奪取《廣州日報》

大權，將報紙改為《新廣州日報》出版。

　　在湖南，4 月 10 日，造反派組織「長沙市高等院校紅衛兵司令部」從造反派組織「湖南井岡山紅衛兵革命造反總司令部」手中奪取《湖南日報》，並啟封。隨後「湖南井岡山紅衛兵革命造反總司令部」再次奪取《湖南日報》領導權，並再度封閉。

　　上述只是列舉了一些省級黨媒在上海「一月奪權」風暴前後被造反派奪權的事例。當時全國各地、市絕大多數黨的媒體先後被造反派組織奪了權。如山東《淄博日報》被群眾組織封閉，封閉期間改為《新聞電訊》出版；四川《內江報》被造反組織奪權改為《紅內江報》出版等。

　　奪權運動的全面展開，給造反派的發展創造了空前的機遇。從此，造反派成了掌權派，標誌著文革運動形勢發生了急轉性轉變。同時，一大批黨媒被奪權，給當時的報刊輿論留下了一大片「真空」地帶，這又為文革小報的發展，並最終走向「繁榮」提供了空前的機遇。造反派成了掌權者，使得原先限製造反派創辦小報出刊的障礙性因素在很大程度上被消除。同時，文革群眾運動局勢的變化，造反派們急於掌握話語權，為推行自己的政治主張搖旗吶喊。於是各造反派組織更加重視創辦一份完全受自己控制，百分之百傳播自己政治觀點的小報。正如 1 月 9 日王力在新華社進行講話，在談到上海《文匯報》和《解放日報》的奪權事件時說，「造反派起來了，革命的造反派自己掌握報紙，同革命的群眾團體聯合起來，使得這樣的報紙成了推翻走資本主義道路當權派的領導。推翻了那些頑固地堅持資產階級反動路線的人，自己掌握報紙，自己把報紙變成為一個同革命群眾聯合起來的報紙。辦成了一個革命的報紙，這是我們的方向。」〔註42〕

3.2.2 造反派報紙獨領風騷

　　造反派的大奪權，一方面大量被奪取領導權的黨報黨刊，除一些被封閉停刊外，大部分被造反派所掌控通過改換門庭繼續出版，淪為造反派的輿論工具；另外一方面造成黨的領導機構的癱瘓，造反派內部因為爭權奪利發生大分裂，從而產生了大量的造反組織。官報凋敝，保守派的衰落，造反派組織的暴增，解放軍開始介入地方文化大革命，從而使造反派報紙在當時大有

〔註42〕《王力在新華社的講話》，轉見中國人民解放軍國防大學黨史黨建政工研究室：《文化大革命研究資料》（上），內部資料，1988 年，第 240 頁。

獨步江湖、一統天下之勢。

首先，在 1967 年上半年，由於保守派紅衛兵組織受到打壓，基本被解散，保守派創辦的小報已經走向邊緣。

1966 年 10 月 5 日，中共中央等四個部門下發《緊急指示》，要求為被學校黨委和工作組打成「反革命」和「右派」的造反群眾平反。16 日，陳伯達在大會講話中公開把上層紅色子弟大力推行的「血統論」列為「資產階級發動路線」的表現形式予以否定。保守派紅衛兵組織自此開始走向衰落。

12 月 4 日，重慶市體育場內，紅衛兵保守派與造反派之間，發生了一場數萬人規模的流血事件。當時盛傳保守派的工人糾察隊打死了造反派。

5 日，清華附中、石油學院附中、礦院附中、北京鋼鐵學院附中、八一學校等七十多學校四千多人發布宣言，成立「首都紅衛兵聯合行動委員會」（簡稱聯動）。其成員大都來自高幹子弟。其口號是「中央文革把我們逼上梁山，我們不得不反！」〔註 43〕他們開始公開反對中央文革小組和「中央文革的鐵拳頭」之稱的「紅三司」。

16 日，北京工人體育館召開「首都中學批判資產階級反動路線誓師大會」，會上對紅衛兵糾察隊的過激行為以及「血統論」對聯《鬼見愁》進行批判。江青等人出席大會。江青在會上宣佈必須堅決予以取締保守派當時在北京的三大紅衛兵組織──「海淀區糾察隊」、「西城區糾察隊」和「東城區糾察隊」。

17 日，「紅三司」在北京工人體育場發起召開「全國在京革命派為捍衛毛主席的革命路線，奪取新的偉大勝利誓師大會」。

大會上，江青指出要摧垮保守派組織和紅衛兵糾察隊。陳伯達說，「敵人不投降，就讓他滅亡」。他所說的敵人就是指紅衛兵保守派。

周恩來基於形勢勸紅衛兵糾察隊自動解散。他對保守派紅衛兵說：「我現在提議，你們各學校的紅衛兵，最好取消這個糾察隊的名字，好不好？我希望紅衛兵是你們首創的，糾察隊本來也是好意的，但是走到一個相反的路上去，你們自己主動的把它取消，不要我們下命令，好不好？」〔註 44〕

1967 年 1 月 1 日，「聯動」發布中發秘字 003 號文件，號召「全國省市革

〔註 43〕周良宵、顧菊英：《十年文革前期（65.11～69.4 繫年錄）》（光盤），香港：香港新大陸出版有限公司，2014 年，第 549～550 頁。

〔註 44〕周良宵、顧菊英：《十年文革前期（65.11～69.4 繫年錄）》（光盤），香港：香港新大陸出版有限公司，2014 年，第 534 頁。

命幹部子弟，在中國共產黨領導下，忠於馬列主義和一九六〇年代以前的毛澤東思想，樹立共產主義世界觀，繼承革命傳統，在各地迅速組織聯合行動委員會，貫徹中央、北京聯合行動委員會的一切行動指示。」「一定要英勇、忠實、幹練、堅貞、艱苦耐心地做好各種工作，迎接大反攻戰機的到來。」〔註45〕

13 日，中共中央、國務院頒佈了一個《公安六條》的文件。文件稱，凡是「攻擊誣衊偉大領袖毛主席和他的親密戰友林彪同志的，都是現行反革命行為，應當依法懲辦」。〔註46〕公安部開始抓捕聯動。

16 日，《紅旗》發表評論員文章，將湖南的「紅色政權保衛軍」定義為「黨內走資派的御用工具」。〔註47〕

17 日，中央批轉了公安部提交的一個《通知》。《通知》宣佈，「各級公安機關不再受以前規定的約束」，「堅決執行和保衛毛主席的無產階級革命路線，堅決支持革命左派，支持左派的一切革命行動（包括奪權「接管」），徹底粉碎資產階級反動路線，把公安機關文化大革命搞深搞透。」〔註48〕隨後，北京市公安局開始抓捕「聯動」的骨幹分子。

2 月 3 日，《紅旗》發表社論，把「聯動」等紅衛兵保守組織定為反革命組織，並借用毛澤東在 1949 年 6 月 30 日為紀念中國共產黨成立二十八週年發表的講話《論人民民主專政》中的話，「對於反動派，必須『實行獨裁，壓迫這些人，只許他們規規矩矩，不許他們亂說亂動。如要亂說亂動，立即取締，予以制裁。』」「對於反革命組織，要堅決消滅之。對於反革命分子要毫不遲疑地實行法律制裁。」〔註49〕

隨後，北京各中等學校的「聯動」據點先後被搗毀，全國各地的「聯動」勢力被鎮壓。

從 1966 年 10 月 16 日陳伯達在中央工作會議上大講文革中兩條路線的鬥爭以及對「血統論」的批判，在大專院校，保守派組織到 1966 年 10 月底就

〔註45〕 周良霄、顧菊英：《十年文革前期（65.11～69.4 繫年錄）》（光盤），香港：香港新大陸出版有限公司，2014 年，第 550～551 頁。
〔註46〕 《公安六條》，全稱為《關於在無產階級文化大革命中加強公安工作的若干規定》。
〔註47〕 《無產階級革命派聯合起來》，《紅旗》，1967 年第 2 期，第 22～25 頁。
〔註48〕 《中共中央批轉公安部關於各級公安部門開展文化大革命運動的通知》，轉見中國人民解放軍國防大學黨史黨建政工研究室：《文化大革命研究資料》（上），內部資料，1988 年，第 254 頁。
〔註49〕 《論無產階級革命派的奪權鬥爭》，《紅旗》，1967 年第 3 期，第 18 頁。

已大部分自動消解了；而中學生保守派紅衛兵與「三司」等造反派鬥爭到年底，到 1967 年 1 月，公安部抓捕「聯動」。2 月初，《紅旗》雜誌第三期發表社論，把「聯動」定性為反革命組織。到 3 月 25 日，「首都中學紅代會」成立，基本沒有保守派紅衛兵的份額。這標誌著紅衛兵保守派基本退出歷史舞臺。相應地，紅衛兵保守派的報紙也相應走向衰落，即使有一小部分保守派報紙在一個相當長的時期依然存在，但相對於這一時期如日中天的造反派報紙來說，已是昨日黃花。

其次，造反派組織的大奪權，一方面通過奪取黨報、黨刊、以及黨的廣播電臺，把它們變成自己造反的輿論工具；另一方面，在奪取各級黨政領導權的過程中，因為爭權奪利或者觀點分歧導致造反派組織內部出現大分裂，從而催生了一大批造反組織。「不僅全部成立革委會的城市中造反派分成兩派，而且幾乎 95%地區的造反派也分成兩支。」〔註50〕造反派組織的分裂，從而催生出了更多的造反派報紙。下面以幾個主要城市和省會城市的造反派因分裂而催生一大批的小報情況來加以說明。

在北京，3 月 25 日，北京市中學紅衛兵成立了統一的紅衛兵組織「首都中學紅衛兵代表大會」。但這一造反組織內部一開始就並不統一，成立不久就分裂成激進的「四三」派和溫和的「四四」派。「四三」派的組織名稱一般採用「某某兵團」或者「某某造反隊」，而「四四」派的組織名稱一般大多還採用「紅衛兵」這一稱謂。2 月 22 日，北京市大專院校的紅衛兵成立了全市性統一的「首都大專院校紅衛兵代表大會」。但形式上的統一併不能彌合各造反組織在奪權過程中的分歧。它最終分成「天派」和「地派」兩大造反組織。其中，「天派」得名於北京航空學院的「紅旗」，北航的「航空」因為與天有關，所以叫「天派」，「地派」得名於北京地質學院的「東方紅」，北京地質學院的「地質」，因為與地有關，所以叫「地派」。

在上海，經過 1 月奪權風暴後，上海造反派組織分裂為幾個大的主要派系，如「上海工人革命造反司令部」（簡稱「工總司」），其創辦的小報《工人造反報》；大專院校有「上海大專院校紅代會」（簡稱「紅代會」），其主要輿論刊物是《上海紅衛兵》，中等學校有「上海大專院校中等學校紅代會」，其創辦的小報為《上海紅衛戰報》；「上海工人革命造反第三司令部」（簡稱「上

〔註50〕周泉纓：《四一四思潮必勝》，《井岡山》，清華大學井岡山公社，1967 年 8 月 26 日，第 78 期，第 11 版。

三司」），其創辦的報紙爲《風雷激》；「紅衛兵上海第三司令部」（簡稱「紅三司」），其創辦的報紙爲《革命造反報》；「紅衛兵上海革命造反委員會」，其創辦的報紙爲《造反有理》。

在黑龍江，哈爾濱軍事工程學院的造反組織「紅色造反團」在 8 月成立，其創辦的報紙爲《紅色挺進報》；1 月奪權後，「紅色造反團」分裂爲以「造反團」爲首的「炮轟」派和潘復生爲首的「捍總聯」。其中，「炮轟」派中「齊齊哈爾市紅衛兵炮打司令部兵團」創辦了《星火》、《嫩江紅浪》；「捍總聯」創辦了自己的報紙《東風戰報》。

在山東，1966 年 8 月底山東就成立了統一的造反組織「紅衛兵山東指揮部」。兩個月後，激進的「山東大學毛澤東主義紅衛兵」拉著自己的隊伍從中分裂出來，成立「山東省紅衛兵革命造反聯絡站」。其中「紅衛兵毛思想山東指揮部」創辦了《魯迅大學》，「毛思想紅衛兵」創辦了《前哨》；「省紅衛兵革命造反聯絡總站」創辦了《革命造反報》。

在山西，山西最早形成統一的造反派組織是紅衛兵參加以工人爲主體的「山西省革命造反司令部」。1967 年 1 月奪權後，造反派組織內部因對待參與奪權並獲得要職的老幹部劉志蘭態度不同而分爲「紅革聯」與「紅總站」兩派。「紅總站」派以山西大學的「紅色造反者革委會」爲首，「紅革聯」派以山西省委黨校的「東方紅」、山西醫學院的「紅革聯」爲主。其中「紅總站」派的「山西大學紅色造反者革委會」創辦了《新山大》，「紅總站文藝界總指」創辦了《文藝戰鼓》等；而「紅革聯」派的「山西革命造反聯絡總站」創辦了《紅旗報》、《紅革聯》，「山西省委黨校東方紅公社」創辦了《東方紅報》，「山西醫學院紅衛兵革命造反聯合總部」創辦了《紅流》。

在河南，1966 年 10 月在開展批判「資產階級反動路線」的過程中成立了統一性的造反派組織「河南省紅衛兵造反司令部」。一月風暴後，該組織分裂爲分別以鄭州工學院和鄭州大學爲首的「革命造反總指揮部」和「二七公社」兩大造反組織。其中「造總」派有「鄭州工學院革命造反總部」的《中州烈火》，「省革命造反總指揮部」的《河南造總》；「二七公社」派的「二七公社」的《二七公社》、《解放河南》，「河南二七公社」的《二七公社報》等。

在河北，1966 年 10 月石家莊市形成了統一的造反派組織「紅衛兵石家莊革命造反司令部」，其創辦的報紙爲《紅衛兵報》。但該組織在一月風暴中被

另一造反組織「石家莊革命造反聯合總指揮部」奪權。該組織很快又被分裂為以「石家莊工人聯合革反司」（簡稱「工聯司」）、「河北師範大學東方紅公社」為首的反軍派和以「紅衛兵革命造反司令部」為首的擁軍派。其中反軍派的「工聯司」創辦了《風雷激》，「師大東方紅」創辦了《東方紅》；擁軍派的「秦皇島市紅衛兵革命造反總司令部政治部」創辦了《紅衛兵》，「河北邢臺紅衛兵革命造反司令部」創辦了《紅衛兵報》，「秦皇島市紅衛兵革命造反總司令部」創辦了《紅總司》等。

在湖南，1966 年 10 月，長沙市主要形成了兩大造反派組織。一派是以長沙市高等院校的造反派組織為主，聯合形成「長沙市高等院校紅衛兵司令部」（簡稱「長沙高司」），這一派的主張相對於激進的「湘江風雷」來說較為溫和，所以被稱為溫和派；另一派是由長沙市一中教師葉衛東等人在「紅三司」的幫助下，發起成立的激進派「毛澤東主義紅衛兵湘江風雷挺進縱隊」（簡稱「湘江風雷」）。其中「長沙高司」的「湖南中南礦業學院文化革命聯合委員會毛澤東主義紅衛兵總部」創辦了《文革戰報》，「長沙市高等院校紅司湖大總部」創辦了《紅衛兵》、「長沙市高等院校紅衛兵司令部湖南財貿學校總部」創辦了《東方紅戰報》、「長沙市高等院校紅衛兵司令部延安公社」創辦了《戰報》，「湖南醫學院湘江公社文革委員會」創辦了《湘江公社》等；「湘江風雷」的「湘江風雷挺進縱隊」創辦了《揪壞頭頭戰報》、《湘江潮》，「湘縱總司」創辦《湘江風雷》等。1967 年 4 月長沙各大廠礦的工人造反組織自下而上聯合而成「長沙市革命造反派工人聯合委員會」（簡稱「工聯」）。其中「長沙工聯」創辦了《鬥和批修》、《湘江風雲》、《金猴》，「長沙泥木工人聯合會」創辦了《泥木工人》，「省市工代會」創辦了《湖南工人報》，「省革派工人籌委」創辦了《湖南工聯》等。10 月 11 日，「湖南紅旗軍」、「湘江風雷接管委員會」、「高校風雷」、「紅中會」、「東方紅總部」等組織聯合成立了更為激進的「湖南省無產階級革命派大聯合委員會」（簡稱「省無聯」），其中「湖南紅旗軍」創辦了《湖南紅旗軍問題》。

上述還只是列舉一些主要分裂的造反派組織的情況，而且每一派都是由幾個甚至幾十個造反組織形成的，基本上每一個成員組織又各自有自己的小報。另外如雲南省、四川省、貴州省、陝西省、甘肅省、浙江省等都發生造反派分裂的情況，從而誕生了更多的造反派組織，相應地催生了大量的造反派報紙。

再次，這一時期出現解放軍內造反組織創辦的報紙，這一現象在紅衛兵運動的前期是從來沒有出現的。如「解放軍第二坦克學校紅色造反者革委會」的《造反戰報》（67.1.14）、「解放軍鐵道兵學院革命造反團」的《革命造反報》（67.1.21）、「解放軍京字號 320 部隊井岡山革命造反聯合總部」的《井岡山報》（67.1.30）、「解放軍第七軍醫大學 105 紅色造反團紅工造反團」的《10.5 風暴》（67.2.1）、「解放軍總字 423 部隊毛思想紅色造反總團」的《風雷激》（67.2.4）、「海字 445 部隊革命造反者聯合司令部」的《紅色造反者》（67.2.18）、「空字 773 部隊文革籌委會」的《紅色造反者》（67.2.28）、「軍樂團革命造反隊」的《新軍樂》（67.4.29）、「宜賓 5106 野戰部隊」的《吶喊》（67.5.23）「浙江省軍區批資路線聯合指揮部」的《立新功》（67.8.29）等。

出現這一現象的原因主要是，1967 年初造反派在奪權過程中出現嚴重的派系分爭，導致全國社會一片混亂，軍隊開始介入地方的文化大革命。〔註 51〕

1 月 20 日，毛澤東給林彪就南京軍區黨委請示中央是否可派部隊警衛批鬥安徽省委主要負責人的報告進行批示：「應派軍隊支持左派廣大群眾。以後凡有真正革命派要求軍隊支持、援助，都應當這樣做。所謂不介入，是假的，早已介入了。此事似應重新發出命令，以前命令作廢。」〔註 52〕

23 日，中共中央等部門聯合作出了「支左」的《決定》。《決定》宣佈，「以前關於軍隊不介入地方文化大革命以及其他違反上述精神的指示，一律作廢。」〔註 53〕

28 日，中央軍委頒佈了《八條命令》。《命令》稱「軍以上機關應按規定分期分批進行文化大革命。」〔註 54〕於是，軍隊也開始像地方一樣，搞起了文化大革命。

〔註 51〕 1966 年 10 月 5 日，中共中央批轉中央軍委、總政治部制定的《關於軍隊院校無產階級文化大革命的緊急指示》規定，軍隊和軍事院校不干涉、不介入地方的「文化大革命」。

〔註 52〕 毛澤東：《對南京軍區黨委關於是否派軍隊支持造反派的請示報告的批語》，《建國以來毛澤東文稿》（第 12 卷），中央文獻出版社，1990 年，第 197 頁。

〔註 53〕 《中共中央、國務院、中央軍委、中央文革關於人民解放軍堅決支持革命左派群眾的決定》，轉見林蘊暉、劉勇、史伯年：《人民共和國春秋實錄》，北京：中國人民大學出版社，1992 年，第 759～760 頁。

〔註 54〕 《中央軍委「8 條命令」》，轉見張晉藩、海威、初尊賢編：《中華人民共和國國史大辭典》，黑龍江人民出版社，1992 年，第 609～610 頁。

2 月 11 日，中央軍委再次做出七項規定，其中規定「軍以上機關的文化大革命必須由黨委領導，軍隊領導機關不宜成立各種文化革命戰鬥組織。」〔註55〕言下之意，只要不是領導機關的軍隊可以成立文化革命組織。此項規定爲軍隊的造反派在文化大革命過程中建立自己的組織提供了依據。於是部隊很多造反組織紛紛建立起來，從而誕生了一大批解放軍造反小報。

從目前掌握的情況看，這一時期，是造反派報紙誕生最多的時期，也是整個文革小報誕生數量最大、品種最爲豐富的時期。當時一位造反派紅衛兵所寫的詩歌，描述了當時造反派報紙的繁榮景象：「我們正在進行著人類有文化以來驚天動地的一件大事——由我們工農兵革命文藝戰士自己寫、自己編、自己印、自己發行、自己看的刊物，就要送到我們掌大錘、舞鐮刀、握槍桿的工農兵手心裏來了！」〔註56〕

3.3 文革小報的衰落

1967 年是文革小報發展興盛的一年。但到了 1968 年，則是文革小報開始逐漸走向衰落的一年。這一年，中央通過革命的大批判、大聯合以及三結合，派駐工宣隊、軍宣隊，以及知識青年「上山下鄉」等手段，解散了紅衛兵、造反派等群眾組織。古語云，皮之不存，毛將焉附？作爲造反群眾組織大造輿論工具的小報自然也好不到哪裏去。同時在運動過程中，群眾報紙亂象叢生，已引起中央和地方高層的關注，以「節約鬧革命」對群眾報刊大力整頓，最終導致絕大部分群眾報刊在 1968 年銷聲匿跡。當然在這一時期也有極少量群眾報刊還在誕生，比如 1969 年 1 月 16 日「中國人民解放軍瀋陽軍區黑龍江生產建設兵團政治部」創辦了《兵團戰士報》。但 1971 年 4 月 15 日上海《工人造反報》出版終刊號，意味著文革小報徹底告別了歷史舞臺。

3.3.1 群眾造反運動的終結

早在 1966 年 10 月 25 在中央工作會議全體會議上，毛澤東就曾說過「總而言之，這個運動才五個月。可能兩個五個月，或者還要更多一點時

〔註55〕　《關於軍以上領導機關文化大革命的幾項規定》，張晉藩、海威、初尊賢編：《中華人民共和國國史大辭典》，黑龍江人民出版社，1992 年，第 610～611 頁。

〔註56〕　《工農兵文藝戰士殺出來了——發刊詞》，江蘇省工農兵革命文藝公社：《紅雨花》，1967 年 12 月，創刊號，第 2 頁。

間。」〔註57〕當時，按照毛澤東的有關文革安排的戰略設想，在 1967 年上半年，文化大革命運動應該結束或者進入收尾階段。

然而到了1967年，上海兩報的奪權事件引發的全國大奪權風暴，導致文革局勢走向失控。這場本來是想讓群眾「自己教育自己」的運動，開始演變成爲一個「打倒一切」的運動，一個「全面內戰」的運動。

到了 1967 年 2 月，毛澤東就因「一月風暴」開始改變初衷，「現在，兩方面的決戰還沒完成，大概二、三、四這三個月是決勝負的時候。至於全部解決問題可能要到明年二、三、四月或者更長。」〔註58〕

到了 5 月 1 日，毛澤東在接見阿爾巴尼亞軍事代表團時再次談及他對文革進程的構想安排。他說，「無產階級文化大革命，從政策策略上講，大致可分爲四個階段：從姚文元同志文章發表到八屆十一中全會，這可以算第一階段，主要是發動階段。八屆十一中全會到一月風暴，這可以算第二階段，主要是扭轉方向階段。自一月風暴奪權到大聯合、三結合，這可以算第三階段。自戚本禹的《愛國主義還是賣國主義》及《〈修養〉的要害是背叛無產階級專政》發表以後〔註59〕，這可以算是第四階段。第三、第四階段，都是奪權問題，第四階段是在思想上奪修正主義的權、奪資產階級的權，所以這是兩個階級、兩條道路、兩條路線的鬥爭，是決戰的關鍵階段，是主題，是正題。」〔註60〕

7 月 13 日，毛澤東召集文革小組成員以及楊成武、周恩來和林彪等人在人民大會堂開會。毛澤東在會上又一次提到他的文革戰略部署，「一年開張；

〔註57〕 中共中央文獻研究室：《毛澤東年譜》（第 6 卷），北京：中央文獻出版社，第 10 頁。

〔註58〕 上述講話是毛澤東在 1967 年 2 月 3 日會見阿爾巴尼亞代表團卡博和巴盧庫等人，談及當前文革局勢時談到的。見中共中央文獻研究室：《毛澤東年譜》（第 6 卷），北京：中央文獻出版社，2013 年，第 46 頁。

〔註59〕 1967 年 4 月 1 日在《紅旗》雜誌和《人民日報》發表了戚本禹的《愛國主義還是賣國主義？——評反動影片〈清宮秘史〉》一文，從此吹響了對劉少奇進行「革命大批判」的號角。見《紅旗》，1967 年第 5 期，第 8～23 頁。《人民日報》，1967 年 4 月 1 日，第 1 版。5 月 8 日，《人民日報》、《紅旗》雜誌發表經中央政治局常委擴大會議討論通過的編輯部文章《〈修養〉的要害是背叛無產階級專政》，對劉少奇開始進行全面的批判。見《紅旗》，1967 年第 6 期，第 3～9 頁。《人民日報》，1967 年 5 月 8 日，第 1 版。

〔註60〕 中共中央文獻研究室：《毛澤東年譜》（第 6 卷），北京：中央文獻出版社，2013 年，第 88～89 頁。

二年看眉目，定下基礎；明年結束。這就是文化大革命。」〔註61〕

　　正因如此，在毛澤東的授意下，1968 年「兩報一刊」發表元旦社論，提出 1968 年的主要任務是「深入開展革命的大批判、促進革命大聯合和革命三結合，深入開展鬥批改」；「整頓黨的組織，加強黨的建設；擁軍愛民，加強軍民團結」；「抓革命，促生產，促工作，促備戰。」〔註62〕

　　此時，毛澤東的意圖非常明確，1968 年將是他對文革運動進行「收官」的一年。從此意味著曾經在中國歷史上叱咤風雲一時的紅衛兵、造反派們，不管其內心是否情願，都將很快退出歷史舞臺。

　　其實在 1967 年下半年因為大奪權，導致各造反組織大分裂，由「全面打倒一切」演變成「全面內戰」，就已經引起毛澤東和中央高層的不滿，為 1968 年群眾造反運動的終結埋下了伏筆。

　　其中武漢發生的「七・二〇事件」和 8 月 22 日發生的「火燒英國代辦處事件」是一個重要的節點。這兩件事完全打亂了毛澤東前期借助造反群眾組織以「天下大亂」達到「天下大治」的設想，造成他開始對造反派群眾運動產生極大不滿。

　　7 月 20 日，武漢群眾組織「百萬雄師」強行扣留了受毛澤東委派前往武漢就地解決武漢武鬥問題的謝富治和王力，企圖強迫改變中央解決武漢問題的既定方針。中央後來宣佈「武漢事件」為反革命事件。

　　22 日，江青在河南接見造反群眾時說，「我記得好像就是河南的一個革命群眾組織提出這樣的口號，叫做『文攻武衛』，這個口號是對的。」〔註63〕江青公開鼓動造反群眾進行武鬥，從此使全國各地武鬥急劇升級，文革群眾運動逐漸失控，讓毛澤東深感勢成騎虎。

　　如果說「武漢事件」讓毛澤東對造反派群眾運動產生不滿之外，也讓本來已經開始有心結束文革運動的毛澤東思想又一次發生了反覆，後來發生喧囂一時的「揪軍內一小撮」的浪潮便由此而來。但「火燒英國代辦處事件」卻是促使他下定決心採取重大步驟，結束「天下大亂」的局面，實現由亂到

〔註61〕中共中央文獻研究室：《毛澤東年譜》（第 6 卷），北京：中央文獻出版社，2013 年，第 98 頁。

〔註62〕《迎接無產階級文化大革命的全面勝利》，《人民日報》，1968 年 1 月 1 日，第 1 版。

〔註63〕《江青同志重要講話》，《東方紅》，首都紅代會北京機械學院東方紅公社主辦，1967 年 7 月 27 日，第 14 號，第 1 版。

治的轉變。

8 月 19、20 日，北京外語學院的「紅旗造反兵團」、外交部「反帝反修聯絡站」、「九九兵團」奪取了外交部的權，並「以監督小組的名義」擅自「發電報給國外」。〔註64〕

22 日晚，北京英國駐華代辦處門前聚集了由「反帝反修聯絡站」召集的數萬名造反群眾。他們聚在一起召開一個「英帝反華罪行大會」，聲討英帝國主義迫害香港愛國新聞事業的行為。會後，因英國駐華代辦處沒有答應造反群眾提出的要求，於是造反群眾不顧警衛戰士的阻攔，衝進英國代辦處，放火燒掉了英代辦的辦公大樓和數輛汽車。

事後，毛澤東處理了串掇造反群眾奪取外交部大權的中央文革幹將王力和關鋒，並痛下決心下令整頓各地造反派，以便把局勢控制起來。

9 月 14 日，《人民日報》在社論中引用了毛澤東的一條最新語錄。語錄稱，「在工人階級內部，沒有根本的厲害衝突。在無產階級專政下的工人階級內部，更沒理由一定要分裂成為勢不兩立的兩大派組織。」社論提出實現革命的大聯合。〔註65〕

9 月 16 至 17 日，周恩來在接見首都大專院校紅代會代表時傳達了毛澤東的原話：「告訴小將們，現在輪到他們犯錯誤的時候了」，要求紅衛兵做自我批評，迅速實現革命的大聯合。〔註66〕

鑒於文革開始後，學校停課，學生們先是「破四舊」、「大串連」，隨後介入地方文化大革命，參與奪權、大規模的武鬥時有發生。

10 月 14 日，中共中央、國務院、中央軍委和中央文革聯合發出了《關於大、中小學復課鬧革命的通知》。《通知》宣佈：「全國各地大學、中學和小學一律開學」，「一邊進行教學，一邊進行革命。」〔註67〕

17 日，中央再次下發一個《通知》。《通知》要求「各工廠、各學校、各

〔註64〕 中共中央文獻研究室：《周恩來年譜：1949～1976》（下），北京：中央文獻出版社，1997 年，第 181 頁。
〔註65〕 《在革命的大批判中大力促進革命的大聯合》，《人民日報》，1967 年 9 月 14 日，第 1 版。
〔註66〕 《在革命的大批判中大力促進革命的大聯合》，轉見張晉藩、海威、初尊賢編：《中華人民共和國國史大辭典》，黑龍江人民出版社，1992 年，第 631 頁。
〔註67〕 《中共中央、國務院、中央軍委和中央文革關於大、中小學復課鬧革命的通知》，中國人民解放軍國防大學黨史黨建政工研究室：《文化大革命研究資料》（上），內部資料，1988 年，第 593 頁。

部門、各企業，都必須在革命的原則下，按照系統，按照行業，按照班級，實現革命的大聯合。」〔註68〕

這兩個《通知》對整頓當時混亂的群眾運動起到了釜底抽薪作用，很多紅衛兵、造反群眾被迫回到原來的學校和單位進行學習和工作；許多造反群眾組織被迫合併或者解體。

雖說經過整頓，群眾運動一時得到收斂，但混亂的情況並沒有得到完全好轉，大規模的武鬥事件仍然時有發生。北京五大造反領袖控制的單位和群眾組織中，武鬥仍在繼續。

繼《人民日報》，《紅旗》雜誌、《解放軍報》聯合發表元旦社論後，1968年3月30日，「兩報一刊」再次聯合發表社論。社論宣佈全國十八個省、市、自治區先後成立了革命委員會，革命形勢大好，越來越好。社論指出革命委員會的「致勝法寶」是：「有革命幹部的代表，有軍隊的代表，有革命群眾的代表，實現革命的三結合。」〔註69〕這個「三結合」就已經表明在文革運動中造反派由前期佔據的主導地位開始處於邊緣位置。社論發表後，還沒建立各級革命委員會的省、市、區紛紛建立革命委員會。

7月3日和24日，中共中央、國務院、中央軍委、中央文革先後發布制止廣西柳州、桂林、南寧等地區發生打砸搶事件的《七・三布告》和陝西等部分地區發生群眾組織的大規模武鬥的《七・二四布告》。兩條《布告》都要求應「立即停止武鬥、解散武鬥的群眾組織」；同時宣佈對一系列現行反革命行為，「必須實行無產階級專政，依法懲辦。」〔註70〕

從1968年4月14日至1968年7月28日清華大學校園內的「井岡山」派與「四・一四」派為爭奪校內的領導權發生一系列武鬥事件，號稱「百日武鬥事件」，造成許多人員死傷，引起了毛澤東等中共中央領導的嚴密關注。紅衛兵組織在「教育範圍」的鬥、批、改由口誅筆伐的「文攻」逐漸演變成「武衛」，這顯然與毛澤東穩定局面的設想背道而馳。毛澤東於是不得不重操

〔註68〕《中共中央、國務院、中央軍委和中央文革關於按系統實行革命大聯合的通知》，中國人民解放軍國防大學黨史黨建政工研究室：《文化大革命研究資料》（上），內部資料，1988年，第593頁。

〔註69〕《人民日報》、《紅旗》雜誌、《解放軍報》社論：《革命委員會好》，《人民日報》，1968年3月30日，第1版。

〔註70〕《七・三布告》、《七・二四布告》，轉見張晉藩、海威、初尊賢編：《中華人民共和國國史大辭典》，黑龍江人民出版社，1992年，第646、647頁。

文革爆發初期曾被他否定的由劉少奇代表中央一線派工作組進駐高校的做法，向高校派出了比工作組權力更大的「工宣隊」、「軍宣隊」和「貧宣隊」以控制局面。7月27日，首都「工宣隊」在軍隊的配合下開進清華大學，制止造反派的武鬥。「工宣隊」入校接管權力，從此工人階級開始登上上層建築鬥、批、改的舞臺，標誌著學校紅衛兵組織的衰落。

「工宣隊」強行進駐清華大學的第二天，毛澤東召集紅衛兵五大領袖進行談話。〔註71〕談話中，清華大學的蒯大富認爲是背後有黑手推動「工宣隊」進駐了清華大學。針對蒯大富的說法，毛澤東非常生氣，說：「黑手就是我。現在我們採取了一個辦法，就是工人伸出『黑手』。你們再搞，就是用工人來干涉，無產階級專政！」談話中，毛澤東還對昔日的小將們提出嚴厲的警告，說：「現在是輪到你們小將犯錯誤的時候了。不要腦子膨脹，甚至全身膨脹，鬧浮腫病。」〔註72〕

8月5日，爲了進一步制止學校武鬥、各造反派組織自立山頭，《人民日報》發表社論，社論強調「以毛主席爲首、林副主席爲副的無產階級司令部，是全黨、全軍、全國和廣大革命群眾唯一的領導中心。全黨、全軍、全國只能有這樣一個中心，不能有第二個中心。」同時指出，「所謂『多中心論』是一種資產階級山頭主義、個人主義的反動理論。」〔註73〕《人民日報》的社論旨在警告文革上層已經不再容許造反群眾組織「以自我爲中心」，再立山頭。

從15日起，歷時五個多月，中共中央、國務院連續召開了兩次大型的「抓革命、促生產」會議。這兩個會議均以整頓全國各地造反和武鬥嚴重的工礦企業爲重點，要求各造反群眾組織實現「大聯合」與「三結合」，從而宣告了全國工礦企業中群眾造反運動的終結。

25日，中央下發了一個向學校派駐「工宣隊」的《通知》。《通知》要求「在革命委員會領導下，以優秀的產業工人爲主體，配合人民解放軍戰士，

〔註71〕 北京大學的聶元梓、清華大學的蒯大富、北京師範大學的譚厚蘭、北京航空學院的韓愛晶以及北京地質學院的王大賓。

〔註72〕 中共中央文獻研究室：《毛澤東年譜》（第6卷），北京：中央文獻出版社，第176頁。

〔註73〕 《在以毛主席爲首的無產階級司令部的領導下團結起來——紀念毛主席《炮打司令部（我的一張大字報）》發表兩週年》，《人民日報》，1968年8月5日，第1版。

組成毛澤東思想宣傳隊，分期分批進入各學校」。〔註 74〕從此，「工宣隊」大量進入全國各地大中學校，領導學校的「鬥、批、改」。

　　同日，《紅旗》雜誌刊登了姚文元的一篇文章，這篇文章經過了毛澤東的親自審定。姚文元的文章指出：「單靠學生、知識分子不能完成教育戰線的鬥、批、改、及其他一系列任務，必須有工人、解放軍參加，必須有工人階級的堅強領導。」「凡是知識分子成堆的地方，不論是學校，還是別的單位，都應有工人、解放軍開進去，打破知識分子獨霸的一統天下，佔領那些大大小小的『獨立王國』，佔領那些『多中心即無中心』論者盤踞的地方。」〔註 75〕

　　那些曾由造反紅衛兵頭頭擔任的革委會主任的大中學校，實際領導權轉移到「工宣隊」手中，造反紅衛兵掌權的歷史宣告結束，他們的政治處境也從運動的中心位置再次退至邊緣。

　　9 月 2 日，中央軍委與中央文革發出一個對軍隊院校的群眾運動加以整頓的《通知》。《通知》傳達了毛澤東對軍隊院校開始加以控制的精神，「如工人條件成熟，所有軍事院校均應派工人隨同軍管人員進去。打破知識分子獨霸的一統天下」，並要求「凡尚未實行革命大聯合的院校一律實行軍事管制。」〔註 76〕這個《通知》宣告了軍事院校造反運動的終結。

　　5 日，新疆、西藏省革委會的成立，至此全國各省、市、自治區（除臺灣省外）均已建立革委會，實現了「全國山河一片紅」的局面。

　　7 日，《人民日報》和《解放軍報》聯合發表社論。社論指出，全國各地革命委員會的建立，「標誌著整個運動已在全國範圍內進入了鬥、批、改的階段」。社論同時指出，為了搞好「鬥、批、改」的戰略部署，「必須堅持工人階級領導，充分發揮工人階級在文化大革命中和一切工作中的領導作用，保證偉大領袖毛主席的每一項指示和無產階級司令部的每一個號令，都能迅速地暢通地貫徹執行，堅決反對反動的資產階級的『多中心即無中心論』，在以毛主席為首、林副主席為副的無產階級司令部的號令下，統一認識，統一步

〔註74〕　《中共中央、國務院、中央軍委和中央文革關於派工人宣傳隊進學校的通知》，中國人民解放軍國防大學黨史黨建政工研究室：《文化大革命研究資料》（中），內部資料，1988 年，第 161 頁。

〔註75〕　姚文元：《工人階級必須領導一切》，《紅旗》，1968 年第 2 期，第 3～7 頁。

〔註76〕　《關於工人進軍事院校及尚未聯合起來的軍事院校實行軍管的通知》，轉見張晉藩、海威、初尊賢編：《中華人民共和國國史大辭典》，黑龍江人民出版社，1992 年，第 650 頁。

伐，統一行動。」〔註77〕

　　22日，《人民日報》發表一篇介紹了甘肅省會寧縣一批知識青年紛紛奔赴社會主義農村安家落戶的事蹟的報導並配發《編者按》。《編者按》引用了毛澤東的一條最新指示：「知識青年到農村去，接受貧下中農的再教育，很有必要。」並號召「城裏幹部和其他人，把自己初中、高中、大學畢業的子女送到鄉下去。」〔註78〕

　　從此，一千六百萬知識青年開始了轟轟烈烈地「上山下鄉」運動，各地中學生造反派逐漸徹底地退出了文革舞臺。〔註79〕

　　然而到了1969年，還有一些零星的造反派組織沒有解散，各地的武鬥還時有發生。

　　7月23日，中共中央發出關於制止山西兩派武鬥問題的《七‧二三布告》。《布告》要求任何組織和個人不得違犯1968年公佈的《七‧三布告》和《七‧二四布告》中的規定。同時它還勒令山西武鬥事件中的「雙方立即停止武鬥，解散各種形式、各種名稱的專業武鬥隊」，並嚴令「凡分裂革命的大聯合、破壞革命的三結合行動，另立的山頭，一律都是非法的，中央概不承認。重新拉起的隊伍，都要立即解散，實行歸口大聯合。」〔註80〕

　　8月28日，經毛澤東批准，中央又發布了一個《八‧二八命令》。《命令》

〔註77〕《無產階級文化大革命的全面勝利萬歲！》，《人民日報》，1968年9月7日，第1版。

〔註78〕《我們也有兩隻手，不在城裏吃閒飯！》，《人民日報》，1968年12月22日，第1版。

〔註79〕在此前的1964年1月，中共中央印發了指導知識青年上山下鄉的綱領性文件《中共中央、國務院關於動員和組織城市知識青年參加農村社會主義建設的決定（草案）》，指出在今後一個相當長的時期內，有必要動員和組織大批城市知識青年下鄉參加農業生產。從1966年「文化大革命」爆發到1967年下半年的一段時間裏，這種有領導、有組織的下鄉不僅完全中斷，而且出現了大規模的下鄉知青自發返城風潮。中央花了很大的氣力才將此風平息下去。1967年10月，在「文化大革命」的奪權高潮中，北京知青曲折等人發揚1966年前上山下鄉的傳統，自發要求到內蒙古牧區插隊，拉開了「文化大革命」中知青插隊序幕。1968年4月4日，中共中央、國務院、中央軍委、中央文革小組正式提出按照面向農村、面向邊疆、面向工礦、面向基層的「四個面向」的分配方針。根據中央指示，各省、市、自治區隨即對66、67兩屆中學畢業生開始按「四個面向」方針進行分配，加之隨後的68屆從而形成了新中國歷史上一個具有巨大影響的特殊群體「老三屆」。

〔註80〕《中共中央布告（1969.7.23）》，轉見張晉藩、海威、初尊賢編：《中華人民共和國國史大辭典》，黑龍江人民出版社，1992年，第666頁。

要求邊疆地區的革命委員會和人民解放軍部隊要「隨時準備粉碎美帝、蘇修的武裝挑釁。防止它們的突然襲擊。」「立即解散一切跨行業的群眾組織，停止武鬥，實行歸口大聯合；堅決鎮壓反革命。」〔註81〕

《七・二三布告》和《八・二八命令》的發布，迅速整治了一些地區仍然存在的派性鬥爭。當時除毛澤東特許繼續存在的「上海工人革命造反總司令部」外，全國的群眾造反組織已基本土崩瓦解，全面終結。〔註82〕

3.3.2 中央、地方整頓群眾報刊

隨著紅衛兵、造反派組織先後被毛澤東拋棄，那些為因應革命造反需要而誕生的文革小報，自然也受到一系列的整頓，最終走向終結。

1967 年前後，尤其是上海「一月奪權」之後，全國興起造反派大奪權的風暴，當時絕大部分黨報、黨刊被造反派組織奪取領導權，進行封閉，停刊，但隨後一大部分報刊又被造反派啟封並出版，淪為各造反派組織進行革命造反的輿論工具。也就是說，這時候的黨報已經蛻變成為造反派組織的報紙，出現了許多問題。紅衛兵造反派小報的失控，開始引起中央上層的注意和警覺。中央高層不得不對紅衛兵造反派小報作出一次公開的表態。代表中央首先進行公開表態的是當時紅極一時的中央文革小組成員戚本禹，以及時任國務院副總理兼公安部部長的謝富治。

1967 年 3 月 4 日晚，戚本禹在全國政協禮堂對「北京紅代會」所屬的各紅衛兵組織及其所辦小報的負責人，以及北京市各印刷廠的「軍管會」人員和造反派代表進行講話。講話一開始，戚本禹就開門見山地說：「最近北京出版的東西很多，有些出了許多問題。」然後，他列舉了當前文革小報主要存在以下六個方面的問題。

關於外國特務大量收購小報的問題。戚本禹說，當前外國特務正在用大量金錢購買有關這方面的材料（指小報、傳單及文革資料、講話等）。據說，這方面日本的情報機構作得最出色。有關人員還因而受到上司表揚和

〔註81〕《中共中央命令（1969.8.28）》，轉見張晉藩、海威、初尊賢編：《中華人民共和國國史大辭典》，黑龍江人民出版社，1992 年，第 667 頁。

〔註82〕上海工人革命造反總司令部，簡稱工總司，成立於 1966 年 19 日。它是全國第一個工人造反派組織，也是在全國造反派組織中規模最大、影響最大和持續時間最長的造反派組織。它在後期一直是「四人幫」在上海的工具，直到1976 年 10 月，黨中央一舉粉碎「四人幫」，「工總司」也隨之也土崩瓦解。

獎勵。

關於《百醜圖》問題。戚本禹說：「什麼《百醜圖》、《群醜圖》，他們本來是一小撮，卻被畫成浩浩蕩蕩的隊伍，這是替誰作宣傳？」「有的甚至把『坐噴氣式飛機』（指揪鬥幹部時的姿勢）也畫出來了。毛主席不主張這些。這不能打倒敵人。」

關於小報上各種版本的所謂「中央首長講話」問題。戚本禹說：「關於我們的講話，許多被歪曲了。」「最近外國報導了我一段講話，什麼『劉鄧路線統治了十七年』。其實，我說我們和劉鄧路線鬥爭了十七年。凡是我親筆寫的東西才可相信。許多謠言不像話。我們靠真理吃飯。」「你們是學新華社還是學路透社？」

關於小報中大量傳抄轉載的未發表的毛澤東著作、講話，和毛主席詩詞問題。戚本禹說：「主席著作和主席詩詞（未發表的），不能隨便印。有些詩根本就不是主席寫的。」

關於小報印刷和紙張供應的具體問題。戚本禹當場指示：「各大專院校的小報，出版（印刷）和紙張供應，由紅代會聶元梓、譚厚蘭組織一個小組，審查後交謝富治副總理批准，再交有關部門執行。」

關於小報的政治方向及編輯人員的政治立場，戚本禹說：「各小報，要選派政治靈敏度強，高舉毛澤東思想偉大紅旗的真正左派擔任主編。如宣傳不好，要起壞作用。這是個嚴肅問題。」〔註83〕

隨後，戚本禹的這番講話被當時的參會人員流傳出來，刊登在各造反群眾組織的小報上。當時除個別小報稍有收斂外，全國各地小報混亂無序狀態並未因戚本禹代表中央的公開表態而有所改觀。

鑒於小報的失控狀態，中央高層不得不再次作出反應，以中共中央文件的形式對各地小報問題作出一系列的明確指示與規定。最早正式對文革小報無序狀態加以規範的時間始於 1967 年 3 月。

3 月 16 日，中共中央發出《關於各省、市、自治區報紙宣傳問題的幾項規定》，針對報紙的宣傳亂象予以整治。

> 中共中央關於各省、市、自治區報紙宣傳問題的幾項規定
>
> 現在，各省市無產階級革命派奪權鬥爭的情況錯綜複雜，各省

〔註83〕《中央對小報的指示》，《文革通訊報導》，紅衛兵上海市東風造反兵團文革通訊報導編輯組，1967 年 4 月 6 日，第 14 期，第 1 版。

市的報紙宣傳工作出現一些問題，中央特作如下規定：

（一）各省、市、自治區的報紙是無產階級專政的工具，是無產階級革命派大聯合的喉舌，決不能成為一個革命組織攻擊另一個革命組織的工具。

（二）各省、市、自治區的臨時權力機構建立起來後，地方報紙應接受其領導。在實行軍事管制的地方，地方報紙應接受當地軍官會的領導。

（三）各省、市、自治區的宣傳方針，應嚴格遵循毛主席和黨中央的指示，並參照《紅旗》、《人民日報》、《解放軍報》的重要社論和評論進行宣傳，而不得宣傳那些同黨中央精神相對立的口號。例如：黨中央強調無產階級革命派大聯合。有的報紙強調革命派內部大動盪、大分化、大改組，強調革命派必須大亂，強調革命群眾組織之間要打內戰，打到底。又如：黨中央強調發對小團體主義、無政府主義。有的報紙卻提出一些宗派主義的口號，甚至提出「打、砸、搶萬歲！」等發動口號。這些都是錯誤的，應該改正過來。

（四）在報社內部，無產階級革命派不能控制局面，派別鬥爭嚴重的情況下可以實行軍事管制。如報紙不能正常出版，可以出《新聞電訊》，刊載新華社電訊和中央報刊上的文章。

（五）報紙上一律不許刊載戴高帽子、掛黑牌子、罰跪、開鬥爭會等圖片。

（六）報紙上一律不要使用那些謾罵的詞語，例如「砸狗頭」、「混蛋」、「油炸」等等。

（七）對國際問題的發言權，集中於中央。對於國際上的重大問題，一切地方報紙都無權擅自發表議論。

（八）報紙要注意保守黨和國家機密，不許洩密。違犯者要追究責任，嚴重的要受到黨紀國法的處分。

（九）在任何時候、任何情況下報紙都不能發表攻擊人民解放軍的文章和報導。如果發生這種情況，應當立即處理。

（十）實行軍事管制的地方和單位，包括報紙和廣播電臺，都一律不要在報紙上和廣播中公開宣佈軍事管制。

中共中央

一九六七年三月十六日〔註84〕

正如前面提到的，當時全國絕大部分省、市、自治區，甚至包括地方的黨報絕大部分已經淪爲造反派組織的報紙，成爲文革小報的來源之一。這份中共中央發出的《規定》雖說是針對各級黨報的宣傳工作所作的規定，但當時其實能規範的，也就是這些從黨報奪權演變而來的群眾報刊。同時，我們從這個《規定》也可以看出，當時的各級黨報經過奪權淪爲各造反派組織的輿論工具後，在宣傳報導上存在的諸多亂象。

當時各紅衛兵組織、造反群眾組織創辦的報紙各派之間互相攻伐，國家機密未經容許隨意刊登，各種謠言、謾罵隨處可見，甚至醜化黨和國家領導人的新聞、圖片、漫畫隨時可見。5月14日，中共中央下發《關於改進革命群眾的報刊宣傳的意見》，決定直接針對群眾組織的小報採取行動，其目的意在對群眾報刊加以整頓，納入統一管理。

中共中央關於改進革命群眾組織的報刊宣傳的意見

中央各部門、各級黨委，各省、市革命委員會，各軍區、軍分區黨委，各革命群眾組織：

在無產階級文化大革命中，革命群眾組織編印的各種報刊、傳單，在宣傳戰線上起了重要的作用。現在，根據這類報刊宣傳工作中出現的一些問題，提出如下改進意見：

一、革命群眾組織的報刊，應嚴格遵守毛主席、林副主席和中共中央、中央軍委的指示，並參照《人民日報》、《紅旗》雜誌、《解放軍報》的重要社論和評論進行宣傳。

二、毛主席、林副主席沒有公開發表的文章、講話、批示，都一律不許擅自刊登和印發。中央的內部文件、會議記錄和負責同志的內部談話，一律不要擅自刊登，也不要以小冊子和其他形式編印流傳。

〔註84〕《中共中央關於各省、市、自治區報紙宣傳問題的幾項規定》，中國人民解放軍國防大學黨史黨建政工研究室：《文化大革命研究資料》（上），內部資料，1988年，第357頁。

三、中國人民解放軍是毛主席親手締造的、林彪同志直接領導的非常戰鬥化、非常無產階級化的軍隊。報刊上不得公開發表反對人民解放軍的文章和報導。對於他們的支持工作有意見，可以向上級反映，也可以當面批評。有的報刊，在中央作出明確規定之後，還發表公開反對人民解放軍的文章，這是完全錯誤的。

四、必須嚴格保守黨和國家的機密。目前，群眾組織的報刊洩密現象相當嚴重，在一些文章、報導中，透露了國防工程、設施、部隊調動情況、備戰計劃、措施，以及經濟建設、外交鬥爭、機要事務等等重要機密。這種現象必須迅速制止。

五、宣傳要突出政治。對於黨內走資本主義道路當權派和資產階級反動學術「權威」，要著重從政治上、思想上揭深批透。不要搞「黃色新聞」以及其他庸俗、低級的東西。

六、對國際問題的發言權集中於中央。對於國際上重大問題的宣傳，要按照中央的方針政策進行。

七、在宣傳報導中，不要傳播道聽途說、捕風捉影的「馬路新聞」，尤其不要輕信和傳播政治謠言。

中共中央

一九六七年五月十四日〔註85〕

6 月 22 日，中央針對在文革運動期間，各地普遍存在不遵守財經紀律的現象，下發了一個「增加收入，節約開支」的《通知》，對文化大革命期間的財經紀律做了七項規定，尤其強調，「一切群眾組織的工作人員一般不要脫離生產。」〔註86〕

鑑於無法控制文革小報的混亂局面，以周恩來為首的一部分中央高層借中央提出「要節約鬧革命」的東風決定從經費方面著手，希望通過從辦報資金源頭的控制來對文革小報的出版發行加以整頓。

〔註85〕《中共中央關於改進革命群眾組織的報刊宣傳的意見》，中國人民解放軍國防大學黨史黨建政工研究室：《文化大革命研究資料》（上），內部資料，1988年，第 462 頁。

〔註86〕《關於進一步抓革命、促生產，增加收入節約開支的通知》，轉見張晉藩、海威、初尊賢編：《中華人民共和國國史大辭典》，黑龍江人民出版社，1992年，第 623 頁。

　　最早響應周恩來中央高層從辦報經費源頭對文革小報加以控制是北京市。6 月 30 日，北京市文化大革命委員會頒佈了一個《暫行規定》。該《規定》稱，「根據我們偉大領袖毛主席關於『要節約鬧革命』的偉大指示」，對於在無產階級文化大革命期間，各革命群眾組織的經費開支一共做了十條規定。其中《規定》第一條規定，「工代會、農代會、大專院校紅代會、中學生紅代會」「都要實行嚴格的財務預算制度」，每月都要進行預、決算，並「經過本單位核心小組的討論，並報市級革委會主管部門批准」；第二條規定，「各革命群眾組織的財務開支，只能在本單位財務制度範圍內進行開支，不得另行預算，嚴格限制揮霍浪費」；第八條更是明確指出：「各革命群眾組織已經出版的報紙一律實行自費，虧損不補。」〔註 87〕

　　這個《規定》對規範北京市群眾組織的各種活動行為無異於一記重拳。它對群眾組織創辦的小報行為進行了嚴格的限制與打壓，採取一種釜底抽薪的方式，要求各群眾報刊必須自費出版、自負盈虧。

　　8 月 14 日，中央四大部門向全國轉發了北京市文革委員會的這個《規定》（中發〔67〕247 號），號召大家要「增加收入，節約開支」。〔註 88〕

　　俗話說，巧婦難為無米之炊。這條文件對運動期間全國紅衛兵和造反派組織的群眾報紙的出版真正起到了釜底抽薪的作用。

　　20 日，中央向全國又發出了一個經毛主席批示「照辦」的、旨在控制「社會集團購買力」的《規定》（中發〔67〕247 號）。該《規定》一共制定有關資金、物質和物價管理十二條。其中第十一條再次強調對小報印刷出版進行限制。「各單位必須儘量節約文化大革命經費開支。各種宣傳品的印刷應當講求實效，避免浪費。革命群眾組織編印的『小報』應當以收抵支出。」〔註 89〕

　　上述幾個文件，已經表明中央高層已經意識到各地群眾組織報刊存在的問題十分嚴重，痛下決心，採取一種刮骨療毒的態度。然而，隨著 1967 年夏季文革局勢的嚴重失控，各地派性鬥爭逐漸升級為公開武鬥，武漢發生「7·

〔註87〕 中共中央辦公廳、國務院秘書廳文化革命聯合接待室：《無產階級文化大革命有關文件彙集》（第 3 集），北京：1967 年 9 月。

〔註88〕 中共中央辦公廳、國務院秘書廳文化革命聯合接待室：《無產階級文化大革命有關文件彙集》（第 3 集），北京：1967 年 9 月。

〔註89〕 中共中央、國務院、中央軍委、中央文革：《關於進一步實行節約鬧革命，控制「社會集團購買力」，加強資金、物質和物價管理的若干規定》（中發〔67〕247 號），《文件選編》，四川省成都市革命委員會生產指揮組編印，內部資料，1969 年 1 月，第 8 頁。

20」事件，北京發生「圍攻中南海」事件，中國幾乎到了爆發內戰的邊緣。毛澤東、周恩來及中央領導層的注意力馬上發生了轉移。中央上述文件如同當時大多數文件及指示精神一樣，並未得到很好落實，文革小報存在的問題並未得到很好地糾正。正如穆欣後來回憶說：「由於當時局面已經逐漸失控，隨後就是 7、8、9 月的更大混亂，所以這一《意見》（指 5 月 14 日中共中央下發的《關於改進革命群眾的報刊宣傳的意見》，筆者注）也同其他有關《通知》、《決定》一樣，難以產生應有的抑制作用。直到「文化大革命」後期，中央對首都紅衛兵「五大領袖」的錯誤言行採取嚴厲措施之後，情況才變得好一些。」〔註 90〕真正要解決文革小報中存在的這些問題，只有等到文革群眾運動後期，造反群眾組織徹底退出歷史舞臺，文革小報存在的上述問題才得到徹底解決。

　　當然在中央整頓小報的文件出臺後，各地方也採取一系列的行動緊密跟進，紛紛出臺相關措施，對群眾報刊加以限制與整頓，對規範群眾報刊失序狀態起到了一定的作用，但其最終效果也是不得而知。下面主要選取幾個文革造反組織眾多，群眾運動失控嚴重，群眾報刊比較多的地區來加以說明，以求管中見豹，再現當時各地對群眾報刊的整頓過程。

　　北京：在中央轉發北京市那份文件不久的 1967 年 9 月 8 日，北京市革委會和北京衛戍區聯合下發一份《布告》（京革發（67）044 號）。《布告》稱，「為了維護無產階級文化大革命的秩序、維護無產階級專政的權威，保護無產階級專政下的大民主，嚴防國內外階級敵人的挑撥離間，渾水摸魚」，特發布了六條規定。其中第三條特別情調，「所有外地來京人員不許在北京各學校、各機關、各單位設立聯絡站，不許在北京出版報紙。違者，要由革命委員會取締。」〔註 91〕這條規定旨在限制外地群眾組織在北京編輯發行文革小報的生存空間。

　　另外，北京市革委會在對外地群眾組織辦報進行限制的同時，還時刻不忘對本地群眾組織的辦報活動進行控制與打壓。1968 年前後，為了加強對本地群眾組織辦報活動的控制，北京市革命委員會下面成立了一個「社會印件

〔註90〕　穆欣：《新聞界在「文革」初期受到的嚴重衝擊》，見韓泰華：《中國共產黨若干歷史問題寫真》（下），北京：中國言實出版社，1998 年，第 986 頁。

〔註91〕　《北京市革命委員會　北京衛戍區司令部布告》（京革發（67）044 號），《飛鳴鏑》，七機部新九一五飛鳴鏑編輯部主辦，1967 年 9 月 14 日，第 38 期，第 2 版。

辦公室」，專門負責市內的印刷品的管理與審查。

當時北京市的群眾組織報刊必須經這個辦公室備案和批准，其運作經費、紙張供應、印刷安排必須經它審批，否則視為「地下刊物」，只能自籌經費、自行印刷。紅代會清華大學《井岡山》報曾發表一篇「本報編輯部」通告文章。這篇文章揭露了該機構自 1968 年 3 月以來開始加緊對全市的群眾報刊的整頓與限制。「我們的偉大領袖毛主席和他的親密戰友林副主席，我們敬愛的總理和中央文革首長歷來十分重視紅衛兵小報，高度評價了紅衛兵小報在兩條路線、兩個司令部鬥爭中的作用。但是，「印件辦公室」的某些人卻反其道而行之，千方百計阻撓紅衛兵小報的出版。他們除了對已經上級批准的紅衛兵小報進行無理「審查」外，還從物質上施加壓力。今年三月份以來，他們即停止對小報的捲筒紙的供應。」〔註 92〕

四川：1967 年 3 月，當時隸屬於重慶地方當局的權力機構「重慶無產階級革命造反派聯合會」專門做了一個關於規範小報的決定。《決定》稱：「鑒於目前重慶市各革命群眾組織所主辦的小報太多，已經給我市印刷工作和紙張供應帶來很多困難。為了保證毛主席著作的正常印刷，為了響應毛主席『節約鬧革命』的偉大號召，經我市革聯會所屬各革命群眾組織討論決定，從即日起各小報一律停辦（除《山城紅衛兵》外），並聯合創辦《山城戰報》。」〔註 93〕

1967 年 11 月，四川省當時最高的權力機構「四川省革籌小組生產指揮部」就中央 8 月 14 日批轉「北京市革委會」《關於各革命群眾組織經費開支的暫行規定》而下發了《關於文化大革命經費開支中若干問題的試行意見》。其中《試行意見》第二條規定，「革命群眾組織編印的小報，應當以收抵支，虧損國家不予補貼。」〔註 94〕

1968 年 3 月，這個四川省的最高權力機構下發一個《通知》。《通知》一再強調「宣傳費只能解決筆墨紙張和小宗印刷等。編印走資派罪行之類的材料，應當像辦小報一樣，實行收費，自負盈虧。」〔註 95〕

〔註 92〕 本報編輯部：《本報為什麼拖期——敬告本報革命讀者》，《井岡山》，紅代會清華大學《井岡山》報編輯部，1968 年 6 月 28 日，第 150 期，第 4 版。

〔註 93〕 《8．15 戰報》，重慶紅衛兵革命造反司令部重慶大學紅衛兵團「八‧一五」戰鬥團主編，1967 年 3 月 16 日，第 13 期。

〔註 94〕 《決定》，《關於文化大革命經費開支中若干問題的試行意見》，《文件選編》，四川省成都市革命委員會生產指揮組編印，內部資料，1969 年 1 月，第 178 頁。

〔註 95〕 《關於印發「對文化大革命經費開支若干問題的解答提綱」的通知》，《文件選編》，四川省成都市革命委員會生產指揮組編印，內部資料，1969 年 1 月第 183 頁。

　　上海：1967 年 4 月，「上海市革委會政宣組」提出《關於壓縮小報出版的請示報告》，《報告》稱，鑒於目前全市群眾組織出版的報紙有三十四種，已登記還未出刊的有二十六種。由於運動過程中有大量批判資料和傳單需要印製，《文匯報》、《解放日報》發行量奪權後大為增加，5 月份就要印刷《毛澤東選集》，估計到時紙張供應不上。因此。「政宣組」召集各群眾報刊負責人開會，強調在「辦好造反報」的前提之下，提出聯合辦報的思路：工人方面辦一張《工人造反報》，中學和大學紅代會各辦一張報紙，其他司令部和單位的報紙停辦；「版司」、「上藝司」、「上體司」合辦一張文化類的報紙；《海運戰報》、《鐵路工人造反報》因工作特殊，同意在系統內部發行。〔註 96〕

　　5 月，「上海市革委會政宣組」再次提出一個《意見》，明確指出除「工總司」的《工人造反報》、「大學紅代會」的《上海紅衛兵》、「中學紅代會」的《紅衛戰報》、「版司」等籌辦的一份文化類報紙、各大中小學校教師造反組織籌辦的一份報紙以及內部發行的《海運戰報》、《鐵路工人造反報》七份報紙外，其他群眾報刊的紙張和印刷一概不負責。〔註 97〕

　　10 月中旬，「政宣組」向「上海市革委會」遞交一份《關於加強對革命群眾組織報刊領導的請示報告》。報告稱，基於前一個時期社會上各類小報雜誌的出版、發行的混亂狀況，有必要對全市報刊做一次全面的規劃。《報告》提出，「主辦單位必須是市一級各條戰線的革命群眾大聯合組織，區、縣、局機構基本不辦報刊」，全市可辦十二種群眾報紙，四種群眾雜誌，「其他一律停止」。〔註 98〕

　　12 月 1 日，「市革委會」下發《關於革命群眾組織報刊、宣傳品的出版、印刷、發行的若干規定》。該《規定》批覆正式同意「政宣組」《請示報告》中所列的報刊和雜誌進行出版，只是把處於十二種報紙之列的《工人造反報》提升到「三報一刊」的地位。〔註 99〕

　　然而，就是這十幾種被指定可以印刷發行的群眾報刊雜誌因政治形勢的

〔註 96〕　上海市革委會政宣組：《關於壓縮小報出版的請示報告》，1967 年 4 月 20 日。見金大陸：《上海文革運動中的群眾報刊》，《史林》，2005 年第 6 期，第 103 頁。

〔註 97〕　上海市革委會政宣組：《目前印刷小報和批判資料情況的意見》，1967 年 5 月 9 日。見金大陸：《上海文革運動中的群眾報刊》，《史林》，2005 年第 6 期，第 103 頁。

〔註 98〕　《關於加強對革命群眾組織報刊領導的請示報告》，轉見金大陸：《上海文革運動中的群眾報刊》，《史林》，2005 年第 6 期，第 104 頁。

〔註 99〕　上海「三報一刊」指《文匯報》、《解放日報》、《工人造反報》、《支部生活》。

演變以及經濟形勢的逼迫也好景不長。1968 年 1 月，《鐵路工人造反報》停刊，《教衛戰報》暫停出版。4 月，「上海大專院校紅代會」的《上海紅衛兵》與「上海中等學校紅代會」的《紅衛戰報》合併出版新的《上海紅衛戰報》，「紅代會」的《教育革命》停刊。9 月，《財貿戰報》、《大批判》、《中小學大批判資料和動態》停刊。到年底，「上海群眾報刊所剩無幾。」〔註100〕到 1969 年4、5 月間，《上海紅衛戰報》和《華師大戰報》、《復旦戰報》停刊，而只剩下了《工人造反報》成為上海群眾報刊唯一的存在。

　　1971 年 4 月 9 日，中共上海市委作出《關於加強上海報刊工作的決定》。《決定》宣佈「經過反覆醞釀，市委決定《支部生活》、《工人造反報》自四月中旬起停刊，集中精力辦好《文匯報》和《解放日報》。」〔註101〕4 月 15日，《工人造反報》出版終刊號。當然，《工人造反報》的終刊，並不意味著文革小報在中國的徹底終結，在《工人造反報》終刊以後很長一段時間內，還有極少數群眾報刊繼續存在。如 1969 年 1 月 26 日由「中國人民解放軍瀋陽軍區黑龍江生產建設兵團」創辦的《兵團戰士報》一直出版到 1976 年 2 月29 日終刊，共出刊了一千二百期。當然，最後一份文革小報到底是何種小報以及具體終刊日期，還有待進一步考證。但是，上海《工人造反報》的終刊，作為中國新聞史上的一個標誌性事件，無論如何標誌著曾經風行一時的文革小報開始告別了文革政治運動舞臺。

〔註100〕金大陸：《上海文革運動中的群眾報刊》，《史林》，2005 年第 6 期，第 104 頁。
〔註101〕《關於加強上海報刊工作的決定》，《工人造反報》，1971 年 4 月 15 日，第 445
　　　　期，第 1 版。

第 4 章　文革小報的形式

　　文革小報隨著紅衛兵、造反派群眾運動的沉浮而興衰。同樣，紅衛兵、造反派群眾運動的沉浮與反覆又形塑了文革小報的形式，使其無論在小報刊號、小報名稱還是版面編排、語言文風等方面呈現出獨特的時代特徵。文革小報在其形式上所凸顯的獨特特徵，反過來又恰恰反映了當時造反群眾運動的複雜性與不確定性。

4.1 紛繁複雜的刊、版、號

　　毛澤東對文革運動的預測和對現實的評估，使他不斷調整文革運動戰略目標而導致文革群眾運動出現不斷反覆。同時因為紅衛兵、造反派內部派性鬥爭不斷以及造反派組織之間勢力的此起披伏，文革小報在發展過程中出現了不同的刊、版、號。

4.1.1 創刊、改刊、停刊、復刊、終刊

　　文革小報在整個發展歷程中，因革命造反態勢的不斷變化，它的發展也不是一帆風順的，而是不斷出現反覆；又因紅衛兵、造反派報紙，都是自行編輯印刷，無需到出版管理部門批準備案，也無須刊號和准印證，從而使文革小報出現創刊、改刊、停刊、復刊、終刊不同版本的刊。

　　創刊：「凡是要推翻一個政權，總要先造成輿論，總要先做意識形態方面的工作。革命的階級是這樣，反革命的階級也是這樣。」〔註1〕這段話是毛澤

〔註1〕毛澤東：《凡是要推翻一個政權，總要先造成輿論，總要先做意識形態方面的工作》，見中共中央文獻研究室：《建國以來毛澤東文稿》（第10卷），北京：

東於 1962 年 9 月在中國共產黨第八屆中央委員會第十次全體會議上的講話。
1966 年 8 月 8 日那份號召進行無產級階文化大革命的綱領性文件中再次提起
這段話。在文革運動中，每一個紅衛兵和造反群眾組織，他們出於製造輿論
和進行鬥爭的需要，紛紛創辦自己的報紙。

　　當時各紅衛兵和造反組織，不管有沒有條件，都希望出版自己的刊物。
有的一開始因為不具備鉛印的條件，就用蠟紙刻寫，採用油印的方式進行創
刊出版，然後隨著條件具備再用鉛印出版；條件稍好的，或者哪怕沒有條件
但有一定資源的，通過創造條件，採用鉛印出版。

　　據《中學生文革報》的創辦者之一牟志京介紹，《中學生文革報》創刊於
1967 年 1 月 18 日。當時創辦該報時，牟志京因在校多年，而且因反對「血統
論」對聯的行為，在新形勢下贏得正面的名聲。所以靠這點政治資本向北京
四中總務處借貸了五百元，又因小學同學朱大年跟「三司」宣傳部部長有交
情，所以很輕易地找到「三司」開出介紹信。正因有「三司」的介紹信，解
放軍一二〇一印刷廠答應給他們印刷。然後找一位擅長美工的北京三中同學
朱維理拼出毛體報頭。這樣一份當時在社會上有影響的報紙就誕生了。〔註2〕

　　也有在創刊的時候，採用鉛印出版，但後來因資金或者印刷條件的困難，
又改為油印、鉛印相結合的形式出版，如「北京財政金融學院北京公社八‧
一八戰鬥隊」的《北京公社》。該報在第三期刊登《公告》稱，「鑒於主、客
觀條件和更好適應形式，更好為文化大革命服務，現經《北京公社》編輯部
研究，總部批准，今後《北京公社》的出版以油印為主，鉛印為輔。」〔註3〕

　　文革小報的創刊以刊號和期號來體現。一般大部分文革小報都會在其報
頭位置注明「創刊號」以表示創刊。但也有一些小報並不注明「創刊號」，而
是以「第一期」或者「第 1 號」等期號來表明其為「創刊號」。用「第一期」
或者「第 1 號」等期號進行編注來表明創刊號的形式主要有如下幾種：「第一
期」，如「紅代會首都紅衛兵赴郴聯合調查組《北京紅衛兵》編輯部」創刊的
《北京紅衛兵》（1967.6.17）；「第 1 號」，如「中央戲劇學院毛澤東主義戰鬥
團」創辦的《毛澤東主義戰報》（1966.12.1）；「紅一期」，如「首都紅代會中

　　　中央文獻出版社，1990 年，第 194 頁。
〔註2〕牟志京：《似水流年》，見北島、曹一凡、維一：《暴風雨的記憶：1965～1970
　　　年的北京四中》，北京：生活‧讀書‧新知三聯書店，2012 年，第 15～18 頁。
〔註3〕《公告》，《北京公社》，北京財政金融學院北京公社八‧一八戰鬥隊，1966 年
　　　12 月 6 日，第 3 期，第 4 版。

國人民大學紅衛兵大西南戰鬥兵團」創辦的《人大紅衛兵（成都版）》（1967.4.20）；「紅一號」，如「首都大專院校紅衛兵代表大會」重新創立的《首都紅衛兵》（1967.3.3）；「紅 1 號」，如「八‧二八中學部成都二中井岡山」創辦的《成都中學生》（1967.4.20）；「忠一號」，如「上海大專院校紅代會和上海中等學校紅代會」聯合創辦的《上海紅衛戰報》（1968.4.25）等。

　　改刊：文革小報在創辦的過程中，因爲群眾造反運動鬥爭的複雜性或者出於鬥爭的需要，經常出現更改報紙名稱、更改報頭、更換出版單位以及報紙風格等改刊現象。

　　一是更改報紙名稱。如 1967 年 4 月 20 日，《人大三紅》刊登《啓事》，稱「原中國人民大學三紅主辦的《紅衛戰報》從第十四期改名爲《人大三紅》，特此告讀者。」〔註 4〕《鬥批改參考資料》第二十一期刊登《啓事》稱，「爲了適應文化革命發展需要，更好地配合教育革命和大批判北京政法學院革命委員會政治宣傳組資料組編的《大批判參考資料》從第二十一期起改爲《鬥批改參考資料》。」〔註 5〕

　　1967 年 8 月 23 日，創辦於 1967 年 3 月 1 日的《宣武戰報》（新 1 號）上刊登《宣交戰報》編輯部發表的《宣交戰報更名啓事》。《啓事》稱，「目前，北京地區在批判黨內最大的走資本主義道路的當權派劉少奇徹底埋葬舊市委以彭眞爲首的反革命修正主義集團。結合對武漢地區軍內以陳再道爲首的反革命叛亂的鬥爭中，我宣武區共有十一個系統緊緊地聯合起來了！一致要求我宣交戰報編輯部，擴大爲宣武區造反派的喉舌。經過我內部討論通過，堅決滿足各兄弟革命派的要求。現把我宣交戰報，改名爲宣武戰報，特此發表啓事。」〔註 6〕

　　再如 1967 年 2 月 28 日，「首都三司中學中專部門頭溝分部」的《首都紅衛兵》從第四期開始改爲《京西風雷》。〔註 7〕

　　二是更換報頭。文革小報在創辦過程中，因報社造反派組織內部鬥爭的

〔註 4〕　《啓事》，《人大三紅》，首都紅代會中國人民大學紅衛兵、紅衛隊、東方紅公社主辦，1967 年 4 月 20 日，第 14 期，第 1 版。

〔註 5〕　《啓事》，《鬥批改參考資料》，北京政法學院革命委員會政治宣傳組資料組，（未注明出版日期），第 21 期，第 4 版。

〔註 6〕　《宣交戰報更名啓事》，《宣武戰報》，北京市宣武區無產階級革命派大聯合鬥、批、改聯絡站宣武戰報編輯部主辦，1967 年 8 月 23 日，新 1 號，第 2 版。

〔註 7〕　《致讀者》，《京西風雷》，首都大專院校紅衛兵革命造反總司令部中學中專部門頭溝分部主辦，1967 年 2 月 28 日，第 4 期，第 4 版。

變化，報紙還經常出現更換報頭的現象。在這些更改報頭的小報中，其中一個最爲典型和曲折的例子便是「首都紅代會」的《首都紅衛兵》報。

「首都紅代會」的《首都紅衛兵》其實來源於「首都大專院校紅衛兵革命造反總司令部政治部」（簡稱「紅三司」）於 1966 年 9 月 13 日創辦的《首都紅衛兵》。它於 1967 年 2 月 20 日停刊。1967 年 2 月 22 日，「首都大專院校紅衛兵代表大會」（簡稱「紅代會」）成立後，原「三司」機關報《首都紅衛兵》改爲「紅代會」機關報，仍使用原來的報紙名稱，於 1967 年 3 月 3 日創刊出版發行。以示與原來「三司」的《首都紅衛兵》相區別，「紅代會」的《首都紅衛兵》的第一期到第十期，報紙名稱使用的仿毛體字樣。但「《首都紅衛兵》報從第十一期起改換了報頭，原來的仿毛主席手寫體改成等線印刷體。這是一個引人注目的微妙變化。」〔註 8〕

這張報紙後來引起了以北京地質學院造反派組織「東方紅」爲代表的「地派」組織的不滿。他們認爲新改版的《首都紅衛兵》日益淪爲以聶元梓爲首的「天派」組織進行派性鬥爭的工具。於是，1967 年 6 月 10 日，「首都大專院校紅衛兵代表大會」發布《關於改組宣傳組、編輯部的決議》，宣佈「紅代會原宣傳組，編輯部立即解散。新的宣傳組、編輯部即日起主持紅代會的宣傳工作和《首都紅衛兵》報的出刊。」「等線印刷體《首都紅衛兵》報所犯嚴重錯誤和罪行必須徹底批判，不得再行出刊。」「由新編輯部出刊仿主席體刊頭的《首都紅衛兵》報爲紅代會代表大會機關報。」〔註 9〕

三是更換出版單位。文革小報在創辦的過程中因爲文化大革命運動的需要或者因爲造反派組織的大聯合而出現報紙出版組織的變更。比如創刊於 1967 年 9 月 9 日的《民航風雷》，最初其主辦單位爲「首都工代會民航一〇一廠無產階級革命造反總部」、「上海《工總司》民航一〇二廠革命造反總指揮部」、「民航一〇三廠《紅航》戰團」、「《東方紅》縱隊」、「民航總局紅旗革命造反總部」、「首都中學紅代會民航一〇一廠技工學校紅色風暴」、「首都中學紅代會一三〇中學《井岡山》」、「天津大專院校紅代會民航機專紅色革命造反總部」等八家單位組成的「中國民航無產階級革命造反派」《民航風雷》編輯

〔註 8〕 《〈首都紅衛兵〉報向何處去》，《東方紅報》，北京地質學院東方紅報編輯部，
1967 年 4 月 24 日，第 30 期，第 4 版。
〔註 9〕 《首都大專院校紅衛兵代表大會關於改組宣傳組、編輯部的決議》，《北京公
社》，紅代會中央財政金融學院北京公社八八戰鬥隊主辦，1967 年 6 月 15 日，
第 29 期，第 2 版。

－112－

部主辦，一共出了十五期。到第十六期的時候，12 月 30 日，《民航風雷》刊登《啓事》稱，「遵照中共中央、國務院、中央軍委、中央文革 12 月 22 日《關於民航系統無產階級文化大革命的通知》精神，《民航風雷》自本期起，改由民航機專《紅總》主辦。」〔註10〕

再如「首都大專院校紅衛兵革命造反聯絡站」於 1966 年 12 月 26 日創辦「二司」機關報《東方紅》刊登一封《致讀者》稱，「本報自去年 11 月 7 日造了原二司的反後，從第六期開始獲得新生。這段時間以來，在中央文革小組的正確領導下，在全國各地革命紅衛兵小將、工人、農民、解放軍同志的熱情幫助和積極支持下，《東方紅》報出到第二十一期。」「由於『紅代會』的成立，我二司革命造反聯絡站主辦的《東方紅》報已經完成了她的歷史任務，今後將由『紅代會』主辦的新報取而代之。」〔註11〕

四是改變報紙風格。至 1967 年夏，文革運動已進行了將近一年。隨著保守派紅衛兵的日益式微，逐漸退出文革運動的歷史舞臺。他們開始對這場政治運動進行反思，並日益對這種「你鬥我，我搞你」相互攻擊的運動模式喪失了往日的興趣。於是，自這時開始，一些紅衛兵小報上以往那種四處充滿濃濃火藥味的宣言式的政論文章逐漸減少。取而代之的是開始刊登大量散文、詩歌、漫畫、歌曲的文藝作品。

以文藝的形式間接反映當時文革運動的社會現實，這是文革群眾運動後期以及文革運動後期文革群眾報刊中出現的一道別樣的景觀。它們除在原有的小報上增加大量的文藝作品外，有些紅衛兵、造反派報紙還專門開闢了文藝副刊專版，甚至有些群眾組織乾脆把以前專門刊載政論文章的時政類小報改爲專門刊載文藝作品的文學類小報。如「中國作家協會革命造反團」編輯出版的《文學戰報》於 1967 年 8 月 20 日在其第二十四、二十五期合刊上刊登了一份《告讀者》。《告讀者》稱，「《文學戰報》自 3 月 23 日創刊以來，共出了二十五期。現因《文學戰線》即將創刊，《文學戰報》原來版面的任務（指發表大批判政論文——引注）轉由《文學戰線》承擔，故自下期起，《文學戰報》改爲以發表創作爲主，用文藝形式反映無產階級文化大革命時代新風貌。」〔註12〕爲配合這

〔註10〕《啓事》，天津大專院校紅代會民航機專《紅總》《民航風雷》編輯部，1967年 12 月 30 日，第 16 期，第 3 版。
〔註11〕《致讀者》，《紅衛兵》，首都大專院校紅衛兵革命造反聯絡站主辦，1967 年 2月 22 日，第 21 號，第 2 版。
〔註12〕《告讀者》，《文學戰報》，中國作家協會革命造反團《文學戰報》編輯部主辦，

種改刊，9月20日，該報還在其第二十六期上刊登一份《稿約》，稱：「《文學戰報》改發創作了。懇切希望廣大工農兵，無產階級革命派戰友和革命文藝工作者來稿支持我們。特別需要下列內容稿件：歌頌毛主席和毛主席革命路線的詩文；反映文化大革命中新英雄、新風貌、重大事件的報告文學、特寫、小說、散文；紅衛兵日記、隨筆；配合運動的雜文、小品。稿件務請精短。」〔註13〕

停刊：文革小報在創辦的過程中有時會出現暫時休刊的現象。停刊又叫休刊，只是暫時停刊，但絕不是終刊。這是因為，有些文革小報在文革群眾運動的某一歷史階段，因某些特殊情況被迫停刊，但過不了多久，又宣告復刊，再繼續辦下去，直到最終完全正式停刊，也就是我們經常所說的終刊。

文革小報停刊的背後原因各有不同。這其中，往往折射出當時文革群眾運動局勢的變化及其複雜性。

有的是因為辦報經費、印刷條件的原因暫時停刊。《8‧15戰報》創刊於1966年12月9日，由「重慶大學紅衛兵團『八‧一五』戰鬥團」主辦。該報曾出現兩度停刊的現象。第一次於1967年1月底出到第八期的時候暫時停刊，停刊具體原因不詳。2月17日，又開始復刊。但到3月16日出到第十三期的時候又停刊。停刊原因如該報在《告讀者》中所稱，「現在革聯會（指「重慶市革命造反派聯合委員會」，筆者注）為了能夠保質保量地印刷生產革命人民急需的寶書——毛主席著作，以及堅決反對反革命經濟主義，響應毛主席『要節約鬧革命』的偉大號召，又作出了一系列決議，我《8‧15戰報》堅決執行革聯會的正確決議，決定從下期起停刊。」〔註14〕

有響應「革命大聯合」號召而停刊的。「南京八‧二七工人革命串聯會」主辦的《南京工人》於1967年6月創刊。1968年3月，該報出到第二十八期時宣告停刊。該報在一篇《致讀者》中稱，「目前，三派工人實現了革命的大聯合，三派工人的報紙亦將聯合出版一個《革命工人》報。我們《南京工人》報全體戰士堅決聽毛主席的話，誓做大聯合的促進派，決定出版第二十八期後停刊。」〔註15〕

1967年8月20日，第24、25號合刊，第2版。

〔註13〕《稿約》，《文學戰報》，中國作家協會革命造反團《文學戰報》編輯部主辦，1967年9月20日，第26期，第4版。

〔註14〕《告讀者》，《8‧15戰報》，重慶紅衛兵革命造反司令部重慶大學紅衛兵團「八‧一五」戰鬥團，1967年3月16日，第13期，第4版。

〔註15〕《致讀者》，《南京工人》，南京八‧二七工人革命串聯會主辦，1968年3月，第28期，第4版。

有因革命形勢變化，主辦機構停止工作而停刊的。如爲了響應革命大聯合創刊於 1967 年 5 月的《上海紅衛兵》，其主辦單位爲「上海市大專院校紅代會籌委會」。「上海市革委會」成立後，「上海市大專院校紅代會籌委會」於 1967 年 9 月 29 日接受「上海市革委會」指令「停止工作」。因此，這份《上海市紅衛兵》報只好「奉命停刊」。《上海紅衛兵》第二十期刊登的一份《本報暫停啓事》稱，「鑒於上海市大專校院紅代會（籌）停止工作，按市革委會教衛組指示，本報自即日起暫停出版。」〔註16〕

復刊：復刊指紅衛兵、造反派報紙在群眾造反運動的過程中，因遭到當局鎮壓、派性鬥爭、武鬥等原因，在創辦的過程中暫時停刊，然後一經條件允許就再恢複印刷出版。

一是遭到當局鎮壓後停刊再復刊。1967 年 2、3 月間，一些省市的文革局勢發生大的逆轉，一些造反派組織被打成「反革命組織」，其主辦的報刊隨之被查封或自動停刊。然而到了 4 月初，局勢再變，造反派重新崛起，這些「鎮反」中被迫停刊的小報，就紛紛以最快速度復刊。如由「成都工人硬骨頭戰鬥團」創辦的《硬骨頭》小報，它在 1966 年 12 月 15 日僅出版一期，就遭遇「二月鎮反」被封查停刊。1967 年 4 月局勢變化後，《硬骨頭》於 4 月 29 日復刊。該報在其復刊號的《復刊詞》中稱：

> 野火燒不盡，春風吹又生。終於啊，在這兩個階級、兩條道路、兩條路線殊死搏鬥的決戰時刻，迎著資本主義反革命復辟的黑風惡浪，冒著劉、鄧、陶和形形色色保皇派的槍林彈雨，《硬骨頭》終於衝破了層層阻力，又大刀闊斧地砍「殺」出來了！「殺」出來了！

〔註17〕

二是因派性爭鬥停刊再復刊。1967 年「一月風暴」後，造反派內部因爭權奪利發生分裂，從而又分裂成持不同理念的造反派別。一些文革小報被對手用暴力或者非暴力手段造成停刊。這種停刊，後經多方努力，又再度復刊。

如「湖南省紅色造反者聯合籌備委員會」（簡稱「紅聯」）是當時湖南的主要造反組織之一，與之對立的是比之觀點更爲激進的「湘江風雷」和「井

〔註16〕《本報暫停啓事》，《上海紅衛兵》，上海市大專院校紅代會籌委會主辦，1967年 9 月 29 日，第 20 期，第 4 版。
〔註17〕《復刊詞》，《硬骨頭》，成都工人硬骨頭戰鬥團主辦，1967 年 4 月 29 日，復刊號，第 3 版。

岡山紅衛兵」、「青年近衛軍」等組織組成的「長沙市高等院校紅衛兵司令部」
（簡稱「高司」）。它們本同屬一個派別，但兩派之間經常在一些重大問題上
尖銳對立，時有衝突發生。「紅聯」辦有其機關報《追窮寇》，也與奪權後所
謂新生的《湖南日報》一起，成爲造反主流派的重要喉舌。

　　1967 年 4 月 7 日，以「井岡山紅衛兵」、「青年近衛軍」爲首的對立派採
取聯合行動，強行封閉、查封了新出刊的《湖南日報》和《追窮寇》，致使其
停刊。後來「紅聯」幾經努力，《追窮寇》於 4 月 23 日復刊。

　　再如「中國科學院革命造反團紅旗聯絡站」主辦的《紅旗評論》就曾刊
文指出，因「一些人總是抑制不住對《評論》的恐懼心理。他們根本不顧總
理要我們「進一步實行大聯合」的指示，對不同觀點的革命派進行排擠、打
擊，製造分裂；以至對《評論》下了毒手。」以「承印《評論》工廠有印《毛
選》的任務」，「紙張緊張」爲由，拒絕繼續印刷《紅旗評論》，導致《紅旗評
論》停刊近一個月。6 月 15 日，《紅旗評論》恢復繼續出版第九期。編輯部在
《就本報復刊致讀者》中稱，「《評論》終於突破重重障礙又殺出來了！它又
在爲毛主席的革命路線的勝利大喊大叫了！」〔註 18〕

　　終刊：文革小報的終刊指的是某份小報停止出版印刷與發行，最終告別
歷史舞臺。它與小報的休刊、停刊不一樣，休刊、停刊是有可能因某種原因
暫時停止出版發行一段時間後，會繼續恢復出版。當然有些小報的停刊就是
終刊，甚至還有一些小報創刊就是終刊。

　　正因爲文革群眾運動的複雜性，文革小報終刊的原因多種多樣：

　　一是自然而然終刊。前面提到有些文革小報創刊就是終刊，其中有一種
原因創刊後，由於出版經費、人員解散等多種情況，出了第一期後就沒有下
文，從而自動終刊。也有的小報出了幾期後，沒有下文，自動終刊的。這種
情況因爲事發突然，一般沒有在報上刊登公告，通知讀者，告知原因，屬於
自然而然終刊的情況。

　　二是因改刊而終刊。前面提到有些文革小報創刊就是終刊還有另外一種
情況，即小報創刊出了一期後，從第二期起，報名發生更改，原報名的創刊
號即變成了終刊號。如「四川涪陵地區紅衛兵革命聯合會」主辦的《涪陵紅

〔註 18〕《就本報復刊致讀者》，《紅旗評論》，中國科學院革命造反團紅旗聯絡站主
　　　　辦，1967 年 6 月 15 日，第 9 期，第 4 版。

聯會報》，創刊出了一期後，就改名爲《毛主席的紅衛兵》。它在其第二期刊登的一份《啓事》中稱：「據廣大讀者要求，《涪陵紅聯會報》這期起改爲《毛主席的紅衛兵》報，特告之。」〔註19〕前文提到的 1967 年 2 月 28 日，「首都三司中學中等部門頭溝分部」的《首都紅衛兵》從第四期開始改爲《京西風雷》。〔註20〕至此，「首都三司中學中等部門頭溝分部」的《首都紅衛兵》也就終刊了。再如 1967 年 8 月 23 日，《宣武戰報》（新 1 號）上刊登《宣交戰報》編輯部發表《宣交戰報更名啓事》。《啓事》稱，「我宣武區共有十一個系統緊緊地聯合起來了！一致要求我宣交戰報編輯部，擴大爲宣武區造反派的喉舌。經過我內部討論通過，堅決滿足各兄弟革命派的要求。現把我宣交戰報，改名爲宣武戰報，特此發表啓事。」〔註21〕這樣，創辦於 1967 年 3 月 1 日的《宣交戰報》就此終刊。

　　三是因群眾組織解散或任務結束而終刊。因群眾組織被解散而導致群眾組織創辦的小報不得不終止出刊的主要集中出現在以下幾個時期：1967 年上半年是隨著對老紅衛兵的打壓，一大批紅衛兵保守派的報紙終刊；1968 年下半年開始，隨著造反派組織的解散，迎來了一大批造反派報紙終刊；1969 年下半年隨著群眾造反運動的終結，工人造反組織的「工人報」開始迎來了終刊的浪潮。如 1967 年下半年，時勢發展讓「上海市革委會」發出讓「上海市大專院校紅代會籌委會」「停止工作」的指令，機構撤消，其所辦小報《上海紅衛兵》自然無法再辦下去，遂於 9 月 29 日出到第二十期時終刊。

　　再如由「全國紅衛兵樹立毛澤東思想絕對權威，徹底打倒孔家店聯絡委員會」於 1966 年 11 月創辦的《討孔戰報》，出到第二十四期的時候，於 1967 年 8 月 20 日終止出刊。該報在第二十三期刊登《告讀者》的停刊啓事中稱：「本報討孔主要任務基本完成，爲了響應毛主席「復課鬧革命」的偉大號召，經山東省革命委員會研究決定，自 1967 年 8 月底停刊。」〔註22〕

〔註19〕《啓事》，《毛主席的紅衛兵》，四川涪陵地區紅衛兵革命聯合會主辦，1968　　　年 2 月 27 日，第 2 期，第 4 版。

〔註20〕《致讀者》，《京西風雷》，首都大專院校紅衛兵革命造反總司令部中學中專部　　　門頭溝分部主辦，1967 年 2 月 28 日，第 4 期，第 4 版。

〔註21〕《宣交戰報更名啓事》，《宣武戰報》，北京市宣武區無產階級革命派大聯合鬥、　　　批、改聯絡站宣武戰報編輯部主辦，1967 年 8 月 23 日，新 1 號，第 2 版。

〔註22〕《告讀者》，《討孔戰報》，全國紅衛兵樹立毛澤東思想絕對權威，徹底打倒孔　　　家店聯絡委員會，1967 年 8 月 10 日，第 23 期，第 3 版。

4.1.2 專刊、特刊、增刊、合刊、畫刊

專刊、特刊、增刊、號外：文革小報中經常有圍繞某一特定主題內容進行專門出版或者加版的現象，並在報頭位置注明「專刊」、「特刊」、「增刊」和「號外」等字樣。其中，「專刊」一般還特別注明「某某專刊」，如《批陳毅專刊》、《成都問題專刊》、《十月革命五十週年專刊》等。

一般來說，文革小報中的「專刊」、「特刊」、「增刊」和「號外」一般大多不計入正刊的期數內。但也發現除「號外」外，有少部分的「專刊」、「特刊」、「增刊」也計入了正刊的期數，作為正刊連續出版中的一期。如「中國人民大學新人大公社」，「毛澤東思想紅衛兵」於 1967 年 5 月 13 日出版《新人大》的「批鬥彭陸羅楊專刊」，注明是《新人大》「第 19 期」；「北京市教育革命聯絡委員會」於 1967 年 5 月 10 日出版的《教育革命》有關毛主席「五·七指示一週年紀念」的「特刊」，注明了是《教育革命》「第 5 期」；1967 年 7 月 5 日「紅代會科技大學東方紅編輯部通訊組」出版的《東方紅》，既是其整風「增刊」，也是其創刊號「第 1 期」。

文革小報中不論是「專刊」、「特刊」、「增刊」還是「號外」，都有一個共同點，即都是圍繞某一主題而出版。是故把文革小報的「專刊」、「特刊」、「增刊」和「號外」放在一起予以討論。根據它們出版的主題可以分為這幾大類：

一是對所謂的「三反分子」以及所謂的錯誤思想、路線、文件、事件進行批判。如「清華大學井岡山報編輯部」的《井岡山》審問王光美「專刊」（1967.8.10），「首都紅代會北京機械學院東方紅公社」的《東方紅》「徐悲鴻問題專刊」（1967.10.8），「北京師範大學革命委員會」、「紅代會北師大井岡山公社」、「紅代會中央戲劇學院毛澤東思想戰鬥團」的《井岡山·毛澤東思想戰報》「《逼上梁山》問題專刊」（1967.9），「鬥爭薄一波批判余秋里批判谷牧聯絡委員會」的《紅色工交》第十四期「批判《工業七十條》專刊」，「北京市工代會城建工作組」的《北京工人·城建戰報》「徹底批判暢觀樓專刊」（1967.10.13）；「紅代會清華井岡山報編輯部」的《井岡山》出版批鬥王光美「特刊」（1967.4.8），「北京礦業學院東方紅批判劉鄧陶聯絡站宣傳組」的《戰報》出版批判劉少奇的《論共產黨員的修養》「特刊」（1967.4.1）；「北京農業大學革命委員會」、「首都農代會農大東方紅公社」的《新農大》出版批鬥羅瑞卿「增刊」（具體日期不詳）；「清華大學井岡山報編輯部」的《井岡山》出版批鬥王光美、薄一波、王任重的「號外」（1967.12.25）等。

　　二是有關中國傳統、重大節日或者紅衛兵造反組織成立的慶祝以及毛主席重要講話與指示的週年紀念。如「北京礦業學院東方紅」、「中國人民大學三紅」的《人大三紅・東方紅》「五一專刊」（1967.5.1），「北京礦業學院東方紅公社政治部宣傳部」出版的《東方紅》「紅代會專刊」（1967.3.3），「紅代會北京師範大學井岡山公社《井岡山》編輯部」、「首都電影界革命派聯合委員會《電影戰報》編輯部」出版的《井岡山・電影戰報》「紀念《延安文藝座談會上的談話》發表二十五週年專刊」（1967.5.30），「北京石油學院《大慶公社》編輯部」出版的《大慶公社》第十九期「五・七專刊」（1967.5.7）；「首都紅代會新人大公社」主辦的《新人大》爲了慶祝「新人大公社」加入「首都紅代會」的「特刊」（1967.6.4），「首都大專院校紅衛兵代表大會教學批改小組」編的《教學批判》紀念抗大誕生三十一週年「特刊」（1967.3.1），北師大、北工院、北農院、中央民族學院的《東方紅》紀念毛澤東「七三」批示兩週年「特刊」（1967.7.3），「中學生紅代會清華附中井岡山兵團」的《井岡山》紀念《井岡山》紅衛兵成立半週年「特刊」（1967.4.11）；「北京輕工業學院七二九兵團」的《七・二九戰報》紀念《延安文藝座談會上的講話》二十五週年「增刊」（1967.5.21）等。

　　三是對重大方向、重要事件的紀念或者報導。如「首都紅代會北京礦業學院東方紅」的《東方紅》」、「《全國通訊》編輯部」的《東方紅》出版的「武漢專刊」（1967.7.8）、「清華大學井岡山報編輯部」的《井岡山》爲紀念 1966 年新疆「一二・九事件」而出版的「專刊」（1967.1.19）；「中央文革成員會見清華大學革命師生」、「清華大學井岡山報編輯部」的《井岡山》出版的關於阿爾巴尼亞訪中國的「增刊」（1967.1.26）、「紅代會科技大學東方紅編輯部」的《東方紅》關於「革命三結合」「增刊」（1967.3.9）；「紅代會科技大學東方紅編輯部」的《東方紅》關於「東方紅公社」奪權的「號外」（1967.1.23）等。

　　四是典型人物塑造與報導專刊。如「首都批判資產階級反動學術『權威』聯絡委員會」、「新華社革命聯合委員會新聞戰線紅衛兵」出的《紅色批判者・新聞戰線》「雷鋒專號」（1967.8.4），「北京電影學院井岡山公社」的《電影紅兵》出版的「呂祥璧烈士專刊」（1967.6）；「廣州紅司華南師範學院紅旗革命造反總部」、「廣州市機關紅司二輕局紅旗總部」、「毛澤東思想八一戰鬥兵團廣州總部」、「北京地質學院東方紅」聯合主編的《華師紅旗・二輕工聯・鋼八一・地質東方紅》爲悼念廣州華南師範學院的造反紅衛兵莊禮靜出版的「特

刊」（1967.9.10）等。

合刊：合刊指某份報紙連續幾期合併在一起出版，也可指幾份報紙合併出版發行。這兩種形式的合刊在文革小報中都大量存在。

文革小報某份報紙連續幾期合併在一起出版，一般是因為印刷資金或印刷設備原因，導致有些期數沒有及時出版，然後幾期安排在一起，一般是兩期一起出版發行。如「中央民族歌舞團八‧八革命造反者毛澤東思想紅衛兵」主辦的《八‧八戰報》在 1967 年 3 月 29 日刊登一份《致讀者》。《致讀者》稱「本刊第十五、六期因印刷事故拖期，現仍按原期數重新組稿出版，故日期列於十七期之後，特此說明，並請讀者見諒。」〔註23〕

文革小報中幾份報紙合併在一起出版發行，一般是因為文革運動的需要，如「節約鬧革命」以及「革命大聯合」等原因。1967 年 1 月 16 日，《紅旗》雜誌和《人民日報》先後刊載了同一篇評論員文章，傳達了毛主席的最新指示：「無產階級革命派聯合起來，向黨內一小撮走資本主義道路的當權派奪權。」〔註24〕26 日，《人民日報》響應毛主席的指示，發表社論文章，號召全國人民要「節約鬧革命。」〔註25〕

於是在「節約鬧革命」和「革命大聯合」的背景下，幾份報紙合併在一起的合刊現象在小報中一下子流行起來。「首都中等學校紅衛兵革命造反總勤務部宣傳部」主辦的《大喊大叫》在其第二期上刊登《我們的倡議》。《倡議》稱，「毛主席歷來號召我們，要節約鬧革命！就當前中學革命造反派組織來看，不少單位都有自己的報紙（據統計不下五種）。我們認為這種現象，無論是本著節約鬧革命的精神，還是對於中學革命造反派的大聯合都是不利的。」並呼籲大家，「堅決響應偉大領袖毛主席的號召，節約鬧革命！中學革命派聯合起來，共同辦好一份真正能夠指導中學運動的報紙。」〔註26〕

如《紅醫戰報》和《衛生戰報》是「北京醫藥衛生界大聯合革命委員會」及其所屬成員「衛生部井岡山聯合戰鬥兵團」、「健康報紅色造反聯隊」分別

〔註23〕《致讀者》，《八‧八戰報》，中央民資歌舞團八‧八革命造反者毛澤東思想紅衛兵，1967 年 3 月 29 日，第 15、16 期合刊，第 4 版。
〔註24〕《無產階級革命派聯合起來》，《人民日報》，1967 年 1 月 16 日，第 1 版；《紅旗》，1967 年，第 2 期，第 22～25 頁。
〔註25〕《節約鬧革命 保護國家財產》，《人民日報》，1967 年 1 月 26 日，第 1 版。
〔註26〕《我們的倡議》，《大喊大叫》，首都中等學校紅衛兵革命造反總勤務部宣傳部主辦，1967 年 2 月 22 日，第 2 期，第 3 版。

主辦的革命造反小報。「衛生部井岡山聯合戰鬥兵團」、「健康報社紅色造反聯隊」主辦的《衛生戰報》在其第十三、十四期合刊上刊登《合刊啓事》稱，「在革命的大批判中實現革命的大聯合，把矛頭集中指向黨內一小撮走資本主義道路的當權派，把他們批深、批透、批倒、批臭，這是當前革命鬥爭的大方向。爲了適應革命形勢發展的需要，更好地促進衛生系統革命組織的大聯合，集中火力向衛生部黨內一小撮走資本主義道路的當權派猛烈開火，徹底砸爛城市老爺衛生部及其衛生部門貫徹執行的反革命修正主義路線，徹底摧毀城市老爺衛生部在北京市的黑據點——舊北京市衛生局，《紅醫戰報》和《衛生戰報》決定合刊。」「紅醫戰報」自一九六七年三月十八日創刊以來，已出了十六期；《衛生戰報》自一九六七年六月六日創刊以來，已出了十三期，迄今爲止，兩家報紙共出了二十九期，故合刊後的期數自三十期算起。」〔註27〕

畫刊：文革小報中的畫刊始於文革小報中的宣傳畫。目前最早見於文革小報上的宣傳畫是《新北大》第四期上的由「新北大美術宣傳隊」創作的宣傳畫《我們是革命造反隊》。〔註28〕隨後，宣傳畫在文革小報中開始遍地開花。其中最爲有名的是那幅當時全國家喻戶曉的《毛主席去安源》，許多小報在頭版以整版或大半版篇幅紛紛刊登。〔註29〕

隨後在文革小報中出現了以專門開闢刊登宣傳畫爲主的是專版，並以「畫刊」對整個版面進行命名。目前可見最早的在文革小報中以「畫刊」命名的專版是 1967 年 1 月 11 日「清華大學井岡山兵團」主辦的《井岡山》第九、十期合刊上的第四版。該版以「詩配畫」的形式，刊載了「清華井岡山

〔註27〕　《〈紅醫戰報〉〈衛生戰報〉合刊啓事》，《衛生戰報》，衛生部井岡山聯合戰鬥兵團、健康報社紅色造反聯隊，1967 年 7 月 17 日，第 13、14 期合刊，第 6版。

〔註28〕　《我們是革命造反隊》，《新北大》，北京大學文化大革命委員會籌委會主辦，1966 年 9 月 2 日，第 4 期，第 4 版。

〔註29〕　《毛主席去安源》，是以毛澤東到安源組織工人運動並舉行安源路礦工人大罷工爲表現題材的油畫。該畫由劉春華執筆，以中央美術學院集體名義創作。1967 年 10 月 1 日該畫在中國革命博物館首度展出。1968 年 5 月《人民畫報》以「毛主席去安源」爲名、用彩色夾頁首次發表了該畫。1968 年 7 月 1 日經當時江青批准，《人民日報》、《解放軍報》、《紅旗》雜誌「兩報一刊」再次以彩色單頁形式隆重、熱烈、公開發表。據統計，該畫的單張彩色印刷數量累計達 9 億多張（不含轉載），被認爲是「世界上印數最多的一張油畫」、「開創了無產階級美術創作的新紀元」。

兵團『老實話』戰鬥組」創作的標題為《看，劉少奇的黑心！》的十一幅配詩漫畫。〔註30〕

隨後，其他小報也不甘落後，紛紛開闢「畫刊」專版，大力刊登專門批判被打倒對象的漫畫。漫畫中的人物形象被塑造成醜陋兇惡，動作誇張，充滿惡意諷刺而帶有侮辱和人身攻擊的意味。如「電影革命造反串連會」在其《電影造反報》創刊號中開闢了「鬼魂醜行圖」「畫刊」專版，對電影《劉少奇訪問印度尼西亞》進行醜化。〔註31〕同樣，「紅代會中央工藝美術學院東方紅公社」創辦的《滿江紅》創刊號中就專門開闢一個版面刊登醜化劉少奇的漫畫系列。〔註32〕「北京市革命職工代表大會議常設委員會」主辦的《北京工人》在其第二十一期第四版專門以漫畫形式批判彭真。〔註33〕

在這些小報「畫刊」中刊登以批判與醜化被打倒對象的漫畫，其中尤以「首都大專院校紅衛兵革命造反聯絡站」主辦的《東方紅》第二十一號刊登的政治漫畫《群醜圖》最為著名。這幅畫是由當時中央美術學院的紅衛兵學生翁如蘭所作。但該漫畫在發表時卻以翁如蘭所參加的造反派組織「鬥爭彭、陸、羅、楊反革命修正主義集團籌備處」署名。這種署名方法是文革運動期間文革小報中文章以及其他文藝作品在發表時慣常做法：個體身份的淹沒、集體政治身份的彰顯。在這幅漫畫中，上至國家主席，黨的總書記，軍隊元帥、將軍，下至部長、副部長級領導以及社會知名人士數十人被打倒。畫中，「走資派」人物以「S」形排列站成一隊，正緩步向一個標有「資本主義」路標的黑暗深淵走去。〔註34〕。

正因小報上的「畫刊」所具有的強大宣傳效果，引起小報的主辦者們極大興趣。後來一些有條件的小報主辦者們，嘗試創辦專門刊登繪畫與圖片為主，文字說明為輔的「畫刊」小報。這種畫刊小報有的報名直接以「畫刊」

〔註30〕《看，劉少奇的黑心！》，《井岡山》，清華大學井岡山報編輯部，1967 年 1 月 11 日，第 9、10 期合刊，第 4 版。

〔註31〕《鬼魂醜行圖》，《電影造反報》，電影革命造反串連會主辦，1967 年 1 月 30 日，創刊號，第 3 版。

〔註32〕《斬斷劉少奇伸向文藝界的黑手》，《滿江紅》，紅代會中央工藝美術學院東方紅公社主辦，1967 年 5 月 17 日，創刊號，第 4 版。

〔註33〕《彭真十五大罪狀》，《北京工人》，北京市革命職工代表大會議常設委員會，1967 年 9 月 6 日，第 21 期，第 4 版。

〔註34〕《群醜圖》，《東方紅》，首都大專院校紅衛兵革命造反聯絡站，1967 年 2 月 22 日，第 21 號，第 3 版。這期報紙因刊登政治漫畫《群醜圖》而遭到毛澤東的批判，所以《東方紅》出到第 21 期便停刊。

命名，有的報紙名稱上雖沒有「畫刊」二字，但在報頭位置注明了「畫刊」字樣。如「教育部革命造反派鬥批改聯絡站」於 1967 年 7 月 11 日創辦了《教育批判畫刊》，「魯迅美術學院總部」於 1967 年 9 月 16 日創辦了《紅魯藝》畫刊，「遼革站瀋陽市膠印廠造反軍」於 1967 年 10 月創辦了《大批判畫刊》，「橋口文化館」、「紅工造司宣傳部」、「鋼工總新武印兵團」聯合創辦了《七億批判家》畫刊（沒標注具體創辦時間）等。

「當革命時，版畫運用最廣。」〔註 35〕魯迅的話在文革運動，尤其是文革群眾運動中再次得到應驗。畫刊小報基本以木刻繪畫和連環漫畫為主，其主要內容大多以歌頌毛主席、江青和林彪，批判所謂的「牛鬼蛇神」為主。如由「美術戰報編輯部」主辦的《美術戰報》自 1967 年 9 月創刊以來，每期均刊有連環畫刊出。該報從第六期開始，以《「老三篇」萬歲！》為總標題，相繼刊登以毛澤東著作《為人民服務》、《紀念白求恩》、《愚公移山》為題材的系列連環畫，每期一組。〔註 36〕再如「教育部革命造反派鬥批改聯絡站」主辦的《教育批判畫刊》第二期以批鬥「推行修正主義教育的總後臺」劉少奇作為專題。該期共有四個版面，第一版刊登了一幅紅衛兵高舉《毛澤東選集》和印有毛主席頭像的紅旗，用鋼筆作為長矛打倒劉少奇的大型宣傳畫外，其餘三個版面就是一組以《劉少奇是教育戰線上復辟資本主義的總後臺》為題的連環漫畫，三個版共刊有三十二幅漫畫。〔註 37〕

4.1.3 本地版、異地版、航空版、聯合版

本地版：文革小報的本地版是指紅衛兵、造反派組織在其組織所在城市和地區創辦的報紙。一般來說，絕大部分紅衛兵、造反派組織都是在自己所在地創辦小報。文革小報的本地版是與其在外地的異地版相對而言的稱呼。

〔註 35〕 魯迅：《〈新俄畫選〉小引》，《魯迅全集》（第 3 卷），魯迅全集編輯委員會編，北京：人民文學出版社，1987 年，第 121 頁。

〔註 36〕 《為人民服務》、《紀念白求恩》、《愚公移山》，這三篇毛主席著作在文革時期通稱為「老三篇」。毛澤東在這三篇文章中，提倡了三種精神。其中《為人民服務》提倡以八路軍戰士張思德為代表的「為人民服務」的無私奉獻精神；《紀念白求恩》提倡了以抗戰期間加拿大援華大夫白求恩為代表的「毫不利己，專門利人」的國際主義精神；《愚公移山》則提倡了以古代寓言「愚公移山」的故事為象徵的一往無前的奮鬥精神。

〔註 37〕 《劉少奇是教育戰線上復辟資本主義的總後臺》，《教育批判畫刊》，教育部革命造反派鬥批改聯絡站主辦，1967 年 8 月，第 2 期，第 2、3、4 版。

　　異地版：對於一些勢力不是很強大的紅衛兵、造反派組織來說，他們創辦的報紙影響範圍不是很大，其印刷和發行都局限在自己活動的單位和地區。但也有一些在文革運動中發展比較強大、影響範圍比較廣的紅衛兵、造反組織隨著其在全國影響力的擴大，其活動範圍不僅僅局限於組織誕生的所在地，而且延伸到全國各地。所以其創辦的文革小報也不只局限於出本地版，還出版異地版。

　　所謂文革小報的異地版，是指文革小報離開創辦的城市到外地去編印的版本。在中國新聞史上，報刊的異地版並不是文革時期群眾報刊的一種首創。早在抗日戰爭時期，中國就曾出現過多種報刊在外地創辦異地版的現象，如創辦於重慶的《新華日報》曾在太行山出版過「華北版」，創辦於天津的《大公報》先後出版過「上海版」、「漢口版」、「重慶版」「桂林版」以及「香港版」。只不過，文革群眾運動期間，各群眾組織的文革小報在異地創辦異地版比較常見和普遍。它是當時紅衛兵、造反派組織出於自身群眾運動鬥爭的需要，對外勢力擴張的一種表現。

　　文革小報異地版的出版，有兩種形式：一是單獨在外地出版異地版。如「紅代會科技大學東方紅編輯部」的《東方紅》於 1967 年 9 月 5 日在江蘇鎮江出版「鎮江版」。另外一種是聯合外地小報在外地出版的異地版。如《武漢貧下中農戰報》就曾聯合北京當地幾家小報出版異地版。《武漢貧下中農報》編輯部曾在 1967 年 8 月 18 日在與北京的《新農大》報聯合出版的報紙上刊登《感謝》文章。文章稱，「本報在首都紅代會北農大東方紅公社、農業科學院紅旗總部、農業部紅旗總部等等革命造反派的大力支持下出版了。對於武漢地區農民運動的發展，起了重大的促進作用，為此，致以無產階級文化大革命的戰鬥敬禮！」〔註38〕

　　在文革小報的異地版中，一方面既有北京地區在全國具有較大影響的紅衛兵、造反組織在其他地方出版的異地版，如最初由「首都大專院校紅衛兵革命造反總司令部」創辦的《首都紅衛兵》，因緊跟「中央文革的戰略部署」，不時發表對文革群眾運動具有指導意義的文章，並且多篇文章被中央「兩報一刊」全文轉載，因而在全國造反群眾報刊中名聲大振，儼然成為中央文革代言人。它於是在全國多個城市設立聯絡站，辦地方版分刊。如 1967 年 1 月

〔註38〕　《感謝》，《武漢貧下中農戰報　新農大》，毛澤東思想武漢地區農民總部、首都紅代會北農大東方紅公社，1967 年 8 月 1 日，北京版，第 4 版。

1 日在上海出版「上海版」《首都紅衛兵》，對開四版，比八開四版的北京本地版的《首都紅衛兵》還大，版面編排也更爲大氣和精緻。另外還在上海、湖南長沙和株洲、江蘇常州、四川重慶、青海西寧等城市創辦了《首都紅衛兵》的「上海版」、「長沙版」、「株洲版」、「常州版」、「重慶版」、「西寧版」等。另「首都大專院校紅代會北京鋼院《延安公社》」、「新北大《井岡山兵團》」、「北京工大《東方紅》」赴鞍聯合編輯部曾於 1967 年 9 月 10 日創辦《東方紅》「鞍山版」。

　　另一方面也有地方造反群眾組織報刊到北京創辦異地版分刊，如「武漢地區新聞界革命造反派」的《武漢烈火》曾單獨在北京市創辦《武漢烈火》「北京版」。1967 年 9 月 3 日「安徽省淮南炮轟派《革命到底》報編輯部」在「北京工業大學革命委員會」，「首都紅代會北工大東方紅公社」的幫助下在北京出版了一期《革命到底》「北京版」。再有「新疆紅衛兵革命造反司令部」（簡稱新疆紅二司）主辦的《新疆紅衛兵》，在北京有《新疆紅衛兵》「北京版」。

　　1967 年 9 月 8 日，「北京市革委會」和「北京衛戍區」曾聯合下發《布告》（京革發（67）044 號），嚴禁「所有外地來京人員不許在北京各學校、各機關、各單位設立聯絡站，不許在北京出版報紙。違者，要由革命委員會取締。」〔註 39〕從這條規定，可以看出當時外地有很多地方紅衛兵、造反群眾報刊在北京創辦了分刊或者與當地造反組織群眾報刊出版了聯合版。

　　航空版：文革小報的航空版是異地版的一種特殊形式。報紙發行航空版需要民航公司的支持，當時哪怕是官方報紙，也只有極少數的中央大報，諸如《人民日報》、《解放軍報》和《光明日報》等官方報紙可以擁有發行航空版的特權。在文革期間，民航實行全面軍管，一般紅衛兵、造反派的小報想搞航空版，幾乎是不可能的事情。但當時確實有一些後臺極硬、得到中央文革高層鼎力支持的、具有全國性影響的個別文革小報擁有發行航空版的特權。它們一方面出於參與地方各地文革鬥爭的需要，另一方面是出於在外地發行量較大，爲了節約發行成本、實現全國各地報紙在同一時間與讀者見面的考量。

　　發行航空版的文革小報往往是先在小報創辦的本地做好樣本，然後用飛

〔註 39〕《北京市革命委員會　北京衛戍區司令部布告》（京革發（67）044 號），《飛鳴鏑》，七機部新九一五飛鳴鏑編輯部主辦，1967 年 9 月 14 日，第 38 期，第 2版。

機把樣本投寄到外地，交給小報在全國各地的分站或者直接委託當地印刷機構出版或者代印予以發行。如「清華大學井岡山報編輯部」曾於 1967 年 1 月 9 日在其《井岡山》報刊登《本報啓事》稱，「本報自六七年二月份起由郵局負責發行。凡北京市讀者皆可到本市各郵局辦理訂閱手續。每月出版六期，訂價一角二分。郵局現已辦理，歡迎廣大革命群眾訂閱。」「另外，上海、廣州、杭州、西安等地還將設立航空版代印點。外地革命群眾可徑向當地清華大學聯絡站聯繫訂閱。」〔註40〕清華大學《井岡山》報從「郵局負責發行」，到在全國各大城市設立「航空代印點」，既說明該報當時在全國的巨大影響，也暴露出該報在全國擴張版圖的野心。

聯合版：文革小報中還出現了兩份或者兩份以上的報紙聯合出版的奇特景象。文革小報的聯合版一般來說以兩種形式出現：一是少數文革小報的聯合版在報頭特別注明有「聯合版」的字樣。如 1967 年 7 月 15 日，北航《紅旗》、《電影批判》、「北京電影學院井岡山文藝兵團」和清華大學《井岡山》合出了一期「聯合版」。該聯合版報紙就在並列的《紅旗》、《電影批判》及《井岡山》報頭的右下方，特地標明「聯合版」字樣。二是大多數文革小報的「聯合版」，並不特別注明「聯合版」字樣，而只是將參與這期「聯合版」的小報的報頭，一一併列出來，表明該份報紙是這些小報的「聯合版」。如 1967 年 7 月 12 日，「首都電影界革命派聯合委員會」主辦的《電影戰報》與「紅代會北京電影學院東方紅」、「毛澤東共產主義公社聯合委員會」主辦的《紅燈報》聯合出了一期聯合版，在報頭位置就沒有特別注明「聯合版」字樣，僅在報頭把兩家報名並排排列出來，表明這是這兩家報紙的聯合版。

幾家報紙的聯合版的出現並不是文革群眾運動期間紅衛兵、造反派的獨創。在中國近現代新聞史上也曾出現過，比如在抗日戰爭時期的 1939 年，重慶就曾出現過《中央日報》、《新華日報》、《大公報》、《時事新報》等十家報紙聯合出版「聯合版」的現象。

文革小報聯合版的出現，是與文革動向的轉變緊密相關的。1967 年 1 月文革進入全面奪權階段，社會形勢出現了新的變化。奪權的進行，導致權力再分配，引發各群眾組織之間的利益之爭，從而導致文革運動走向混亂。這種失序的狀態讓中央高層乃至毛澤東本人深感擔憂，爲了控制各派之間混亂

〔註40〕《本報啓事》，《井岡山》，清華大學井岡山報編輯部，1967 年 2 月 3 日，第 9、10、11 期摘要刊，第 3 版。

的局面，毛澤東號召「全國無產階級革命派聯合起來」。在 1 月到 2 月這一期間，《紅旗》雜誌和《人民日報》發表了一系列文章，傳達了毛澤東的這一最新指示，號召各派聯合起來，共同行動。〔註41〕

在此之前，各紅衛兵、造反派主辦的群眾報刊，基本處於各自為政的「作坊式生產」。自從中央發出各派聯合起來鬧革命的號召之後，這種局面開始發生變化。為了因應「大聯合」的號召，各小報開始由單兵作戰逐漸走向聯手共同作戰。

文革小報的聯合版的聯合形式一般來說有以下兩個方面的特徵：

一是文革小報的聯合出版既有同一地區群眾報紙的聯合，也有跨地區群眾報刊的聯合。如「七機部新九一五革命造反總部」、「紅代會北京工業學院紅旗公社」聯合出版的《飛鳴鏑・北工紅旗》（1967.8.25），屬同一地區小報的聯合；而「四川省重慶市無產階級反到底革命派」、「江蘇省無錫市長征大學六・二六兵團」、吉林省長春市《長春公社》報、中國科技大學《東方紅》報聯合出版的《山城烈火・長征報・長春公社・東方紅》（1967.9.2），則屬跨地區聯合。

二是文革小報的聯合出版既有同一系統內部群眾報紙的聯合，也有跨系統的群眾報刊的聯合。如北京地質學院《東方紅報》編輯部、北京鋼鐵學院延安公社《東方紅》編輯部共同編輯出版的《東方紅報・東方紅》（1967.9.12），屬教育系統內部的聯合；而「廣西『4.22』革命行動指揮部」、「首都紅代會中國科技大學東方紅」聯合出版的《4.22 戰報・東方紅》（1967.8.26），則屬跨系統的聯合。

文革小報的聯合版，一般由兩種或兩種以上的報刊聯合出版，但有時竟有七、八種以上的報紙進行聯合，如「毛澤東主義旅大市工農兵業餘作者革命造反總部」的《紅鐵筆》、「海字二○八部隊紅色造反團」的《紅色造反報》、

〔註41〕《無產階級革命派聯合起來》，《人民日報》，1967 年 1 月 16 日，第 1 版。《紅旗》，1967 年，第 2 期，第 22～25 頁。《無產階級革命派大聯合，奪走資本主義道路當權派的權！》，《人民日報》，1967 年 1 月 22 日，第 1 版。《關鍵在於大聯合》，《人民日報》，1967 年 1 月 30 日，第 1 版。《紅旗》，1967 年第 3 期，第 30～31 頁。《論無產階級革命派的奪權鬥爭》，《紅旗》，1967 年第 3 期，第 13～18 頁。《人民日報》，1967 年 1 月 31 日，第 1 版。《打倒「私字」，實現無產階級革命派大聯合》，原為《首都紅衛兵》社論文章，《人民日報》，1967 年 1 月 31 日，第 3 版全文轉載。《紅旗》，1967 年第 3 期，第 41～45 頁全文轉載，並配編者按。

「海字二〇八部隊紅色造反司令部」的《紅司戰報》、「首都紅代會清華大學井岡山兵團」的《井岡山》、「首都紅代會北京航空學院紅旗戰鬥隊」的《紅旗》等小報編輯部就曾聯合出版了一期《井岡山・東方紅報・北京公社・北林東方紅・七・二九紅衛兵・水電紅衛兵・挺進報》（1967.11.2）聯合版。可見在當時的「革命大聯合」背景下，各紅衛兵、造反派群眾組織聯合鬧革命的風潮之盛。

4.1.4 紅字號、新字號、軍字號、工字號

1967 年到 1968 年這兩年，是文化大革命群眾運動歷經輝煌與衰落、「大亂」與「大治」的兩年。在這兩年中，紅衛兵、造反派群眾組織走完了從「大奪權」、「大聯合」到「大分裂」、「大武鬥」，最終迫使中央進行「大整頓」走向大衰落的生命歷程。在這一曲折駁雜的過程中，作為紅衛兵、造反派群眾組織進行輿論鬥爭工具的小報也經歷了錯綜複雜的命運，幾易其手，從而產生了「紅字號」、「新字號」、「軍字號」與「工字號」的文革小報。

紅字號：1967 年全國掀起「向黨內一小撮走資本主義道路的當權派奪權」的高潮。毛澤東要求無產階級革命派聯合起來進行自下而上的奪權，隨後中央「兩報一刊」向全國紅衛兵、造反派群眾發出號召，進行「大聯合、大團結、大會師」。在這一背景下，首先在文化大革命的發源地北京「首都大專院校紅衛兵大表大會」（簡稱「紅代會」）在 1967 年 2 月 22 日宣告成立。緊接著，「首都中等學校紅衛兵代表大會」（簡稱「中學紅代會」）也於 3 月 25 日宣告成立。隨後全國各地紅衛兵組織紛紛聯合起來，成立「紅代會」。這些新成立的紅代會機構為了領導造反運動，紛紛打造自己的輿論工具，創辦自己的機關報。有的紅代會機關報是通過改造以前紅衛兵造反組織的原有報刊作為自己的機關報。於是就出現了為了與以前原有報刊相區別的「紅字號」小報。如「首都紅代會」的機關報《首都紅衛兵》就是其中「紅字號」小報的典型。

「首都紅代會」的機關報《首都紅衛兵》於 1967 年 3 月 3 日創刊。其前身是原「首都大專院校紅衛兵革命造反司令部」（紅三司）的機關報《首都紅衛兵》。「首都紅代會」成立後，因「三司」作為「首都紅代會」的主要成員，於是「紅三司」的《首都紅衛兵》改為「紅代會」的機關報。為區別於原來「紅三司」的《首都紅衛兵》，每期都注明「紅×號」。其中，「紅 1 號」——「紅 10 號」，刊頭「首都紅衛兵」是仿毛體。從「紅 11 號」開始，改換了報

頭，由仿毛體改成等線印刷體。從「紅 60—61 號」合刊開始，等線印刷體刊頭又改回仿毛體。《首都紅衛兵》「紅字號」一共出版了六十二期，至 1967 年 10 月 1 日《首都紅衛兵》「紅 62 號」停刊。

　　新字號：「大奪權」後，造反派組織為了響應中央號召進行「大聯合」，然而在奪權過程中由於爭權奪利，「大聯合」之下的「大團結」走向了「大分裂」。隨著造反組織內部的分裂，從而導致了分裂出去的組織試圖成立新的代表聯合的機構，創辦新的機關報。如前面提到了「首都紅代會」後來分裂為「天派」與「地派」。當時的紅代會機關報《首都紅衛兵》為以「北京航空學院紅旗戰鬥組」為首的「天派」紅衛兵組織所把持，於是以北京地質學院的「東方紅」造反組織為代表的「地派」紅衛兵砸了紅代會機關報《首都紅衛兵》編輯部。為了向「天派」紅衛兵組織挑戰，「地派」紅衛兵組織於 1967 年 6 月 6 日以「首都大專院校紅衛兵代表大會」的名義出版同名小報《首都紅衛兵》「新 1 號」，以表示與「天派」《首都紅衛兵》的「紅字號」相區別。

　　另有「首都中等學校紅衛兵代表大會」主辦機關報《兵團戰報》也面臨同樣的情況。「首都中學紅代會」的機關報《兵團戰報》其前身最初由「毛澤東思想紅衛兵首都兵團政治部宣傳部」創辦，一共出到第十四期。「首都中等學校紅衛兵代表大會」成立後，它由「首都兵團」的機關報改為「中學紅代會」的機關報。後因「首都中學紅代會」分裂為「四三派」與「四四派」，分裂出去的「四三派」打砸了「四四派」把持的《兵團戰報》編輯部，並另外拉出一支編輯隊伍，於 1967 年 8 月 18 日創辦了一張刊頭與《兵團戰報》一模一樣的報紙，在報頭標明「新 1 號」，以與老的《兵團戰報》相區別。「新 1 號」的《兵團戰報》刊登《致讀者》宣稱，「《兵團戰報》新生，宣判了舊《兵團戰報》的死刑！」〔註 42〕

　　軍字號：自 1967 年 1 月文化大革命開始進入「全面奪權」後，全國開始處於「打倒一切」，「全面內戰」的混亂局面。地方黨政機關處於癱瘓狀態，公、檢、法機關受到衝擊，停止運作，絕大部分工礦企業停產，交通運輸堵塞嚴重。鑒於此，毛澤東在 1 月 20 日給林彪的批示中下達最新指示，要求軍隊一改以前不介入地方文化大革命運動的規定，開始執行「三支兩軍」任務。23 日，中央四大部門聯名下發了一個解放軍「支左」的《命令》，軍隊由此正

〔註 42〕《致讀者》，《兵團戰報》，無產階級革命派主辦，1967 年 8 月 18，新 1 號，第 1 版。

式開始「支左」，介入地方文革運動。在這一背景下，軍隊開始對造反派組織奪權的黨政機關單位進行接管。對於造反派在爭奪黨報黨刊的領導權過程中，不同派系之間相互爭鬥，當時許多報紙被封閉或者停刊，軍隊也紛紛介入，開始接管，繼續出版，並標注「軍字號」，以示與被造反派奪權把持淪爲造反派輿論工具的報紙相區別。

如 1966 年 12 月 17 日，《四川日報》被報社的造反派和大學紅衛兵強行封閉。12 月 31 日，《四川日報》復刊改出《紅色電訊》，規定全部刊登《紅旗》雜誌、《人民日報》、《解放軍報》的社論及新華社電訊稿。1967 年 1 月 13 日成都地區 35 個群眾組織宣佈即日接管《四川日報》社，《紅色電訊》停刊。四川日報社群眾組織主辦的《四川日報》21 日出版「新一號」。彼時出現兩張《四川日報》。2 月 25 日開始，《四川日報》社實行軍管，出版《四川日報》「軍字號」。4 月 18 日「四川日報革命職工」主辦的《紅色電訊》出版「第一號」。「軍字號」的《四川日報》停刊。

1967 年 1 月 5 日，天津和保定的紅衛兵造反派封閉了《河北日報》。12 日，造反派組織主辦的《河北日報》出版。3 月 10 日，《河北日報》實行軍管，出版軍字號的《河北日報》「軍 1 號」。

工字號：1967 年下半年，「全年大奪權」演變成「全國打內戰」。爲控制日益混亂的武鬥局面。毛澤東指示開始派駐「工宣組」接管派性鬥爭嚴重的單位。7 月 27 日，「工宣隊」開始進駐清華大學。8 月 25 日，中央四大部門聯合發出向學校派駐「工宣隊」的《通知》。《通知》稱，「在革命委員會領導下，以優秀的產業工人爲主體，配合人民解放軍戰士，組成毛澤東思想宣傳隊，分期分批進入各學校」。〔註43〕從此，工人階級代替紅衛兵組織，全面登上文革群眾運動的舞臺。

隨著「工宣隊」的進入，「工宣隊」也開始接管紅衛兵、造反派組織的輿論宣傳工具群眾性報刊。爲了以示與以前的群眾報紙相區別，重新改刊期，刊號，出版「工字號」報紙，每期都在報頭注明「工×號」。

另外在文革小報中還出現了「聯字號」的小報。如 1967 年 1 月 9 日，江蘇省委機關報《新華日報》被報社內部造反派聯合南京地區的造反組織奪了

〔註43〕《中共中央、國務院、中央軍委和中央文革關於派工人宣傳隊進學校的通知》，中國人民解放軍國防大學黨史黨建政工研究室：《文化大革命研究資料》（中），內部資料，1988 年，第 161 頁。

權。3 月 5 日，《新華日報》實施軍管。隨後報社內部也分成兩派，軍管組實施領導，11 月 12 日《新華日報》停刊。18 日，《新華日報》在鎮江繼續出版，與此同時，另一派群眾組織在無錫出版《新華日報》電訊版。1968 年 1 月，報社第二次實施軍管，新派了軍管組。2 月 11 日，在南京重新出版「聯字號」的《新華日報》「聯 1 號」，一直到 3 月 23 日江蘇省革命委員會成立，《新華日報》成爲省革命委員會的機關報，重新編刊期。

　　文革小報的刊版形式除有上述特徵外，還有一個極爲特殊的現象，那就是文革小報的「再版」與「翻版」。

　　「再版」報：「再版」報是指紅衛兵、造反派組織將自己組織出版的小報進行再次出版，放到其他地方發行。如「重慶大學八・一五戰鬥團」主辦的《8・15 戰報》於 1966 年 12 月 9 日創刊。1966 年 12 月 22 日，「重慶大學「八・一五」戰鬥團赴瀘造反隊」、「外地赴瀘革命造反派戰鬥團聯絡站」在瀘州將這份《8・15 戰報》創刊號進行了再版並在瀘州地區發行。

　　《8・15 戰報》再版的創刊號與原版創刊號的區別在於：一是再版的「瀘州版」創刊號，報頭位置主辦單位改爲：「重大紅衛兵團『八・一五』戰鬥團赴瀘州造反隊、外地赴瀘革命造反戰鬥團聯絡站再版於瀘州」。另一個變化是，再版的「創刊號」，報頭之下用毛澤東的手寫體詩詞《爲李進同志題所攝廬山仙洞照》替換了原版創刊號毛澤東和林彪同在天安門城樓閱兵的照片，然後把「偉大的導師、偉大的領袖、偉大的統帥、偉大的舵手毛主席萬歲」字體放大，並加花邊方框並列於毛澤東詩詞右側。三是再版創刊號報頭之下的出版日期仍按照原版創刊號的時間爲 12 月 9 日，但二、三、四版的報眉上的出刊日期卻改爲 12 月 22 日。

　　「翻版」報：「翻版」報是指某一紅衛兵、造反派組織將其他群眾組織出版的小報進行翻印出版。翻版報與原報的版式和內容一模一樣，唯一區別在於在報頭位置注明了翻印者並標有「翻印報」字樣。

　　一般值得其他群眾組織翻印的小報，是因爲該報本身在社會上的影響較大，而且該期報紙的文章內容較有影響。如清華大學《井岡山》報於 1966 年 12 月 31 日出刊了一期專刊。該期報紙因在頭版整版刊載劉少奇女兒劉濤的「初步檢查」《造劉少奇的反，跟著毛主席幹一輩子革命》的文章而一時名聲大震。同日，天津一個署名爲「津勞二牛毛澤東主義紅衛兵」的組織翻印了這份小報。翻印的小報無論是從報頭、版式、編輯出版單位、出版日期以及內容等，

都與原報一模一樣，唯一的區別在於該翻印報在報頭右側的毛澤東語錄方框下面，加印有一行字：「津勞二半毛澤東主義紅衛兵（原赤衛隊）翻印」，並注明「翻印報」字樣。

4.2 深具時代特徵的報刊名稱

文革時期群眾報刊是文革運動的產物，其報紙的取名也深深烙上了那一時代的印記。文革運動中群眾報刊因沒有實行統一註冊管理制度，所以報紙的取名看似非常隨意，五花八門。

有時許多紅衛兵、造反組織的報紙使用同一個名稱，讓初看的人分不清楚，以為是同一張報紙。如《東方紅》這個報名，除開當時很多地方各省、市、自治區紅衛兵、造反組織的報紙使用這個名稱外，僅就北京市來說，就有「北京師範學院東方紅公社」、「北京礦業學院東方紅公社政治部宣傳部」、「中國科學技術大學東方紅公社」、「首都工代會紡織設計院東方紅」、「北京工業大學東方紅公社」、「國家經委、革命歷史所文革革命辦公室宣傳組」、「北京機械學院東方紅公社」、「北京鋼鐵學院延安公社東方紅編輯部」、「北京鋼鐵學院 919 東方紅宣傳組」、「中央工藝美院東方紅公社」、「首都大專院校紅衛兵總部」、「紅代會第二醫學院東方紅編輯部」、「中國科學院科學儀器廠東方紅戰鬥隊」、「煤炭科學院反聯合總隊東方紅編輯部」、「中國科學院綜合考察委員會東方紅戰鬥團」、「京醫《東方紅》」等二、三十個紅衛兵、造反組織都使用這個名稱作為自己創辦的小報名。

有時雖是同一單位的同一份報紙，但隨著文革運動的變化，主辦單位發生了變化，報紙名稱還是那個名稱，往往也讓人分不清楚是哪個階段、哪個造反組織主辦的報紙。如「北京大學文革籌委會」、「新北大公社」、「北京大學文化革命委員會」都曾先後主辦過《新北大》。而「新北大紅旗飄」、「北京公社」、「革命造反總部」、「紅代會新北大井岡山兵團」都曾先後主辦過《新北大報》。

然而，文革群眾運動時期，紅衛兵、造反派懷著對毛澤東的忠誠與崇拜，以「革命」、「造反」為己任，把「破四舊」、「立四新」、「砸爛舊世界」、「創造新世界」視為最高目標。所以，他們在創辦自家的小報時，小報的報名大多按當時流行的文革思潮為小報進行命名。文革小報的報名林林總總，雖然

看上去五花八門，但就總體來看，大致有以下幾種情形，深刻體現出那一特殊歷史時期的時代特徵。

4.2.1 緊跟主席的「毛」報

毛澤東的詩詞、文章、講話是毛澤東思想的體現，毛澤東革命活動以及革命地點是毛澤東作爲新中國領導人的合法性象徵。文革小報以毛澤東的詩詞、文章、講話的個別字詞以及使用毛澤東的革命活動與革命地點進行命名，既突出了毛澤東的個人形象，同時也體現了對毛澤東的無限忠誠、無限崇拜、無限追隨。小報報名中體現緊跟毛主席的形式主要有以下幾種：

一是有些報名取自毛主席寫的詩詞。這種類型報名的取法又分爲三種：第一種是報名直接選取毛主席詩詞中的幾個字。如《飛鳴鏑》、《全無敵》、《風雷》、《雲水怒》、《爭朝夕》都出自毛澤東的《滿江紅‧和郭沫若同志》；〔註44〕《只把春來報》、《飛雪迎春》、《春來報》出自《卜算子‧詠梅》；〔註45〕《起宏圖》、《世界殊》出自《水調歌頭‧游泳》；〔註46〕《農奴戟》、《換新天》出自《七律‧到韶山》；〔註47〕《金猴》、《千鈞棒》出自《七律‧和郭沫若同志》；〔註48〕《風雷》出自《水調歌頭‧重上井岡山》；〔註49〕《長纓》、《狂

〔註44〕 《滿江紅‧和郭沫若同志》：小小寰球，有幾個蒼蠅碰壁。嗡嗡叫，幾聲淒厲，幾聲抽泣。螞蟻緣槐誇大國，蚍蜉撼樹談何易。正西風落葉下長安，飛鳴鏑。多少事，從來急；天地轉，光陰迫。一萬年太久，只爭朝夕。四海翻騰雲水怒，五洲震盪風雷激。要掃除一切害人蟲，全無敵。

〔註45〕 《卜算子‧詠梅》：風雨送春歸，飛雪迎春到。已是懸崖百丈冰，猶有花枝俏。俏也不爭春，只把春來報。待到山花爛漫時，她在叢中笑。

〔註46〕 《水調歌頭‧游泳》：才飲長沙水，又食武昌魚。萬里長江橫渡，極目楚天舒。不管風吹浪打，勝似閒庭信步，今日得寬餘。子在川上曰：逝者如斯夫！風檣動，龜蛇靜，起宏圖。一橋飛架南北，天塹變通途。更立西江石壁，截斷巫山雲雨，高峽出平湖。神女應無恙，當驚世界殊。

〔註47〕 《七律‧到韶山》：別夢依稀咒逝川，故園三十二年前。紅旗捲起農奴戟，黑手高懸霸主鞭。爲有犧牲多壯志，敢叫日月換新天。喜看稻菽千重浪，遍地英雄下夕煙。

〔註48〕 《七律‧和郭沫若同志》：一從大地起風雷，便有精生白骨堆。僧是愚氓猶可訓，妖爲鬼蜮必成災。金猴奮起千鈞棒，玉宇澄清萬里埃。今日歡呼孫大聖，只緣妖霧又重來。

〔註49〕 《水調歌頭‧重上井岡山》：久有凌雲志，重上井岡山。千里來尋故地，舊貌變新顏。到處鶯歌燕舞，更有潺潺流水，高路入雲端。過了黃洋界，險處不須看。風雷動，旌旗奮，是人寰。三十八年過去，彈指一揮間。可上九天攬月，可下五洋捉鱉，談笑凱歌還。世上無難事，只要肯登攀。

飆》、《百萬工農》出自《蝶戀花・從汀州向長沙》；〔註50〕《東風》、《東風報》、《東風戰報》出自《七古・送縱宇一郎東行》；〔註51〕《指點江山》、《主沉浮》、《萬山紅遍》、《獨立寒秋》、《鷹擊長空》出自《沁園春・長沙》；〔註52〕《看今朝》出自《沁園春・雪》；〔註53〕《炮聲隆》出自《西江月・井岡山》；〔註54〕《盡朝暉》出自《七律・答友人》；〔註55〕《戰地黃花》出自《采桑子・重陽》；〔註56〕《紅雨》出自《七律二首・送瘟神》；〔註57〕《長纓》、《縛蒼龍》、《紅旗漫捲》、《漫捲》出自《清平樂・六盤山》；〔註58〕《雄關漫道》、《從

〔註50〕 《蝶戀花・從汀州向長沙》：萬丈長纓要把鯤鵬縛。贛水那邊紅一角，偏師藉重黃公略。百萬工農齊踊躍，席捲江西直搗湘和鄂。國際悲歌歌一曲，狂飆爲我從天落。

〔註51〕 《七古・送縱宇一郎東行》：君行吾爲發浩歌，鯤鵬擊浪從茲始。洞庭湘水漲連天，艟艨巨艦直東指。無端散出一天愁，幸被東風吹萬里。丈夫何事足縈懷，要將宇宙看秭米。滄海橫流安足慮，世事紛紜何足理。管卻自家身與心，胸中日月常新美。名世於今五百年，諸公碌碌皆餘子。平浪宮前友誼多，崇明對馬衣帶水。東瀛濯劍有書還，我返自崖君去矣。

〔註52〕 《沁園春・長沙》：獨立寒秋，湘江北去，橘子洲頭。看萬山紅遍，層林盡染；漫江碧透，百舸爭流。鷹擊長空，魚翔淺底，萬類霜天競自由。悵寥廓，問蒼茫大地，誰主沉浮？攜來百侶曾遊，憶往昔崢嶸歲月稠。恰同學少年，風華正茂；書生意氣，揮斥方遒。指點江山，激揚文字，糞土當年萬戶侯。曾記否，到中流擊水，浪遏飛舟！

〔註53〕 《沁園春・雪》：北國風光，千里冰封，萬里雪飄。望長城內外，惟餘莽莽；大河上下，頓失滔滔。山舞銀蛇，原馳蠟象，欲與天公試比高。須晴日，看紅妝素裹，分外妖嬈。江山如此多嬌，引無數英雄競折腰。惜秦皇漢武，略輸文采；唐宗宋祖，稍遜風騷。一代天驕，成吉思汗，只識彎弓射大雕。俱往矣，數風流人物，還看今朝。

〔註54〕 《西江月・井岡山》：山下旌旗在望，山頭鼓角相聞。敵軍圍困萬千重，我自巋然不動。早已森嚴壁壘，更加眾志成城。黃洋界上炮聲隆，報導敵軍宵遁。

〔註55〕 《七律・答友人》：九嶷山上白雲飛，帝子乘風下翠微。斑竹一枝千滴淚，紅霞萬朵百重衣。洞庭波湧連天雪，長島人歌動地詩。我欲因之夢寥廓，芙蓉國裏盡朝暉。

〔註56〕 《采桑子・重陽》：人生易老天難老，歲歲重陽。今又重陽，戰地黃花分外香。一年一度秋風勁，不似春光。勝似春光，寥廓江天萬里霜。

〔註57〕 《七律二首・送瘟神》：綠水青山枉自多，華佗無奈小蟲何！千村薜荔人遺矢，萬戶蕭疏鬼唱歌。坐地日行八萬里，巡天遙看一千河。牛郎欲問瘟神事，一樣悲歡逐逝波。春風楊柳萬千條，六億神州盡舜堯。紅雨隨心翻作浪，青山著意化爲橋。天連五嶺銀鋤落，地動三河鐵臂搖。借問瘟君欲何往，紙船明燭照天燒。

〔註58〕 《清平樂・六盤山》：天高雲淡，望斷南飛雁。不到長城非好漢，屈指行程二萬。六盤山上高峰，紅旗漫捲西風。今日長纓在手，何時縛住蒼龍？

頭越》出自《憶秦娥・婁山關》等。〔註59〕

第二種是有的小報報名則是選取毛澤東的詩詞中的一個詞或者幾個字再加上其他字合成一個報名。如《梅花笑》出自《卜算子・詠梅》的「待到山花爛漫時，她在叢中笑。」《環球赤》出自《念奴嬌・崑崙》詩句「太平世界，環球同此涼熱。」《紅色長城》、《看今朝畫刊》出自《沁園春・雪》中的「望長城內外，惟餘莽莽；大河上下，頓失滔滔。」「俱往矣，數風流人物，還看今朝。」《激揚報》出自《沁園春・長沙》中的「指點江山，激揚文字，糞土當年萬戶侯。」《大江南北》出自《水調歌頭・游泳》的「一橋飛架南北，天塹變通途。」《新北大長纓》、《紅纓槍》、《長纓畫刊》出自《蝶戀花・從汀州向長沙》的「六月天兵征腐惡，萬丈長纓要把鯤鵬縛。」《聲人飛鳴鏑》出自《滿江紅・和郭沫若同志》的「正西風落葉下長安，飛鳴鏑。」《農奴戟》、《農奴戟通訊》出自《七律・到韶山》中的「紅旗捲起農奴戟，黑手高懸霸主鞭。」《衝霄漢新共大》出自《漁家傲・反第一次大「圍剿」》的「萬木霜天紅爛漫，天兵怒氣衝霄漢。」《莽崑崙》、《崑崙紅旗》出自《七絕・炮打司令部》的「核彈高置崑崙巔，摧盡腐朽方釋懷。」

另外，「怒」字是毛澤東詩詞中一個用得比較多的表達情感的詞匯，比如《七律・有所思》的「青松怒向蒼天發，敗葉紛隨碧水馳」，《七絕・戲改李攀龍〈懷明卿〉》的「高臥不須窺石鏡，秋風怒在叛徒顏」，《漁家傲・反第一次大「圍剿」》的「萬木霜天紅爛漫，天兵怒氣衝霄漢」，《滿江紅・和郭沫若同志》的「四海翻騰雲水怒，五洲震盪風雷激。」於是，很多文革小報選取其中的「怒」字作為其報名中的一個字。如《怒吼揮拳》、《山城怒火》、《黃海怒濤》等。

同樣，「風雷」字也是毛澤東詩詞中一個具有重要意義的意象詞匯，如《滿江紅・和郭沫若同志》的「四海翻騰雲水怒，五洲震盪風雷激」，《七律・和郭沫若同志》的「一從大地起風雷，便有精生白骨堆」，《水調歌頭・重上井岡山》的「風雷動，旌旗奮，是人寰」，《七律・有所思》的「一陣風雷驚世界，滿街紅綠走旌旗」，《漁家傲・反第三次大圍剿》的「地動天搖風雨躍，雷霆落，今日梁魁應活捉」，《念奴嬌・井岡山》的「獨有豪情，天際懸明月，風雷磅礡。一聲雞唱，萬怪煙消雲落。」於是，很多小報也取包括「風雷」二字的報名。一是以某一行業加「風雷」二字，如《電影風雷》、《民航風雷》、

<hr />

〔註59〕《憶秦娥・婁山關》：西風烈，長空雁叫霜晨月。霜晨月，馬蹄聲碎，喇叭聲咽。雄關漫道真如鐵，而今邁步從頭越。從頭越，蒼山如海，殘陽如血。

《郵電風雷》、《中學風雷》、《文化風雷》;二是以某一地區加「風雷」,如《京西風雷》、《豫西風雷》、《海河風雷》、《哈爾濱風雷》、《西南驚雷》等。

　　第三種是小報名直接以毛主席寫過的詩詞的詞牌名作爲報名,或者詞標題作爲報名。如「南昌保衛毛思想革命造反團」的小報《蝶戀花》取自毛澤東的詞《蝶戀花・從汀州向長沙》、《蝶戀花・答李淑一》中的詞牌名「蝶戀花」;「紅代會中央工藝美術學院東方紅公社」主辦的《滿江紅》取自毛澤東的詞《滿江紅・和郭沫若同志》的詞牌名「滿江紅」。小報《送瘟神》則取自毛澤東的《七律二首・送瘟神》中的詞標題「送瘟神」。總體來說,這種小報報名的取名方法相對於取自毛澤東詩詞裏面字詞的方法要少得多。

　　二是報名取自毛澤東曾經寫的文章、講話或者毛澤東的主要革命活動與革命活動地點。《好得很》則出自毛澤東於 1927 年寫的《湖南農民運動考察報告》一文。他在文中說:「無數萬成群的奴隸——農民,在那裡打翻他們的吃人的仇敵。農民的舉動,完全是對的,他們的舉動好得很!『好得很』是農民及其其他革命派的理論。」〔註60〕另《火星》、《星火戰報》、《燎原》、《燎原戰報》等小報的報名則取自毛澤東在 1930 年 1 月 5 日給林彪的一封信。毛澤東在那封信中批評了當時林彪以及黨內一些同志對紅軍前途估量的一種悲觀思想。毛澤東在信中說:「這裡用得著中國的一句老話:『星星之火,可以燎原。』這就是說,現在雖只有一點小小的力量,但是它的發展是會很快的。」〔註61〕《世界是我們的》的小報名則取自 1957 年 11 月 17 日,毛澤東在莫斯科大學對數千名中國留蘇學生和實習生進行演講時所說,「世界是你們的,也是我們的,但是歸根結底是你們的。你們青年人朝氣蓬勃,正在興旺時期,好像早晨八九點鐘的太陽。希望寄託在你們身上。」〔註62〕《鐵掃帚》出自毛澤東在 1945 年的一個著名論斷:「凡是反動的東西,你不打,他就不倒。這也和掃地一樣,掃帚不到,灰塵照例不會自己跑掉。」〔註63〕

　　小報《繼湘江評論》的報名來自於毛澤東創辦的《湘江評論》。《湘江評

〔註60〕毛澤東:《湖南農民運動考察報告》,中共中央文獻編輯委員會,《毛澤東選集》（第 1 卷）,人民出版社,1967 年,第 16 頁。

〔註61〕毛澤東:《星星之火,可以燎原》,中共中央文獻編輯委員會,《毛澤東選集》（第 1 卷）,人民出版社,1967 年,第 96 頁。

〔註62〕中共中央文獻研究室:《毛澤東年譜》第 3 卷,北京:中央文獻出版社,2013 年,第 248 頁。

〔註63〕毛澤東:《抗日戰爭勝利後的時局和我們的方針》,中共中央文獻編輯委員會,《毛澤東選集》（第 4 卷）,人民出版社,1967 年,第 1077 頁。

論》於 1919 年 7 月 14 日創刊發行，共出版了四期和一號「臨時增刊」。毛澤東在該刊中提出「什麼力量最強？民眾聯合的力量最強」的著名論斷。〔註64〕在「井岡山」、「瑞金」、「遵義」這幾個地方，毛澤東完成了他幾個重要的人生節點。許多文革小報於是以這幾個地點作爲小報的名稱來命名。如《井岡山》、《遵義》、《瑞金》等。「長征」、「挺進中原」、「大決戰」是毛澤東在國內革命戰爭和解放戰爭期間提出的幾大重要的戰爭戰略，於是有些文革小報創辦者便以這幾個重要戰略作爲他們的小報名稱。如《長征》、《長征大批判通訊》、《直搗中原》、《大決戰》。

　　三是報名取意於保衛毛主席、保衛毛澤東思想或者歌頌毛主席。在文化大革命中，無論是紅衛兵保守派還是造反派，都打出的口號是「保衛毛主席，保衛毛澤東思想，保衛黨中央，保衛無產階級文化大革命。」於是一大批文革小報便取名於這一思想。如《衛東》、《毛澤東主義》、《衛紅戰報》、《紅衛兵》、《毛澤東思想紅衛兵》、《毛思想紅衛兵》等；還有些小報名用來直接歌頌毛主席，在當時的文革小報中，鋪天蓋地的文革小報就取名爲《東方紅》。小報名《東方紅》，來自於一首專門用來歌頌毛主席的同名歌曲《東方紅》，而《向陽報》則取自歌頌毛主席的歌曲《北京的金山上》。

4.2.2 一顆紅心的「紅」報

　　紅色代表生機、活力與能量。在中國傳統文化裏，「紅」色還代表著「喜慶」、「慶祝」。所以在文革小報中有大量的報紙在某些特殊的日子出刊的時候，採用套紅印刷，以示慶祝。同時，在現代社會中，「紅」色象徵著「革命」。所以中國的近現代史是一部紅色的歷史，承載了人們太多的紅色記憶。如在革命戰爭年代，有「紅軍」、「紅區」、「紅色政權」等。到了新中國建立後，「紅」色又衍生了新的含義。1958 年毛澤東在《工作方法六十條》中創造了一個與「紅」有關的新詞彙——「又紅又專」，要求「幹部要又紅又專」，「政治和技術的統一」。〔註65〕在這個新創的詞彙中，「紅」代表「政治正確」。到了文化大革命初期，「紅」色又衍生出多重的涵義，據當時清華附中的學生的回憶，「紅衛兵」這個稱呼誕生的時候，取名爲「紅衛兵」的寓意指毛主席黨中央

〔註64〕毛澤東：《發刊詞》，《湘江評論》，1919 年 7 月 14 日，第 1 期，第 1 版。
〔註65〕毛澤東：《工作方法六十條》，見《建國以來毛澤東文稿》（第 7 卷），北京：中央文獻出版社，1998 年，第 52 頁。

的紅色衛兵、紅色政權的堅強衛士、紅色江山的光榮衛兵。〔註66〕於是「紅」色又由 50 年代末期的「政治正確」的含義延伸爲無限忠誠於無產階級革命事業的思想紅心，而在在文革群眾運動期間，在「紅五類」和「黑五類」的劃分中，「紅」則表示根正苗紅的階級出身。於是紅色成爲文化大革命這一特定歷史時期的社會底色。「紅衛兵」、「紅寶書」、「紅五類」、「紅海洋」、「紅色組織」、「根正苗紅」、「紅色海洋」等是文革時期、尤其是文革群眾運動時期常見的詞匯。所以在文革小報中許多小報命名的時候都採用「紅」字這一具有時代特徵的字眼。「紅」字小報系列主要有以下幾種類型：

　　一是紅色作爲一種符號，文革小報的命名中「紅」字往往用來修飾某一事物或者行爲。如《紅旗》、《紅旗報》、《紅旗戰報》、《紅匕首》、《紅交大》、《紅畫筆》、《紅革聯》《紅五月》、《紅印報》、《紅蘇州》、《紅園林》、《紅鐵錘》、《紅革會通訊》、《紅一月通訊》、《紅全球戰報》、《紅鐵道》、《紅魯藝》、《紅色風暴》、《紅色工運戰報》、《紅野戰報》《紅西南》、《紅戰鼓》、《紅太工》、《紅代會》、《紅前哨》、《紅色串連》等。

　　二是文革小報的報名取「紅」字用來修飾代表人的詞語。如《紅衛兵》、《紅衛兵戰地》《紅育兵》、《紅畫兵畫刊》、《紅礦工戰報》、《紅銳兵報》、《紅色勞動者》、《紅教工》、《紅小兵》、《紅色工人》、《紅色新聞兵》、《紅醫》、《紅體兵》、《紅工農》、《紅育兵》、《紅闖將》等。

　　總體而言，在文革小報中取名爲「紅」的小報，不管是修飾事物或者行爲也好，還是修飾人也好，既有取其「革命」的寓意，也有取其「政治正確」的含義，既有取其「忠誠」的含義，也有取自「根正苗紅」的意義。

　　在這類「紅」色系列報刊中，一些小報創辦者在「以紅爲革命」、「以紅爲榮」的思想影響下，惟恐「紅」得不夠，學林彪那種「最大最大最大」的強調句式，乾脆連用三個紅字以示極端強調，如「遼寧旅大市大中院校紅衛兵總部指揮部」把其主辦的報名取爲《紅紅紅》。可以說，這個小報名把以「紅」字爲特徵的「紅海洋」思想發揮到了極致。

4.2.3 砸舊迎新的「新」報

　　文革小報中有很多以「新」字命名的小報，其意爲砸爛、告別舊世界，迎接新世界、新未來。同時也意味著與以前的紅衛兵保守派主辦的小報或者

〔註66〕于輝：《紅衛兵秘錄》，北京：團結出版社，1993 年，第 8～9 頁。

以前的黨報、機關報以示區別。「新」字小報系列主要有以下幾種類型：

　　一是某一系統或者行業中的革命造反派或者革命委員創辦的小報。其主辦單位大多存在於機關單位或者社會團體中，是一種革命造反派的大聯合。如「北京市徹底摧毀反革命修正主義文藝黑線聯絡站」創辦的《北京新文藝》、「首都財貿系統職工聯合委員會」的《北京新財貿》、「北京市公安局革委會」的《新公安》、「冶金部在京各單位革命造反聯合委員會」的《新冶金》、「《天津大聯合》衛生系統司令部」的《新曙光》等。這一類小報在整個「新」字系列報中占的比重並不是很多。

　　二是某一具體單位的革命造反組織創辦的小報。這一類小報的主辦組織主要存在大中學校等事業單位中。如「北京大學文化革命委員會」的《新北大》、「新人大公社的毛思想紅衛兵」的《新人大》、「首都中學生紅代會」的《新四中》、「華東化工學院紅聯會」的《新化工》、「新師大公社」（華東大學）的《新師大》、「上海財經學院接管臨時委員會」的《新財經》、「紅衛兵復旦大學革委會」的《新復旦》、「上海交通大學革委會」的《新交大》、「吉林工大革命造反大軍」的《新工大》、「長春地質學院《不聽邪》支隊」的《新地院》、「南開大學八三一八一八紅色造反團」的《新南開》、「南京大學革委會」的《新南大》、「省工宣隊杭州大隊杭大革委會」的《新杭大》、「武漢鋼二司新一中」的《新一中》、「湖南大學革委會」的《新湖大》、「西北大學文革籌委會紅衛兵總部」的《新西大》等。這一類文革小報是「新」字報系列小報中最多的。

　　三是以城市、地區命名的「新」字系列小報，這類小報的主辦者一般是當地的革委會或者造反組織。「首都南下革命縱隊《新上海》編輯部」主辦的《新上海》、「省革命工人造反總部」的《新河南》、「鳳陽縣革委會」的《新鳳陽》、「安徽省革命造反聯合總部」的《新安徽報》、「新武漢赴京控告團武漢無派」的《新武漢》、「蘇州工學運動革命聯合會」的《新蘇州》、「廣西革命造反大軍」的《新南寧報》、「桂林市革命造反大軍」的《新桂林報》等。這一類小報在整個「新」字系列報中所佔的比重也不是很多。

4.2.4 戰鬥到底的「戰」報

　　文革小報中還有很多以「戰」字命名的小報，其意為將無產階級文化大革命戰鬥到底。其中「批判」與「造反」也是文化大革命的應有之義，它包

括打倒黨內走資本主義道路當權派，批判大造資產階級反動路線，大造剝削階級意識形態的反，大造一切牛鬼蛇神的反。所以除開報名有「戰」字的歸爲這一類報紙之外，凡是包括「批判」、「造反」之意的小報也歸爲這一類小報系列。「戰」字小報系列主要有以下幾種類型：

一是以某一系統、地區或者單位命名的「戰」報系列。如「北京直屬文化系統聯合鬥批改大會」的《北京文藝戰報》、「首都紅代會的北京第二外國語學院紅衛兵」的《外事戰報》、「首都電影界革命聯合委員會」的《電影戰報》、「首都政法界鬥批改聯絡站」的《政法戰報》、「國家科委全國科協革命造反派」的《科技戰報》、「宣交系統革命造反聯絡站」的《宣交戰報》、「煤炭系統革命造反聯絡站」的《煤炭戰報》、「上海市小教革命造反總司令部」的《小教造反戰報》、「上海市文藝兵革命造反委員會」的《文藝戰報》、「遼寧農墾系統革命造反聯合總部」的《農墾戰報》、「安徽白求恩大學紅總」的《白求恩戰報》、「吉林大學紅旗野戰軍」的《紅野戰報》、「齊齊哈爾市二九公社」的《二九戰報》、「山東工學院革委會」的《紅戰報》、「上海市復旦大學 8.18 紅衛兵師」的《復旦戰報》、「江西省紅衛兵革命造反司令部」的《造反戰報》等。這一類的小報名在「戰」字報系列中比較多。

二是專門用來對某人進行批判打倒的「戰」報。「北京市法院紅色革命造反總部」的專門用來批鬥瞿秋白的《討瞿戰報》、「首都農口革命造反聯絡站批判譚震林聯絡站」的《批譚戰報》、「批判劉鄧路線新代表陶鑄聯絡委員會」的《批陶戰報》、「首都無產階級革命派揪賀龍聯絡站」的《揪賀戰報》、「武漢地區無派鬥陳總指揮部」的用來批判當時的武漢軍區司令陳再道的《鬥陳戰報》、山東曲阜師範學院的《討孔戰報》、「河南二七公社」批陶鑄文敏生的《鬥戴戰報》、「廣西鬥韋聯絡站」的《鬥韋戰報》、「打倒劉少奇大會籌備處」的《打倒劉少奇專刊》、「重慶大學紅衛兵團」的《打倒李井泉》、「重慶紅衛兵革命造反司令部」的《打倒羅廣斌》等。

三是批判、造反類戰報。其中帶有批判意味的小報名的報紙如「首都文藝鬥批改聯絡站」的《文藝批判》、「北京市三代會《砸三舊》批判毒草影片戰鬥組」的《電影批判》、「上海體育戰線革命造反司令部陸海空軍團鬥批改聯絡站」的《鬥批改》、「上海新聞批判聯絡站」的《新聞批判傳單》、「河南二七公社革命大批判聯絡站」的《大批判報》等。

另外以「造反」命名的小報在整個文革小報中占比很多。如「電影革命

造反串連會北京師範學院毛思想美術兵」的《電影造反報》、「中科院革命造反聯合奪權委員會」的《革命造反報》、「上海工人革命造反司令部」的《工人造反報》、「上海市文藝兵革命造反委員會」的《文藝造反報》、「遼寧旅大紅色造反者聯合會」的《旅大紅色造反報》、「吉林省革命造反派」的《吉林造反報》、「鐵道部第二設計院革命造反聯合會」的《革命造反》、《造反軍報》、《革命造反報》,「西安地區毛思想捍衛軍西電公司分團」的《造反有理》、「首都中等學校紅衛兵革命造反總勤務部」的《大喊大叫》、「上海交大反到底兵團東風公社五七公社工總司」的《反到底》等。

　　當然,整個文革期間各種群眾組織創辦的小報上萬種,並不是上述歸納的四種小報命名的方法所能詳盡闡述的,還有許許多多的小報名並不能歸納匯總。總而言之,文革小報的命名看似混亂、林林總總,但創辦者在為小報命名的時候並不具有隨意性,而是其來有自,並蘊含了一定的寓意。例如「河南省二七公社安陽分社安陽縣雞毛上天總指揮部」主辦的《雞毛上天》報,其報名就來源於 1955 年 12 月毛澤東在《中國農村的社會主義高潮》一書中為安陽縣南崔莊農業生產合作社《誰說雞毛不能上天》一文寫的按語:「『雞毛不能上天』這個古代的真理,在社會主義時代,它已經不是真理了。窮人要翻身了。舊制度要滅亡,新制度要出世了。雞毛確實要上天了。」〔註 67〕這個按語稱讚安陽縣南崔莊農業生產合作社克服困難,由小變大、由窮變富,雞毛終於飛上天精神的事。

4.3 迎合運動需要的版面編排

　　報紙的版面編排不僅僅是是對文字、圖像、線條、色彩等進行簡單的空間布局。它作為一種社會的文本,深受所處時代的影響,同時也反映出其所處時代的特徵。文革小報作為中國文化大革命這一特定年代的產物,其版面編排也深受其時特定社會語境的影響。文革小報的版面編排主要體現在大量進行套紅印刷;報眼登毛主席語錄以體現整期報紙主題,通欄登口號以突顯版面主題;大量刊登毛主席照片,以表達一顆紅心向「太陽」,整版刊登歌頌

〔註67〕毛澤東:《〈中國農村社會主義高潮〉的按語》,《毛澤東選集》(第 5 卷),中共中央毛澤東主席著作編輯出版委員會編,北京:人民出版社,1977 年,第232 頁。

毛主席和紅衛兵及其運動的詩歌；以及大量刊登更正信息、徵稿信息和發行信息。這些特點無不從另一側面反映出當時的時代特色。

4.3.1 大量進行套紅印刷

　　「紅」色是文革時期一個最爲流行、深具社會表徵意義的顏色。進行大量的套紅印刷，是當時文革小報的一個典型特徵。當然，也有少部分群眾報刊未能進行套紅印刷。比如「首都中等學校紅衛兵革命造反總勤務部宣傳部」主辦的《大喊大叫》、「新華社新華公社」、「新華社爲人民服務紅衛兵」、「12.26紅旗革命造反團」、「宇宙紅兵團」聯合主辦的《新華戰報》。《新華戰報》編輯部在第二期還正式刊登《聲明》予以說明，說「本報創刊號首頁，由於印刷條件的限制，未能套紅，特此說明。」〔註 68〕《新華戰報》的《聲明》一方面說明當時他們創刊的時候，沒有套紅是因爲印刷條件不具備的原因，另外也從另一個角度說明當時絕大多數小報創刊的時候都採取了套紅印刷的方式，否則《新華戰報》不會如此在意，還要正式刊登一份聲明向公眾來加以說明。

　　文革小報一般在以下幾種情形，會進行大量套紅印刷：

　　一是慶祝報紙的創刊。一般來說，紅衛兵、造反派報紙的創刊號，只要當時印刷條件具備，都會進行套紅印刷。如「中國科學技術大學東方紅公社」主辦的《東方紅》第一期（1967.8.10）；「北京礦業學院東方紅公社政治部宣傳部」主辦《東方紅》第一期（1966.12.26）；「北京地質學院東方紅公社」的《東方紅報》第一期（1967.5.12）；「北京鐵道學院文革籌委會組織組」主辦的《鬥批改戰報》第一期（1966.9.30）；「八一電影製片廠紅軍」、「南開大學衛東紅衛兵」、「天津大學八一三紅衛兵電影批判組」的《電影戰線》第 1 期（1967.7.1）等。

　　二是慶祝紅衛兵、造反派組織的成立以及週年紀念日。如「中國科學技術大學東方紅公社」主辦的《東方紅》第五期（1967.2.23），其主題主要是慶祝「首都紅代會」成立，第二十二期（1967.4.20）主要慶祝「北京市革命委員會」成立；「北京礦業學院東方紅公社政治部宣傳部」主辦的《東方紅》「紅代會專刊」（1967.3.3），第二十三、二十四期合刊（1967.4.20）歡呼「北京市

〔註68〕 《聲明》，《新華戰報》，首都中等學校紅衛兵革命造反總勤務部宣傳部主辦的《大喊大叫》、新華社新華公社、新華社爲人民服務紅衛兵、12.26 紅旗革命造反團、宇宙紅兵團聯合主辦，1967 年 6 月 7 日，第 2 期，第 3 版。

革命委員會」誕生；「北京地質學院東方紅公社」的《東方紅報》第三期
（1967.6.1）慶祝「北礦革命委員會」的正式成立等。

　　三是慶祝中國傳統節日與國家重大歷史紀念日。如「北京農村四清工作
團幹部會議革命烈火編輯部」的《革命烈火報》「元旦專刊」（1966.12.30）；「北
京礦業學院革命委員會」、「紅代會北京礦業學院東方紅」的《東方紅》第七
十四期（1968.1.1）；「北京市革命職工代表會議常設委員會」的《北京工人》
第三期（1967.5.1）；「首都紅代會中國人民大學人大三紅」、「北京礦業學院東
方紅」的《人大三紅・東方紅》「五一專刊」（1967.5.1）；「工代會北京電子管
廠紅旗革命造反總部《電子紅旗》編輯組」的《電子紅旗》（1967.7.1）；「密
雲縣無產階級革命派聯絡處《人民公社》編輯部」的《人民公社》（1967.7.1）；
「北京工業學院革命造反委員會」、「紅代會北工紅旗」的《北工紅旗》「八一
專刊」（1967.8.1）；「中國民航無產階級革命派」的《民航風雷》第四期
（1967.10.1）；「紅代會新北大井岡山公社」的《新北大》第十五號（1967.10.1）；
「建工部革命造反總部」的《風雷激》第二十六期（1967.10.1）等。

　　四是慶祝毛主席重要文章發表和黨的重要會議召開的週年紀念日。如「化
工部無產階級革命造反司令部」的《新化工》第十二號（1967.5.7），歡呼「五
七」指示發表一週年；「北京地質學院東方紅公社」的《東方紅報》第八期
（1967.8.5），紀念《炮打司令部——我的一張大字報》一週年；「紅代會北京
師範大學井岡山公社《井岡山》編輯部」、「首都電影界革命派聯合委員會《電
影戰報》編輯部」的《井岡山・電影戰報》（1967.5.30），紀念《延安文藝座
談會上的講話》發表二十五週年專刊等。

4.3.2 報眼刊語錄、通欄登口號

　　文革小報版面編排的另一個特點是報眼位置刊登毛主席語錄和最新指
示，作為整期報紙的主題；以及版面進行通欄編排，刊登毛主席語錄、指示
或者口號作為整個版面的主題。

　　毛主席語錄上報眼，始於《解放軍報》。1961 年 4 月，林彪授意《解放軍
報》的編輯人員：《解放日報》應經常選登一些毛主席的重要講話，以便部隊
官兵進行學習，作為我們的行動指南。5 月 1 日起該報於是在其第一版右上方
的報眼位置專門開設「毛主席語錄」專欄，刊登了第一條摘自毛主席《論人
民民主專政》一文中一句話，「整個革命歷史證明，沒有工人階級的領導，革

命就要失敗，有了工人階級的領導，革命就勝利了。在帝國主義時代，任何
國家的任何別的階級，都不能領導任何眞正的革命達到勝利。」〔註69〕《解
放軍報》從此每天在報眼位置刊登一條毛主席語錄，語錄的內容往往根據當
期報導的重點來選取，以供部隊官兵「活學活用」。

到了20世紀60年代中期，國內各大報紙開始在報眼位置刊登毛主席語
錄。自1966年6月2日起，《人民日報》在報眼位置的內容取消了刊登當日
報紙提要和天氣預報的慣例，開設了「毛主席語錄」專欄，開始每天刊登毛
主席語錄。另外還有少量的毛主席最新指示、林彪語錄、「十六條」語錄等。
同日，《大公報》、《中國青年報》開始刊登語錄。6月3日，《光明日報》開始
在報眼刊登毛主席語錄。6月7日《工人日報》在報眼開始刊登毛主席語錄。
隨後各省級黨委機關報紛紛傚仿。「文化大革命」發生後，所有報紙在報眼位
置刊登毛主席語錄（雜誌則在第一頁或頭幾頁刊登語錄），幾乎成爲一條不成
文的規定。文革小報也不例外。

文革小報在報眼位置刊登毛主席語錄、「最高指示」等，同樣沿用了《解
放軍報》以及其他黨報的做法，語錄與最高指示的選用與當期報紙報導重點
內容高度相切合。如「國家建委發到底聯合兵團」等八個造反組織聯合主編
了《鬥彭戰報》創刊號（1967.9.14），該報在報眼位置刊登了「五・一六通知」
中的一句話「混進黨裏、政府裏、軍隊裏和各種文化界的資產階級代表人物，
是一批反革命修正主義分子，一旦時機成熟，他們就會要奪取政權，由無產
階級專政變爲資產階級專政。這些人物，有些已被我們識破了，有些則還沒
有被識破，有些正在受到我們信用，被培養爲我們的接班人，例如赫魯曉夫
那樣的人物，他們正睡在我們身旁，各級黨委必須充分注意這一點。」〔註70〕
這條語錄標示了這期報紙的主題：彭眞是資產階級代表人物、反革命修正主
義分子。這一期報紙八個版面共發了八篇文章：《徹底清算彭眞的反革命修正
主義罪行》、《斬斷大野心家彭眞伸向計劃經濟戰線上的黑手》、《彭眞在全國
設計會議上的黑報告必須徹底批判》、《徹底清算彭眞在設計工作中的反革命
罪行》、《彭眞包庇大叛徒劉秀峰、劉裕民罪責難逃！》、《劉、鄧、彭及谷牧

〔註69〕《毛主席語錄》專欄，《解放軍報》，1961年5月1日，第1版。
〔註70〕《毛主席語錄》，《鬥彭戰報》，國家建委發到底聯合兵團、國家計委革命造反
　　　公社、國家經委井岡山革命造反總部、首都《設計紅旗》、建工部革命造反總
　　　部、建材部革命造反總部、煤炭部東方紅公社、石油部機關革命造反聯合總
　　　部主編，1967年9月14日，創刊號，第1版。

關於設計革命的黑話》、《憤怒聲討彭賊在石油、煤炭兩部所犯的罪行》、《徹底砸爛彭眞的修正主義城建路線》。這八篇文章的主題無一不把彭眞作爲「睡在我們身邊的赫魯曉夫式的人物」進行徹底清算和批判。

再如「首都紅代會中國人民大學三紅」主辦的《人大三紅》第二十六期在報眼位置刊登的毛主席語錄，「誰是我們的敵人？誰是我們的朋友？這個問題是革命的首要問題，也是文化大革命的首要問題。」〔註71〕這條語錄用於標示這一期報紙主題：紀念《關於正確處理人民內部矛盾的問題》發表十週年，同時號召造反派組織分清敵我友，掌握鬥爭大方向。本期共四版，第一版刊登社論文章：《分清敵我友，掌握鬥爭大方向——紀念〈關於正確處理人民內部矛盾的問題〉發表十週年》；第二版主要文章：《〈兩家人〉所鼓吹的「五年計劃」後面》；第三版文章：《三紅戰士念念不忘鬥爭大方向》、《鞏固無產階級專政的指路明燈——紀念〈關於正確處理人民內部矛盾的問題〉發表十週年》；第四版主要文章：《鬥爭大方向是我們無產階級革命派的生命線》。

通欄寫標語口號作爲版面主題，最早始於上海的《解放日報》。1966 年 1 月 2 日，該報頭版設計通欄標語：「我們要堅定不移地突出政治，今天突出，明年突出，永遠突出」。隨後這種通欄登標語口號的方法紛紛爲各大報刊倣仿。有時報紙直接用毛主席語錄、最新指示作爲通欄標語。如 1966 年 5 月 17 日《人民日報》當天第二版通欄是毛主席語錄「凡是錯誤的思想，凡是毒草，凡是牛鬼蛇神，都應該進行批判，決不能讓他們自由氾濫」，用於標示第二版刊登的三篇文章：《赫魯曉夫修正主義的辯護士》、《粉碎「三家村」黑店對青年實行「和平演變」的陰謀》、《我國優秀運動員怒斥「三家村」黑幫》。三篇文章都是批判前《人民日報》總編輯、北京市委文教書記鄧拓的大批判材料。

文革小報在進行版面編排的時候像其他各大報刊一樣，以通欄的方式刊登口號、標語、語錄統領整個版面的主題。如「首都紅旗環球赤報編輯部」在 1967 年 6 月 27 日編的《環球赤》第二期第一版以通欄方式刊登「高舉無產階級的革命的批判旗幟，打倒黨內最大的走資本主義道路的當權派！」口號，標示了第一、二、四版的報導主題。

〔註71〕 《毛主席語錄》，《人大三紅》，首都紅代會中國人民大學三紅主辦，1967 年 6 月 14 日，第 26 期，第 1 版。

－145－

4.3.3 頭版大幅刊登毛主席照片

　　文化大革命期間，自 1966 年 7 月 1 日起，《人民日報》在頭版某些時段顯示出比較明顯的畫報風格，通常刊登毛主席的大幅圖片和一篇社論，它們佔據的版面基本各是一半。甚至在 1967 年的 10 月 1 日，《人民日報》頭版除開報頭「人民日報」和報眼刊登「慶祝中華人民共和國成立十七週年」這幾個字外，整個版面都爲毛主席一個人在北京城樓穿著軍裝、帶著軍帽揮手致意的照片佔據。

　　《人民日報》這種整版或者半版大幅刊登毛主席照片的編排方式隨後也被其他各大報刊以及紅衛兵、造反派的群眾報紙所傚仿。紅衛兵、造反派的群眾報刊在頭版大幅刊登毛主席照片主要有兩種形式。

　　一是小報的整個頭版除刊登一個報頭外，剩餘的版面幾乎就只刊登一張毛主席的大幅照片。如「北京機械學院《東方紅》公社」主辦的《東方紅》創刊號（1967.1.1）。在那一期的頭版除報頭、報眼外，就是一幅毛主席在北京城樓穿著中山裝、手扶欄杆、面帶微笑的巨幅照片，照片右邊以豎排方式刊登口號「偉大導師偉大領袖偉大統帥偉大舵手毛主席萬歲，萬萬歲！」「北京礦業學院東方紅報編輯部」、「清華大學井岡山報編輯部」、「北京航空學院紅旗報編輯部」聯合編輯的《東方紅·井岡山·紅旗》「五·一特刊」（1967.5.1）。該報報頭則排在了第二版上方，而頭版整版刊登毛主席穿著中山裝站在天安門城樓、望著下方，若有所思的照片。照片下方配文字：「偉大導師偉大領袖偉大統帥偉大舵手毛主席萬歲！」

　　二是在報紙頭版除必要的報頭外，就刊登一幅照片和一篇社論、或者毛主席詩詞或者一篇毛主席的文章。一般照片和文章的比例是對半或者照片占三分之二版面、文章占三分之一版面。如《新北大評論》的創刊號（1967.1.11）。該報頭版上方三分之二的版面就刊登一個報名和毛澤東在天安門城樓向紅衛兵揮手致意的照片，下方三分之一的版面刊登毛澤東那篇著名的大字報文章《炮打司令部——我的一張大字報》。

　　再如「天津公社籌委會」主辦的《新天津》創刊號（1967.2.19）。該報創刊號的頭版在下方用五分之一的版面刊登報頭和報眼。報眼登「祝我們心中最紅最紅的紅太陽毛主席萬壽無疆！萬壽無疆！」報頭和報眼上方五分之四的版面刊登一幅毛主席穿著中山裝、面帶微笑站在公園雪地的巨幅照片。照片的右方以豎排文字的方式刊登毛主席寫於 1962 年 12 月的一首與巨幅照片場景相契

合的詩詞《卜算子・詠梅》,「風雨送春歸,飛雪迎春到。已是懸崖百丈冰,猶有花枝俏。俏也不爭春,只把春來報。待到山花爛漫時,她在叢中笑。」

　　文革小報頭版也有不刊登毛主席照片,而是大幅刊登毛主席詩詞手跡的現象。如「七機部新九一五革命造反總部宣傳組」編的《飛鳴鏑》第二十四期(1967.7.28)。該期報紙頭版三分之二的版面右邊以豎排方式刊登報頭,報頭只占整個版面的三分之一。報頭左邊剩餘部分則刊登一幅毛澤東手寫體的寫於 1963 年 1 月 9 日和郭沫若的詩詞《滿江紅・和郭沫若》。

4.3.4 設更正、徵稿、發行欄目

　　更正:及時的更正制度是文化大革命時期文革小報的一大特色。這是與當時的特殊政治環境分不開的。因爲報紙上的文章哪句話或者哪個字錯了,一旦給對立派性的人員抓住把柄,就會無限上綱上線,扣上政治帽子,有可能落下個「反動」的罪行,從而給文章作者本人以及報紙編輯甚至報社全體工作人員帶來滅頂之災。所以那時紅衛兵、造反派的群眾報紙的辦報人員,雖然絕大多數沒有經過新聞專業訓練,但辦報極其認眞,儘量杜絕出現錯誤。尤其是在引用馬克思、恩格斯、列寧、斯大林、毛澤東等革命領導的原文或者原話時,一個字,甚至一個標點符號都不能出錯。否則就有可能被人扣上個「現行反革命」的罪名。

　　「金無足赤,人無完人。」任何事情都不可能盡善盡美,尤其像辦報這種極需耐心細緻的文字工作。雖然辦報人員極度謹愼,文革小報中錯誤還是難免出現。所以,文革小報都會設置更正制度,開設更正欄目,一旦出現錯誤,及時更正。如 1969 年 1 月 15 日「北京礦業學院革命委員會」主辦的《新礦院》刊登「本報編輯部」的一份《檢查與更正》。文中稱,「一、本報第八號第三版上《「給出路」的政策是我們奪取清隊工作徹底勝利的根本保證》和在本報第九號第四版上《堅持執行黨的「給出路」政策就是勝利》兩文的題目是編輯部加的,不是原作者的。這兩文的題目的提法是有原則錯誤的,這裡向讀者檢查,並向作者致歉意。二、本報第十四號第二版上第一篇文章的第四行,引用元旦社論題目時,丟了一個『用』字。在《克服錯誤傾向,學好元旦社論》一文的倒數第五行『用毛澤東思想統帥一切』一句話中,『想』字誤爲『思』字。特此更正。」〔註72〕

〔註72〕　《檢查與更正》,《新礦院》,北京礦業學院革命委員會主辦,1969 年 1 月 15

　　文革小報對自己報紙中出現的問題進行更正方法也是五花八門：有對所刊文章某一句話直接進行撤銷的。如 1967 年 10 月 12 日「北京礦業學院革命委員會」、「紅代會北京礦業學院東方紅」聯合編輯的《東方紅》中刊登了一份《聲明》。《聲明》稱，「（一）撤消本報五十五期報導的所謂高等軍事學院「紅聯」和「井岡山」聯合的消息。（二）撤消五十二、五十三期第四版三行第二句話。」〔註73〕

　　有乾脆重新寫篇文章再加以刊登的。如「紅代會北京工業大學東方紅公社東方紅編輯部」在其主辦的《東方紅》第十四號上刊登《重要說明》稱，「本報第十二號發表的《革命不怕死，怕死不革命——烈士遇難記》因電傳有誤，報導中發生了嚴重錯誤。烈士遇難記以本報第十四號爲準，特此說明並向讀者致以歉意。」〔註74〕再如「北京外國語學院的紅旗戰鬥大隊」、「北京公社」、「二・七戰鬥大隊」主辦的《紅衛報》第十二、十三期合刊上刊登一則《補正聲明》稱，「本報第十一期第二版發表的『大方向』戰鬥組等五個革命組織的聯合聲明，由於我們工作責任感不強，出現了嚴重的錯誤。爲挽回影響，現將該聯合聲明重新發表，並向讀者及『大方向』戰鬥組等五個革命組織致歉和檢討。」〔註75〕

　　但有時及時做了更正還不夠，編輯人員必須「從靈魂深處挖根源」，對自己在辦報過程的錯誤行爲從政治的高度作出全面、深刻的檢討。如 1966 年 11 月 30 日《討孔戰報》編輯部刊登了一份《檢討》。《檢討》中說：「本報第三期第三版右排第十三行中的毛主席語錄：『凡是錯誤的思想，凡是毒草，凡是牛鬼蛇神，都應該進行批判，決不能讓它們自由氾濫。』錯爲『凡是錯誤的東西，凡是毒草，凡是牛鬼蛇神，都應該進行批判，決不能讓它們自由氾濫。』這是嚴重的政治錯誤。這是由於我們缺乏政治責任心，工作態度不認眞、不嚴肅所造成的。在此，我們作深刻的檢討，並從中吸取教訓，改進工作。」〔註76〕

　　　　日，第 16 號，第 3 版。

〔註73〕《聲明》，北京礦業學院革命委員會、紅代會北京礦業學院東方紅，1967 年　　　　10 月 12 日，第 58、59 期，第 4 版。

〔註74〕《重要說明》，《東方紅》，紅代會北京工業大學東方紅公社東方紅編輯部主　　　　辦，1967 年 6 月 26 日，第 14 號，第 3 版。

〔註75〕《補正啓事》，《紅衛報》，北京外國語學院的紅旗戰鬥大隊、北京公社、二・　　　　七戰鬥大隊主辦，1967 年 2 月 8 日，第 12、13 期合刊，第 4 版。

〔註76〕《檢討》，《討孔戰報》，全國紅衛兵徹底打倒孔家店樹立毛澤東思想絕對權威　　　　聯絡委員會主辦，1966 年 11 月 30 日，第 5 期，第 1 版。

徵稿：在小報中設立徵稿欄目，不時向廣大群眾徵稿是文革小報的另一特色。一般文革小報中徵稿欄目的徵稿都會引用毛主席那句「靠人民群眾來辦報」的語錄，以證明向廣大人民群眾徵稿是積極響應和實踐毛主席要求辦報要走群眾路線的原則。如「首都中等學校紅衛兵革命造反總勤務部宣傳部《東方報》編輯部」在其《徵稿啓事》稱，「毛主席說：『辦報和辦別的事一樣，都要認眞地辦好，才能辦好，才能有生氣。我們的報紙也要靠大家來辦，靠全體人民群眾來辦，靠全黨來辦，而不能只靠少數人關起門來辦。』所以希望廣大工農兵及革命的中學生予以支持，踊躍來稿。」〔註 77〕

文革小報向廣大群眾的徵稿與其說是積極響應和實踐毛主席走群眾路線的辦報原則，不如說是紅衛兵、造反派組織出於一種批判的現實需要。

如「首都紅衛兵井岡山編輯部」在其《井岡山》創刊號刊登《徵稿啓事》稱，「廣大的工農兵同志們，大中學校的革命造反派戰友們：本編輯部爲了更好地宣傳最高指示，更好地向黨內頭號的走資本主義道路的當權派進行猛烈開火，更好的爲工農兵，爲造反派戰友們服務。特向同志們徵稿。內容：批判劉鄧、黑修養、大聯合和教改等方面的畫稿和文章。希望大家踊躍投稿。」〔註 78〕

再如「首都中學紅衛兵司令部《東風報》編輯部」認爲《北京家庭出身問題研究小組》發表的《出身論》，「是一篇右傾機會主義思潮的代表作，是一株攻擊黨的方針政策，攻擊社會主義制度的大毒草」，「矇騙了很多人。」所以編輯部在《東風報》第四期刊登一則《徵稿啓事》，號召人們「爲了捍衛毛主席的正確路線，不容任何人從左或右去歪曲它。」「決定對《出身論》展開批判。」但又因爲「我們對黨的方針政策對毛主席的正確路線理解也不深不透，而且可能是錯誤的。所以，我們歡迎不同意我們觀點的人，也把自己的觀點亮出來，參加辯論。我們相信，我們大家一定會在大辯論中，認識偉大的眞理──毛澤東思想。」〔註 79〕

發行：文革小報的發行分爲內部交流和向社會公開發行兩類。前者一般是油印，後者一般是鉛印。向社會公開發行的報紙大部分都是在本地區發行，

〔註 77〕　《徵稿啓事》，《東風報》，首都中等學校紅衛兵革命造反總勤務部宣傳部主辦，1967 年 2 月 10 日，第 1 期，第 4 版。
〔註 78〕　《徵稿啓事》，《井岡山》，首都紅衛兵井岡山編輯部主辦，1967 年 7 月 17 日，創刊號，第 4 版。
〔註 79〕　《徵稿啓事》，《東風報》，首都中學紅衛兵司令部主辦，1966 年 12 月 26 日，第 4 期，第 4 版。

少部分社會影響力比較大的報紙在全國發行，甚至通過在全國各地設立聯絡站、代印點等方式出版航空版進行全國發行。

不管是面向本地區發行還是面向全國公開發行的文革小報一般在自己的報紙上設立的發行欄目中告知讀者本報的發行信息。從文革小報發行欄目刊登的信息來看，文革小報的公開發行方式主要有以下三種：上街叫賣、設點零售和郵局訂閱三種方式。

上街叫賣：「《教育革命》報發行組」曾在《教育革命》第三十期上刊登一封《通告》。《通告》稱，「本報為內部發行的報紙，嚴禁上街叫賣。近查個別人私自上街販賣本報，是不允許的。希望革命群眾協助我們做好此項工作。本報在北師大、市教育局及各區教育局均有售，讀者可以到那裡購買。」〔註80〕這個《通告》雖然說明《教育革命》報的發行方式是設點零售。但我們從《通告》裏的聲明也可以看出，當時《教育革命》報被一些人販賣在街上叫賣發行。

關於上街叫賣發行還有一個在文革時期的典型事例，就是「喬老爺賣報」。當時被打為「牛鬼蛇神」的喬冠華、姬鵬飛，在 1967 年夏曾被北京外語學院的「造反兵團」等紅衛兵造反派組織勒令到王府井百貨大樓前廣場賣報。喬冠華覺得這樣「有失國體」，想了個對付辦法：每次待到押解他的造反派剛走，就把小報往地上一放溜走，然後用自己的錢冒充報款上繳，還要多出幾角錢。造反派諷刺地說：「你這個修正主義分子倒會賣報賺錢！」

1973 年 4 月，喬冠華因與即將來華出任美國駐中國聯絡處副主任詹金斯進行會談。會談期間，喬冠華與詹金斯相談甚歡，一時興起，作詩一首：「八重櫻下廖公子，五月花中韓大哥，歡歡喜喜詹金斯……」他當時僅作了這首詩前面三句，要大家給他續上最後一句。幾天後，毛澤東風聞喬冠華打油詩尚缺第四句，於是為他續上最後一句，並改寫了前一句。全詩是：「八重櫻下廖公子，五月花中韓大哥。莫道敵人功業小，北京賣報賺錢多。」〔註81〕毛澤東的「北京賣報賺錢多」，指的就是喬冠華曾被造反派強行要求到街上幫造反派零售小報這件事。

設點零售：通過設立零售點發行的群眾報刊，一般是面向本地公開發行

〔註80〕《通告》，《教育革命》，北京市《教育革命》報編輯部主辦，1967 年 12 月 31 日，第 30 期，第 3 版。

〔註81〕章含之等：《我與喬冠華》，北京：中國青年出版社，1994 年，第 49 頁。

的群眾報刊。如「北京市《教育革命》報編輯部」在其主辦《教育革命》第
十三期上刊登了一篇《本報啓事》。《啓事》稱，「一、由於本報發行量有限，
對外地不再辦理訂閱手續，請外地不要再郵款了。二、師大、崇文、西城、
東城、宣武、豐臺等區教育局，海淀小教井岡山等均有本報的發行點，讀者
可到這些點零賣。」〔註 82〕

　　郵局訂閱：通過郵局訂閱方式發行的一般是面向全國公眾公開發行或者
在外地設立了聯絡站或代印點的公開發行影響較大的群眾報刊。如「建工部
革命造反總部《風雷激》編輯部」1967 年 9 月 15 日在其主辦的《風雷激》第
二十四期上刊登了一封《〈風雷激〉報、〈風雷激〉雜誌徵訂啓事》。《啓事》
稱，「（一）《風雷激》報「每月出刊三至四期。從九月十五日期徵求今年十一、
十二月份及明年第一季度（共五個月）訂戶，每份報紙伍角。（包括郵費）（二）
《風雷激》雜誌每月出刊一期，「每期定價一角，暫收訂今年今年十一、十二
月份及明年第一季度訂費。每份伍角。（三）訂閱辦法（1）《風雷激》報及《風
雷激》雜誌均以五份爲最少訂數，按五的倍數增加（如五份、十份、十五份、
二十份……），不收訂其他零數。爲郵寄方便，最好集體集中訂閱。（2）需要
訂閱者，請於十月二十日前匯款至北京百萬莊建工部《風雷激》編輯部，過
期不予收訂。」〔註 83〕

　　再如「清華大學井岡山編輯部」在《井岡山》第九、十、十一期摘要刊
上刊登《本報啓事》。《啓事》稱，「本報自六七年二月份起由郵局負責發行。
凡北京市讀者皆可到本市各郵局辦理訂閱手續。」再云，「另外，上海、廣州、
杭州、西安等地還將設立航空版代印點。外地革命群眾可逕向當地清華大學
聯絡站聯繫訂閱。」〔註 84〕

4.4 崇尚暴力美學的語言文風

　　語言無疑是一個社會現實中最爲活躍、最爲敏感的一種文化表徵。它不
僅是一種社會文化變遷的重要測度，同時也是一種社會現實在思想文化領域

〔註 82〕　《本報啓事》，北京市教育革命聯絡委員會《教育革命》編輯部，1967 年 7
　　　　　月 22 日，第 13 期，第 3 版。
〔註 83〕　《〈風雷激〉報、〈風雷激〉雜誌徵訂啓事》，《風雷激》，建工部革命造反總部
　　　　　《風雷激》編輯部主辦，1967 年 9 月 15 日，第 24 期，第 3 版。
〔註 84〕　《本報啓事》，《井岡山》，清華大學井岡山編輯部，1967 年 2 月 3 日，第九、
　　　　　十、十一期摘要刊，第 3 版。

中的直接映射。文革小報作爲文化大革命運動中一道獨特的文化景觀，其報刊語言一方面受到當時處於社會主導地位的意識形態與審美趣向的影響，呈現出粗野的謾罵話語、濫用軍事用語、誇張的修辭用語以及強辯的論證文風等特點；另一方面文革小報語言本身也對其時社會現實進行一種鏡子式的反映，映射出那一時代「革命就是造反」、「革命就是打倒一切」的主流社會意識形態以及崇尚暴力美學的審美趣味性。

4.4.1 粗野的謾罵話語

大量使用粗俗的罵話是文革小報的重要特徵之一。這種報紙文章語言風格的突變，首推清華附中紅衛兵於 1966 年 6 月貼出的一篇「造反有理」大字報。在這篇大字報中出現了那句經典的驚世駭俗的粗鄙的罵話「什麼『人情』呀，什麼『全面』啊，都滾一邊去！」〔註 85〕這句罵話不僅以後風行了整整十年，而且使粗俗語言的使用成爲整個文革運動期間紅衛兵、造反群眾的一種時尚。如當時流行的紅衛兵歌曲《鬼見愁》的歌詞唱道：「老子英雄兒好漢，老子反動兒混蛋，要是革命你就站過來，要是不革命就滾他媽的蛋！滾，滾，滾，滾他媽的蛋！」

在當時，大量粗鄙罵話的使用，不僅體現出紅衛兵、造反派群眾對「舊文化」的蔑視，而且成爲評判一個人是否「造反」的標誌。「他媽的」成爲文化大革命運動中的一種「國罵」。這種語言的沉淪，造成了整整一個時代政治語言的粗俗化。

隨後，這種日常的罵話語言也在各大報告、報刊、宣傳印刷品中隨處可見。如「滾他媽的蛋」這類粗鄙的罵人話語，不管是否出於表達文章內容的需要，總要不時從小報的文章中冒出幾句。文革小報中粗俗的罵人話語，主要有以下幾種表現：

一方面是直接把一個個現實生活中形象不好的事物名稱加在被批判對象身上，以達到醜化運動對象或給運動對象進行定性的目的。如在文革小報中大量可見諸如「王八蛋」、「王八羔子」、「混蛋」、「牛鬼蛇神」、「小爬蟲」、「喪家的落水狗」、「妖風」、「炮製者」、「賊」、「陰謀家」、「野心家」、「黑手」、「黑幫」、「黑話」、「黑書」、「黑會」、「黑風」、「黑五類」、「黑後臺」、「黑

〔註 85〕《論無產階級革命造反精神萬歲》，《紅旗》，1966 年第 11 期，第 27 頁。

材料」、「黑指示」、「黑幫頭子」、「大叛徒」、「罪魁禍首」等這些侮辱人身或者給人罪行定性的詞匯。

如小報在對時任國家建委主任谷牧進行批判時，有小報文章把他罵爲「死黨」、「三反分子」，「劉、鄧、彭、薄的死黨谷牧終於被我們革命造反派揪了出來打翻在地，成了甕中之鼈，過街老鼠。」〔註86〕

曾任北京市市委第一書記、北京市長、全國人大副委員長的彭眞在被批判的過程中，小報刊登文章把他辱爲「賊」、「黑幫頭子」。文章稱，「小計委成立後，彭賊對余秋里抓得很緊，他經常說『小計委的事，主席管，常委管，我也管』」、「彭賊也不放過，從中插手，妄圖奪權」、「黑幫頭子公然對抗林副統帥指示，要大家『聽余秋里的話』。」〔註87〕

中共中央副秘書長、國務院副總理譚震林在小報文章中被辱爲「陰謀家」、「資本主義道路的當權派」、「老混蛋」。「十七年來，無可辯駁的事實證明，譚震林是一個兩面三刀、陽奉陰違的陰謀家，是一個地地道道的黨內走資本主義道路的當權派，是中國的赫魯曉夫在農口的代表。十七年來，在兩個階級、兩條道路、兩條路線鬥爭的每個關鍵時刻，這個老混蛋都是站在劉、鄧黑司令部一邊，瘋狂反對毛主席、反對毛澤東思想，反對社會主義的。」〔註88〕

另一方面則是對批判人物的行爲以及在進行批判的時候添加謾罵性的描述性語言，以便對人物形象進行醜化和咒罵。小報文章大量使用諸如「埋葬」，「黑旗」、「罪大惡極」、「罄竹難書」、「流毒」、「狗咬狗」、「混帳透頂」、「猖狂反撲」、「遺臭萬年」、「永世不得翻身」、「大黑手」、「打倒在地、再踏上千萬隻腳」、「猖狂進攻」、「批倒、批臭」、「鬥倒、鬥垮、鬥臭」、「大肆鼓吹」、「居心何在」、「喪心病狂」、「是可忍、孰不可忍」、「狼狽爲奸」、「惡毒攻擊」、「膽大包天」、「顛倒是非、混淆黑白」、「一小撮」、「滔天罪行」、「可以休矣」、「何其毒也」、「膽敢」、「妄圖」、「大黑傘」、「狗膽包天」等負面詞匯。

《批田戰報》是專門用來批判當時擔任內蒙古郵電管理局政治部主任田

〔註86〕《窮追猛打三反分子谷牧》，《鬥谷戰報》，國家建委《反到底》聯合兵團、紅代會北化紅旗聯合主辦，1967年9月10日，第1版。

〔註87〕《斬斷大野心家彭眞伸向計劃經濟戰線上的黑手》，《鬥彭戰報》，國家建委《反到底》聯合兵團等聯合主辦，1967年9月14日，創刊號，第4版。

〔註88〕《譚震林在農業上推行反革命修正主義路線的罪行必須清算！》，《鬥譚大會專刊》，農口革命造反聯絡站、北京農業大學革命委員會、批判譚震林聯絡站、紅代會北農大東方紅公社批譚戰報編輯部、新農大編輯部聯合主辦，1967年8月25日，專刊，第3版。

鳳林的專刊。該刊專門刊文談到他曾在六五年十二月在全國郵電基層工作座談會上的發言時說，「除去被劉少奇捧爲『哲學』，實際上是反毛澤東思想的毒草」，「是臭不可聞的『發言』」。〔註 89〕文章在列數田鳳林在呼和浩特市郵電局工作期間的種種罪狀後評價說，「看看田鳳林在文化大革命中的罪惡手段，更清楚理解到毛主席這段話是多麼正確，田鳳林就是一個資產階級代表人物。中共中央四月十三日的關於處理內蒙古問題的八條規定宣佈了王逸倫之流復辟資本主義的美夢徹底破產了。」〔註 90〕

「紅代會北京礦業學院東方紅」主辦的《戰報》曾經發文批判劉少奇的《論共產黨員的修養》一書。有一篇文章專門列舉了該書的十大罪狀，說「劉少奇的《論共產黨員的修養》這株反黨反社會主義毛澤東思想的修正主義毒草是一九三九年出籠的。……這本黑書是地、富、反、壞、右分子和一切牛鬼蛇神出籠的動員令，是劉少奇妄圖篡黨、篡軍、篡政，進行反革命奪權的宣言書。這本書充滿著修正主義、資本主義和封建主義的毒素，長期以來傾銷國內外，流毒甚廣。」〔註 91〕

一篇文章在批判時任《人民日報》副總編、兼任《前進報》（1966 年《大公報》被迫停刊，改出《前進報》，作者注）社長和總編輯的常芝青時寫道，「總部《紅色偵察兵》戰鬥隊首先揭發了常芝青極端反動的思想和腐爛透頂的靈魂，用他自己在一九三〇年前後寫的一系列黑文章，剝開了他爲美化自己青年時代而披上的『左傾』、『進步』的畫皮，把這個『老革命』的醜惡眞面貌暴露在光天化日之下。會上，還揭發了這個『老黨員』在一九三五年混進黨內以後，寫黑文臭詩美化蔣閻匪幫的血腥統治、抵制黨的抗日主張、毒害革命人民的罪行。事實證明，常芝青在混進黨內後，仍然是一個反共反人民的無恥文人、民族敗類。」〔註 92〕

〔註 89〕《田鳳林的政治思想工作經驗販賣的是什麼貨色？》，《批田戰報》，內蒙古自治區郵電革命造反總部，呼和浩特市郵電局紅訊兵革命造反團，首都紅代會北郵學院東方紅公社聯合主辦，1967 年 6 月 27 日，專刊，第 1 版。

〔註 90〕《田鳳林是破壞呼市郵電局無產階文化大革命的罪魁禍首》，《批田戰報》，內蒙古自治區郵電革命造反總部，呼和浩特市郵電局紅訊兵革命造反團，首都紅代會北郵學院東方紅公社聯合主辦，1967 年 6 月 27 日，專刊，第 4 版。

〔註 91〕《〈論共產黨員的修養〉的十大罪狀》，《戰報》，紅代會北京礦業學院東方紅批鬥劉鄧陶聯絡站宣傳組主辦，1967 年 4 月 1 日，特刊第 4 版。

〔註 92〕《常芝青混進黨後的一次反革命活動》，《鬥私批修》，《前進報》無產階級革命造反總部編，1967 年 12 月 20 日，第 6 期，第 3 版。

4.4.2 濫用軍事化語言

文革小報語言的第二個特徵則是使用大量的軍事用語。這一現象既與文化大革命運動時期人們崇尚暴力有關，也與這一時期現實生活中軍事語言的膨脹緊密相連。文革小報中大量軍事用語的運用，它不僅是革命戰爭年代的一種文化遺留，而且也是這一時期紅衛兵、造反派對過去父輩戰爭經驗、軍旅文化的一種主動借鑒。

一方面在文革運動中，最早那批老紅衛兵他們大多來自於高幹家庭，而他們的父輩又都經歷過革命戰爭年代，大多是行伍出身。他們在日常生活中耳濡目染，從他們的父輩那裡習得各種軍事用語。

另一方面在文革運動之前，全國曾掀起一陣「全國學人民解放軍」運動。在 20 世紀 60 年代前期，全國正處於內政外交的艱難階段，一方面因為大躍進的失敗，導致三年自然災害，民不聊生；另一方面因為中蘇交惡，與一向交好的「老大哥」關係開始惡化。毛澤東一直想如何通過喚起全國人們大無畏的精神去戰勝它。

1963 年 12 月 9 日，冶金工業部部長王鶴琴向毛澤東遞交了一份「學習解放軍」的報告。11 日，毛澤東在報告上進行批示並轉交薄一波：「看來學解放軍，並且調一些解放軍好幹部到工業部門工作，是一個好辦法。」〔註93〕

隨後，《人民日報》向全國發出了向解放軍學習的號召，「全國更深入更普遍地學習解放軍政治思想工作的寶貴經驗，像解放軍那樣，做到更加無產階級化，更加戰鬥化。」〔註94〕從此，相當長一段時間內全國掀起了轟轟烈烈學解放軍的高潮。

正因為這兩個方面的原因，軍隊裏的一些軍事用語也被轉用到地方一些工作中。到了文革群眾運動時期，全民開啟互鬥的模式，武鬥不時發生。軍事用語的使用正好切合了這一特殊的社會語境，隨之在地方被大量套用。從當時紅衛兵、造反派給自己建立的群眾組織的命名中，就可以看出大量軍事用語的採用。如從最初的紅衛兵、某某戰鬥小組的組織名稱的提出，到後來某某司令部、某某指揮部、某某兵團、某某縱隊的使用等。這些群眾組織名稱的命名，無一不是對軍隊編制的直接拷貝與模仿。另外軍隊日常的工作用

〔註93〕 中共中央文獻研究室：《毛澤東年譜》（第 5 卷），北京：中央文獻出版社，2013 年，第 287 頁。

〔註94〕 《全國都要學習解放軍》，《人民日報》，1964 年 2 月 1 日，第 1 版。

語也大量為當時的報刊、雜誌文章、以及報告、講話稿所採用。

　　軍事語言在小報文章中的濫用主要有兩種形式。一是在文章中大量搬用諸如「革命大聯合」，「紅色風暴」，「聯絡站」，「內戰」，「白色恐怖」，「瘋狂反撲」，「不投降就叫它滅亡」，「頑抗到底、死路一條」等軍事用語。

　　下面是北京鋼鐵學院的《東方紅》以及北京地質學院《東方紅報》與河南二七公社的《豫西戰報》合刊的兩篇文章的節選部分，從中我們能看出這種軍事用語在文章中的大量使用，往往能使小報文章在客觀上造成一種緊張、嚴峻的語義效果，並且充滿濃烈的戰鬥火藥味。

　　　　鋼院確實沸騰了。日日夜夜，戰鬥如火如荼！兩個階級擺開陣勢，廝殺著，搏鬥著。兩個階級各自的代表人物也短兵相接，白刃格鬥了，正是硝煙滾滾，一場好殺！〔註95〕

　　　　但是，以二七公社為代表的真正的革命造反派，「並沒有被嚇倒，被征服、被殺絕。他們從地下爬起來，擦乾身上的血跡，掩埋好同伴的屍首，他們又繼續戰鬥了。」廣大二七戰士及首都紅代會特派河南戰鬥隊、中國人民解放軍赴豫調查團全體戰士，高舉毛澤東思想的偉大紅旗，殺退了何運洪老混蛋一次又一次猖狂的反撲，毛主席的革命路線取得了一次又一次的偉大勝利。

　　　　何運洪為了挽回他注定滅亡的命運，從四月以來，又一手策劃了一系列的屠殺革命造反派的流血慘案。有多少二七戰友在「五四」慘案中被打得頭破血流身負重傷！有多少二七戰友在「五‧二六」慘案中光榮犧牲！有多少二七戰友在「五卅」慘案中英勇就義！又有多少紅代會和中國人民解放軍赴豫調查團戰士被打斷四肢，被活埋，被拋入黃河之中！血，浸透了中州大地；血，灑遍了黃河之濱。但革命造反派的血是不會白留的！這筆債是一定要向何運洪討還的！野火燒不盡，春風吹又生。一個二七戰士倒下去，千萬個二七戰士迎上來。廣大革命造反派戰士，擦乾眼淚，攥緊拳頭，「擦乾身上的血跡，掩埋好同伴的屍首」，高舉起毛主席的革命大旗，迎著更加猛烈的暴風雨又繼續戰鬥了。〔註96〕

〔註95〕　《叫誰上臺？！》，《東方紅》，北京鋼鐵學院延安公社《九一九‧東方紅》主辦，1967年5月2日，第10期，第1版。

〔註96〕　《砸爛河南獨立王國》，《東方紅報》、《豫西戰報》，首都紅代會北京地質學院

第二種就是那種與軍事語言相聯繫的強權式的、帶有命令語氣的文體在文革小報中的大量使用，如《通令》、《通告》、《通電》、《勒令》、《最後通牒》、《緊急通令》、《嚴正聲明》、《聲明》、《敬告讀者》等。

下面是「紅代會北京機械學院『東方紅』公社」於 1967 年 3 月 22 日在其主辦的《東方紅》報上發出的一份《嚴正聲明》。

嚴正聲明

在當前大好形勢下，出現了一股自上而下的資本主義反革命復辟逆流。目前，社會上刮起的打倒余秋里通知的陰風，他們以炮打余秋里為名，把矛頭指向周總理和中央文革，妄圖搞亂毛主席的無產階級司令部，達到其破壞無產階級無產階級文化大革命，復辟資本主義的罪惡目的。對此，每個革命者必須高舉毛澤東思想的偉大紅旗，分清大是大非，對這股反革命逆流予以堅決回擊！

鑒於目前形勢，我公社嚴正聲明如下：

（一）誰反對毛主席、林副主席就打倒誰！周總理是毛主席和林副主席的親密戰友，是堅定的無產階級革命家，中央文革是毛主席和林副主席的最高參謀部。誰炮打周總理和中央文革就是反革命！

（二）余秋里是毛主席司令部的人，是毛主席點的將，我們信得過。我們堅決擁護周總理和中央文革對於余秋里同志全面地、正確的評價。

（三）師大井岡山某些人在當前無產階級革命造反派，大聯合大奪權的關鍵時刻，在余秋里同志的問題上，無視紅代會，運動群眾，製造分裂，配合了當前自上而下的資本主義復辟逆流，給北京市和全國的文化大革命已造成了惡劣的影響，使親者痛，仇者快，這些人如再不懸崖勒馬，絕無好下場！

師大井岡山公社公佈的關於一機部問題的材料，純屬造謠，我們對此提出強烈抗議！並再次強烈要求就此問題與之討論。

（四）我們必須堅持真理，而真理必須旗幟鮮明。

東方紅編輯部、河南二七公社洛陽革命造反派合辦，1967 年 7 月 28 日，合刊，第 2 版。

我們必須樹立毛澤東思想的絕對權威！毛主席話理解了的要執行，不理解也得執行。

任何把嚴肅的階級鬥爭庸俗化的做法都是絕對錯誤的！

（五）由極「左派」和保守派拼湊起來的組織，如北京機械學院《紅旗》復辟逆流充當了自上而下的資本主義的吹鼓手，現在又提出了打倒余秋里〔註97〕，火燒李先念〔註98〕。炮打無產階級司令部，絕對沒有好下場，我們堅決予以回擊！

紅代會　北京機械學院《東方紅公社》

1967.3.22〔註99〕

《東方紅》上的這份《嚴正聲明》如其他文革小報上看到的「通令」、「通告」一樣，以一個沒有任何政府機構授權的群眾組織用帶有一系列強令性的軍事化語言、甚至是威脅性的語言來要求社會群眾應如何如何做，否則會是什麼結果。

4.4.3 誇張的修辭方式

文化大革命時期，人們經常為了某種強烈的感情色彩往往借助某些形容詞、副詞或者其他一些修辭方式來增強聲勢，從而構成了那一特定時期特有的過分誇張和虛張聲勢的政治用語風格。這種誇張的修辭方式在文革小報的

〔註97〕余秋里，1964 年 12 月經毛澤東點將任國家計委第一副主任、秘書長，直至 1970 年 6 月。在這期間，於 1966 年 9 月，經毛澤東批准，同時開始協助國務院領導抓經濟工作。1967 年 2 月 8 日，周恩來開始在北京懷仁堂召開中央政治局碰頭會議，主要研究「抓革命，促生產」的問題。碰頭會規定每隔兩三天召開一次，事件主要是下午。在以後的碰頭會上，元老派和文革派經常展開激烈的爭論。2 月 16 日，碰頭會上，發生了著名的「大鬧懷仁堂」事件，許多革命元老對文革運動過程中許多老幹部被打倒發表了不滿的看法，並與以康生、陳伯達等為首的文革派發生了針鋒相對的爭執。事發後，文革派把他們成為資本主義復辟的「二月逆流」。在文革派的操縱下，造反派對革命元老進行了殘酷的清算與批鬥，余秋里身在其列。

〔註98〕李先念，1954 年至 1980 年間任國務院副總理，兼任國家財政部部長，1962 年起兼任國家計委副主任。1966 年開始協助周恩來總理主持經濟工作。在 1967 年 2 月 16 日，「大鬧懷仁堂」事件中，身在其列。後被文革派污蔑為「二月逆流」成員之一，受到造反派的殘酷批鬥。

〔註99〕《嚴正聲明》，《東方紅》，首都紅代會北京機械學院《東方紅》公社主辦，1967 年 3 月 22 日，第 3 期，第 1 版。

文章中也隨處可見，其主要表現方式主要有如下三種：

一是在表達某種強烈感情色彩時，往往使用某些特定的形容詞。文革小報文章中使用頻率最高的詞彙應該算「革命」一詞。「革命」一詞在傳統的使用過程中最多的是名詞和動詞。但在文革期間，最多的使用則把它作爲形容詞來加以使用。任何事物，彷彿只要冠以「革命」一詞作爲修飾語，事物的性質就發生天翻地覆的變化。於是，在文革小報中隨處可見這種用「革命」修飾賦予人物或者組織一個新的身份，如「革命造反派」、「革命同志」、「革命權威」、「革命知識分子」等。就連某種行動也可加上「革命」一詞作爲前綴，從而變得具有正當性與合理性，諸如「革命的造反」、「革命大批判」、「革命的大聯合」、「革命的三結合」等詞。即使是充滿暴力與血腥的行爲，只要帶上「革命」一詞也就具有某種神聖光環，如「革命的武鬥」、「革命的打砸搶」。

文革小報中另外一個使用比較多的形容詞要數「大」字。「大」字通過與其他詞語的搭配，結合成一些文革新詞，在小報文章中隨處可見。如：

無產階級革命造反派的戰友們：讓我們高舉毛澤東思想的偉大旗幟，深入一步學習元旦社論，掀起一個大學習，大討論，大宣傳，大貫徹的熱潮！〔註100〕

「大」字作爲修飾性的詞語，在句子中表示某種程度，起到加強語氣的作用。形容詞「大」不像「革命」一詞，與某些被修飾的詞語結合在一起，基本都是表示對自我的肯定，而它與某些被修飾的詞語結合在一起既可表示正面的意義，也可表示負面的意義。正面意義的詞匯如「大樹特樹」、「大打一場戰爭」、「大搏鬥」、「大廝殺」等；而負面意義的詞匯則有諸如「大毒草」、「大黑幫」、「大黑傘」、「大黑手」、「大妖風」、「大雜燴」、「大扒手」、「大肆」等。

文革小報的文章中還有大量表示色彩的形容詞來表達事物的定性。最經典的一對詞匯就是「紅」與「黑」。其中「紅」代表革命，「黑」代表反革命。許多詞匯通過「紅」與「黑」的修飾，從而創造出許多那一特定歷史階段的新詞，如「紅衛兵」、「紅寶書」、「紅色造反」等。

在那個年代，人們都慣常用一種二元對立的思維方式來看待任何事物。所以與「紅」相對應的便通過「黑」與其他詞匯聯繫在一起，創造了如「黑

〔註100〕　《深入學習元旦社論》，《東城風暴》，北京市革命職工代表大會議常設委員會東城分會主辦，1968 年 1 月 22 日，第 9 期，第 1 版。

旗」、「黑幫」、「黑色路線」等諸多文革新詞。

　　二是文革小報文章中覺得用上述諸如「革命」、「大」、「紅」與「黑」一類的形容詞來形容事物的極限還不夠，往往還喜歡用「特」、「特大」、「極端」、「絕對」、「透頂」等一類表示事物的最高級形式的詞來表達內心的強烈情感。如「大樹特樹」、「特大喜訊」、「極端反動」、「極端熱愛」、「反動透頂」等詞匯。其中在文革小報中表示最高級形式用得最多的詞匯，非「最」字莫屬。如「最高指示」、「最革命」、「最熱愛」、「最偉大」、「最堅決」、「最勇敢」、「最忠實」等。

　　下面是「北京職工紅色造反團」、「首都政法兵團」聯合主辦的《紅色職工》刊登的一則消息：

　　　　本報訊　一月十三日、十五日，首都近十萬革命職工和革命師生在北京工人體育館兩次舉行了「抓革命，促生產，徹底粉碎資產階級反動路線新反撲的誓師大會』，最熱烈地歡呼和最堅決地擁護上海工人革命造反總司令部等革命群眾組織的《告上海市民書》、《緊急通告》和《人民日報》重要按語。

　　　　會議期間，北京職工紅色造反團的一名戰士，將紅色造反團的袖章獻給了江青同志，並說：「我們的袖章是經過鬥爭和鮮血得來的。」江青同志說：「謝謝你們，謝謝你們！」全體到會的革命造反者一致認為，這是我們最敬愛的偉大領袖毛主席、黨中央和中央文革小組對我們革命造反派最強有力的支持，最深切的關懷，最大的鼓舞。〔註101〕

在上述這則消息中用了一系列如「最熱烈地」、「最堅決地」、「最強有力的」、「最深切的」、「最大的」修飾某種情感的最高級形式。

　　三是文革小報文章中往往覺得用一些詞匯的最高級形式還是不足以表達內心情感的強烈，還經常通過對某些詞匯的重複或者重疊使用來加強語氣，如「最紅最紅的紅太陽」、「最最最」、「最活最活最活」、「最高最高最高」、「最緊最緊最緊」等。下面是從小報中選取幾段詞匯重疊使用的句子：

　　　　《延安公社》是一支無限忠於毛主席，無限忠於毛主席革命路線，無限忠於偉大的毛澤東思想的革命隊伍。《延安公社》，她誕生

〔註101〕《抓革命，促生產，徹底粉碎資產階級反動路線新反撲》，《紅色職工》，北京職工紅色造反團、首都政法兵團聯合主辦，1967年1月17日，第2期，第1版。

於戰火紛飛、硝煙滾滾的沙場上；她的第一聲號令，就是：向中國
的赫魯曉夫——劉少奇開戰！開戰！開戰！

「大海航行靠舵手」，舵手就是我們心中最紅最紅的紅太陽毛
主席！《延安公社》的戰友們，鋼院的革命同志們，讓我們築成無
比堅強的銅牆鐵壁，沿著毛主席開闢的革命航道前進！前進！前
進！」〔註102〕

「讓我們以無限崇敬的心情，衷心祝願我們心中最紅最紅的紅
太陽偉大領袖毛主席萬壽無疆！萬壽無疆！萬壽無疆！祝願我們敬
愛的林副統帥身體健康！永遠健康！永遠健康！〔註103〕

上面幾段對小報文章的選摘，可以看出這些文章通過某些詞匯重疊修辭方式
的使用，一方面確實能夠起到加強某種語氣的作用，但另一方面也反而凸顯
出造反派們語言詞匯的貧乏。

4.4.4 強辯的論證文風

如果說詞匯的選用是語言的一種外在形式，那麼文章的句式與邏輯推理
則是一種語言的內在結構。小報文章除上面提到的特別注重詞語的選用與重
疊來加強某種情感外，它還使用某些特殊的句式和標點符號，引借偉人語錄
和詩詞以及簡單的三段論式的推理來製造一種不容置疑的強辯氣勢。其主要
表現有以下幾個方面：

一是通過大量排比句、疑問號和驚歎號的使用來增強文章氣勢。下面是
《新北大報》上的一篇文章的節選部分：

四面楚歌中的敵人已經瘋狂了，絕望了，不顧一切了，他們什
麼都幹得出來！

忘記了嗎，四一二蔣介石反革命大屠殺的慘象？沒有！

忘記了嗎，匈牙利反革命武裝暴亂的悲劇？沒有！

〔註102〕《沿著毛主席開闢的革命航道前進——為〈延安公社〉的誕生歡呼》，《東方
　　　　紅》，北京鋼鐵學院延安公社《九一九·東方紅》主辦，1967 年 4 月 15 日，
　　　　聯合版，第 1 版。
〔註103〕《大樹特樹偉大領袖毛主席的絕對權威　誓把無產階級文化大革命進行到
　　　　底！》，《鬥私批修》，《前進報》無產階級革命造反總部編，1967 年 12 月 8
　　　　日，第 4 期，第 2 版。

忘記了嗎，赫魯曉夫反革命宮廷政變的教訓？沒有！

歷史的教訓豈能忘記！歷史的悲劇不容重演！忘記歷史的教訓，就意味著背叛！重演歷史的悲劇，就意味著犯罪！〔註104〕

在這部分文字中，連續用三個「忘記了嗎」作為排比句，增強文章氣勢；另外這三個排比句式同時又採用問句的形式，一問一答，起到增強語氣的作用；最後在三個問句的基礎上得出結論：歷史的教訓不能忘記，歷史的悲劇不能重演。結論同樣用排比句和感歎句來表達。

下面是北京地質學院《東方紅報》的一篇文章《落水狗尤非打不可》的節選文字：

不痛打落水狗，就等於養癰遺患，就會使無產階級文化大革命的偉大成果毀於一旦。

不痛打落水狗，就會使無產階級革命派分散目標，迷失方向，忙於「內戰」，傷害鬥爭的大聯合與「三結合」；

不痛打落水狗，反革命修正主義路線就要復辟，階級敵人就要實現法西斯專政，無產階級革命派就要倒在血泊中；

不痛打落水狗，中國就要變色，歷史的悲劇就要重演，革命就要走更曲折的道路。

「僧是愚民猶可訓，妖為鬼蜮必成災。」毛主席告誡我們：「我們絕不可因為勝利，而放鬆對於帝國主義分子及其走狗們的瘋狂的報復陰謀的警惕性，誰要是放鬆這一項警惕性，誰就將在政治上解除武裝，而使自己處於被動地位。」無產階級革命派團結起來！動員起來！戰鬥起來！開展深入廣泛的大批判，集中火力，痛打落水狗，粉碎中國赫魯曉夫劉少奇及其徒子徒孫企圖復辟資本主義的一切嘗試，把他們徹底埋葬！〔註105〕

在這幾段文字中，同樣使用大量了的排比、遞進句式，給人一種咄咄逼人、勢不可擋的氣勢。

二是借用或者引用毛主席語錄和詩詞來支持論證自己的觀點或者模仿毛

〔註104〕《跟著毛主席，衝鋒！》，《新北大報》，紅代會新北大公社革命造反總部、新北大北京公社、新北大紅旗飄主辦，1967年7月26日，第2號，第1版。

〔註105〕《落水狗尤非打不可》，《東方紅報》，北京地質學院東方紅報編輯部，1967年7月18日，第56期，第1版。

主席論說文的文風、句式來進行說理。造成這種情況的原因主要有二：一是
模仿毛主席的論說方式和引用他的詩詞或者所說的話作爲材料論證自己的觀
點，在當時那個特殊的政治環境下，能有效規避文字遊戲的政治風險；二是
毛主席文章本身具有的獨特的強辯的論證方式，正好切合了當時文革政論文
章所要求的那種咄咄逼人的氣勢。如「天下者我們的天下，國家者我們的國
家，社會者我們的社會。我們不說，誰說？我們不幹，誰幹？我們就是要說，
我們就是要幹。我們打倒黨內一小撮走資本主義道路的當權派，打倒資本主
義反動路線，把修正主義的一切機器砸爛！」〔註 106〕這就是模仿了毛澤東的
《〈湘江評論〉創刊詞》中的「天下者我們的天下，國家者我們的國家，社會
者我們的社會。我們不說，誰說？我們不幹，誰幹？」的表達方式。〔註 107〕
再如「『踏遍青山人未老，風景這邊獨好！』一個紅彤彤的新世界已經展現在
我們面前」、「『宜將剩勇追窮寇，不可沽名學霸王』，我們定將窮寇追到底！」
〔註 108〕，則是引用毛主席的詩句，來引出自己的觀點，表達自己的感情。

　　三是文革小報的文章語言大多採用一種簡單粗暴的三段論式進行邏輯推
理。文革小報文章中一種最典型的推論過程便是：「毛主席說造反有理，所以
我們就要造反」，「凡是反對毛澤東思想的都是反革命，你反對毛澤東思想，
你就是反革命」，「我們造反派是毛主席支持的，毛主席支持的就是革命的，
你反對我們造反派，你就是反革命！」

　　文革小報中幾乎所有的辯論文章基本上都採用這種簡單、粗暴的邏輯結
構來進行推理論證，從而得出自己的結論。這種推理方式看上去很美，雄辯、
不容置疑。但正因其推理的前設，是建立在前提先驗的政治正確之下，所以
有時結論的得出則顯得過於簡單、粗暴、武斷，站不住腳。

　　下面是文革小報文章中的一段文字：

　　　　我們偉大的領袖毛主席說，「馬克思主義的道理千條萬緒，歸
　　　根結底就是一句話：『造反有理。』……根據這個道理，於是就反抗，
　　　就鬥爭，就幹社會主義。」

　　　　毛主席是我們心中最紅最紅的紅太陽。毛主席的話就是我們幹

〔註 106〕《北京石油學院革命造反派奪權誓師大會公告》，《紅色造反者》奪權專刊，
　　　　北京石油學院大慶公社宣傳組主辦，1967 年 1 月 24 日，專刊，第 1 版。
〔註 107〕毛澤東：《發刊詞》，《湘江評論》，1919 年 7 月 14 日，第 1 期，第 1 版。
〔註 108〕《拿起筆，作刀槍，徹底批判黑〈修養〉》，《新化工》，化工部無產階級革命
　　　　造反司令部《新化工》編輯部主辦，1967 年 4 月 4 日，第 1 號，第 4 版。

革命的依據，鬥爭的綱領，行動的指南。我們的革命造反派句句聽，句句照辦。我們就是要大造資本主義、修正主義的反，大造黨內走資本主義道路當權派的反，大造剝削階級舊世界的反，大造一切不符合毛澤東思想的反。反！反！反！一反到底！掃除一切害人蟲，蕩滌一切污泥濁水。反出一個紅彤彤的毛澤東思想燦爛陽光普照著的新世界。〔註109〕

在這段文字中，它邏輯推理的前提就是毛澤東曾經說過：造反有理。〔註110〕基於這一前提，造反派們推導出的結論就是：我們要造反，造反有理、革命無罪，我們要造反一切，反出一個新世界。

〔註109〕《發刊詞》，《造反有理》，中國科學院長春地區革命造反聯合總部辦，1967年1月31日，創刊號，第2版。

〔註110〕「馬克思主義的道理千條萬緒，歸根結底，就是一句話：造反有理。」這句話最早出自毛澤東的《在延安各界慶祝斯大林六十壽辰大會上的講話》（1939.12.21）這篇文章。中共中央文獻研究室：《毛澤東年譜（1893～1949）》（中），北京：中央文獻出版社，2013年，第169頁。

第 5 章 文革小報的內容

　　文革小報自誕生一開始就是作爲文革群眾運動的神聖召喚而出現的。它在運動的過程中作爲紅衛兵、造反組織進行階級鬥爭的工具，要充分發揮其動員群眾和批判鬥爭的作用。文革小報本身這一獨特的性質，從而決定其內容主要以宣傳文化大革命爲核心，具體體現在傳達有關文革運動的精神與指示、歌頌毛主席與革命造反、揭露與批判「走資派」的「罪行」以及對群眾組織與群眾報刊進行黨同伐異等幾個方面。

5.1 傳達運動精神與指示

　　文革小報的出現是文化大革命群眾運動自身發展的需要，也是其領導者發動、領導和推動群眾運動的一種需要。在一大批黨的領導作爲「走資派」被打倒，黨的媒體被造反組織奪權、封閉、甚至被造反派把持成爲造反組織進行輿論鬥爭的工具後，當時毛澤東和中央文革首長的講話和指示，紅衛兵、造反組織的內部文件以及小報評論文章成爲引領造反群眾進行群眾運動的重要的工具。所以大量刊登中央文件和首長講話、刊登評論文章和組織內部文件以及號召學習、轉載「兩報一刊」和其他群眾報刊文章成爲文革小報的一大內容特色。

5.1.1 刊登中央文件與首長講話

　　在文革運動中，中央文件和首長講話與指示，不僅對文革運動的發展方向起著重要的引領和指導作用，而且這些文件、講話和指示很多時候在一定

程度上決定各造反群眾組織的生存延續。所以各紅衛兵、造反派組織的群眾報刊對這類材料特別關注，往往在重要版面位置刊登這部分內容。

刊登中央文件：文革小報中刊登的中央文件主要有兩大類。一類是刊登中央對整個文革運動具有全域性、綱領性文件或者涉及文革運動發展方向的指導性文件。比如鑒於大奪權過程中出現的混亂局面，毛澤東就指示，軍隊應介入地方的文革運動。1967 年 1 月 28 日，中央軍委頒佈了《中央軍委命令》，因其共有八條，亦稱《軍委八條》。自此軍隊開始介入文化大革命運動。「鐵路專業設計院文正工廠抓革命促生產促進委員會」主辦的《東風戰報》第十號頭版全文刊登了《軍委八條》，並把毛澤東對這個命令的批示，「所定八條 很好 照發」進行了刊登。〔註1〕

再如 1966 年下半年，一些由臨時工、合同工、外包工、亦工亦農工等群眾組成一些群眾組織，「批判修正主義的勞動用工制度」，爭取自身權益。這類組織中最大、最有代表性的是「全國紅色勞動者造反總團」（簡稱「全紅總」），它成立於 1966 年 11 月 8 日。12 月，「全紅總」在北京大造其反，迫使全國總工會和勞動部將其情況上報中央，同意它的部分要求。最終中央沒有答應其要求，並於 1967 年 2 月 12 日下發一個《通知》（中發（67）47 號），找個藉口將其取締。《通知》下發後，很多造反派報紙刊登了這一《通告》。如「第一機械工業部革命造反總部《風雷》編輯部」主辦的《風雷》第二期刊登了該《通告》。這個《通知》稱，「在這次無產階級文化大革命期間，北京和各地出現了許多全國性組織，它們都不是自下而上地在全國各地真正的革命派大聯合的基礎上，經過民主選舉產生的，而是少數人臨時湊合在一起的。其中，還有極少數組織是地、富、反、壞、右分子搞起來的。」《通知》宣佈對「所謂全國性組織，中央一律不予承認，所有這些組織應當立即取消。它們的成員應該立即從北京等地回去，到原單位參加運動。」「這些組織，如發現有反革命活動，其成員必須向公安部門揭發報告，由公安部門負責審查處理。」〔註2〕

另一類是刊登中央處理群眾造反運動過程中出現的社會影響較大的社會群體事件的有關文件。1966 年 12 月 19 日，新疆發生由「兵團農學院革命造

〔註1〕　《中央軍委命令》，《東風戰報》，鐵路專業設計院文正工廠抓革命促生產促進委員會主辦，1967 年 2 月 1 日，第 10 號，第 1 版。

〔註2〕　《中共中央 國務院 通告》（中發（67）47 號），《風雷》，第一機械工業部革命造反總部《風雷》編輯部主辦，1967 年 2 月 25 日，第 2 期，第 4 版。

反團」、「紅色導彈兵團」等七家造反群眾組織在鬥爭兵團黨委資產階級反動路線的過程中進行絕食的行為。1966 年 12 月 23 日、中共中央、國務院發出《關於一・二九事件的電文》。清華大學《井岡山》報於 1967 年 1 月 19 日，全文刊登了這份電文，以表示對新疆地區革命造反派的支持。《電文》稱，「新疆這次批判自治區黨委和生產兵團黨委執行資產階級反動路線的群眾革命行動，中央積極支持。革命學生和工人激於義憤的靜坐、絕食和停工行為，責任完全在於自治區黨委和兵團黨委。中央對此，表示極大關懷」等等。〔註3〕

　　再如武漢「七二〇事件」後，中共中央、國務院、中央軍委、中央文化革命小組於 1967 年 7 月 27 日聯名發出《給武漢市革命群眾和廣大指戰員的一封信》。1967 年 8 月 18 日，《武漢貧下中農戰報・新農大》「聯合版」在頭版頭條全文刊登了這份文件。信中指出「武漢軍區個別在支左工作中，犯了嚴重的方向、路線錯誤。他們解散『工總』這個革命組織，並且把它打成『反革命』，他們逮捕很多革命組織的群眾，也把他們打成『反革命』。這絕對是不容許的，應當堅決平反，一律釋放。」〔註4〕

　　刊登中央首長的講話與指示：毛主席文章和內部講話以及中央文革首長在接見造反群眾的現場講話，往往透露出毛主席與中央首長及文革高層對某一事件的態度以及對當前和下一階段運動的部署，深具現實指導意義。群眾報刊如能及時、獨家報導和披露一些中央領導和高層的內部講話，往往能體現該報具有「通天」的本領，在一定程度上能得到其他小報和造反群眾的認同，從而擴大社會影響。所以各紅衛兵、造反派組織的報刊爭相報導這部分的內容。

　　紅衛兵、造反派組織報刊往往通過重登毛主席以前的文章來切合當時文革運動的形勢需要。如在文革運動剛剛發動起來的時候，分清敵我是文化大革命的首要問題。「北京六中紅衛兵」創辦《紅衛兵報》在第七期就全文刊登了毛澤東寫於 1926 年 3 月的《中國社會各階級的分析》文章，並配發「編者按」。「編者按」中指出，「在無產階級文化大革命正向一個更深入、更廣

〔註3〕　《中央、國務院關於「一・二九」事件的電文》，《井岡山》，清華大學井岡山報編輯部主辦，1967 年 19 日，專刊，第 2 版。

〔註4〕　《中共中央、國務院、中央軍委、中央文化革命小組給武漢市革命群眾和廣大指戰員的一封信》，《武漢貧下中農戰報・新農大》，毛澤東思想武漢地區農民總部、首都紅代會北農大東方紅公社聯合主辦，1967 年 8 月 18 日，聯合版，第 1 版。

闊的新階段發展的時候，重新刊登主席這篇光輝的著作，具有更現實、更偉大的意義。」「文化大革命是在敵我矛盾，人民內部矛盾縱橫交錯的複雜情況下進行的。爲了分清敵、我、友，團結大多數，孤立、打擊那些反黨反社會主義的右派分子；爲了正確地區分，處理兩類不同性質的矛盾，只有認眞地學習這篇文章，才能找到正確的答案。」〔註5〕

1967 年 5 月 22 日，《人民日報》轉載《紅旗》雜誌 1967 年第八期社論《爲捍衛無產階級專政而鬥爭——紀念〈在延安文藝座談會上的講話〉發表二十五週年》。繼 23 日全文刊登《在延安文藝座談會上的講話》（1942.5.22）後，25 日至 28 日《人民日報》以頭版頭條形式連續四天首次公開發表了毛澤東的《看了〈逼上梁山〉以後寫給延安平劇院的信》（1944.1.9）、《應當重視電影〈武訓傳〉的討論》（1951.5.20）、《關於紅樓夢問題研究的信》（1954.10.16）、《關於文學藝術的兩個批示》（1963.12.12 和 1964.6.27）五個毛澤東關於文藝工作的五個光輝文件。按照毛澤東在八屆十中全會上的講話，「凡是要推翻一個政權，總要先造成輿論，總要先做意識形態方面的工作。革命的階級是這樣，反革命的階級也是這樣。」〔註6〕從 6 月 1 日起，許多紅衛兵、造反派報紙大幅全文刊登毛澤東的這五個文件。如 1967 年 6 月 1 日，「化工部無產階級革命造反司令部」的《新化工》第十五號全文刊登了這五個文件。〔註7〕煤炭科學研究院革命造反聯合總部主辦的《東方紅》第三期也於同日全文刊登了這五個文件。〔註8〕

1967 年夏天，造反派走向「大分裂」、「大武鬥」，鑒於此種形式，恰逢 1967 年 6 月 19 日是毛澤東《關於正確處理人民內部矛盾的問題》發表十週年。中共中央於是發出關於宣傳《關於正確處理人民內部矛盾的通知》。於是各造反派報紙在一個時期內瘋狂刊登毛澤東的《關於正確處理人民內部矛盾的問題》文章，並配「編者按」和發表社論。

〔註5〕　《努力學好毛澤東思想——重新刊登〈中國社會各階級的分析〉的按語》，《紅衛兵報》，北京六中紅衛兵主辦，1966 年 9 月 28 日，第 7 期，第 3 版。

〔註6〕　《凡是要推翻一個政權，總要先做意識形態方面的工作》，《建國以來毛澤東文稿》（第 10 卷），北京：中央文獻出版社，1998 年，第 194 頁。

〔註7〕　《毛澤東關於文藝的五個光輝文件》，《新化工》，化工部無產階級革命造反司令部《新化工》編輯部主辦，1967 年 6 月 1 日，第 15 號，第 1 版。

〔註8〕　《毛主席關於文學藝術的五個文件》，《東方紅》，煤炭科學研究院革命造反聯合總部主辦，1967 年 6 月 1 日，第 3 期，第 1、2 版。

另外，有些文革小報通過查抄一些單位的歷史檔案文件，披露一些從未公開報導的內部講話歷史資料，搶先發表他們得到的首長內部講話，甚至還在文後特意注明「此文從未正式公開發表，不得擅自引用」，以求吸引眼球，有意製造社會輿論，擴大自己影響。如 1967 年 5 月 1 日，毛澤東會見阿爾巴尼亞軍事代表團。座談會上，毛澤東與與會代表進行了一系列的講話。其中與阿爾巴尼亞軍事代表談及了對目前中國文化大革命的看法。當時國家的「兩報一刊」，對於毛澤東談及發動文化大革命的具體原因、具體細節、策略以及對文化大革命形勢的預判以及未來部署等都隻字未提。但是，毛澤東與阿爾巴尼亞軍事代表的有關文化大革命形勢的講話在各群眾組織主辦的報刊中滿天飛。如「冶金部在京單位《新冶金》編輯部」主辦的《新冶金》第十一期詳細刊登了這次談話的具體內容。〔註 9〕

再如「北京農業大學革命委員會」、「首都紅代會農大東方紅公社」聯合主辦的《新農大》「增刊」在頭版頭條上把毛澤東曾經批判羅瑞卿的講話披露出來。文章披露毛澤東曾經在一次講話中說：「羅瑞卿思想同我們有距離。林彪同志帶了幾十年的兵，難道不知道什麼是軍事，什麼是政治？軍事訓練幾個月的兵就可以打仗，過去打的都是政治仗，要恢復林彪同志突出政治的原話。羅把林彪同志實際當敵人看待。羅當總長以來，從未向我請示報告過；羅不尊重各位元帥，他又犯了彭德懷的錯誤；羅在高饒問題上實際是陷進去了；羅個人獨斷，羅是野心家；凡是搞陰謀的人，他總是拉幾個人在一起。」然後文章把 1965 年 12 月 2 日毛澤東談的從未正式發表的「反對折中主義的問題」全文照登。〔註 10〕在同期，報紙還披露了未經楊成武本人審閱的楊成武 1967 年 3 月 19 日在軍級幹部會議上的揭露羅瑞卿的講話記錄稿節錄。〔註 11〕

文革小報除大量刊載毛澤東未經公開的內部講話之外，還整版刊登毛主席語錄與指示。1969 年 2 月 4 日「中國人民解放軍瀋陽軍區黑龍江生產建設

〔註 9〕　《毛主席暢談文化大革命——接見阿爾巴尼亞軍事代表團時的講話》，《新冶金》，冶金部在京單位《新冶金》編輯部主辦，1967 年 9 月 28 日，第 11 期，第 1、3 版。

〔註 10〕《毛主席批判羅瑞卿》，《新農大》，北京農業大學革命委員會、首都紅代會農大東方紅公社主辦，具體日期不詳，增刊，第 1 版。

〔註 11〕《楊成武同志在軍級幹部會議上揭露羅瑞卿》，《新農大》，北京農業大學革命委員會、首都紅代會農大東方紅公社主辦，具體日期不詳，增刊，第 1、2 版。

兵團政治部」出版《兵團戰士報》第六期。該期報紙通過摘錄「兩報一刊」社論文章、以及中共中央有關文革運動的文件以及毛澤東本人的講話、文章中的個別句子，匯總成「毛主席最新指示」，在整期報紙的四個版面全部集中刊登。〔註12〕再如「首都紅代會中國人民大學新人大公社」、「毛澤東思想紅衛兵」主辦的《新人大》第四十三期，從「兩報一刊」、中共中央有關文革運動的文件中摘錄了毛澤東自一九六五年十二月至一九六七年九月有關講話的句子，彙編成「毛主席關於無產階級文化大革命的指示」予以刊登。〔註13〕

中央首長與中央文革文革成員在現場接見造反群眾，被廣大造反派視作是毛主席和中央對他們造反運動的最大支持與肯定。於是，有些文革小報紛紛刊登中央首長和中央文革成員看望紅衛兵與造反派群眾的現場講話，如「北京礦業學院東方紅公社政治部宣傳部」主辦的《東方紅》創刊號第二版就登了一篇文章，文章的標題就是《親切的關懷 巨大的鼓舞——戚本禹和穆欣同志來我院作重要講話並向革命師生問好慶祝我們勝利》。像這一類文章標題或者句子，在文革小報中處處可見。

河南武鬥事件發生後，江青於 1967 年 7 月 22 日接見了「二七公社」的造反群眾並現場發表講話，鼓勵武鬥。第二天，「文攻武衛」的口號在上海《文匯報》上公開發表。其他各群眾報刊也爭相報導了江青在接見時的講話。其中「首都紅代會北京機械學院東方紅公社」主辦的《東方紅》在其第十四號披露了江青的講話內容。江青在接見代表們時說：「當挑起武鬥的這一小撮人在達成協議以後他們的武器還沒有收回的話，你們自衛的武器不能放下！我記得好像就是河南的一個革命組織提出這樣的口號，叫做『文攻武衛'。這個口號是對的！……放下武器，這是不對的，這是要吃虧的，革命小將要吃虧的。」〔註14〕

同年 9 月 5 日，江青在接見安徽代表時又大講「文攻武衛」。各造反派報紙又開始爭相報導。其中「北京市革命職工代表會議常設委員會」主辦的《北京工人》第二十三期頭版頭條刊登了江青的談話內容。江青在會上說，「當然

〔註12〕《毛主席最新指示》，《兵團戰士報》，中國人民解放軍瀋陽軍區黑龍江生產建設兵團政治部主辦，1969 年 2 月 4 日，第 6 期，第 1～4 版。
〔註13〕《毛主席關於無產階級文化大革命的指示》，《新人大》，首都紅代會中國人民大學新人大公社、毛澤東思想紅衛兵主辦，第 43 期，第 1、2 版。
〔註14〕《江青同志重要講話》，《東方紅》，首都紅代會北京機械學院東方紅公社主辦，1967 年 7 月 27 日，第 14 號，第 1 版。

嘍，同志們會說，江青同志說得厲害喲，我們在那鬥得厲害哪，我們也鬥得厲害哪，只是沒有武鬥就是了，不過我聲明了，誰要跟我武鬥，我一定自衛，我一定還擊！」「當階級敵人向我們進攻的時候，我手無寸鐵怎麼行哪！是不是？」〔註15〕

　　江青兩次接見群眾的講話經各造反組織的報刊刊登後，全國各地造反組織紛紛歡呼「文攻武衛」。文革群眾運動進一步走向失控的局面。如1967年8月6日《紅旗・井岡山・河南紅衛兵・井岡山・東方紅》「聯合版」就刊登一篇「本報評論員」文章《文攻武衛好得很！》，號召人們「不要天真爛漫，要文攻武衛。迎著妖風，穿過槍林彈雨，誓用鮮血和生命保衛毛主席，保衛林副主席，保衛黨中央，保衛中央文革！誓將無產階級文化大革命進行到底！」〔註16〕

　　再如，武漢「七・二〇」事件發生後，7月28日，陳伯達、謝富治等在北京市革委會接見在武漢地區革命造反派代表。「武漢鋼二司」、「首都出版系統革命委員會」、「人民文學出版社革命聯合總部」合編的《武漢鋼二司・紅色宣傳兵・文藝戰鼓》第二號刊登文章，發表了謝富治在會上的講話紀錄。謝富治在講話中稱，陳再道是反對毛主席，反對黨中央，反對中央文革的。他的問題非常嚴重。並在講話明確表示支持武漢三鋼等造反派，「我走過很多省、市，我看到了很多革命造反派對毛主席、黨中央、中央文革是無限熱愛的。武漢造反也不例外，三鋼、三新等革命造反派組織也是這樣的。」「現在武漢形式大好，希望三鋼、三新、三司革聯，統統殺回去。希望你們回去能按毛主席的政策辦事，主要問題是對敵人要狠。」〔註17〕

　　另外，文革小報對中央首長以及中央文革成員的講話進行報導，也是為了便於各造反群眾瞭解當前毛主席與中央對於文革態勢的態度，從而敏銳地

〔註15〕《江青同志重要講話——九月五日晚在接見安徽省革命群眾組織代表時談形勢》，《北京工人》，北京市革命職工代表會議常設委員會主辦，1967年9月20日，第23期，第1、2版。

〔註16〕《文攻武衛好得很！》，《紅旗・井岡山・河南紅衛兵・井岡山・東方紅》，北航《紅旗》報編輯部、清華《井岡山》報編輯部、師大《井岡山》報編輯部、礦院《東方紅》報編輯部、《河南紅衛兵》報編輯部，1967年8月6日，聯合版，第4版。

〔註17〕《陳伯達、謝富治通知最近接見武漢地區革命派時的講話》，《武漢鋼二司・紅色宣傳兵・文藝戰鼓》，武漢鋼二司、首都出版系統革命委員會、人民文學出版社革命聯合總部合編，1967年8月12日，第2號，第1、2版。

洞察中央對文革運動的部署。如「國家測繪總局第二分局革命造反司令部」主辦的《革命造反報》第十二期刊登了周恩來在大會堂接見黑龍江「炮轟派」代表時的講話。講話中周恩來說，「我們不會支持你們把他們（指捍聯總，筆者注）壓垮，也不會支持他們把你們壓垮，這是毛主席的指示。你們是少數，我們要保護你們，這是應該的。但是要想中央支持你們把對方壓垮，這是辦不到的。我跟你們亮底，這不是我的底，這是毛主席的底。」「要全面從毛澤東思想班搞起，鬥私批修，按系統聯合。捍聯總、炮轟派逐步取消。」〔註18〕

5.1.2 刊登評論文章與組織內部文件

　　文革小報中大量刊登了代表紅衛兵、造反組織立場、態度以及工作安排部署的社論和本報評論員文章和組織內部文件。它是引導造反群眾進行革命造反的議程表。

　　刊登本報評論文章：社論和本報評論員文章是一家報紙製造輿論的重要手段。它往往是報紙編輯部和評論員代表報社就重大社會問題發表的最有分量的新聞評論，起著引導社會輿論的作用。作為紅衛兵、造反派進行「革命」鬥爭輿論工具的小報，毫不例外非常重視社論本報評論員文章的發表。絕大部分文革小報幾乎每期都會發表一篇社論文章或者評論員文章。

　　1967 年，距毛澤東發表「延安文藝講話」已有二十五年。毛澤東這篇二十五年前的重要講話對於當前的「兩條路線」的鬥爭仍然深具現實指導意義。所以全國各大報刊、包括各造反派主辦的小報以各種各樣的形式對毛澤東的這篇講話進行紀念。其中「北京電影學院井岡山公社」的《電影紅兵》第二期發表社論文章《毛主席的革命文藝路線萬歲》對其進行紀念。社論稱，「這部具有極其深遠歷史意義的光輝文獻，天才地、創造性地捍衛、繼承和發展了馬克思列寧主義世界觀和文藝理論，是當代馬克思列寧主義文藝理論的最高峰。它最完整地、最全面地、最系統地、最深刻地總結了文化戰線上的兩條路線的鬥爭。」社論然後回顧了毛澤東的講話發表後二十五年來，「以毛主席為代表的無產階級革命文藝路線」同「以劉鄧周夏為代表的反革命修正主義文藝黑線」的鬥爭歷史。社論最後高度讚揚了毛澤東的「講話」在文化大革命中的現實指導意義。它認為「『講話』是指南針。它指導我們在複雜、尖

〔註18〕《周恩來等中央首長單方接見炮轟派代表》，《革命造反報》，國家測繪總局第二分局革命造反司令部主辦，1967 年 12 月，第 12 期，第 2 版。

銳的階級鬥爭中辨明方向、鑒別香花和毒草，鑒別革命和反革命、真革命和假革命。」「『講話』是照妖鏡。它是徹底摧毀一切牛鬼蛇神的最銳利武器。一切反黨反社會主義反毛澤東思想的言行，在它面前，都將原形畢露，無處藏身。」「『講話』是進軍號。它號召廣大工農兵群眾充當主力軍，號召文藝工作者到工農兵中去，到火熱的階級鬥爭中去，把無產階級文化大革命，堅決進行到底。」〔註19〕

　　再如1967年10月14日，中共中央、國務院、中央軍委、中央文革聯名向全國發出《關於大中小學校復課鬧革命的通知》（中發（67）316號）。1967年11月17日，「北京石油學院《大慶公社》編輯部」和「遼寧大學《八三一戰報》編輯部」聯合編輯的《大慶公社‧八三一戰報》在頭版頭條刊登社論文章《復課鬧革命，只爭朝夕》，為中央「復課鬧革命」的「偉大戰略部署」進行歡呼，同時也表達決心要積極響應中央的這一偉大號召。社論稱，「這一通知（指《關於大中小學校復課鬧革命的通知》，筆者注），是大、中、小學校文化大革命進入新階段的標誌，這是毛主席的偉大戰略部署。一切革命的紅衛兵必須堅決執行，立即照辦。我們八三一戰士要在復課鬧革命中立新功。」「八一三的戰友們，革命的同志們，積極行動起來，粉碎階級敵人的陰謀詭計，衝破重重阻力，以『只爭朝夕』的精神，實現復課鬧革命，勝利完成一抖二批三改的偉大歷史使命。」〔註20〕

　　刊登組織內部文件：紅衛兵、造反派組織內部的文件是群眾組織在文革群眾運動過程中頒發的表明群眾組織對某些事件的態度、立場以及對本組織群眾運動進行部署的「通告」、「呼籲」、「宣言」、「勒令」和「聲明」等類的文告。

　　一「通告」類文件。文革小報中大量刊登了一些紅衛兵、造反派組織的要求本組織造反群眾必須遵循的規範性通告。如「北京礦院左派委員會在首都紅代會北京礦業學院東方紅公社」主辦的《東方紅》第十三期刊登的《通告》（奪權67第14號）。《通告》稱，1967年1月21日，北京礦院成立了革

〔註19〕　《毛主席的革命文藝路線萬歲——紀念〈在延安文藝座談會上的講話〉發表二十五週年》，《電影紅兵》，北京電影學院井岡山公社主辦，1967年5月15日，第2期，第1版。

〔註20〕　《復課鬧革命，只爭朝夕》，《大慶公社‧八三一戰報》，北京石油學院《大慶公社》編輯部和遼寧大學《八三一戰報》編輯部聯合編輯，1967年11月17日，聯合版，第1版。

命左派奪權委員會，奪取了礦院黨內一小撮走資本主義道路當權派的黨、政、財、文大權。為了擊退資產階級反動路線的新反撲，保衛紅色政權，院奪權委員會進行如下通告。通告規定，「礦院革命左派奪權委員會是礦院的最高權力機構，礦院師生員工必須服從其領導，如有違抗者，嚴加懲辦」；「各級左派奪權小組必須高舉毛澤東思想偉大紅旗，要做當仁不讓的無產階級權威，堅守崗位，加強領導」「必須由真正的無產階級革命派掌權」；「院革命左派奪權委員會有權審查各革命單位左派奪權小組的工作和人員。必要時，有權任免其工作人員。」等等。〔註21〕

　　二「呼籲」類文件。文革小報中刊登大量以某一紅衛兵、造反組織的名義號召造反群眾去做某件事情的類似於「倡議書」、「呼籲書」類的文件。大奪權後，中央提出「抓革命、促生產」的號召。於是文革小報上冒出了大量關於「抓革命、促生產」的《緊急呼籲書》、《緊急倡議書》。如「北京礦業學院東方紅公社」的《東方紅》在第七期刊登了一份由「銅川地區工礦企業無產階級文化大革命聯合總部」為首的十家造反派組織聯名發出的有關「抓革命，促生產」的《緊急倡議書》。〔註22〕然後在第八期，整個頭版又刊登了一份「北京礦業學院東方紅公社」為首的九家造反派組織聯名發出的全國煤炭系統「抓革命，促生產」《緊急呼籲書》。〔註23〕

　　三「宣言」類文件。文革小報中刊登了大量紅衛兵、造反派組織向全社會公開表明某種政治態度的「宣言書」、「通電」類的組織文件。如文革群眾運動初期，紅衛兵大搞「破四舊、立四新」運動，「北京師範大學毛澤東思想紅衛兵井岡山戰鬥團」在《討孔戰報》第三期就「通電全國」，提出徹底打倒「孔家店」，樹立毛澤東思想的絕對權威的十大「宣言」：「孔家店是資本主義復辟的輿論基礎」、「孔孟之道是中國人民的大敵」、「徹底打倒『孔家店』，大破四舊，大立四新，樹立毛澤東思想的絕對權威」、「打落水狗」、「堅決貫徹執行毛主席的正確路線」、「打一場人民戰爭」、「深入工農兵、進行革命大串連」、「舉行徹底打倒『孔家店、大破四舊的遊行示威會』」、「為新生事物鳴鑼

〔註21〕　《北京礦院革命左派奪權委員會通告》，《東方紅》，首都紅代會北京礦業學院東方紅公社主辦，1967 年 3 月 17 日，第 13 期，第 4 版。

〔註22〕　《緊急倡議書》，《東方紅》，北京礦業學院東方紅公社主辦，1967 年 2 月 9 日，第 7 期，第 2 版。

〔註23〕　《全國煤炭系統「抓革命，促生產」緊急呼籲書》，《東方紅》，北京礦業學院東方紅公社主辦，1967 年 2 月 15 日，第 8 期，第 1 版。

開道」、「建立全國討孔聯絡委員會」。〔註24〕

再如「北京郵電學院東方紅公社砸修兵團」主辦的《砸修戰報》創刊號頭版頭條刊登了一份「砸修兵團」的《宣言》。《宣言》稱，北京郵電學院東方紅公社「砸修兵團」宣告成立了！「我們砸修兵團自成立之時起，就發出了第一個造反的聲音：堅決取締工經系！」「我們砸修兵團的誓言：不砸爛工經系，誓不罷休！」「我們砸修兵團的光榮使命，就是把黨內最大的一小撮走資本主義道路的當權派和我院、系內的走資本主義道路的當權派鬥倒鬥臭，把修正主義工經系批深批透，徹底砸爛，勝利完成鬥批改的光榮任務。」〔註25〕

四「勒令」類文件。文革小報中大量刊登某一造反組織強制要求運動對象或者對立造反組織做什麼事情的「勒令」、「通令」等。如 1967 年 8 月 25 日，「批鬥三反分子譚震林大會」在《鬥譚大會》專刊上刊登一份《勒令》。原文如下：

> 批鬥三反分子譚震林大會勒令
>
> 三反分子譚震林，你這個老混蛋，豎起你的狗耳朵聽著：
>
> 1. 限令你在八月二十四日上午十時以前，交出你向毛主席、向革命造反派低頭認罪書。認罪書交到「農口革命造反聯絡站」。
>
> 2. 限令你在五天之內交出你在二月反革命復辟逆流中攻擊中央文革、污蔑農林口革命造反派的黑講話和黑報告。
>
> 3. 勒令你每星期滾到農林口各單位接受革命造反派批鬥。
>
> 4. 勒令你在八月二十六日下午二點準時到北京農業大學聽候農林口革命造反派對你的第二次審判。
>
> 上述各條，不得違抗，否則，由此引起的一切嚴重後果，由你負完全責任。
>
> 一九六七年八月十九日〔註26〕

〔註24〕《徹底打倒「孔家店」，樹立毛澤東思想的絕對權威》，《討孔戰報》，全國紅衛兵徹底打倒孔家店，樹立毛澤東思想絕對權威聯絡委員會主辦，1966 年 11 月 20 日，第 3 期，第 1、3 版。

〔註25〕《砸修兵團宣言》，《砸修戰報》，北京郵電學院東方紅公社砸修兵團主辦，1967 年 7 月 5 日，創刊號，第 1 版。

〔註26〕《批鬥三反分子譚震林大會勒令》，《鬥譚大會》，農口革命造反聯絡站、批判譚震林聯絡站《批譚戰報》編輯部與北京農業大學革命委員會、、紅代會北農大東方紅公社《新農大》編輯部聯合編輯，1967 年 8 月 25 日，專刊，第 8 版。

　　五「聲明」類文件。文革小報中還大量刊登了譴責與批判異派組織造反行為的「嚴重聲明」之類的文件。如 1967 年 2 月 22 日,《清華通訊》曾刊登了一份以「清華井岡山兵團」下面的「整風串連會」、「毛澤東思想縱隊」、「東方紅支隊」、「天安門縱隊」、「毛主席警衛團」幾個分支造反組織聯合發出的《聯合聲明》。《聯合聲明》稱,蒯大富在翻身掌權後,地位的變化使他頭腦裏資產階級思想發作了,從自以為是,不相信群眾發展到壓制群眾,站在群眾的對立面,從小團體主義、宗派主義發展到排除異己,獨斷專行。他和他所控制的井岡山兵團總部以及總部機關報《井岡山》自一月份兵團總部成立以來,破壞了革命大聯合,造成了革命大分裂,違背了無產階級革命路線。所以嚴正要求蒯大富、井岡山兵團總部以及《井岡山》報「公開承認錯誤」、「自己發動廣大兵團群眾對其批判」等六條聲明等。〔註27〕

5.1.3 號召學習和轉載其他報紙文章

　　文革運動初期,中宣部兩次被改組,最終被停止工作,再加上經過 1967 年奪權風暴之後,全國的報刊從原來的七百多家,變成了三十多家。於是,「兩報一刊」以及一些受到中央文革暗中支持、社會影響較大的一些紅衛兵、造反派報紙的社論和文章成為全國人民參加文革運動進行學習領會的文件性內容,從而形成「報紙治國」、「社論治國」的無序現象。於是「兩報一刊」和一些群眾報刊的某些社論和文章是各紅衛兵、造反派報紙紛紛推薦和轉載的重要對象。

　　推薦和轉載「兩報一刊」文章:文革運動中,《人民日報》、《解放軍報》和《紅旗》是當時僅存的黨的最高級別的輿論刊物。這幾個刊物當時幾乎為文革中央上層所控制,陳伯達領導《人民日報》與《紅旗》,林彪把持《解放軍報》。「兩報一刊」發表的很多社論和文章,都是經過毛澤東審閱、圈改或撰寫,往往暗含了毛澤東有關文革運動的戰略布局和發展方向。所以「兩報一刊」的重要社論和文章成為全國報紙和廣播電臺紛紛推薦和轉載的對象,紅衛兵和造反派群眾報刊自然也不例外。

　　1966 年下半年,一些深受社會不公的臨時工、合同工、外包工等底層勞動群體,紛紛成立造反組織進行「革命造反」,他們強烈反對社會特權和要求

〔註27〕《聯合聲明》,《清華通訊》,京華大學井岡山兵團駐滬聯絡站主辦,1967 年 2 月 22 日,(沒注明期號),第 1、2 版。

提高經濟待遇。其中尤以成立於 1966 年 11 月 8 日的「全國紅色勞動者造反總團」最爲有名，它是整個文革期間唯一的全國性群眾組織。1967 年 1 月 5 日和 9 日，上海「工總司」等三十五個造反組織聯合在《文匯報》發表兩個反經濟主義的重要文件《告上海全市人民書》和《緊急通告》。11 日，中共中央頒發《中共中央關於反對經濟主義的通知》。12 日，《人民日報》與《紅旗》聯合發表社論。社論認爲，《文匯報》上的《緊急通告》，揭露了上海地區反動分子的利用經濟主義誘惑革命群眾的陰謀。社論指出，「一切革命群眾，一切革命組織，都應當百倍提高警惕，識破階級敵人玩弄的經濟主義的陰謀詭計，徹底粉碎資產階級敵人反動路線的新反撲，把無產階級文化大革命進行到底。」〔註 28〕隨後，各小報紛紛推薦學習和轉載這篇社論文章，其中「中國科學院紅色革命造反公社」主辦的《紅色造反報》第七期對這篇文章進行了全文轉載。〔註 29〕

　　1967 年 1 月開始的全面奪權使造反組織內部派性鬥爭激化。各造反派組織爲爭權奪利，拉幫結派，導致無數的紛爭與衝突，武鬥事件時有發生。尤其自 1967 年夏季開始，謝富治提倡「徹底砸爛公、檢、法」，江青鼓動造反群眾進行「文攻武衛」，大力煽動武鬥。毛澤東於是提出關於正確處理人民內部矛盾的問題，要求運用團結——批評——團結的方針，經過思想鬥爭，實現「革命大聯合」。《解放軍報》的短評《大辯論好地很！》這篇文章報導了鐵道部某工程局執行支左任務的部隊人員，以毛澤東思想爲指針，發動群眾大辯論，讓群眾自己教育自己，自己解放自己，從而使各派在辨明大方向的前提下，以革命左派爲核心聯合起來，共同對敵的事蹟。該文號召大家說，「大辯論是無產階級大民主的一個很好的形式，我們一定要大膽放手發動群眾進行大辯論。群眾是講道理的。是能夠自己教育自己的。」〔註 30〕

　　1967 年下半年文革運動發生了一個大的方向轉變。從年初的全面奪權、從組織上打倒黨內走資本主義道路的當權派轉向從政治上、思想上打倒黨內

〔註 28〕　《反對經濟主義，粉碎資產階級反動路線的新反撲》，《人民日報》，1967 年 1 月 21 日，第 1 版；《紅旗》，1962 年，第 2 期，第 19～21 頁。

〔註 29〕　《人民日報》、《紅旗》雜誌社論：《反對經濟主義，粉碎資產階級反動路線的新反撲》，《紅色造反者》，中國科學院紅色革命造反公社主辦，1967 年 3 月 3 日，第 7 期，第 2 版。

〔註 30〕　《大辯論好得很！》，《東方紅》，首都紅代會北京機械學院東方紅公社主辦，1967 年 7 月 13 日，第 13 號，第 3 版。

最大的走資本主義道路的當權派轉變。1967 年 7 月 22 日《人民日報》在頭版頭條發表了署名爲「空軍司令部紅尖兵」（林立果，筆者注）的文章《從政治思想上徹底打倒黨內一小撮走資本主義道路的當權派》並配發編者按。該文提出「打倒以中國的赫魯曉夫爲總代表的黨內、軍內一小撮走資本主義道路的當權派」。〔註31〕

　　當天，《解放軍報》就《人民日報》的這篇文章，配發了一篇評論員文章《推薦一篇好文章》。文章稱，「紅尖兵這篇文章，提出了一個重要的觀點，這就是：當前正在開展的大批判運動，是奪權鬥爭的一個重要組成部分，是奪權鬥爭的繼續。這個觀點，非常正確，非常重要。」「在這次無產階級文化大革命中，我們的主要對象，是黨內一小撮走資本主義道路的當權派，我們的中心任務，就是要奪他們的權。經過一年來的尖銳複雜的鬥爭，我們把黨內最大的一小撮走資本主義道路的當權派揭露出來了。今年『一月風暴』以來，在一些地區、一些部門，無產階級革命派已經從黨內一小撮走資本主義道路的當權派的手裏，把黨政財文大權奪了回來。」「從組織上把黨內一小撮走資本主義道路的當權派竊取的權力奪回來，固然重要；但是，更重要的是，必須從政治上、思想上、理論上，把以中國赫魯曉夫爲總代表的黨內一小撮走資本主義道路當權派批深、批透、批倒、批臭，肅清他們的流毒和影響。也就是說，要把他們在政治上、思想上的指揮權奪過來。」〔註32〕

　　《解放軍報》的文章發表後，在社會上產生了很大的影響，許多小報紛紛轉載了《解放軍報》這篇推薦文章。如「北京礦業學院革命委員會」、「紅代會北京礦院東方紅」聯合主辦的《東方紅》第三十九期全文刊載了這篇文章。〔註33〕

　　推薦和轉載其他小報文章：文革小報中有些社會影響比較大，甚至受到中央高層和中央文革的認可或者暗中支持的小報，如能緊跟「中央文革的戰略部署」、具有「中央文革的鐵拳頭」之稱的《首都紅衛兵》報。它們有時能發表一些帶有運動指導意義、甚至能左右輿論引導的評論文章和報導。這些

〔註31〕　《從政治思想上徹底打倒黨內一小撮走資本主義道路的當權派》，《人民日報》，1967 年 7 月 22 日，第 1 版。

〔註32〕　《推薦一篇好文章》，《解放軍報》，1967 年 7 月 22 日，第 1 版。

〔註33〕　《解放軍報》評論員：《推薦一篇好文章》，《紅色職工》，北京礦業學院革命委員會、紅代會北京礦院東方紅聯合主辦，1967 年 7 月 27 日，第 39 期，第 2 版。

小報上的有些文章往往被其他小報紛紛推薦和轉載。

　　如「首都大專院校紅衛兵革命造反總司令部政治部」主辦的《首都紅衛兵》報第二十七號發表社論《打垮資產階級的反奪權》。該社論稱，「無產階級的大奪權，必然引起資產階級的反奪權。在奪權與反奪權中，必然有一場生死的大搏鬥。」「資產階級的反奪權，正如它的復辟一樣，通常通過三種方式。」第一種方式，是使無產階級革命隊伍內部蛻化。這種方式，「形式上，革命造反派奪了權，實際上，是資產階級的意識形態在控制著。」第二種方式是實行「內部奪權」，或者叫「宮廷政變」。「他們借著革命派某些領導人工作中的一些缺點和錯誤，把他們整下去，自己上臺，實行『內部奪權』，把革命引入歧途。」第三種方式是「武裝政變」。「在資產階級的代表人物製造了他認為是足夠的輿論準備之後，就會準備發動一次反革命政變。」社論最後號召，「把一切權力奪回到無產階級革命造反派手中！打垮資產階級的反奪權！敵人不投降，就叫它滅亡！」1967 年 2 月 10 日，「北京石油學院大慶公社宣傳組」主辦的《紅色造反者》報第五號全文轉載該文章。〔註 34〕

　　1968 年元旦社論指出，這一年「要繼續深入開展革命的大批判，促進和鞏固革命的大聯合和革命的三結合，深入展開各單位、各部門的鬥、批、改。」尤其要注意「團結對敵，反對無原則的派別糾紛，克服小團體主義和宗派主義。」〔註 35〕在這一偉大號召下，各報紙紛紛撰文討論打倒派性，實現革命大聯合的問題。

　　1968 年 1 月 17 日「安徽省革命造反派」聯合主辦的《新安徽報》發表社論文章《敵人利用派性　派性掩護敵人——論打倒資產階級，小資產階級派性》。社論指出，「目前，派性已經成為我們全面落實毛主席最新指示，奪取無產階級文化大革命全面勝利的大敵。大敵當前，必須堅決把它打倒。」社論認為，「派性是毒蛇，它毒害人們的靈魂，腐蝕人們的革命意志，嚴重危害了我們的革命同志和革命事業。」該社論並且進一步指出，「究竟是做堅持無產階級黨性的真正的無產階級革命派，還是做資產階級派性牽著鼻子走的庸人？這是擺在每個革命同志面前的一個十分嚴肅的重大問題，也是對我們每

〔註 34〕　《打垮資產階級的反奪權》，《紅色造反者》，1967 年 2 月 10 日，第 5 號，第
　　　　　 2～4 版。
〔註 35〕　《迎接無產階級文化大革命的全面勝利》，《人民日報》，1968 年 1 月 1 日，第
　　　　　 1 版。

個同志的一次嚴峻考驗，一切革命同志都必須認真思考和以實際行動作出回答。」

　　正因為這篇社論切合了當時的革命形勢需要，一些造反派報紙對該社論進行了轉載。如「工代會首鋼革命大聯合委員會」主辦的《東風報》第十七期去掉原文的副標題以《敵人利用派性 派性掩護敵人》全文轉載了該社論。〔註36〕

　　文革小報大量篇幅刊登「中央首長」的「最新指示」、評論文章和組織內部文件，這正體現了當時的文革運動領導方式：毛澤東和他領導下的中央文革小組，通過講話部署文革戰略，然後透過報刊、雜誌把他們的意圖直接傳達給造反群眾。

5.2.進行「革命」大批判

　　毛澤東曾在 1940 年談到帝國主義文化、半封建文化與新文化的關係時提到「不破不立，不塞不流，不止不行，它們之間的鬥爭是生死鬥爭。」〔註37〕1966 年 4 月 16 日至 24 日毛澤東在杭州召開政治局常委擴大會議上針對《二月提綱》中「有破有立」的說法提出要「先破後立」、「要徹底地破」。〔註38〕1967 年 8 月 26 日，王力在關於大批判報導的指示中稱，「大批判是頭等重大的任務，是無產階級文化大革命第一位重要的工作，是鞏固奪權鬥爭成果的關鍵，是保證無產階級革命派掌好權的關鍵。」王力在這裡講的「大批判」是指針對劉少奇的大批判，與本文這節講的「大批判」既有聯繫又有區別。大批判是指包括文化大革命期間紅衛兵、造反派對他們所認為的一切應該被打倒、被批判的對象的「批判」。毛澤東提出的「破」，就是打倒、就是批判。正如王力在這篇講話中進一步指出，「用什麼方法去爭取受矇騙的群眾？就是要靠革命的大批判。經過大批判，這些受蒙蔽的群眾才懂得什麼是真正的毛澤東思想，什麼是劉鄧陶資產階級反動路線，他們才會覺悟，站到毛主席的

〔註36〕《敵人利用派性 派性掩護敵人》，《東風報》，工代會首鋼革命大聯合委員會主辦，1968 年 1 月 29 日，第 17 期，第 4 版。
〔註37〕毛澤東：《新民主主義論》，轉見中共中央文獻研究室、中央檔案館：《建黨以來重要文獻選編》（第 17 冊），北京：中央文獻出版社，2011 年，第 41 頁。
〔註38〕薄一波：《若干重大決策與事件的回顧》（下），北京：中共黨史出版社，1993 年，第 1241～1242 頁。

革命路線上來。」〔註 39〕爲了動員造反群眾，打倒他們所認爲需要打倒的一切，文革小報中一個重要的内容，就是進行「革命」的大批判。在文革群眾運動過程中，它不但刊登大量揭露和批判「走資本主義道路當權派」的各種歷史與現行「罪行」，而且因内部的分裂大量刊登批判和譴責派性對立組織之間的各種造反行爲；同時爲了凸顯自己作爲造反輿論工具的正當性和思想的政治正確，不忘打壓其他黨的媒體與其他派性對立的群眾報刊。

5.2.1 揭露「走資派」的「罪行」

　　紅衛兵與造反派創辦的群眾報刊中一個重要的内容是對所謂「走資派」的「反革命罪行」進行羅列與清算，進而對其進行人身攻擊與醜化。

　　文革小報對「走資派」的批判與醜化主要通過兩種方式進行：一方面通過刊載文章羅列大量運動對象的歷史材料與現行材料進行批判，另一方面是以漫畫形式對「走資派」的形像進行醜化與污名。

　　通過羅列大量歷史與現行材料揭露所謂「走資派」的「反動罪行」，如「首都電影界革命派聯合委員會《電影戰報》編輯部」和「紅代會北京電影學院東方紅」、「毛澤東共産主義公社聯合委員會《紅燈報》編輯部」在 1967 年 7 月 22 日聯合主編了《電影戰報・紅燈報》「合刊」。該期報紙共出版了十六個版面，除第二版刊登兩篇文章分別對所謂的「三反分子」夏衍和肖東望進行批判外，其餘十五個版面就只刊登了一篇由「文化部機關革命戰鬥組織聯絡站電影紅旗造反隊」、「紅代會北師大井岡山中文系大隊井岡潮戰鬥隊」、「工代會中國影協出版社革命造反委員會」共同寫就的《電影界第二號反革命修正主義頭目陳荒煤黑話錄》文章。文章集中火力對陳荒煤進行批判。該文在其《前言》部分指出：「陳荒煤就是在電影界搞『斐多菲俱樂部』，頑固地推行這條反革命修正主義文藝黑線的急先鋒，是文藝界周揚、夏衍反革命修正主義集團的最得力干將。從三十年代起，他就是『國防文學』的積極鼓吹者和實行者。全國解放後，又在黨内最大的走資本主義道路當權派劉少奇和文藝界黑頭目周揚、夏衍的支持下，更加明目張膽地反社會主義反毛澤東思想，是電影界推行反革命修正主義文藝黑線最瘋狂、最露骨、最膽大妄爲的黑頭目之一，罪行累累，罄竹難書。」然後在正文中就陳荒煤在五十年代後期六

〔註39〕　《王力同志關於大批判報導的指示》，《新聞戰報光明戰報》，首都新聞批判聯絡站、光明日報革命造反總部聯合編輯，1967 年 9 月 3 日，合刊，第 1 版。

十年代前期擔任文化部副部長、中國影協主席期間在各種會議上的講話進行簡單切割與羅列，歸納出其十大「反革命罪狀」：「瘋狂反對毛主席，詆毀毛澤東思想，抗拒毛主席關於文學藝術的批示」、「反對總路線、大躍進、人民公社，反對歷次政治運動，反對政治掛帥」、「猖狂發對黨的領導，纂奪黨對電影事業的領導權」、「瘋狂地推行一條與毛主席的無產階級革命路線根本對立的反革命修正主義文藝黑線」、「吹捧三十年代文藝黑線，攻擊文化革命的英勇旗手魯迅，爲王明機會主義路線翻案」、「大搞賣國主義投降主義外事路線，積極輸入資、修毒草影片」、「大肆吹捧帝、資、修電影藝術」、「竭力推行資本主義、修正主義的經營制度」、「招降納叛，結黨營私，吹捧資產階級專家、『權威』，鼓吹白專道路，腐蝕幹部隊伍，培養資產接班人」、「精心植培、瘋狂鼓吹毒草影片，爲實現資產階級反革命復辟製造輿論」。〔註40〕

再如「紅代會清華大學井岡山兵團《井岡山》雜誌社」主辦的《井岡山》「專刊」。該刊報眼位置刊登一條「最高指示」：「盤踞在大部分中國土地上的大蛇和小蛇，黑蛇和白蛇，露出毒牙的蛇和化成美女的蛇，雖然它們已經感覺到冬天的威脅，但是還沒有凍僵呢！」該「最高指示」欄目標示出了本期的主要內容：本期共四版，全部用來曝光「清華大學井岡山兵團」三審時任國家主席劉少奇的夫人王光美的經過，並對其進行批判。〔註41〕編輯部並就其中的一篇《三審王光美》的文章配發了「編者按」。

> 編者按：本刊這期公佈了今年 4 月 10 日我清華大學井岡山兵團戰士三審扒手王光美的紀錄，這是一份絕妙的反面教材，值得大家一讀。

> 從這三篇審問紀錄中可以清楚地看到，王光美這條落水狗並沒有甘心於它們的失敗，還在千方百計地耍花招，和革命人民較量；她時而故弄玄虛、百般狡辯，抵賴她和劉少奇犯下的滔天罪行；時而含沙射影，挑撥離間，嫁禍於人，企圖炮打無產階級司令部；時而裝出一副可憐相、甜言蜜語，妄想騙取人們對她的同情；時而窮

〔註40〕《陳荒煤黑話錄》，《電影戰報・紅燈報》，首都電影界革命派聯合委員會《電影戰報》編輯部、紅代會北京電影學院東方紅、毛澤東共產主義公社聯合委員會《紅燈報》編輯部主辦，1967 年 7 月 22 日，《電影戰報》第 6 期、《紅燈報》第 8 期，第 1、3～16 版。

〔註41〕《三審王光美》，《井岡山》，紅代會清華大學井岡山兵團《井岡山》雜誌社主辦，1967 年 8 月 10 日，專刊，第 1～4 版。

凶極惡、張牙舞爪，用歇斯底里的嘶叫來掩飾內心的恐懼和空虛，
把那付落水狗在水中掙扎時的醜態表演得惟妙惟肖！

　　當然，落水狗的狂吠不過是更加暴露了她的本性而已，這對那
些把狗的「落水認作洗禮，以爲必已懺悔，不再出來咬人」的老實
人來說，是一貼很好的清醒劑，因此，在這不可抵禦的革命大批判
的洪流中增加了這麼一份不可多得的反面教材，實在是一件大好
事，一切革命同志都要很好地利用這個反面教材，迎頭痛擊中國的
赫魯曉夫的新反撲，打斷它們的脊樑骨，把他們批倒、批臭、批爛，
使他們變成一堆不恥於人類的狗屎堆！〔註42〕

通過大幅刊登漫畫的形式對所謂的「走資派」予以醜化，如「第三機械工業
部紅旗總部」主辦的《紅旗報》第五期是漫畫「專刊」，整期報紙共四個版面。
除頭版刊登報頭、語錄和毛主席版畫頭像和口號外，其他三個版面全部刊登
所謂「走資派」的漫畫，對其進行批判與醜化。其中第二版整版刊登十張漫
畫圖片，用以揭露時任第三機械部代理部長吳融峰的「罪行」；〔註43〕第三版
使用通欄方式刊登毛主席語錄作爲口號：「人們靠我們去組織。中國的反動分
子，靠我們組織起人們去把他打倒。」另一共刊登了十一張漫畫，每一張漫
畫配文字說明：「喬裝打扮」、「修養出籠」、「一奶同胞」、「更勝於蘭」、「馬前
小卒」、「崇高理想」、「自不量力」、「癡心妄想」、「垂涎三尺」、「美夢黃粱」、
「徹底完蛋」。整幅漫畫對劉少奇參加革命以來到文革被打倒的整個人生歷程
犯下的所謂「反動罪行」進行揭露和醜化。〔註44〕第四版同樣使用通欄方式
刊登《五一六通知》的一句話來標示整個版面主題：「同這條修正主義路線作
鬥爭，絕對不是一件小事，而是關係我們黨和國家的命運，關係我們黨和國
家的前途，關係我們黨和國家將來的面貌，也是關係世界革命的一件頭等大
事。」通欄口號之外共刊登了十二張漫畫，並配簡要文字說明，依次是：「拋
出黑洞」、「狂犬吠日」、「螳螂擋車」、「濫調重彈」、「紛紛出籠」、「借屍還魂」、
「異想天開」、「瘋狂反撲」、「死抱僵屍」、「倒打一耙」、「蒙混過關」、「歷史

〔註42〕　《編者按》，《三審王光美》，《井岡山》，紅代會清華大學井岡山兵團《井岡山》
　　　　　雜誌社主辦，1967 年 8 月 10 日，專刊，第 1 頁。
〔註43〕　《吳融峰罪行錄》，《紅旗報》，第三機械工業部紅旗總部主辦，1967 年 6 月中
　　　　　旬，第 5 期，第 2 版。
〔註44〕　《劉修黃粱美夢》，《紅旗報》，第三機械工業部紅旗總部主辦，1967 年 6 月中
　　　　　旬，第 5 期，第 3 版。

垃圾」。整幅漫畫對彭眞制定《二月提綱》以來到被打倒這一階段的所謂「反革命罪行」進行了批判和醜化。〔註45〕

　　像這樣整期、整版刊登漫畫的形式對所謂「走資派」進行人身攻擊和醜化的現象，除那些專門的畫報、畫刊之外，在其他文革小報中也四處可見、俯拾即是。

　　「七機械部新九一五飛鳴鏑編輯部」主辦的《飛鳴鏑》第五十、五十一期是「合刊」。該期報紙是專門批鬥時任第七機械工業部副部長劉秉彥的專刊。該期共有八個版面，第一至四版專門刊載文章羅列劉秉彥的歷史「罪行」，第五至第八版就專門開闢漫畫版，一共刊登了二十八幅漫畫，對劉秉彥從出生到擔任第七機械部副部長進行了清算與醜化。「北京師範大學井岡山公社」主辦的《井岡山》第二號（1967.5.13）和「衛生部井岡山聯合戰鬥兵團」、「健康報社紅色聯隊」主辦的《衛生戰報》第九期（1967.7.1）就專門安排版面刊登漫畫，分別以「打倒中國的赫魯曉夫」和「斬斷劉少奇伸向醫藥衛生界的黑手」為主題對劉少奇進行批判。〔註46〕

　　單就「北京市革命職工代表會議常設委員會」在1967年9月至10月這兩個月出刊的《北京工人》來說，第二十一期（1967.9.6）就開設了「彭眞十五大罪狀」漫畫「專版」、第二十三期（1967.9.20）開設了「走社會主義道路，還是走資本主義道路」漫畫「專版」、第二十五期（1967.10.13）開設了「徹底批判暢觀樓反革命事件」漫畫「專版」，分別對彭眞、劉少奇、鄧小平等「走資派」進行歷史清算與醜化。〔註47〕

5.2.2 批判對立組織的造反行為

　　1967年「一月奪權」以後，全國進行了「全面大奪權」，在奪權過程中

〔註45〕《黑心畢露》，《紅旗報》，第三機械工業部紅旗總部主辦，1967年6月中旬，第5期，第3版。

〔註46〕《打倒中國的赫魯曉夫》，《井岡山》，北京師範大學井岡山公社主辦，第2號，1967年5月13日，第5、6版；《斬斷劉少奇伸向醫藥衛生界的黑手》，《衛生戰報》，衛生部井岡山聯合戰鬥兵團、健康報社紅色聯隊主辦，1967年7月1日，第9期，第4版。

〔註47〕《彭眞十五大罪狀》、《走社會主義道路，還是走資本主義道路》、《徹底批判暢觀樓反革命事件》，《北京工人》，北京市革命職工代表會議常設委員會主辦，1967年9月6日、1967年9月20日、1967年10月13日，第21、23、25期，第4版。

各群眾造反組織因爭權奪利而走向「大分裂」，各省市自治區群眾造反組織都分裂爲幾大派，最終走向「大武鬥」。各造反群眾組織在自己的報刊上刊登攻擊對方的文章，互相指責對方是「保守派」、「保皇派」，其行爲是「造反行爲」，是「錯誤的」。各造反組織在文革小報上主要通過刊登「聲明」文件、運動動態消息、事件深度調查報告以及發表評論文章對對立組織進行譴責和批判。

一是在小報上刊登以本組織名義的「聲明」、「嚴正聲明」之類的文件。這類譴責、批判異派組織之類的文件有兩種情況。其中第一種是造反組織報刊刊登通告譴責其他造反組織對自己本組織的造反行爲。如《紅色新聞電影》第四期曾以「中央新聞電影紀錄製片廠東方紅聯合總部」的名義刊登一份「抗議書」，對上海柴油廠「聯司」一小撮壞頭頭，爲了掩蓋自己的罪行，大打出手，砸壞了該總部新聞記者的攝影機，並打傷該記者，非法扣留、拷打、審訊七小時之久的行爲進行譴責與批判。「抗議書」稱，「上柴『聯司』一小撮壞頭頭是冒天下之大不韙，無視中央文革，明目張膽的違抗十六條；踐踏『六六』通令，對抗毛主席的無產階級革命路線。」「是可忍，孰不可忍！我總部全體戰士義憤填膺，怒不可遏。對上柴『聯司』一小撮壞頭頭的犯罪行爲，提出最最強烈的抗議！」〔註48〕

另外一種是通過刊登「聲明」文件，幫助、支持本派性的組織，譴責、批判異派組織的行爲。如 1967 年河南發生「五·二六」武鬥事件後，「北京市革命職工會議常設委員會」和「首都大專院校紅衛兵代表委員會」都在自己主辦的報紙上發表了「嚴正聲明」，公開譴責河南公安公社等所謂的「保皇組織」的行爲。「首都工代會鐵路系統大聯合籌備小組宣傳組」、「首都大專院校紅代會駐河南聯絡站宣傳組」共同編輯了一期《紅二七》「河南專刊」。該刊刊登了一份由二十七個造反群眾組織聯合發表的《嚴正聲明》。《嚴正聲明》中稱，「目前河南省黨內一小撮走資本主義道路的當權派還在繼續耍陰謀、放暗箭，操縱保皇組織，向革命造反派組織進行瘋狂反撲，氣焰十分囂張。五月份以來他們多次挑動不明眞相的群眾，血洗二七公社。公開對抗《十六條》，製造一系列流血慘案，在河南境內製造白色恐怖，妄圖一舉撲滅革命烈火。

〔註48〕《強烈抗議上海柴油廠「聯司」一小撮壞頭頭非法扣押和毒打我總部戰士徐明同志！》，《紅色新聞電影》，中央新聞電影紀錄製片廠批判毒草影片籌備處，1967 年 8 月 28 日，第 4 期，第 3 版。

爲此，我們發表嚴正聲明如下」，「河南公安公社、鄭大紅衛兵戰鬥獅、鐵路造反派總指揮部等組織是地地道道的保皇組織，必須堅決摧垮！對其中一小撮頑固分子和幕後策劃者必須狠狠揭露，堅決打擊。」〔註49〕

　　1967 年 5 月 19 日，四川成都地區的四川大學的「東方紅八二六戰鬥團」、成都「工人革命造反團」等造反派組織與當時被稱爲保守派組織「成都產業工人戰鬥軍」、「成都貧下中農戰鬥軍」之間發生一場嚴重的武鬥事件。事件發生後，全國許多造反群眾組織在小報上發表聲明表明態度，以對該事件表示支持或者譴責。其中「首都大專院校紅代會北京礦業學院東方紅總部」在其主辦的《東方紅》報上刊登「嚴正聲明」。「聲明」中譴責，「『產業軍』是地地道道的反革命組織，是一小撮走資本主義道路當權派的御用工具，必須堅決徹底摧毀。對其一小撮反動頭目必須實行無產階級專政，逮捕法辦。」「呼籲無產階級革命派緊急行動起來，密切注視城都地區局勢發展。」〔註50〕

　　二是通過報導文革動態消息、尤其是各派組織之間武鬥的消息，來批判異派的造反行爲。1967 年 8 月 7 日，北京二十五中發生了一起嚴重的打砸搶事件，以「北京三十一中東方紅」、「女八中東方紅」、「二十八中八一八」和「建校飛虎隊」等爲首的一群約兩百多名暴徒，襲擊了「二十五中東風兵團」總部及宿舍。「首都中學紅代會東風編輯部」在其出版的《東風》第四期上對該事件進行了報導。文章說，「這是一次有組織，有計劃的，蓄謀已久的，公開挑起內戰的卑劣政治暴行。罪證如山，不容抵賴，我東風兵團對此表示強烈抗議，並嚴屬警告：雪債要用血來還，如果你們不低頭認罪，那我東風兵團將根據『文攻武衛』原則，嚴屬懲處你們這群流氓。」〔註51〕

　　三是發表社論或者評論文章，對異派的造反行爲和血腥暴力進行批判。1967 年 3 月至 8 月間，北京出現了一個秘密組織「首都五·一六兵團」，其宗旨是「打倒周恩來，砸爛舊政府」。「北京地質學院《東方紅報》編輯部」與

〔註49〕《關於河南鄭州「5·26」流血慘案的嚴正聲明》，《紅二七》，首都工代會鐵路系統大聯合籌備小組宣傳組、首都大專院校紅代會駐河南聯絡站宣傳組合編，1967 年 6 月 6 日，河南專刊，第 4 版。

〔註50〕《對目前成都局勢的嚴正聲明》，《東方紅》，首都大專院校紅代會北京礦業學院東方紅主辦，1967 年 5 月 13 日，第 29、30 期，第 1 版。

〔註51〕《打砸搶 25 中東風兵團經過》，《東風》，首都中學紅代會東風編輯部，1967 年 9 月 23 日，第 4 期，第 5 版。

「北京鋼鐵學院延安公社《東方紅》編輯部」聯合編輯的《東方紅報・東方紅》刊登文章對「首都五・一六兵團」進行批判。文章稱，「這一幫傢夥到處散佈『文化革命是二線向一線奪權』的反動謬論，妄圖攪亂階級陣線，分裂和破壞以毛主席爲首的黨中央的領導。這一幫傢夥歪曲馬列主義關於打碎舊國家機器的學說，叫囂要打碎我們無產階級的國家機器，煽動向以毛主席爲首的黨中央奪權。這一幫傢夥，就是地地道道的反革命分子，他們的組織者和領導者就是一個反革命陰謀集團。」〔註52〕

1967 年 5 月 29 日，兩派造反組織爲爭取國務院外辦領導權發生武鬥事件，打傷二十多人，俗稱「五・二九事件」。「中僑委革命造反公社」、「首都歸僑東方紅公社」聯合主辦的《革命僑報》在其第六期上發表評論員文章，稱「中橋委紅旗兵團」和「首都歸僑井岡山兵團」等組織是「保守組織」。他們「煽惑受其蒙蔽群眾」，「完全無視中央軍委八條命令、中央五條補充規定和周總理關於不得衝擊外辦和外交部等中央外事機關的指示」，「強行衝擊外辦，打傷解放軍警衛戰士」。事後，「他們不但不認眞檢查自己的錯誤，竟又把矛頭針對革命群眾，一再挑起武鬥，進行打、砸、搶。」打傷了「中橋革命造反公社」、「首都歸僑東方紅公社」、「國務院外辦革命造反總部」、「北京礦院東方紅」戰士「二十多人、其中重傷六人。搶走了中僑委革命造反公社和首都歸僑東方紅公社的廣播車和發動機，並綁架革命群眾，進行非常審訊。」並嚴厲譴責「中橋委紅旗兵團」和「首都歸僑井岡山兵團」等保守組織這種行爲，「藐視無產階級的權威和無產階級革命的紀律，不惜用武鬥去對付革命群眾，完全轉移了鬥爭的大方向，在群眾中加深對立情緒，消弱了無產階級專政。」〔註53〕

5.2.3 攻擊黨報與其他派性報紙

紅衛兵、造反派組織主辦的群眾報刊進行「革命大批判」的另一個內容，就是對除「兩報一刊」之外的其他黨報、尤其是省、市一級的黨報進行批判。

〔註52〕《「首都五一六兵團」是個什麼東西？！》，《東方紅報・東方紅》，北京地質學院《東方紅報》編輯部與北京鋼鐵學院延安公社《東方紅》編輯部聯合主辦，1967 年 9 月 12 日，聯合版，第 4 版。

〔註53〕《在歧路上——評中僑委紅旗兵團等保守組織製造的「五・二九事件」》，《革命僑報》，中僑委革命造反公社、首都歸僑東方紅公社聯合，1967 年 6 月 14 日，第 6 期，第 4 版。

除此之外還對所謂「異己」的群眾報刊以及文章進行討伐和打壓。

對黨報及其文章予以惡毒的攻擊與清算。1967 年 6 月 3 日「紅代會清華《井岡山》報編輯部」、「礦院《東方紅》報編輯部」、「北航《紅旗》報編輯部」、「體院《體育戰線》報編輯部」聯合主辦的《井岡山‧東方紅‧紅旗‧體育戰線》「聯合版」發表文章開展對「北京市文革委員」會掌控的《北京日報》進行批判。原因是五月二十八日《北京日報》根據《紅旗》雜誌在一九六七年第九期發表社論文章《偉大的真理，銳利的武器》發表了一篇社論文章引起的。《紅旗》雜誌社論中引用了毛主席的一段話，「現在的文化大革命，僅僅是第一次，以後還必然要進行多次。革命的誰勝誰負問題，要在一個很長時期才能解決。如果弄得不好，資本主義復辟將是隨時可能的。全體黨員，全國人民，不要以為有一二次、三四次文化大革命，就可以太平無事了。千萬注意，決不可喪失警惕。」但《北京日報》社論文章中，沒有按照原文完全引用毛主席這段話，而只是保留了前一句「現在的文化大革命，僅僅是第一次，以後還必然要進行多次。」小報文章對《北京日報》進行批判稱，《北京日報》社論的炮製者是「明目張膽地篡改毛主席的偉大教導，公然與毛主席和黨中央親自發動的這場文藝大批判相對抗，竭力把這場大批判拉向右轉。」並指責「作者採用偷天換日的手法，極力要叫文化革命就此止步。這是在為已經陷入滅頂之災的以中國赫魯曉夫為首的反黨反社會主義黑線拋救生圈，這是在大革命的關頭製造思想混亂。這是一個企圖包庇文藝黑線、扼殺無產階級文化大革命的特大陰謀！」

這篇指責《北京日報》的文章就《北京日報》五月二十八的社論發表完看法後，然後就《北京日報》前段時間的「罪行」進行了歷史清算並加以批判。文章認為《五‧一六通知》發表同一天，《北京日報》發表的《打倒彭真》社論一文是「對彭真反革命罪行輕描淡寫」，是為「這個叛徒集團的大頭目開脫罪責」；《紅旗》和《人民日報》發表重要文章《偉大的歷史文件》後，《北京日報》發表的社論，「有意抹煞我們同黨內走資本主義道路當權派的矛盾的敵我性質」，「公開為黨內最大的走資本主義道路當權派洗刷」，「別有用心把鬥爭的鋒芒指向無產階級革命派。」並且指責《北京日報》以紀念毛主席《在延安文藝座談會上的講話》發表二十五週年的社論文章中「仍然根本否認十七年來文藝界是資產階級專了無產階級的政這一根本問題，頑固地與《紅旗》雜誌和《人民日報》對抗，與毛主席對文藝界黑線的批評相對抗。」

文章最後還借用《紅旗》雜誌第九期社論中的話向人們發出號召：我們「不但要用槍桿子保衛無產階級專政，而且還必須用筆桿子保衛無產階級專政。」〔註54〕

再如「首都新聞批判聯絡站」主編的《新聞戰報》第六期刊登文章《「紅旗報」還是黑旗報？》文章，對被奪權前的《山西日報》進行批判。文章認爲，「舊《山西日報》，是原山西省委以陶魯笳、衛恒爲首的反革命修正主義集團的喉舌，是一張爲復辟資本主義鳴鑼開道的黑報。」「是黨內頭號走資本主義道路的當權派劉少奇親自樹立爲全國省報中所謂的『紅旗報』。」

文章還列舉了舊《山西日報》爲了投桃報李，在劉少奇在太原期間，「用盡全力報導劉少奇的活動，消息、文章，畫刊，等等，簡直把劉少奇吹上了天！」並指出，在意識形態領域的嚴重尖銳的階級鬥爭中，舊《山西日報》「完全站在反革命修正主義的立場上，大量刊登了反黨反社會主義反毛澤東思想的毒草。」它是「一直打著『全民報』、『知識報』的旗號，鼓吹要做『廣大讀者』的『良師益友』和『生活伴侶』，販賣資本主義黑貨，爲復辟資本主義道路服務。」〔註55〕

對派性相異的群眾組織報紙加以討伐。紅衛兵、造反派組織的群眾報刊在運動的過程中不僅對黨報、黨刊大加攻擊，而且對觀點相左或者派性不同組織的群眾報刊也相互討伐。

1967 年 1 月 18 日，《出身論》隨《中學文革報》的誕生而面世後，在社會上激起巨大反響。不少小報開始捲入關於《出身論》的辯論。「僅北京一地，就有《東風報》、《旭日戰報》、《紅鷹》、《教工戰報》、《雄一師》、《文化先鋒》、《大喊大叫》、《首都風雷》、《中學論壇》、《只把春來報》、《湘江評論》、《北京評論雜誌》等。」〔註56〕

其中有些小報連篇累牘刊登文章批判和攻擊《出身論》和《中學文革報》。如《旭日戰報》、《東風報》、《紅鷹》、《首都風雷》（前期開始支持《出身論》，

〔註54〕 《〈北京日報〉近來爲誰說話？》，《井岡山・東方紅・紅旗・體育戰線》，紅代會清華《井岡山》報編輯部、礦院《東方紅》報編輯部、北航《紅旗》報編輯部、體院《體育戰線》報編輯部聯合主辦，1967 年 6 月 3 日，聯合版，第 4 版。

〔註55〕 《「紅旗報」還是黑旗報？》，《新聞戰報》，首都新聞批判聯絡站主編，1967年 6 月 14 日，第 6 期，第 2 版。

〔註56〕 牟志京：《似水流年》，見北島、曹一凡、維一：《暴風雨的記憶：1965～1970年的北京四中》，北京：生活・讀書・新知三聯書店，2012 年，第 19～20 頁。

後來轉向批判它）、《兵團戰報》、《大喊大叫》等。「首都中學紅衛兵司令部」主辦的《東風報》在第七期曾專門組稿對《出身論》和《中學文革報》進行批判與攻擊。如發表《棒喝〈北京家庭出身問題研究小組〉的卑劣手段》、《〈唯出身論〉和〈出身論〉都是反馬列主義反毛澤東思想的》等文章對《出身論》進行批判；《東風報》還發表《〈中學文革報〉炮打無產階級司令部》一文攻擊「《中學文革報》利令智昏，不僅大肆鼓吹反動的修正主義的《出身論》，更可惡地含沙射影，指桑罵槐，炮打無產階級司令部。」文章指責《中學文革報》第三期發表的編輯部文章《〈中國青年〉是推動唯出身論的罪魁禍首》是「借批判《中國青年》為名攻擊中央文革之實，用心險惡，可謂無以復加了。」〔註57〕

「首都中等學校紅衛兵革命造反總勤務部宣傳部」主辦的《大喊大叫》在其第三期發表評論員文章，批判《出身論》「代表了社會上一種反動的思潮——反映相當一部分人幾年甚至十幾年來的欲望。」「這種欲望，這種思潮是一股逆流」，「這股逆流的主要特點是：對社會主義制度表示懷疑，對無產階級專政的必要性表示懷疑。」文章號召那些受矇騙的人們「馬上覺悟過來，用毛澤東思想這個照妖鏡，照出《出身論》醜惡的靈魂，讓它在社會主義制度萬丈光芒照耀下現出自己的鬼魅原形！」〔註58〕

更有甚者，「毛澤東思想紅衛兵首都兵團總部」主辦的《兵團戰報》在第十二期刊登《取締〈中學文革報〉》的「通令」，以「首都兵團」名義「取締《中學文革報》。」〔註59〕

在文革小報的相互攻擊與批判中，以一個群眾組織或者一家報刊的名義宣判另一家報紙的「死刑」，《兵團戰報》不是唯一的個案。比如創刊於 1967 年 2 月份，由「新北大附中《湘江評論》編輯部」主辦的《湘江評論》就曾受到校內外對立一派紅衛兵的批判。如《只把春來報》、《星火燎原》等小報都曾點名對其進行批判。《星火燎原》曾在 1967 年 3 月 20 日以編輯部的名義，刊文判《湘江評論》的「死刑」，「《湘江評論》從黑屋裏冒出來了！⋯⋯在它

〔註57〕《〈中學文革報〉炮打無產階級司令部》，《東風報》，首都中學紅衛兵司令部主辦，1967 年 3 月 19 日，第 7 期，第 3 版。

〔註58〕《反動的出身論必須批判》，《大喊大叫》，首都中等學校紅衛兵革命造反總勤務部宣傳部主辦，1967 年 3 月 17 日，第 3 期，第 4 版。

〔註59〕《取締〈中學文革報〉》，《兵團戰報》，毛澤東思想紅衛兵首都兵團總部主辦，1967 年 3 月 20 日，第 12 期，第 3 版。

的洋洋萬言，連篇毒草中，有的隱蔽，有的露骨，有的喬裝打扮，有的赤膊上陣，但都站在資產階級反動立場上，把矛頭指向了黨中央，指向了毛主席，指向了中央文革，是可忍，孰不可忍！」「我們代表中學無產階級革命造反派，嚴正宣判《解放全人類》《湘江評論》《紅衛兵之歌》的死刑，勒令停刊，不得再版。」〔註60〕

另外，在1968年5月中央號召開始「清理階級隊伍」的過程中，不同派性的造反群眾相互攻擊，從而導致不同造反群眾組織創辦的報刊也隨之相互進行批判與討伐。如1968年6月「首都紅代會新人大公社」、「毛澤東思想紅衛兵」主辦的《新人大》第六十七期發表文章對「首都紅代會中國人民大學三紅」主辦的《人大三紅》進行討伐。文章列數了《人大三紅》後六十一期的三大「卑鄙伎倆」：一是「賴帳」，「妄圖一筆勾銷他們在楊余付指使下大搞二月逆流新反撲的罪證」；〔註61〕二是「吹牛」，「胡說『已經揪出254名國民黨殘渣餘孽』，並採用倒打一耙的手法，惡毒攻擊我新人大公社」；三是「造謠」，「千方百計推卸他們挑動武鬥的罪責，惡毒污衊堅持自衛原則的新人大公社『打響了第一槍』。」〔註62〕

《人大三紅》報於是在其第六十五期專門發表三篇文章對《新人大》進行反擊。其中第一篇文章《〈新人大〉報——反動報痞的競技場》通過揭露《新人大》報主編許征帆、總審稿人方西志、編委兼主要撰稿人羅鬐漁以及主筆馬畏安的黑身份，說明「臭名遠揚的《新人大》報，完完全全是國民黨的反動報痞、帝國主義的走狗文人大顯身手的競技場。」〔註63〕然後歷數了《新人大》發表的文章及其社論，稱《新人大》報「完完全全成了國民黨反動集團向無產階級、向共產黨進攻的反動工具。」第二篇文章就《新人大》

〔註60〕　《宣判〈湘江評論〉〈解放全人類〉〈紅衛兵之歌〉死刑》，《星火燎原》，首都中學紅代會《星火燎原》編輯部主辦，1967年8月13日，第2期，第1版。

〔註61〕　楊余付，就是指楊成武、余立金和付（傅）崇碧三位。楊成武時任中國人民解放軍代總參謀長，余立金時任中國人民解放軍空軍政治委員，傅崇碧時任北京軍區司令員兼北京衛戍區司令員。1968年3月22日，林彪反黨集團為了篡黨奪權羅列罪名，說楊、余、付為「二月逆流」翻案，是「二月逆流」的一次新反撲，把他們打成「楊余付反黨陰謀集團」。

〔註62〕　《究竟誰打響了武鬥第一槍？——兼評後61期〈人大三紅〉報的卑鄙伎倆》，《新人大》，首都紅代會新人大公社、毛澤東思想紅衛兵主辦，1968年6月，第67期，第3版。

〔註63〕　《〈新人大〉報——反動報痞的競技場》，《人大三紅》，首都紅代會中國人民大學三紅主辦，1968年6月22日，第65期，第4版。

報上的《解剖麻雀》一文進行專門的批判，揭露該文「完全是一篇謠言總匯。」〔註64〕第三篇文章則指責「《新人大》報第六十七期，是反動老保人大公社出賣祖宗的一張契約書。」〔註65〕

5.3 歌頌毛主席、造反運動與其他報刊

文革運動之前，對毛主席的個人崇拜就其來有自。文革運動一開始毛澤東就鼓勵青年學生「造反有理」。文革運動的過程中，紅衛兵、造反派群眾組織黨同伐異。在這樣的社會語境下，大量刊登紅衛兵、造反群眾對毛主席的忠心和個人崇拜、對本派和同派性組織的造反行動的謳歌與讚美以及歌頌派性相同的群眾報刊，就成為文革小報內容的又一大特色。

5.3.1 表達對毛主席的忠心與崇拜

以群眾的名義表達對毛澤東的個人崇拜始於 1943 年 12 月陝甘寧邊區在延安召開的勞動英雄大會。在那次大會上，一個名叫孫萬福的勞動英雄在毛澤東面前以甘肅民謠的形式即興吟誦了一首歌頌毛主席的歌：

> 高樓萬丈平地起，盤龍臥虎高山頂，邊區的太陽紅又紅，咱們的領袖毛澤東。天上三光日月星，地上五穀萬物生，來了咱們的毛澤東，挖斷了窮根翻了身。為咱能過上好光景，發動了生產大運動，人人努力來生產，豐衣足食吃飽飯。邊區人民要一心，枯樹開花耀眼紅，千年的古樹盤了根，開花結籽靠山穩。

孫萬福的這首頌歌後經賀敬之的精心修改、再加上曲作家進行譜曲，最終形成了大家耳熟能詳的《咱們的領袖毛澤東》：

> 高樓萬丈平地起／盤龍臥虎高山頂／邊區的太陽紅又紅／咱們的領袖毛澤東毛澤東／山村萬里氣象新／五穀生產綠茵茵／來了咱們的領袖毛主席／挖掉了苦根翻了身。
>
> 自力更生鬧革命／開展了生產大運動／為了革命得勝利／跟

〔註64〕《趙桂林們的拙劣表演──小議〈新人大〉報的〈解剖麻雀〉》，《新人大》，首都紅代會中國人民大學三紅主辦，1968 年 6 月 22 日，第 65 期，第 4 版。

〔註65〕《破落大戶的大拍賣》，首都紅代會中國人民大學三紅主辦，《新人大》，1968 年 6 月 22 日，第 65 期，第 4 版。

著咱領袖毛澤東毛澤東。

　　　　來了咱們的毛主席／挖掉了苦根翻了身翻了身／自力更生鬧
革命／開展了生產大運動／爲了革命得勝利／跟著咱領袖毛澤東毛
澤東。

周揚曾在《解放日報》撰文對這首歌給予高度評價，成爲最早爲官方首肯的
頌聖歌曲。文革前夕，報刊開始規模化地刊登崇拜毛澤東的歌曲，《紅旗》雜
誌一九六五年第三期花了十多個頁面最早刊載了《大海航行靠舵手》等十三
首歌曲。〔註66〕其後，《解放軍報》、《人民日報》也在報紙上整版刊載這類歌
曲。文革運動開始後，各種頌聖歌曲遍佈大江南北，並且充斥各種報紙版面。

　　在報紙上對毛澤東的個人崇拜式的報導，則始於 1950 年 9 月 18 日的《人
民日報》。該期的頭版刊登了一篇文章，描述了中央西南訪問團在昆明訪問少
數民族人們時受到歡迎的盛況，稱「『毛主席是各民族的紅太陽』等口號響徹
山谷」。〔註67〕「紅太陽」此後漸漸成了官方話語中的常用詞語。1951 年 9 月
23 日，《人民日報》刊文稱「因爲政治上得到解放，和在經濟生活上一天天得
到改善，少數民族心目中的毛主席，確已成爲多年來朝夕夢想的『活菩薩』
與『紅太陽』。」〔註68〕

　　文革開始後，對毛主席充滿個人崇拜的報導一下子變得火熱起來。如
1966 年 7 月 1 日，《人民日報》第七版，通欄以「毛主席，各族人民的紅太
陽」作爲口號，整版刊登《我們最愛毛主席》、《戰士最聽毛主席的話》、《毛
主席，祝你萬壽無疆》、《在金色的北京城》、《毛主席著作是寶書》、《毛主席
的光輝》、《毛主席是領路人》、《毛主席和布朗人在一起》、《高山大海割不
斷》、《光芒照耀全世界》等十二首歌頌毛主席的詩歌和《幹一輩子革命，讀
一輩子毛主席書》的宣傳畫以及《全家一起學習》的木刻畫。〔註69〕

　　文革小報對毛主席的歌頌除了上一章提到的大量刊登毛主席語錄和最高指
示、以及在文章中使用大量頌聖的詞匯、語句外，另外還通過兩種方式來表達
這方面的內容。一是刊登向毛主席表「忠心」的文章、「致敬信」和「報喜」；

〔註66〕　《革命歌曲選》，《紅旗》，1965 年第 3 期，第 31～48 頁。
〔註67〕　《中央西南訪問團第二分團慰問雲南撒尼族同胞圭山西山各民族五萬人民兼
　　　　　程往迎齊呼「毛主席是各民族的紅太陽」》，《人民日報》，1950 年 9 月 18 日，
　　　　　第 1 版。
〔註68〕　《活菩薩與紅太陽》，《人民日報》，1951 年 9 月 23 日，第 1 版。
〔註69〕　《毛主席，各族人民的紅太陽》，《人民日報》，1966 年 7 月 1 日，第 7 版。

　　二是大幅刊登具有中國作風、中國氣派的、通俗易懂的中國式頌聖詩詞與歌曲。

　　文革群眾運動時期，紅衛兵、造反派主張「造反有理」、但唯獨不反毛主席，主張「砸爛舊世界」、「打倒一切」，就連中央文革也敢打倒，但唯獨不敢打倒毛主席。不但不敢反，不敢打倒，而且發自內心的要保衛毛主席，要保衛毛澤東偉大思想。所以當時的報刊，包括紅衛兵、造反派的報紙上四處可見向毛主席表「忠心」的文章、給毛主席的「致敬信」以及「報喜」信。

　　一是刊登向毛主席表「忠心」的文章。如「北京師範大學井岡山公社」主辦的《井岡山》第二期刊登一篇署名為「延安戰鬥隊」的文章表示要跟毛主席「幹一輩子革命」。文章一開始就表態，「毛主席的指示，我們照辦，雷厲風行。過去，我們跟著您闖出來；現在，我們跟著您繼續闖；將來，我們跟著您闖到底。我們的鬥志永不改，紅心永不變，跟著您闖一輩子，闖一輩子革命！」然後文章表示在文化大革命新的階段要挑起毛主席交給我們的新任務，永遠毛主席走。「無產階級革命派大聯合，奪走資本主義道路當權派的權，這是我們最最敬愛的領袖毛主席交給我們的偉大歷史任務。任務偉大，擔子不輕，我們要挑起來，就要用偉大的毛澤東思想改造自己的靈魂。就要永跟毛主席，海枯石爛，永不變心！」〔註70〕

　　《北工東方紅》第八十五期第四版，以通欄方式刊登口號「東方紅戰士永遠忠於毛主席」作為版面主題。通欄下面刊登了《毛主席是我們的親爹娘》、《光輝的歷程　偉大的形象》以及《緊跟毛主席　永遠幹革命》三篇文章，表示「爹親娘親不如毛主席親」、「河深海深不如毛主席的恩情深」、「天大地大不如毛主席的威力大」，無限崇拜毛主席偉大的思想、無限敬仰毛主席光輝的形象，要「緊跟毛主席，幹一輩子革命。」〔註71〕

　　二是刊登給毛主席的「致敬信」，向毛主席「報喜」。1967 年 3 月 3 日，「首都大專院校革命造反紅衛兵代表大會」（簡稱「首都紅代會」）成立。當日「紅代會北京礦業學院東方紅公社」就在其主辦的《東方紅》上刊登《給毛主席的致敬信》，信中稱，「敬愛的毛主席，今天，我們以無比激動的心情，向您報告我們戰鬥的喜訊：首都大專院校革命造反紅衛兵代表大會正式成立了！

〔註70〕　《跟著偉大領袖毛主席幹一輩子革命》，《井岡山》，北京師範大學井岡山公社《井岡山》報編輯部，1967 年 2 月 2 日，第 2 期，第 1 版。

〔註71〕　《東方紅戰士永遠忠於毛主席》，《北工東方紅》，紅代會北京工業學院東方紅公社、北京工業學院革命委員會籌備小組《北工東方紅》編輯部主辦，1967 年 12 月 26 日，第 85 期，第 4 版。

首都紅衛兵三個司令部的革命派在戰鬥中勝利會師了！我們團結起來了，聯合起來了！這是您的光輝思想的偉大勝利！這是以您為代表的無產階級革命路線的偉大勝利！」然後在信中回顧了在毛主席的英明指導下，紅衛兵造反派在前段時間取得的光輝成就。最後向毛主席莊嚴宣誓，「一定要一輩子讀您的書，聽您的話，照您的指示辦事，一輩子跟著您在階級鬥爭的大風大浪裏奮勇前進！做一個可靠的無產階級革命事業的接班人。頭可斷，血可流，您的革命路線永不丟！您的光輝思想永不丟！誰不執行您的革命路線，我們就造誰的反！誰敢詆毀您的光輝思想，我們就專誰的政！誰敢反對您，我們就打到誰！」〔註72〕

　　「全國石油系統革命造反聯合委員會籌委會」在 1967 年 1 月 19 日奪取了六四一廠的黨、政、財大權，於是在其主辦的《大慶公社》創刊號上刊登向毛主席「報喜」信。信中造反派們向毛主席報喜，「我們，永遠忠於您的全國石油系統革命造反派，向您——我們心中最紅最紅的紅太陽，致以最崇高的無產階級額文化大革命的敬禮！我們以萬分激動的心情向您報喜：石油系統的無產階級革命造反派，在您的偉大號召下，學習上海革命派的經驗，聯合起來，把石油部無產階級文化大革命的領導權，從一小撮走資本主義道路當權派和極少數堅持資產階級反動路線的頑固分子手中奪過來了！」造反派們在信中還表達了對毛澤東的無限忠誠與崇拜。「『大海航行靠舵手，萬物生長靠太陽。』敬愛的毛主席，您是我們的舵手，您是我們心中的太陽。在資產階級反動路線猖狂鎮壓革命的時候，是您給了我們「捨得一身剮，敢把皇帝拉下馬」的大無畏的鬥爭勇氣和力量；在那白色恐怖的日日夜夜裏，我們雙手捧著您的寶書，熱淚盈眶地望著您慈祥的面容，一遍遍地呼喊著「毛主席萬歲！毛主席萬歲！」毛主席啊毛主席！是您解放了我們，拯救了我們，給了我們革命和造反的權利！現在，正當我們和資產階級反動路線展開白刃戰的關鍵時刻，您又給我們指明了方向，使我們革命造反組織迅速聯合起來，開展了奪權鬥爭，把無產階級專政的印把子牢牢掌握在我們自己手裏。今天，我們要揮起雙臂，放開喉嚨，一千萬遍，一萬萬遍地高呼：毛主席萬歲！萬歲！萬萬歲！」〔註73〕

〔註72〕　《給毛主席的致敬信》，《東方紅》，紅代會北京礦業學院東方紅公社《東方紅》
　　　　　報編輯部主辦，1937 年 3 月 3 日，紅代會專刊，第 1 版。
〔註73〕　《向毛主席報喜》，《大慶公社》，全國石油系統革命造反聯合委員會籌委會主
　　　　　辦，1967 年 1 月 26 日，創刊號，第 1 版。

　　文革小報中還有少部分通過刊登詩詞和歌曲來表達對毛澤東的忠心與崇拜。但沒有前面提到的通過文章和公開信的方式多。這是因爲當時的文革小報主要是偏政論性報紙。如「中國民航無產階級革命造反派」的《民航風雷》第四期爲慶祝國慶刊登了一首《毛主席和我們心連心》的現代詩。詩中寫道：

> 　　歡欣鼓舞迎國慶，每逢佳節倍思親。最親的親人就是毛主席，他老人家和我們心連心。開創世界新紀元，發動無產階級文化大革命。炮打司令部，劉鄧現原形。如今號召革命大聯合，偉大歷史潮流新湧進。億萬人民緊跟毛主席，前進路上永不停。

> 　　無限喜悅迎國慶，每逢佳節倍思親。最親的親人就是毛主席，他老人家和我們心連心。開創世界新紀元，締造偉大人民解放軍。南征北戰功勞大，「三支」「兩軍」建功勳。如今號召擁軍與愛民，動人事蹟數不盡。全國人民熱愛子弟兵，軍民團結如一人。

> 　　滿懷豪情迎國慶，每逢佳節倍思親。最親的親人就是毛主席，他老人家和我們心連心。開創世界新紀元，指導全球人民鬧革命。五洲齊震盪，四海大翻騰，徹底埋葬帝、修、反，共產主義必勝。全世界人民熱愛毛主席，顆顆紅心向北京。〔註74〕

文革小報不但刊登現代詩來表達對毛澤東的崇拜，而且還通過刊登歌曲的形式，表達對他的無限敬仰。「北京鋼鐵學院九一九戰鬥團東方紅宣傳組」在其主辦的《東方紅》創刊號中就刊登了那首由李有源在1942年創作的經典陝北民歌《東方紅》：

> 　　東方紅，太陽升，中國出了個毛澤東。他爲人民謀幸福，呼兒嗨喲，他是人民大救星。

> 　　毛主席，愛人民。他是我們的帶路人。爲了建設新中國，呼兒嗨喲，領導我們向前進。

> 　　共產黨，像太陽。照到哪裏哪裏亮。哪裏有了共產黨，呼兒嗨喲，那裡人民得解放。〔註75〕

〔註74〕《毛主席和我們心連心》，《民航風雷》，中國民航無產階級革命造反派《民航風雷》編輯部主辦，1967年10月1日，第4期，第3版。

〔註75〕《東方紅》，《東方紅》，北京鋼鐵學院九一九戰鬥團東方紅宣傳組主辦，1967年3月29日，創刊號，第1版。

文革小報不僅刊登歌頌毛主席的經典頌歌，同時也刊登文化大革命期間一些紅衛兵、造反派創作的歌頌毛主席的歌曲。如 1967 年 9 月 3 日《東方紅・抗大通訊》刊登了由「天津南開大學衛東」紅衛兵曹宏嶺作詞、李劫夫作曲的《祝福毛主席萬壽無疆》：

> 敬愛的毛主席，我們心中的紅太陽。敬愛的毛主席，我們心中的紅太陽。我們有多少貼心的話兒要對您講，我們有多少熱情的歌兒要給您唱。哎！千萬顆紅心在激烈地跳動，千萬張笑臉迎著紅太陽。我們衷心祝願您老人家萬壽無疆，萬壽無疆！您老人家萬壽無疆，萬壽無疆！〔註76〕

再如《新人大》在第二十五期刊登了由「新人大公社毛澤東思想宣傳隊」自己編詞編曲的《祝毛主席萬壽無疆》。歌中唱道：

> 青山起舞，江河歡唱，鮮花爛漫，紅旗似海洋。天安門廣場升太陽，萬道金光燦爛輝煌。太陽就是毛主席，千年萬載放光芒，放光芒。

> 毛主席啊，偉大的導師，人類的救星，人類的希望。全世界人們熱愛您，跟著您走向共產主義。偉大的領袖毛主席，祝福您萬壽無疆！萬壽無疆！！祝福您萬壽無疆！萬壽無疆！！〔註77〕

文革小報上刊登本國的紅衛兵、造反派群眾歌頌毛主席的文章、詩歌還不夠，還要全世界革命來人民歌頌，才能更凸顯其偉大。如 1967 年 4 月 20 日，「紅代會北京工業大學東方紅公社東方紅報編輯部」主辦的《東方紅》用一整個版面刊登世界各國人民對毛主席的歌頌與崇拜的詩。如刊登了署名為「墨西哥『毛澤東著作學習小組』」的《萬歲！當代的列寧》、巴勒斯坦革命群眾安瓦爾・哈基姆的《毛澤東，東方的太陽》、日本革命群眾佐藤的《歌頌偉大領袖毛主席》、署名為「越南的一位同志」寫的《毛主席——億萬人心中的紅太陽》、英國革命群眾亞瑟的《紅太陽頌》等。〔註78〕

〔註76〕　《祝福毛主席萬壽無疆》，《東方紅・抗大通訊》，煤炭科學研究院革命造反聯合總部《東方紅》，北京礦業學院《東方紅》，煤炭工業部幹部學校《抗大通訊》聯合編輯，1967 年 9 月 3 日，聯合版，第 3 版。

〔註77〕　《祝毛主席萬壽無疆》，《新人大》，首都紅代會中國人民大學新人大公社毛澤東思想紅衛兵主辦，1967 年 7 月 1 日，第 25 期，第 2 版。

〔註78〕　《放聲歌唱我們心中的紅太陽》，《東方紅》，紅代會北京工業大學東方紅公社東方紅報編輯部主辦，1967 年 4 月 20，特刊，第 3 版。

5.3.2 謳歌同派組織的造反行動

文革小報除了「頌聖」之外，還不忘對本派和同派性的紅衛兵、造反組織的造反行爲進行謳歌。對本派和同派性組織的造反行爲進行讚美和支持主要通過兩種方式進行：一是通過刊登各種形式的文章和公告來對本派和同派組織的造反行動表示讚美和支持，第二種是通過悼念武鬥中的「烈士」對本派和同派性組織的造反行爲進行謳歌。

刊登公告、社論和評論員文章。1967 年 1 月 5 日，上海《文匯報》發表《告上海全市人民書》後，「清華大學井岡山兵團」於 1 月 9 日晚召開兵團總部大會，並在《井岡山》報上刊登《大會通電》，表示堅決支持「上海工人革命造反總司令部」等群衆組織的造反行爲。《通電》稱，「我們最最堅決地支持你們的『告上海全市人民書』。」「我們最最堅決地和你們站在一起，最最堅決地支持你們的一切革命行動！」〔註79〕1968 年 1 月 24 日，《鬥私批修》發表社論文章《《工總司》揭露一起盜用檔案的嚴重政治事件》。社論稱，「總部工總司戰士根據許多革命群衆的反映和要求，於一月二十日下午檢查了公會的檔案材料，當即發現報社二百多名工會會員的檔案材料已被人私自取走。經過追查，從『七一』兵團行政分部取回一百一十八份，從『七一』兵團辦公室取回一百十四八份，共追回二百六十六份。尚有一部分不明下落。」「根據中央指示精神（指 1967 年 2 月 17 日中共中央、國務院發布的《關於確保機要文件和檔案材料安全的幾項規定》，筆者注），工總司立即將工會檔案封存，加以保護。這一革命行動受到報社廣大革命群衆的熱烈支持，一致認爲『好得很！好極了！』」〔註80〕

「武漢七二〇事件」發生後，「北京鋼鐵學院《延安公社》東方紅報編輯部」主辦的《東方紅》刊登了以「北京鋼鐵學院《延安公社》全體戰士」名義發給武漢地區「三鋼」、「三新」、「工造總司」、「長辦聯司」、「新一冶」、「中學紅聯」等無產階級革命派的《給武漢地區革命造反派的致敬信》，表示對他們造反行爲的支持。《致敬信》稱，「你們爲了保衛黨中央，保衛毛主席，爲了保衛毛主席的革命路線，和劉鄧陶、王任重、陳再道之流進行不屈不撓、艱苦卓絕的英勇鬥爭，顯示了無產階級革命派的英雄氣概。你們用鮮血寫下

〔註79〕《大會通電》，《井岡山》，清華大學井岡山兵團，1967 年 1 月 10 日，增刊，第 1 版。

〔註80〕《《工總司》揭露一起盜用檔案的嚴重政治事件》，《鬥私批修》，《前進報》無產階級革命造反總部編，1968 年 1 月 24 日，第 9 期，第 3 版。

的歷史表明：你們不愧為毛主席的革命戰士，你們不愧為中央文革的鐵拳頭。我們鋼院四千多名延安戰士向你們致以無產階級文化大革命的崇高敬禮！我最最堅決支持你們！」〔註81〕

　　1967 年 8 月 17 日，機械部一機部機械科學研究院的革命造反派奪取了一機部政治部的大權，把人保檔案全部拿走。8 月 29 日，「一機部機械科學研究院《東風》編輯部」主辦的《東風》報在其創刊號中發表「本報評論員」文章，對革命造反派的行為大加讚揚。文章稱，「八月十七日晚，革命行動指揮部宣佈查封舊政治部的消息傳來，真是大快人心，革命群眾激起了一月奪權以來從未有過的痛快心情，無不振臂歡呼：革命的奪權好得很！這是毛主席革命路線的勝利！」〔註82〕

　　悼念武鬥中的「烈士」。「北京地質學院東方紅報編輯部」的《東方紅報》第三十五期曾發表以「北京地質學院東方紅公社革命委員會」署名的《痛悼李全華同志》文章。文章報導，1967 年 5 月 6 日，《東方紅公社》模範社員、優秀的毛澤東思想紅衛兵戰士李全華同志和成都地區的一些英雄戰士在成都「五・六大慘案」中，為保衛毛主席的革命路線，為保衛偉大的無產階級文化大革命被以李井泉為首的一小撮黨內走資本主義道路當權派所豢養的「產業軍」槍殺了。文章對造反派和李全華給與了高度的評價與讚揚，「『為有犧牲多壯志，敢叫日月換新天。』他們死的光榮、死得偉大、死得其所。」「李全華烈士的一生是革命的一生，是戰鬥的一生，英雄犧牲了，嘉陵江為你致哀，峨眉山為你俯首，『寂寞嫦娥舒廣袖，萬里長空且為忠魂舞。』李全華烈士的革命造反精神永垂不朽！」〔註83〕

　　再如北京市五十三中語文教師包康玲是「紅代會北京五十三中井岡山兵團」造反派的一員，她參加了「首都紅代會赴渝戰鬥兵團」。1967 年 8 月 18 日，山城重慶沙洲壩潘家坪發生大規模武鬥事件。包康玲在參加這次武鬥過程中，不幸身亡。1967 年 9 月 13 日，「紅代會北京五十三中井岡山兵團」、「紅

〔註81〕《給武漢地區革命造反派的致敬信》，《東方紅》，北京鋼鐵學院《延安公社》
　　　　東方紅報編輯部，1967 年 7 月 26 日，武漢專刊，第 1 版。
〔註82〕《為接管舊政治部振臂歡呼！──評 817 摧毀機械院舊政治部的革命行動》，
　　　　《東風》，一機部機械科學研究院《東風》編輯部主辦，1967 年 8 月 29 日，
　　　　第 24 期，第 2 版。
〔註83〕《痛悼李全華同志》，《東方紅報》，北京地質學院東方紅報編輯部，1967 年 5
　　　　月 13 日，第 35 期，第 2 版。

教兵」、「重慶反到底革命派」、「首都大專院校紅代會赴渝戰鬥兵團」以及「首都紅代會北京石油學院《北京公社》」聯合編輯了一期《井岡山‧山城怒火‧長征》「聯合版」專門悼念包康玲。整個一期四個版面刊登了包括：「關於宣傳學習包康玲烈士的通知」、「包康玲烈士簡介」、「追悼大會悼詞」、「包康玲書信摘抄」以及「包康玲戰友、包康玲戰友家屬對她的懷念」等。〔註84〕

對群眾武鬥事件中犧牲的所謂「革命烈士」的悼念的報導在文革小報中經常出現，如「紅代會新北大井岡山兵團《新北大報》編輯部」主辦的《新北大報》第十四號整期為在溫州參與造反武鬥中犧牲的新北大井岡山兵團造反戰士王建新進行的悼念。還有「紅代會北京鋼鐵學院《延安公社》東方紅報編輯部」主辦的《東方紅》第三十七期整期為延安公社總部的造反派王保華進行的悼念，「北京農業大學革命委員會」、「紅代會農大東方紅公社」主辦的《新農大》第三十二期為東方紅公社造反戰士趙重如的悼念等。

5.3.3 歌頌同派的群眾報刊

文革小報除了對本派和同派性的紅衛兵、造反組織的造反行為進行謳歌之外，同時還對本派和同派性組織創辦的群眾報刊進行讚美。

如1967年6月6日，「地派」紅衛兵組織創辦與「天派」造反組織所把持的同名小報《首都紅衛兵》。它為了與「紅」字號的《首都紅衛兵》相區別，特意以「新」字號出刊，一共出刊兩期。

6月7日，同為「地派」的造反組織「紅代會中國科技大學東方紅編輯部」在其主辦的報紙《東方紅》上刊登了向《首都紅衛兵》新編輯部發出的《賀信》。信中稱，「你們發揚了氣壯山河的無產階級革命造反精神，把《首都紅衛兵》報的大權奪到真正的無產階級革命派手中。（其實並沒有真正奪過來，天派把持的「紅」字號《首都紅衛兵》報還在繼續出版，只是出現了兩份相同名稱的《首都紅衛兵》報而已，筆者注。）這是百分百的革命行動，好得很！好得很！這是毛主席革命路線的又一偉大勝利！是毛澤東思想又一響徹雲霄的凱歌！是革命紅衛兵史上又一光輝的一頁！」〔註85〕同日，「北京鋼鐵

〔註84〕《井岡山‧山城怒火‧長征》，紅代會北京五十三中井岡山兵團、紅教兵、重慶發到底革命派、首都大專院校紅代會赴渝戰鬥兵團以及首都紅代會北京石油學院《北京公社》聯合編輯，1967年9月13日，聯合版，第1～4版。

〔註85〕《賀信》，《東方紅》，紅代會中國科技大學東方紅編輯部主辦，1967年6月7日，第34期，第2版。

學院延安公社東方紅報編輯部」主辦的《東方紅》刊登《歡呼〈首都紅衛兵〉報的新生》一文表示對新生的《首都紅衛兵》報「最熱烈地支持，最堅決的擁護！」〔註86〕

6月13日同為「地派」的「紅代會北京師範學院東方紅公社」主辦的《東方紅》報刊登文章《新生的〈首都紅衛兵〉報就是好》，表示對「新」字號的《首都紅衛兵》的支持與稱讚。文章稱，「從此，新生的《首都紅衛兵》報殺出來了！」「我們東方紅戰士無不感到無比興奮，無不為之歡欣鼓舞，齊聲高呼：新生的《首都紅衛兵》報好得很！」「我們熱烈地祝賀《首都紅衛兵》報的新生！我們衷心地祝願新生的《首都紅衛兵》報繼續高舉毛澤東思想偉大紅旗，發揚三司革命造反精神，為無產階級文化大革命建新功！」〔註87〕

6月16日，「紅代會河北北京師範學院東方紅編輯部」主辦的《東方紅》發表《為新生的〈首都紅衛兵〉報大聲叫好！》，文章稱，「《首都紅衛兵》報新生了，革命造反派掌權了！顛倒的歷史又顛倒過來了！這是毛澤東思想的偉大勝利！好得很！好極了！」文章還歷數了「紅」字號《首都紅衛兵》報的種種罪行，並高度讚揚新生的《首都紅衛兵》報，「她立場堅定、旗幟鮮明，尖銳潑辣有棱有角；她為毛主席的革命路線大喊大叫，擂鼓助威；她為大樹特樹毛澤東思想的絕對權威，為保衛中央文革和紅色政權北京市革命委員會，衝鋒陷陣；她對無產階級革命造反派的革命造反行動全力支持、熱情讚揚；她為左派隊伍發展壯大熱情歡呼；她在同資產階級反動路線的鬥爭中針鋒相對、寸土必爭、毫不留情；她緊跟毛主席、緊跟中央文革，牢牢地掌握了鬥爭的大方向！」最後表示，「我們堅決支持新生的《首都紅衛兵》報，為之大聲叫好！」〔註88〕

〔註86〕《歡呼〈首都紅衛兵〉報的新生》，《東方紅》，北京鋼鐵學院延安公社東方紅報編輯部主辦，1967年6月7日，第18期，第4版。

〔註87〕《新生的〈首都紅衛兵〉報就是好》，《東方紅》，紅代會北京師範學院東方紅公社《東方紅》報編輯部，1967年6月13日，第5期，第1版。

〔註88〕《為新生的〈首都紅衛兵〉報大聲叫好！》《東方紅》，紅代會河北北京師範學院東方紅編輯部，1967年6月16日，第6期，第2版。